U0355791

# 缪斯到来时

## 文学巨匠是如何写作的？

[西] 劳尔 · 克莱马德斯　安赫尔 · 埃斯特万 著
张琼 侯健 译

生活 · 讀書 · 新知 三联书店

**图书在版编目（CIP）数据**

缪斯到来时：文学巨匠是如何写作的？ /（西）劳尔 · 克莱马德斯，（西）安赫尔 · 埃斯特万著；张琼，侯健译．—北京：生活 · 读书 · 新知三联书店，2023.9
ISBN 978-7-108-07609-0

Ⅰ．①缪… Ⅱ．①劳… ②安… ③张… ④侯…
Ⅲ．①文学创作研究－西班牙②文学创作研究－葡萄牙
Ⅳ．① I106

中国国家版本馆 CIP 数据核字 (2023) 第 057159 号

责任编辑　黄新萍
装帧设计　康　健
责任校对　曹秋月
责任印制　卢　岳
出版发行　生活 · 讀書 · 新知 三联书店
（北京市东城区美术馆东街 22 号 100010）
网　　址　www.sdxjpc.com
经　　销　新华书店
制　　作　北京金舵手世纪图文设计有限公司
印　　刷　河北松源印刷有限公司
版　　次　2023 年 9 月北京第 1 版
2023 年 9 月北京第 1 次印刷
开　　本　880 毫米 × 1230 毫米　1/32　印张 13
字　　数　270 千字
印　　数　0,001－5,000 册
定　　价　64.00 元
（印装查询：01064002715；邮购查询：01084010542）

# 目　录

我这个才疏学浅之辈的头脑孕育出的产儿，只能是干瘪瘪、皱巴巴、刁钻古怪、满脑子别人始料莫及的胡思乱想，而且又是在牢房里孕育出来的，在那地方，诸事不遂心意，恶声盈耳不绝。而要让最无望妊娠的文艺女神生儿育女，奉献出令世人喜爱叹服的果实，一个十分重要的条件却是生活安宁，居所幽静，身处怡人的原野，头顶万里晴空，耳闻汩汩清泉，心神舒泰，毫无牵挂。[1]

米格尔·德·塞万提斯

《堂吉诃德》第一部前言

〔1〕引自《堂吉诃德》，董燕生译，湖南文艺出版社，2021年，第7页。

# 前言　缪斯的牢笼

墨西哥作家、20世纪用西班牙语写作的最伟大的散文家之一阿方索·雷耶斯（Alfonso Reyes）曾经写过一篇关于亚历山大图书馆的文字，那里被古时候的人称作“缪斯的牢笼”。我不知道真正被困在那个牢笼之中的是谁：图书，缪斯女神，读者，还是作者？我总是会想，记忆是伟大的创作机制，作家的狡黠之处就在于用尽各种手段挽留它、捕捉它、困住它。我使用各种各样的纸，就像这本书里提及的那样，但是我最好的盟友正是缪斯女神之母谟涅摩叙涅[1]。我在各种各样的纸上写东西，甚至会用上小票和无用的发票的背面，但谟涅摩叙涅女神总是那个助我一锤定音的人。有时我手头没有纸，有时又缺少铅笔或圆珠笔，但那位女神却从不缺席。为什么？因为记忆这个巨大的谜团是一口置于头脑深处的深井，它总是在对抗遗忘。灵感总是来自某部分记忆。完整的记忆是博闻强记的富内斯[2]，我们已经知道它起不了任何作用。

---

〔1〕 希腊神话中掌管记忆、语言、文字的女神。

〔2〕 指博尔赫斯所作短篇小说《博闻强记的富内斯》中的主人公。

年轻时，我有一个文学上的同伴克劳迪奥·希奥科尼（Claudio Giaconi），他老是和邻居们打架，尤其当对方是年老军人的时候，他们的打斗最后往往会演变成对簿公堂。一天，在圣地亚哥市中心的一家咖啡馆里，他有一场诉讼要输了，他们可能会判他数月的监禁。我对他说刚好可以利用那段时间来写作，他却很生气，说道："我更愿意在点着壁炉、能看到花园的客厅里写作。"

克劳迪奥·希奥科尼说得对。我当时只想要足够的时间和静谧的环境写作，但我错了。用来写作的时间是有弹性的。何塞·多诺索每天要写十小时，他愿意做任何事来换取这些时间。阿莱霍·卡彭铁尔对我说他每天只写一个小时，只在他在古巴驻巴黎大使馆的上午工作结束后写。塞缪尔·约翰逊和朋友们在啤酒屋里聊天，他会边喝着啤酒边在纸上潦草地写东西，纸张飘落在地上也无所谓，会有一个小伙子专门负责把纸捡起来、整理好，再带到印刷厂去。他就是这样写出《漫步者日报》（*The Rover*，也有流浪者的含义）上那些文章的。

我曾经说过我属于那种反刍式作家，现在又能加上流浪者作家这种定义了。和朋友们一起喝啤酒也好，一上午外交工作结束后也好，在楼顶平台走来走去也好，你都能反刍出一篇文章来。不过，在一间漂亮的客厅里，享受着壁炉散发出的热气，在这样的环境里写作自然比在监狱里写作要好。换句话说，环境越舒适越好。

我此时想起的另一种写作方式是威廉·福克纳使用的。他年轻时曾在密西西比州牛津的邮局办公室工作。他坐在地上写作，周围到处都是纸。有一天从村里来了个人，他对福克纳说要寄一封信。福克纳回答道："您认为我在这儿是帮随便什么无足轻重的人寄信的吗？”

到邮局寄信的那位先生自然没什么过错，可福克纳也有他的道理。也因此我们才有机会读到《我弥留之际》《八月之光》以及其他超凡之作。换句话说，写作方法各不相同，但归根到底是具有相似性的，无论是在不舒适的环境中写作还是在舒适的环境中写作，无论是坐在地上写作还是和朋友们一起喝着啤酒写作。我是在法律系阶梯教室的最后一排座位上写出我最早的那些短篇小说的。那时上的是诉讼法课，那门课的主讲教师堂拉米罗·门德斯·布拉尼亚斯部长要求所有学生必须出勤。由于我每节课看上去都在专心记笔记，所以在学校周围遇见我时，堂拉米罗总是会向我投来友善的笑容。我确信我当时是他最偏爱的学生。多年之后，在独裁统治期间，他表示保护被拘留者和受迫害者的呼吁"把他压弯了背"。诸位可以解读一下这种表述在智利语境下的含义。"压弯了背"：恼怒、怀疑、疲惫。他当时担任合议庭庭长，需要出来解决问题，我们能够明白做出决定对他来说绝不会是什么简单的事。

我们在教室里写，在啤酒屋里写，在监狱里写，在椅子上写，在壁炉边写。文学可以生自任何地方，无论是舒适还是不便的环境。

豪尔赫·爱德华兹

圣地亚哥，2016年2月

# 自　序

米格尔·德·塞万提斯写完《堂吉诃德》第一部时，他在前言里承认尽管书写堂阿隆索·吉哈诺故事的环境很恶劣，但缪斯女神还是眷顾了他。不过他还是以故作谦逊的讽刺口吻来表述那种认可，他向读者道歉，因为"生了个又蠢又丑的儿子"，还把这个问题归咎到两个原因上。首先，他无法违背自然规律，正所谓"物生其类"；其次，孕育作品的环境过于恶劣：他是在一间嘈杂又不舒适的牢房里写成该书的。根据塞万提斯的前言来看——很明显他本人不这么想，作家只有在内心平静并且身处宁静的环境中时，在与自然达到极致的和谐时，缪斯女神才会前来拜访。要真是如此的话，恐怕只有当艺术家们来到新的阿卡迪亚（Arcadia，那是古希腊的世外桃源，根据传说，牧人们在那里无忧无虑地过着令人艳羡的生活），那些掌管灵感的女神才会到访吧。这一论断显然不适用于塞万提斯，他的生活充满了冒险和不幸，他在莱班托海战中当过英雄，也饱尝过经济窘迫的困扰和西班牙的铁窗生活。可是，在完成了《堂吉诃德》艰难的创作过程后，缪斯女神却又一次辜负了他。在心情更加平静之时，塞万提斯准备开始写全书的《前言》。"我好几次拿起笔来要写，又全都把笔放了回去，因为我不知道要写些什么，”塞万提斯在同一篇文章里这样说道，“纸在眼前，笔在耳畔，胳膊肘撑在座椅扶手上，手托着腮，想着要写的东西。”可顽皮的女神却不知何故仍未出现，要知道塞万提斯只差这一篇文字就可以完成西班牙语文学史上的巅峰之作的第一部了呀！

在希腊神话中，缪斯女神被认为是所有艺术家和脑力劳动者的保护神和启迪者。她们的血统、数量，甚至名字在不同作家的笔下都各不相同。最广为人知的版本是赫西俄德的版本，他认为缪斯女神是宙斯和谟涅摩叙涅的一众女儿，她们一共九人，每人负责保护一种文艺类型：卡利俄佩（辩论和史诗）、克利俄（历史）、欧忒耳佩（音乐）、忒耳普西科瑞（舞蹈）、厄剌托（抒情诗）、墨尔波墨涅（悲剧）、塔利亚（喜剧）、波吕许谟尼亚（修辞学）和乌拉尼亚（天文学）。她们一般以美丽的年轻女子形象出现，常常在棕榈树或月桂树下围坐成一圈，各自进行着她们喜爱的艺术活动。尽管外表看上去柔弱顺从，但实际上她们十分狡黠、难以捉摸。神话故事中有许多相关的描写。

有一次，缪斯女神们经过道利斯国时，该国国王比利牛斯邀请她们到自己的宫殿里躲避暴风雨。她们接受了邀请，国王把她们关了起来，还试图强奸她们。但是在残忍的国王得手之前，她们就生出翅膀飞走了。邪恶的国王在试图追上她们的时候坠亡了。

在艺术方面，她们也绝不示弱。庇厄利亚王庇厄洛斯有九个女儿，数量与缪斯女神相同，她们名唤皮厄里得斯，并声称自己在歌唱和诗歌方面胜过缪斯女神，于是双方在缪斯女神们居住的赫利孔进行比拼，由宁芙仙女们组成的评审团最终认定年轻的东道主们获得了胜利。皮厄里得斯不愿服输，她们扑向缪斯女神，想要发泄心中的怒火。但在碰到缪斯女神之前她们就纷纷变成了喜鹊，这就是对失利一方的惩罚。

尽管大多数文化——例如希腊人编出的缪斯女神的故事——都提出各种假说来解释人类艺术灵感的来源问题，可这依然是个谜。那些想法和形式到底源自何处？艺术家们就好像只是在某事某地获得的某种信息的传递者或转述者一样。生成帮助艺术家创作灵感的最佳环境是什么呢？即便是那些从浪漫主义时期开始出现的关于艺术创作思维过程的现代理论也无法完全解答这一问题。浪漫主义的主要作家之一古斯塔沃·阿道夫·贝克尔[1]身处伟大的变革时代，新生的资本主义正在抹去与神话连接在一起的那个时代的最后踪迹，贝克尔说在他头脑中最幽暗的角落里，那些赤身裸体的想象力丰富的古怪孩儿们在静静地等待着文字艺术对他们的召唤，他们时刻准备着登上文字世界的舞台。他补充道："我的想象力十分肥沃，就像悲剧爱情的温床，也像那些生育出比他们有能力养活的子女数量更多的子女的父母，我的缪斯女神在我头脑中那神秘的圣殿里走走停停，播种无数的创作物，我无法将它们写尽，哪怕用尽余生我也做不到这一点。"换句话说，贝克尔面临的问题不是不晓得随性的缪斯女神何时会到访，而是他头脑中所有那些幻想孕育出的孩童都要降生于世，是他不晓得那些孩童中有哪些会来到纸页间游走和成长。

如今，到了21世纪，灵感——就像缪斯女神一样——依然是个高深莫测的问题。它极度自由，谁都不能轻易捕捉到它。创

〔1〕古斯塔沃·阿道夫·贝克尔（Gustavo Adolfo Bécquer，1836—1870），西班牙作家。

作者们接受它的馈赠，但他们除了为它的到来修整道路也做不了什么其他的事。许多艺术家想强求于它——就像比利牛斯国王对缪斯女神所做的那样，却毫无结果。但有些人则相反，他们会在毫无准备的状态下接到它慷慨的恩赐。

不过艺术创作也拥有一种没那么神秘的维度，即日常工作，它更***可见***，也更容易被分析。人类最伟大的发明家之一爱迪生经常表示，天才是由百分之二的天赋和百分之九十八的勤奋组成的。具体到文学来看，从写作事业诞生之初开始，在所有的文明社会中都出现过用文字记录思想和各种事件的人，全职写作也好，利用闲暇时间写作也罢。但是在许多个世纪里，创作虚构文学作品都算不上是种职业，只能算是某些人享有的特权。因此，西方最早的作家基本都是贵族或教士。后来出现了文学、艺术家保护人，以他们雄厚的经济实力，为从事艺术创作的人才在没有原材料也没有教会等机构支持的情况下提供创作的可能性。印刷术在 15 世纪的出现推动了文学作品的传播，但作家单单依靠写作谋生依旧不可能，尽管从那时起，他们可以通过出售自己的作品收到一定的经济回报。戏剧于 17 世纪流行起来，那时大多数人还都是文盲，剧作家由此获得了丰厚的经济回报，但也仅限于剧作家而已。举个例子，莎士比亚、莫里哀和洛佩·德维加不仅获得了名声，也通过写作获得了可观的经济回报。19 世纪，随着文盲率的下降和印刷工业的发展，虚构文学作品商品化的进程得到了发展。首先，报业繁荣，连载小说出现（巴尔扎克、大仲马、加尔多斯和陀思妥耶夫斯基都写过这样的小说）；后来，随着传播渠道拓宽，单行本图书出现了。尽管如此，对大部分作家而言，如果不想生活在贫困之中的话，就需要在写作之外做点其他工作。从 20 世纪后半叶起，图书变成了一种大众消费品，这种变化带来的结果是许多作家（尤其是作品销售量好的作家）的经济状况得到了极大改善。不过时至今日，绝大多数作家依然无法仅靠写作维持生活。近年来作家在写作资源方面得到了极大改观。信息化和互联网的发展革新了传统的写作方式，作家能更加便利地接触到各种信息，写作和对手稿的修改也更加方便了。

写作事业中如此重要的两个方面——灵感和工作——正是这本书关注的主题。不过我们并不想把它写成某种理论或某种抽象的东西，而是刚好相反。我们很清楚对于每位作家而言，灵感与写作的表现形式必然与他人不同，因而我们希望就近探寻我们这个时代最具代表性的西班牙语和葡萄牙语作家在这两个方面的选择与倾向。我们拜访了其中一些作家，与他们面对面地谈论这些话题。对于已经去世的作家，我们也有幸联系到了他们的家人和密友，他们见证了作家们的生活和创作过程。我们也深入研究了上述作家的作品、演讲稿、讲座稿、采访稿等文字材料。这些研究的成果既是对有价值的材料的整理，也包含了我们对这些材料的理解与反思。这些都是我们希望在这本书中呈现给读者的东西。本书中某些章节的内容展现了作家们进行艺术创作的过程中的某些最"崇高"的时刻。例如：拉斐尔·阿尔贝蒂经历过的那个孤独又悲伤的夜晚，在流亡巴黎期间，他在广播电台的工作间里写出了《鸽子》，那是他最动人的情诗之一；某日，若泽·萨拉马戈在里斯本的一家餐厅等待上菜的时候，突然，就如同被灵感之箭射中一般，他的脑海中浮现出《失明症漫记》的故事情节；豪尔赫·博尔赫斯每天早晨都会在家中泡澡，他会在泡澡时思索并决定是否将前一晚的梦境写成一则故事或一首诗；卡洛斯·富恩特斯曾在写作时突然感觉到已故儿子的力量出现在自己体内；胡里奥·科塔萨尔在写《跳房子》时几乎完全被笔下的人物牵着走，丝毫察觉不到时间的流逝；巴勃罗·聂鲁达是在醉心于星空时写下《热情的投掷者》中的第一首诗的，因为他受到了“天空的撞击”。

在另外一些章节中，我们可以看到作家们在其文学创作过程中经历过的最艰难的时刻，例如若泽·萨拉马戈发现他的电脑“偷走了”《洞穴》的80页底稿；布埃罗·巴列霍的两个儿子在家中走廊里踢球，球撞击了他正在其中创作戏剧的那间客厅的门，这让他十分懊恼；米格尔·德利维斯搬家后，在安静无噪音的书房里反而无法集中注意力创作《无辜的圣徒》。

此外，我们还能看到作家们独特的创作习惯和创作技巧，例如：伊莎贝尔·阿连德总是在同一个日期，1月8日，开始创作她的新小说；加西亚·马尔克斯需要在书桌上放一朵黄花才能写作，以及这位哥伦比亚作家为何会为了写一篇12页的短篇小说而用掉500页稿纸；为何马里奥·巴尔加斯·略萨习惯在写作时在身边摆放无数尊河马雕像；为何若泽·萨拉马戈每天只写两页，连一行文字都不会多写。

另外，我们还能看到作家们对文学创作所持的激情，例如奥克塔维奥·帕斯在墨西哥中央银行工作时，利用点钞（这是他的本职工作）的时间在脑海中创作诗歌，把它们背下来，等到回家后再誊写出来；豪尔赫·爱德华兹可以用任何纸张写作，从餐巾纸到洗衣房收据，随时随地把灵感记录下来；年过八旬的马里奥·贝内德蒂总是习惯在赴约时早到一会儿，以便把等待的时间用来创作；卡门·马丁·盖特因为患病而无法完成小说《亲人》，她是抱着自己的笔记本去世的。

这16位文学巨匠的作品滋养了——并且依然在滋养着——

成千上万来自世界各地的读者。我们确信他们的生平逸事、创作思想和创作过程也同样会感动正在阅读此书的读者们。诸位想证实我们的这种假设吗？那么请翻开此书，阅读它吧！

# 拉斐尔·阿尔贝蒂

Rafael Alberti

1902—1999 西班牙

街头诗人

**主要作品**

《陆地上的水手》（*Marinero en tierra*，1924）

《巴拉那河叙事谣曲》（*Baladas y canciones del Paraná*，1954）

《消失的树林》（*La arboleda perdida*，1959）

*如果没有灵感，那就创造灵感。*

◎ 他不挑写作地点或写作素材。只要有笔、本子和一小块空间他就能写。他甚至喜欢在狭小的空间里写作。他一直习惯手写，字很小，但对本子的要求倒很细致：线装本，白纸，无格。……至于写作时间，阿尔贝蒂一直是个在早上写作的诗人。

◎ 在写诗时，他更相信自己的听觉，这对他找到诗句的节奏来说很重要。他会大声朗读诗歌，给自己培养出了极度的敏感性，能够通过声音判断诗句的好坏，进而捕捉适合它们的节奏。

* * *

那个小伙子已经在大街上睡了两天，只有星星在庇护着他。他在拉斐尔·阿尔贝蒂位于加迪斯省圣玛利亚港的居所“海之屋”旁的广场上住了下来，不见到诗人并且向他表达崇敬之情的话，这个小伙子是不会离开的。每天都有无数人不期而至，来到“海之屋”，他们期待能握握诗人的手，和他合影，再要个签名，就好像诗人是个 24 小时露天摆放的活雕像一样。这个小伙子可能也是那群人中的一员，但是他和那些陌生人有两点显著不同：首先，他很顽固；其次，他真心热爱阿尔贝蒂的诗歌。住在周围的几个小孩子给了他一些干粮，他们时不时地围到他的周围，听他背诵阿尔贝蒂的诗歌。当阿尔贝蒂得知那个大约 20 岁的年轻人的存在时，这位年轻人已经在街头等了他两天，于是他立刻邀请小伙子来到家里，并和他一家人共进午餐。那个从穆尔西亚来的年轻人经历了他生命中最难忘的时刻。他永远都不会忘记与诗人会面的那段时光。“谢谢，真心感谢您……”他对诗人说道，“我一回家就会告诉我爸妈我在拉斐尔·阿尔贝蒂家里待过，我甚至在这里洗了澡，还在这里吃过饭，他们肯定不会相信……好吧，不光他们不相信，任谁都不会相信的！连我自己也不敢相信……”

这则逸事发生于 1995 年，记录于诗人的第二任妻子玛利亚·亚松森·马特奥所著《拉斐尔·阿尔贝蒂：活着的人和远方的人》（*Rafael Alberti. De lo vivo y lejano*）中。它证实了阿尔贝蒂文学事业最显著的特点之一：其作品具有广泛的接受度。1925 年，23 岁的诗人阿尔贝蒂凭借第一部诗集《陆地上的水手》

（*Marinero en tierra*）获国家诗歌奖，由此踏上荣耀之路。在漫长的生命中（诗人活到97岁），除其他因素外，政治上的战斗精神和在多个不同国家的漫长流亡生涯使得阿尔贝蒂和他的诗歌受到广泛关注。尤其在他人生的后半段，从他的头发开始变白，散乱的头发从海军帽下露出、披在蓝白条纹衫上开始，阿尔贝蒂的形象已经超越了他的诗歌，成为一种难以被混淆的标识。他变成了一个偶像般的诗人，他拥有无比狂热的追随者，恐怕只有好莱坞的明星能与之相比。阿尔贝蒂天性随和，性格开朗，面对人们的敬意，他总是以友善的方式回应。这种亲和力加强了他的人格魅力，也使他的诗歌获得了更广泛的传播。不过某些时刻，盛名也让诗人承受了巨大的压力，例如他很难找到独处时间来写诗或安静地欣赏美景。

## 名声那轻盈的重量

阿尔贝蒂有时会厌倦万众瞩目的状态，他需要远离喧嚣，静处几日，然而只要他在公共场所出现，那种美好的愿望就会破灭了。在《消失的树林》系列（*La arboleda perdida*）——他在其中缓缓讲述了自己的全部人生——中的一本里，诗人讲述了80年代发生在他身上的一件事情，当时他决定到加迪斯海岸边的某家酒店休息几天。有必要在这里分享一下阿尔贝蒂描述那一事件的简约文字：

> 第二天我就要离开这里了，可就在前一天晚上我的身份暴露了。我决定离开这个我自己选择的牢笼几个小时，风太大，房间里能够眺望海滩的阳台已经待不下去了。那个下午吹的是东风。

我走下楼，到面朝沙滩的一家小咖啡馆找了个位子坐了下来。突然——我早就看到她们往这边走来了，几个穿着比基尼的姑娘笑呵呵地朝我走了过来。

“您肯定不会拒绝承认您就是……”

“我不是，你们搞错了……我是维尼修斯·德莫拉埃斯，一个著名的巴西诗人、歌手……”

“我们不信……我们在电视上见过您很多次了……请给我们签个名好吗……不过我们既没有笔也没有纸……”

“没关系，”服务生说道，“我这儿有……”

那是张很薄的餐巾纸，往上面一写字就碎了。

“我这儿有本这个。”另一个姑娘边说着，边掏出一个地址簿。

“请给我们签个名吧，就签在这上面。”

我签了名，还画了一只小鸽子、两条小鱼、一只鸡和一只蜗牛。画得不错。她们几乎每个人都献给我一个吻，然后兴高采烈地走了。

但是，突然，一位自称是塞维利亚大学教授的先生走了过来，他身边还有位优雅的女士。我的小鸽子拯救了我。我给他们每人画了一只。

我以为自己能歇上一会儿了，结果咖啡馆低矮的窗户外突然又跳出来两个姑娘，把她们的小纸片递了过来。

“也请给我们签个名吧，也要带画的那种。我们要把它裱起来，那会是这个夏天最美好的回忆。”

我有点紧张了，我预感到了接下来将会发生的事情。

“我在战争时期就知道您了，但见到真人还是第一次。”

“您得有70多岁了吧……”

“啊呀，我太激动了。请在这张一千比塞塔的钞票上签上您的名字吧，就签在我名字下面。我会永远把它带在身边的，绝不会花掉它。”

我开始担心身份暴露的问题了。我累了。我知道我不能把坏情绪流露出来。我得面带微笑满足所有人的签名要求。然而事实上，有时候我根本伪装不起来。

那天下午阿尔贝蒂不得不给许多人签了名。这就是名声带来的烦恼。当然，这个例子表现出的是崇敬，可有时候，作家还会被迫参加不同类型的公共活动（演讲、讲座、图书推介会、政治会议、访谈、致敬活动、读诗会、节日活动、开幕式、朋友办的晚宴等），那些活动会将他淹没，他压根儿就没时间坐下来搞创作。拉斐尔不善于对那些有趣的提议说“不”或是拒绝那些带着良好意愿接近他的人，于是不被打断地写作后来也就变成了他的休息方式。而他唯一能专心工作的途径就变成了藏匿起来，到朋友家暂住，朋友们也会替他隐藏行踪。“没错，没错，我终于能休息了，”他在《消失的树林》里这样写道，“不用读信也不用读报，没有陌生人不断打来的电话，没有不期而至的访客，没有圆桌会议或方桌会议，也没有电视台或广播电台的访谈，自由，但需要隐藏，我年轻时可以尽情享受瓜达拉马[1]美景，现在我只能藏在几位最亲密朋友家中的阳台上，我不会把他们的名字写出来，不然电话铃声肯定又会响个不停，我会死掉的……”

尽管有时会有抱怨，可阿尔贝蒂在内心深处是喜欢社交关系的。尽管他也写戏剧，可他总是自称“街头诗人”。他总能在日常生活中，在普通人身上发现写诗的灵感。因此他认为自己应该

[1] 西班牙马德里省内地名。

把诗歌回馈给普通大众，回馈给寻常街道。他一向排斥只有小部分人能欣赏的精英诗歌。尽管他本人也是“二七”一代——西班牙20世纪最重要的诗歌团体——诗人中最耀眼的人物之一，可阿尔贝蒂从来就不是精英主义者，或者用他的话来说，不是“坐在文学聚会餐桌前的人”。哪怕在年轻时他也不是那样的人。那个时代流行文学聚会，但阿尔贝蒂不是任何一种文学聚会的常客。他也不喜欢让诗人的诗句禁锢在书页之间，因为诗就是用来朗读的，也是让所有人都有机会读到的。对拉斐尔而言，诗人能获得的最大褒奖就是普通人都能背诵他们写的诗句，哪怕有时他们根本不知道那些诗的作者是谁。他自己身上就发生过类似的事情，那次事件的主人公是给他家打扫卫生的女工。有一次，在整理家务时，那个女工饱含激情地唱起了阿尔贝蒂写的《鸽子》；阿尔贝蒂有些洋洋自得，他问她是否喜欢那首歌，她回答道：“啊，当然了，堂拉斐尔！安东尼奥·马查多写得可真棒啊！”阿尔贝蒂认为诗歌从自由而来，也该存在于自由之中。“实际上，”他在那部回忆录中写道，“在广场上，在海边，在随便什么地方把诗歌喊出来，唱出来，吟出来，让诗句随风飘荡到每个人的灵魂中，没有什么能与之媲美。哪怕再晦涩难懂的诗歌，也能在人的耳畔掘出一汪清泉，我本人就曾在一个咖啡馆里大声诵读《波利菲墨和伽拉苔娅的寓言》[1]，听众都陷入了沉思。就和风声一样，朗诵出的诗句也能让它那优美的旋律回荡在人们耳畔……”

阿尔贝蒂十分喜欢诵读诗歌，在公共场所或是某些活动上

---

〔1〕西班牙黄金世纪著名诗人路易斯·德贡戈拉（Luis de Góngora）的作品，贡戈拉的诗作以晦涩难懂著称。

读，私下里也读，给家人读，给朋友读，也给自己读。他的脑袋里装满了喜爱的诗歌，它们经常在不经意间就溜到了他的嘴边。“我从来就不会忘记自己喜爱的诗句，无论它们是短是长，我都能每天重复它们。”他在回忆录里这样写道。诗歌是有生命的，它们需要呼吸新鲜空气，而不是被锁在房间里或是放在舒适的大椅边。因此达马索·阿隆索[1]两次邀请他加入西班牙皇家语言学院的提议都被他拒绝了，阿尔贝蒂对针对某个概念的定义问题进行数个小时的讨论之类的工作不感兴趣。因此他以一种挑衅的方式回复了阿隆索，他把50年前自己的一群诗人朋友曾经做过的事告诉了阿隆索——他们在皇家语言学院的外墙上撒尿，他说在听到了阿隆索的提议后，也想去做同样的事情。诗歌是自由的。在帮助共产党获得议会席位后，他于1977年放弃了在佛朗哥去世后西班牙最初的民主选举中获得的议员职位。彼时阿尔贝蒂刚刚在长达39年的流亡（在法国待过一年，在阿根廷和乌拉圭待了24年，还在意大利待了14年）后回到西班牙。如果说到那时为止，拉斐尔还真的算是“街头诗人”的话，那么从他回到西班牙的那一刻起，他的身份就发生了重大转变。在漫长的流亡之后，他被人们视作真正的传奇。“从我回到西班牙开始，”他在多年之后这样对玛利亚·亚松森·马特奥说道，“我就一直面朝外部世界生活，连安静写作的时间都没有了，我需要不断外出，参加各种各样的活动。我和许多报刊有合作，可我连准时给他们交稿也做不到。我的公寓就像个临时避难所，我几乎不在里面待，外面的饭店和VIP包厢仿佛才是我的厨房和会客厅。”诗人回到

〔1〕 达马索·阿隆索（Dámaso Alonso，1898—1990），西班牙诗人。

西班牙时，内战的创伤已经结痂了，他希望与自己的祖国达成和解。走下回国飞机时他说的那句话立刻就成了历史无法遗忘的文字："我是握紧拳头离开的，现在回来时，拳头已经松开了。"然而不是他所有的同胞都有同样的心情。尽管大部分人对他表现出了敬意，但也有人因他的政治观念而辱骂他或威胁他，例如马德里塞拉诺街上的一间酒吧里向他走来的那群年轻人，他们中的一个把戴着金属拳套的手握成拳头，代表其他人威胁诗人道："你有半分钟时间活着离开这里。""我用不了那么多时间。"阿尔贝蒂没有丢掉风度，可他很清楚自己面临着怎样的危险，他立刻就离开了那里。在新诞生的西班牙民主社会，当"街头诗人"是有风险的。

在生命中的最后几年里[1]，阿尔贝蒂收到了来自全世界的大批信件，大部分从西班牙寄来的信件的信封上只写着他的名字。给他写信的大多是孩子和年轻人。他就像三王[2]中的一员，除了签名、照片和诗歌之外，他还会被请求帮各种各样的忙，有的要求像是天方夜谭，例如请他帮忙买栋房子或是帮助某个失业者找份工作。许多年轻诗人会把自己的作品寄给他，请求他给出意见或是帮他们撰写前言。不是所有崇拜他的人都明白：创造奇迹并非伟大诗人应当做出的贡献。如果阿尔贝蒂给所有请求他写序的作品写序或是答应所有访谈请求的话，他就没有一丁点时间用来写诗了，因此他在自己位于罗马的家中张贴了一张告示："不写序，也不接受采访。"

---

〔1〕阿尔贝蒂于1999年去世。

〔2〕西班牙人每年1月6日庆祝的"三王节"，也是西班牙的儿童节，在这一天，"东方三王"会给儿童带来礼物。

## 用诗句写成的传记

从某种意义上来看，拉斐尔·阿尔贝蒂的人生就是20世纪西方文化史的缩影。1902年，阿尔贝蒂出生于圣玛利亚港（加迪斯）。他的人生经历甚至可以视作一部精彩的悬疑小说的情节，里面还包括战争元素。他以流亡的方式脱开了注定的死亡。他环游世界。他的人生有成功也有失败，有痛苦也有喜悦。在他的人生经历中出现了众多20世纪最具代表性的文化和政治人物。正如上文提到的那样，五卷本的《消失的树林》记录了阿尔贝蒂诸多重要的经历。比起其他作品，他是带着更大的激情和不安感去写那部作品的，他写得很细、很慢，写散文类作品时的习惯就是如此。对于那些想要了解阿尔贝蒂的读者来说，阅读那部作品必定会让他们感到十分满足。不过要是想了解阿尔贝蒂人生中经历过的最重要的事件，还有另一种（补充式的）方式，那就是阅读他的诗歌作品。因为诗歌就是他的生命，他把自己的生命力全都注入了诗歌当中。他是这样对玛利亚·亚松森·马特奥解释这一点的："我的政治斗争，我与西班牙命中注定的分离，我的乡愁，我的爱，我的恐惧，我将这一切都写到了我的诗歌里，它们或零散或集中，但它们就在那里。我认为自己很少，或者说几乎从未完全从这个世界中逃离开去；更准确地说，这个世界给我提供了一个能以诗歌来赞美它的平台。"阿尔贝蒂相信灵感就隐藏在日常生活中。所有他经历过的事，他身边的人，他生活的环境……这些都能成为他写作的灵感源泉。

有时他会把诗歌献给风，但哪怕在那些诗里也会浮现诗人独特的个人情感。在美洲流亡期间，诗人沉浸在大自然中，"面对着巴拉那河漫长的河岸，我看到了孤单的马群和牛群"，他花了数年时间写成了《巴拉那河叙事谣曲》(*Baladas y canciones del Paraná*, 1954)。在其中一首诗的开头处可以明显地看出诗人思乡的情绪:

> 今日，云朵给我带来，
>
> 一张西班牙地图，它在天空飘荡。
>
> 在河上，如此渺小，
>
> 在草原上，如此广大，
>
> 那是它投下的影子!

任何一件事物，哪怕只是一辆自行车，也可能启发阿尔贝蒂进行诗歌创作。依然是在阿根廷，他的朋友路易斯·佩拉尔塔·拉莫斯曾送给他一辆自行车。骑着自行车欣赏阿根廷美景使得诗人激动万分。他十分喜爱那个礼物(他从小就想要一辆自行车，却始终未能得到)，于是写了首《带翼自行车颂歌》回赠给他的朋友。那首诗是这样开头的:

> 今天，我50岁了，我有了辆自行车。
>
> 许多人拥有游艇
>
> 更多人拥有汽车
>
> 如今还有许多人拥有飞机。
>
> 但是我，
>
> 活了50岁了，我只有这一辆自行车。

他甚至给那辆自行车起名为“大天使加百列”。在同一首诗歌里，他对他的这位新伙伴极尽赞美之词：丛林大船，仙女飞星，风神明雾，草原珍珠。阿尔贝蒂在他的回忆录里是这样讲述那辆自行车对他的诗歌创作的意义的："我在距离布宜诺斯艾利斯 40 公里远的卡斯特拉尔丛林中有了间小木屋，我管它叫'消失的树林'，我经常从那里外出，身边跟着我的两条狗，阿拉诺和迪亚娜，到很远的几家超市去买东西，我聚精会神地骑着自行车，但也会时不时地停下来，记录下涌上脑海的诗句，卡斯特拉尔的丛林郁郁葱葱，配着清爽的空气，再加上漫长的公路……我的诗集《满潮》（*Pleamar*）中'阿利翁'系列的所有诗歌的创作灵感都与我的自行车相关。我感到年轻又幸福，我的生命中从没出现过像它一样的人或事物，而那时我的年纪已经超过 50 岁了。"

拉斐尔的许多诗歌的创作灵感都与他和朋友们的关系相关，不过，毫无疑问，他的诗歌中最重要的角色之一就是费德里科·加西亚·洛尔卡。在一同住在马德里学生公寓的那段日子里，也就是 1925 年至 1930 年间，洛尔卡每年夏天都会邀请阿尔贝蒂到自己位于格拉纳达的家（圣维森特花园）做客，希望他们能一同度过假期中的一段时光。阿尔贝蒂曾向洛尔卡保证自己每年夏天都会去，可实际上因为各种各样的原因他的格拉纳达之行始终未能成行。1936 年 8 月 18 日洛尔卡遇刺身亡，自那时起阿尔贝蒂时常会想起自己未能履行的承诺，他最有名的一首诗《关于我从未去过格拉纳达的谣曲》（*Balada del que nunca fue a Granada*）就源于此，那首诗的开头几句是这样的：

> 海洋，田野和山川，把我隔得那样远！
>
> 他处的太阳凝视着我的白发。
>
> 我从未去过格拉纳达。

终其一生，洛尔卡的形象都让他着迷，他把洛尔卡视作自己诗歌生涯中的兄弟。对洛尔卡的记忆一直伴随着他。哪怕他去到再远的地方，他也不能、不想逃离那种记忆和那个形象。举个例子，在北京时，他给堂娜维森塔太太——洛尔卡的母亲——寄去了一首献给她儿子的诗歌，他把那首诗写在了洛尔卡的第一本汉语诗歌译本上。那首诗就是《在中国写下的中国之歌》(*Canción china en China*)。流亡罗马时，他时常会记起洛尔卡，甚至会看到他在意大利式的油橄榄园中走动：

我沿着皮纳尔街行走，
想要在住所中见到你。
我敲响你房间的房门。
你不在。
费德里科。
你爽朗大笑。
你讲述着自己的故事
就好像再无别人在讲述它们了。

我要到住所中见到你。
你不在。
费德里科。
在阿涅内河边的群山中，
你的橄榄树向上爬升。
我呼喊你的枝丫，
你在这里。

还有其他不同于友情的情感也能成为阿尔贝蒂的灵感源泉，例如复仇的情绪。他和第一任妻子玛利亚·特蕾莎·莱昂在西班牙内战爆发数月之前进行了墨西哥之旅，当他回到坦皮科城[1]的时候，一切都变了。走下火车后，阿尔贝蒂和玛利亚·特蕾莎发现在那座城市的主要街道和广场上到处都贴着五颜六色的大字告示，上面写着："反祖国的暴徒们到了！"不久之后，阿尔贝蒂得知那场反对"暴徒们"——他和他的夫人——的行动是西班牙驻该城市的领事组织的。他还听说那位先生找了位当地画家，要把自己画成圣墓骑士团骑士的样子。这让他感到深受冒犯，据阿尔贝蒂本人所言，当时他的第一反应是去把那位领事"打个头破血流"，但在听说那个西班牙人的身体不太好之后，决定用更柔和的方式对付他，于是他掏出了自己最好的武器：诗歌。几天之后，天明之时，那座城市被四首十四行诗装饰一新，那些诗是献给"那位把自己当成圣墓骑士团骑士的西班牙肮脏至极的领事先生"的。其中一首的开头是这样的：

> 整座坦皮科城都在抱怨，
> 那股污秽的气息，它来自一位骑士，
> 是一位画家，或一位掘墓人，
> 把他画成了那个样子。

诗人的另一个灵感源泉是他对汽车的恐惧。实际上另外两位诗人也有相同的恐惧，他们是巴勃罗·聂鲁达和费德里科·加西亚·洛尔卡。有一次三位诗人走在一起，将要穿过一条车流量很

---

〔1〕 墨西哥东北部城市。

大的马路时，对眼前驶过的汽车的恐惧使三人的胳膊挽在了一起，组成了一个“悲喜效果交织的”（阿尔贝蒂语）三人组。阿尔贝蒂搬到罗马后，住进了著名的特拉斯提弗列区，意大利城市有名的交通问题在那里体现得淋漓尽致。可怜的拉斐尔在那里与汽车和摩托车的关系只能用噩梦来形容。“我可以承认，”他在回忆录中这样写道，“在我那亲爱的社区里我不得不化身斗牛士，在那些狭窄的街道和扭曲的小路里，汽车就像在行星间穿梭的飞船一样，总是突然出现，于是我训练自己，紧贴墙壁，用**脚步试探**，快速跑动，仿佛眼前真的有一头公牛。在体验了短短一年多英勇的罗马生活之后，我写成了一本书，书名如天文学般精确：《罗马，行人的威胁》（*Roma*, *peligro para caminantes*）。”居住在各个大城市的那些年里，每晚回家后，他都会感觉自己是车轮下的幸存者，他感叹汽车就是潜在的杀人犯，它们已经占领了大街小巷。后来果真发生了他一直以来担心的事情。在返回西班牙数年之后，1987 年 7 月 18 日，84 岁高龄的诗人在马德里阿尔卡拉街上遭遇了一起严重的交通事故。事故发生后，拉斐尔曾多次向同行人员说了同一句话：“我以为我要死了。”幸运的是他错了，但也错得不多，汽车的前挡风玻璃就在他的眼前碎裂。除有多处外伤和挫伤之外，他“只”断了一条腿。几天后，《国家报》发布了一条简讯，开头是这样写的：“加迪斯作家拉斐尔·阿尔贝蒂于 7 月 18 日在一起交通事故中受伤，他从被他称为‘受伤斗牛士的床铺’的地方，也就是医院，写来了一首诗，给我们讲述了发生的事情。”诗的开头几句是这样的：

最终，事故不期而至

不幸给出了沉重一击，

盲目的碰撞，

死亡的想法坚定又明晰。

另一“沉重一击”——诗人年轻时经历的恐怖事件——刺激阿尔贝蒂写出了诗歌《残忍的天使》，该诗被收录到了诗集《关于天使》（*Sobre los ángeles*，1929）中。青年时期，拉斐尔和他的兄弟喜欢在清晨布网捕鸟。这是违法的行为。为了不让大家知道他们的秘密行动，在进入城区之前，拉斐尔负责一只接一只宰杀小鸟，用手捏爆所有被捕小鸟的脑袋，以便于把它们藏到衣服里。在上面提到的那首诗里，阿尔贝蒂表达了由于杀害那些无辜生灵而终生背负的愧疚感。那首诗的开头这样写道：

鸟儿们，在那时

被箍住嘴。

钻入了，

天空中红色大网的空洞中，

声音和意志，

长长，短短，源自梦境：

海洋，田野，云朵，

树木，树苗……

它们盲去，它们死去。

多年之后，也许是为了弥补之前犯下的罪过，他在独自写作的房间里救下了几只必将死去的小老鼠。事情发生在意大利拉齐奥省一个叫安迪科里·克拉多的小村里，他在那里租了间小屋子进行创作，那里比他在罗马的居所更加安静。为了捕捉那些闯入房中的啮齿目动物，在一位女邻居的建议下他使用了一种土气但有效的办法：放置一个巨大的瓷盆，盆里涂上油，然后等待。旅行几天回来后，他发现里面有五六只老鼠，它们浑身是油，正在绝望而无力地挣扎着想要逃出那个陷阱。就在那时，阿尔贝蒂后悔捕捉它们了。“我端起盆来，”他在回忆录中写道，“我走到一条朝下的楼梯边，把那些浑身是油的小老鼠全都放生了，那条楼梯通往一条胡同，从胡同再往前走就是田地了。没过几天，它们又干干净净地从我的屋子门上的小洞钻了进来，不过我却感觉有些高兴。”

正如我们已经提到的那样，阿尔贝蒂相信灵感就隐藏在日常生活中，不过他也坚定地捍卫诗歌的专业性。他一直以写作为生，他很清楚有时甚至连诗人也可能会在没有特殊灵感的情况下被迫进行创作。“如果没有灵感，那就创造灵感。”他是这样说的。他对艺术的热爱和对诗歌任务的捍卫并不矛盾，在他看来，那只是强迫诗人进行写作的一种有效方式罢了，文艺复兴时期的许多艺术家也都是在接受委托任务的情况下进行创作的。阿尔贝蒂一生为完成各种任务创作了大量诗歌，有时是职业委托，有时是来自朋友或党内同志的请求，有时也出于慈善目的。就第一类来看，1928 年写给摩洛哥子爵的诗就是个例子，那首诗是受诗人舅舅的委托而写的。“我给他写了首很长的诗，”阿尔贝蒂这样对玛利亚·亚松森·马特奥讲道，“一首六行赞美诗，还有篇献词，包括四个部分和一个结尾部分，是六行诗的经典写法。那首诗讲述的是一个居家故事，白兰地和其他酒的来源问题。那首诗没太多人读过，但我自己很喜欢。”作为报酬，子爵请他在一匹马和五千比塞塔中间进行选择，对于一首诗来说这份报酬已经算得上非常丰厚了。尽管很喜欢马，但阿尔贝蒂还是选择了钱，因为他当时住在三楼，根本没地方养马。

有的时候，伴随任务而来的还有些特殊条款，为的是保证任务完成。在斗牛士何塞利托逝世七周年时，他的小叔伊格纳西奥·桑切斯·梅西亚斯请求朋友阿尔贝蒂写一首致敬诗，好在塞维利亚的塞万提斯剧院的纪念活动上朗诵。“好吧，”拉斐尔对他的夫人讲述道，“我甚至可以说他在强迫我写那首诗，因为由于他不相信我会把诗写出来，他就把我关到了塞维利亚的玛格达莱纳酒店的房间里——我永远都忘不了那家酒店的名字，他当时就下榻在那家酒店中，我不写完诗，他就不让我走，既不给我吃的，也不给我喝的……只有桑切斯·梅西亚斯敢这么做。但那是值得的。不得不说，我很高兴自己把那首诗写了出来。”

这些任务的问题是：好像大部分委托人都认为诗人是靠才华写作的，他们不需要参考材料就能进行创作。另一个问题是阿尔贝蒂毫不擅长打理个人生活，有时这会带来巨大的不幸。“哪怕他们没有‘忘记’给我付钱，”诗人向玛利亚·亚松森·马特奥说道，“我有时也会忘记把支票兑现，我曾经在一堆纸里发现过一张七年前的支票。”阿尔贝蒂在签名和献词方面总是表现得十分慷慨，不过智力工作在西班牙体现不出太大价值，这让阿尔贝蒂深受其害。他继续说道：“最近，有人请我画幅画，想把它放到某本杂志上。我问联系我的人说那幅画是否与合作报告里提到的某场活动有关，如果是的话，我可以免费赠送那幅画，可对方回答说不是，说那只是项委托任务。于是我几乎是满怀羞愧地问道：‘他们会给我付钱吗？’那人表现得很客气，说道：‘伙计，如果你坚持的话……’。”

## 在诗人混乱的困境中

阿尔贝蒂一向为艺术而活。他总是全身心投入诗歌创作中去，也许正如此，他私人生活中的实际问题给他带来不小的麻烦。我们已经说过他很不擅长管理自己的收入。举个例子，在获得国家诗歌奖的时候，他连续多日请朋友们和认识的人——其中包括不止一个陌生人——在马德里的一个大厅里吃冷饮，甚至开设了一个“自由柜台”，满足所有前来索要签名者的请求，他为此花掉了五千比塞塔奖金中的四千。他也不擅长整理家务，这毫无疑问对他的工作方式产生了影响。“我早期居住过的几个房间，”他在回忆录中这样写道，“大都很小，窗户没有窗帘，不过用来接待不多的来访朋友还是够的。现在不行了。在布宜诺斯艾利斯不行，在罗马也不行。现在不行了，绝对不行，在我那位于马德里的像高塔一样的居所里也不行。现在，尤其是到了晚上，我特别想把所有东西都丢掉，都打碎。干吧。鼓足勇气！我要被纸张淹没了：信件，尤其是那些零碎的信件，展览目录，杂志，报纸……我要被压趴下了。我的房间里就只剩下放床的地方了。我要保卫它。我筑起高墙堡垒。但它们把我围住了。它们以毫米为单位步步紧逼而来。我再也忍受不下去了。滚出去！我不想再看到更多的书、信件、信封散落在地上了。放过我吧！”尽管他说自己身边的一切事物都处在“有序的无序”状态中，可实际上工作场所（且不说整个家里）的混乱还是让他感觉无力面对，他经常会在需要用到某本书或某些文件时花费大量时间去寻找。他的宠物有时还会乱上添乱，例如他在罗马养的那只叫“科科里科”的鹦鹉（后来把它放生了），因为它总是肆无忌惮地弄乱他的纸张，甚至更糟，那只鹦鹉不止一次把主人写的诗歌吃掉，甚至毫无顾忌地在阿尔贝蒂的某些画作上大小便。

无论是他的第一任妻子玛利亚·特蕾莎，还是第二任妻子玛利亚·亚松森，她们都尽可能地帮助拉斐尔解决生活问题。阿尔贝蒂私人生活最混乱无序的时期是他在结束流亡后在马德里独居的日子，当时玛利亚·特蕾莎得了阿尔茨海默病，已经住进了养护院。拉斐尔把自己的公寓变成了一场灾难，他就像是生活在一座荒凉的岛屿上。他用锤子和螺丝刀开罐头，在浴室里洗衬衫，然后直接挂到晾衣架上晾干，把熨烫的时间也省了，剩下的衣服全都送去洗衣店；如果什么时候没有干净床单了，他就去买些新的回来；他自己缝扣子，由于手头只有一种颜色的线，要是颜色和布料颜色不搭的话，等到缝好扣子他就用记号笔把线涂黑。

可据阿尔贝蒂所言，把他的生活搞得一团糟的不是他本人，而是某个看不见的顽皮精灵。他在《消失的树林》里是这样解释的："我指的不是那种洛尔卡式的抒情的精灵，那种精灵已经被那位格拉纳达诗人研究透了。不是的。我说的是一种和我一起住在我家里的精灵，它会让我变得疯狂，把我需要的所有东西藏起来，或是把我最不需要的东西丢到我眼前，它想即刻把我激怒，被它拿走的东西要是不在一年之后还回来，起码也需要五六天还回来。"在那个时期，阿尔贝蒂有五副眼镜，这样一来，在他需要眼镜的时候就能在家里的任何角落找到一副了。不过有时，那只精灵还是会把五副眼镜全都藏起来，在他最需要眼镜的时候也找不到它们。

拉斐尔如何能在那种无序状态中，在那只精灵不断的调皮捣蛋中继续写作呢？幸运的是他不挑写作地点或写作素材。只要有笔、本子和一小块空间他就能写。他甚至喜欢在狭小的空间里写作。他一直习惯手写，字很小，但对本子的要求倒很细致：线装本，白纸，无格。但是，显然，像阿尔贝蒂这样的“街头诗人”并不总是在家里写作。他可以在任何地方写作，因为他总习惯随身携带小笔记本，随时记录那些引起他注意的事物或是在哪怕最出人意料的地方写诗；例如机场，他经常会在机场里度过好几个小时，尤其是在流亡归国之后，他有时一周内要乘坐多次飞机出行。他总把小笔记本装在外套口袋里，在飞机上写出了许多诗歌，尽管在飞机上的大部分时间都被他用来画小鸽子了，那是他送给机组成员的礼物。

至于写作时间，阿尔贝蒂一直是个在早上写作的诗人。从年轻时起他就习惯很早起床。那时他的诗歌灵感是最丰富的。

> 我是个属于早晨的人，
> 我和第一道阳光有约。
> 太阳邀请我歌颂每一缕曦光。
> 我自然不能对太阳说“等一等！”

不过有时他也得在晚上写作。正是在1939年的一个伤感的夜晚，他写下了自己最有名的诗歌中的一篇：《鸽子》。西班牙内战结束后，阿尔贝蒂和玛利亚·特蕾莎流亡到了巴黎，他们在塞纳河畔的钟表码头附近住了下来，与巴勃罗·聂鲁达和黛丽雅·德尔·卡里尔[1]合住一套房子。在巴黎停留期间，在友人巴勃罗·毕加索的协调下，拉斐尔和他的妻子得以到巴黎蒙代尔电台担任播音员，为该电台面向拉丁美洲的广播节目做播音工作。

---

〔1〕黛丽雅·德尔·卡里尔（Delia del Carril，1885—1989），阿根廷—智利艺术家，曾在1940年至1943年间与聂鲁达成婚，两人于1955年离婚。

阿尔贝蒂从下午7点到早上7点，每个小时都要播报新闻。在每小时的工作时间之余他可以做些自己的事情。唯一不便之处就是那里禁止吸烟。尽管如此，阿尔贝蒂还是能集中注意力搞创作，虽说他还要留神自己是否被叫去做节目。他开始翻译拉辛的《布里塔尼居斯》(*Britannicus*)，主要是为了在戏剧语言中磨炼自己的文字功夫。但是在某个夜里，他毫无预兆地感觉自己急需回到诗歌创作中去。"我到巴黎的时候，"他在《消失的树林》里这样写道："我的精神状态很糟糕，我很绝望。我们那场战争的结局，暴动，在马德里发生的事情，在塞吉斯蒙德·卡萨多[1]上校身上发生的事情，这些都让我精神萎靡，我们这些刚刚流亡出来的西班牙人陷入了由巨大的不确定性组成的隧道中。到了法国后我还没写出任何一首诗歌。就像我之前提到的那样，我开始翻译拉辛的戏剧。但是在某个夜晚，某个我感到最孤独的夜晚，在巴黎那家电台的工作间里，不知被什么神秘力量所驱动，我开始写诗了，它的开头是这样的：鸽子错了/错了/错在想往北飞，却飞向了南方/错在把小麦看成泉水/它错了/那首诗的结尾让我惊讶：她睡在岸边/而你，立在树枝尖头。我也不明白为何在那样焦虑的状态下会写这样一首诗出来。我读它，再重读它，我找不到当时侵扰我的那种情绪的一丝踪影。它的出现是一个谜。它在困扰我的死气沉沉的天空和田野上展开了双翅，那只鸽子甚至飞到了我的手上，变成了文字，印刻到了我面前桌子上放着的白纸上。"它成为阿尔贝蒂于几个月后在阿根廷写完的一本书的让人惊讶的开头。在很短的时间里，《鸽子》这首诞生于诗

〔1〕塞吉斯蒙德·卡萨多(Segismundo Casado，1893—1968)，西班牙内战中第二共和国一方的军官。

人沉重内心的诗歌就流行开来，还迅速传播到了国际社会中，这当然也要部分感谢为那首诗所配的音乐。"《鸽子》被收录在《康乃馨与利刃之间》（*Entre el clavel y la espada*）中，在阿根廷出版短短几年之后，"诗人继续在他的回忆录里解释道，"在我位于拉斯埃拉斯路街上的住所门前出现了一位非常年轻的布宜诺斯艾利斯作曲家，他叫胡安·卡洛斯·瓜斯塔维诺（Juan Carlos Guastavino）。他希望获得我授权他给那本书里的五首诗配乐，把它们改编成歌曲，其中就包括《鸽子》。我对他说可以，我也出席了那首歌的第一场表演活动，它成为一场室内音乐会的组成歌曲之一。不久之后，一支来自圣地亚哥·德尔埃斯特罗的乐队，卡里略兄弟们的那支乐队，翻唱了那首歌，只是清唱，但是也大获成功，很快它就成了广播上反复播放的歌曲。那只战争时刻在我的巴黎之夜中出现的鸽子开始飞翔了，只不过依然飞得像阿根廷房屋的房顶那么高。它是在罗马真正飞向高空的，当时在那座城市的一家剧院里正在举办向我致敬的活动，另一位阿根廷作曲家巴卡洛夫（Bacalov）听到了那首歌，那次是一个漂亮的姑娘伴着吉他演唱的，她叫黛西·卢米妮（Deisi Lumini）。巴卡洛夫请我授权谱曲，我同意了，曲子写成后他立刻把它交给了意大利著名歌手塞尔希奥·恩德里戈来演唱，后者在圣雷莫的一场音乐会上把那首歌唱火了。"从那时起那只永远在出错的鸽子就开始在无垠的天空中自由翱翔了，那首歌已经被翻译成了德语，由米尔瓦演唱，它的西班牙语原语版有乔安·曼努埃尔·塞拉特（Joan Manuel Serrat）、帕科·伊瓦涅斯（Paco Ibáñez）、安娜·贝伦（Ana Belén）、努丽娅·埃斯佩特（Núria Espert）、蒙特塞拉特·卡瓦耶（Montserrat Caballé）等人演唱的多个版本。甚至有一次，在北京，他还听到了那首歌曲的中文版，那歌声无比轻柔，就像是生自花冠中一般。

## 诗歌包容万物，万物都存在于诗歌中

夜晚对于阿尔贝蒂来说是用来做梦的时间。有时，那些梦境会让他害怕得颤抖，他在写《关于天使》时曾反复做过同一个噩梦。梦到床底下出现了一只黑色的章鱼，有时还会变成一头公牛。它不是长着蹄子或触须，而是四只宽大坚硬的手，想要抓住年轻诗人的脖子，把他拖到地上去。尽管依然在熟睡，可拉斐尔还是尖叫了起来，还做着自卫动作，那只可怕的生物从来都没能达到自己的目的。天亮后，他从梦中醒来的时候，诗人似乎遇见了他的守护天使，这也成了那本书的灵感源泉。他在回忆录里这样写道："有时，它们以几何体的形式出现，就像扫走清晨污秽的扫帚，又像没有细菌居住的尸体或碳做的生物，又或是真正的折翼天使，带着哭泣的面庞或是在空旷地方的瓦砾堆中化为齑粉。"

多年之后，到了 1987 年，拉斐尔早已去世的父亲又浮现在他眼前。关于那场意料之外的重逢，阿尔贝蒂在《消失的树林》里写下了一些充满感情的文字，他用那些文字把父亲在世时自己从未向他表达的情感和向他讲述的某些事情记录了下来，例如他的第一首诗歌的诞生过程："你那时没时间了解我的诗歌理想。在一个午后，你突然去世了，我当时还在学画画，在丽池美术宫里临摹画作，我临摹了费利佩四世的宫殿，临摹了那么多的裸体阿芙洛狄忒、农神、大力神赫丘利、阿波罗，我还画丽池公园的风景。尽管我当时一直在学画，可实际上我已经开始醉心于鲁文·达里奥、安东尼奥·马查多、胡安·拉蒙·希门内斯等人的诗歌了。最让人吃惊的是在你去世的那个晚上，你已入殓，静静地躺在那里，我人生中的第一首诗歌就在那时突然出现了，在那之后，那首诗就迷失在了某处。我看到了你的尸体，我忘不了那个场景，你的身体又长又大，脸被遮着，被许多忧郁的白色花朵和四支大蜡烛环绕。我记得在那里，在你面前，我感到有些不安，因为我骗了你三年，我曾拿着伪造的成绩单对你说我会完成因为你带我们搬来马德里而中断的中学学业，我还记得当时上的是教会学校。啊！那次搬家让我离开了加迪斯故乡的海滨沙滩，我一直没有原谅你！可是在马德里生活七年后，我不得不感谢你，因为我的第一部诗集《陆地上的水手》的创作灵感就来自这座城市，我的诗歌理想也在这里诞生，尽管那本诗集里的第一首诗也曾被我用来指责你把我从美妙的蓝色海洋边带走。大海。海洋。大海。/ 只有海洋。/ 为何你要把我带走，爸爸，/ 带到城市去？ / 为何你要让我离开 / 海洋？ / 在梦里，波涛 / 撞击着我的心灵，/ 想把它带走。/ 爸爸，为什么你要把我 / 带到这里来。/ 现在，请原谅我吧，虽然已经迟了，虽然我也已经老了，你是 60 岁时去世的，我现在已经比你去世时的年龄大 24 岁了，放到今天，这个年龄差已经足以让你成为我的孩子了，但我还是要告诉你这些让我痛苦的事情，迟来的眼泪伴随着我。”

有时，阿尔贝蒂也会在打盹的时候进行创作，几乎可以算是在梦游了，尤其在那些睡眠质量很差的夜晚。有时他在起床后，会在房间地面上发现散落的纸张，上面写着些诗歌草稿，他需要破译它们、完善它们，然后确定它们的最终形态。那些散落在床边的纸张会让刚刚睡醒的诗人高兴不已，因为这意味着他正在创作的书又取得新进展了。

拉斐尔不喜欢谈论他的诗歌理论，这不是因为他想隐藏秘密——就像那些手工冰激凌师傅从不会把完整的配方公布出来那样，而是因为他从不认为自己是个诗歌理论家，也不是什么教师型诗人。阿尔贝蒂靠诗歌谋生，也享受诗歌，他每天都会品读诗歌，但是像科学家一样解构诗歌、分析诗歌却让他提不起兴趣来。“我是个诗人，不是评论家，”他这样对玛利亚·亚松森·马特奥说道，“我想说的都被我写进作品里了。此外，诗歌包容万物，万物都存在于诗歌中。重要的是诗人的表达能力。如果专家们愿意的话，可以去评价那种表达能力。”有时候他也会评价说自己在写诗的时候能感觉到对副动词的某种偏爱（“副动词表现力很强，很适合用来构造句式”），以及对副词的某种偏爱（“这是下意识的行为”）。可比起用脑子写作，阿尔贝蒂更多的时候是在用心写作，如果他只是停留在分析自己使用的每种形象的层面上的话，他是无法继续进行创作的。在写诗时，他更相信自己的听觉，这对他找到诗句的节奏来说很重要。他会大声朗读诗歌，他给自己培养出了极度的敏感性，能够通过声音判断诗句的好坏，进而捕捉适合它们的节奏。通过大声朗读、欣赏其他诗人的诗作，他吸收了西班牙诗歌传统中的精华，就像20世纪另一位伟大的诗人巴勃罗·聂鲁达在他的回忆录《我坦言我曾历尽沧桑》（*Confieso que he vivido*）中提及阿尔贝蒂时所说的那样：“他的诗歌就像奇迹般盛开在冬季的玫瑰花一样，里面有贡戈拉的雪花、豪尔赫·曼里克的树枝、加西拉索的花瓣和贝克尔的哀伤气息。[1]也就是说，他的酒杯里盛的是西班牙最香醇的美酒。”

尽管阿尔贝蒂最初的梦想是当个画家，可是从很小的时候起，他就发现文字和语言对他有着某种特殊的吸引力，终其一

〔1〕 上述四人均为西班牙著名诗人。

生，他都与它们维持着充满激情的关系。他总是对事物的名字表现出极大的兴趣，尤其是自然界的事物。他在回忆录里这样写道：“我不是那种会把虞美人花和雏菊搞混的诗人，这类诗人的数量现在比之前还要多，那种诗人不知道黄菖蒲是什么，更不知道沿着花坛边缘长的长春花是什么。我几乎是从识字开始就了解许多花、树、植物的名字了。我的母亲是安达卢西亚人，那里的人天生就热爱花园，热爱挂满花瓶的阳台，是她教会我那些知识的。”每到一个新地方或新国家，在了解了当地人的生活习惯之后，他要做的第一件事通常就是询问周边常见的植物和动物的名字，为的是识别它们、记住它们。

把阿尔贝蒂带入文学世界的不是研究，而是情感，不是课堂，而是生活；不是通过智力活动设计的高超技巧，而是他对交流所保持的热情。小时候他经常逃课，跑去沙丘玩耍或是和一个绰号“小黑”的吉卜赛朋友去逗小牛犊。他没能完成初中学业——就像他和父亲坦白的那样，虽说他的成绩一向不错。他坦然地接受了那个事实，就像他在1985年给家乡读者做的演讲中所说的那样：“我当年是个在圣玛利亚港的沙滩和城堡废墟里转悠的小画家，是个喜欢逃学的孩子——一个冲着太阳和大海洋洋自得的学生，我在文学写作课上挂了科，最后由于举家搬往马德里而中止了中学学业，我们搬家是为了让我能继续在丽池美术宫和普拉多美术馆里学习绘画；当时有谁会告诉我说今日，这个早上，在这里，在加迪斯，在我离开圣玛利亚港，离开这里神话般的美妙海滩，离开我出生的地方，离开它的恩赐和它那永不消逝的海盐气息六十七年之后，我会被加迪斯大学授予荣誉博士学位呢？”

在《消失的树林》第五卷中，这位“捞斧蛤的”（人们就是这样称呼圣玛利亚港人的）诗人说他想活到 2015 年。在生命的最后几年时光，他（已是个九旬老人）依然没有找到离开这个世界的理由，还有很多事情让他感兴趣，他依然充满活力，而且没有停止写作。“诗人有能力写各种各样的东西，只要他能够感受到它们，”他这样对玛利亚·亚松森·马特奥说道，“我就是这样的诗人。只要能感受到它们，你就可以尽情地歌唱它们，从最悲伤或最通俗的语调到最庄严的语调。重要的是讲述，是交流。如果做不到这一点的话，从文学的角度看你就已经死去了。”尽管他没能实现自己的愿望之一——看看 21 世纪的样子，因为他去世于新世纪前的 1999 年，可没人会怀疑阿尔贝蒂已完成了他的另一个心愿——活到 2015 年。那个“街头诗人”的声音不仅在那一年回荡在我们身边，还会永远回荡下去。

## 参考书目


AA.VV. *Rafael Alberti. Premio Miguel de Cervantes 1983*. Anthropos y Ministerio de Cultura, Madrid, 1989.

Alberti, Rafael. *La arboleda perdida: Primero y segundo libros (1902–1931)*. Alianza, Madrid, 1998.

Alberti, Rafael. *La arboleda perdida: Tercero y cuarto libros (1931–1987)*. Alianza, Madrid, 1998.

Alberti, Rafael. *La arboleda perdida: Quinto libro (1988–1996)*. Alianza, Madrid, 1999.

Mateo, María Asunción. *Rafael Alberti. De lo vivo y lejano*. Espasa Calpe, Madrid, 1996.

# 伊莎贝尔·阿连德

**主要作品**

《爱情与阴影》（*De amor y de sombra*，1983）

《无限计划》（*El plan infinito*, 1991）

《宝拉》（*Paula*, 1994）

《感官回忆录》（*Afrodita*，1997）

《日本情人》（*El amante japonés*，2015）

*不是我去选择主题，而是主题选择我。……我不是在创造这些人物，他们本就是存在于另一个时空中的生灵，等待着有人把他们带到这个世界中来。我只是一个工具，就好比一台收音机；如果我把收音机的波段调到合适的频率，或许那些人物就会现身并向我讲述他们的生活。……应该重视梦境、预感和本能。*

◎ 她的书桌上总会有鲜花和熏香来驱散坏情绪，她的电脑下面会一直放着巴勃罗·聂鲁达的作品全集，以期为她带来灵感。……她的桌子上总会放上点燃的蜡烛，至少会有一根，这是用来召唤缪斯和保护神灵的，也是为了获得灵感之气。另外，因为她不用手表，蜡烛还起到计时的作用。

* * *

不久前我们收到一封来自驻马德里古巴大使馆的来信，既然是古巴大使馆，自然该设在名叫哈瓦那大道的地方，信中邀请我们前往参加新大使的就职仪式。这对我们来说并不奇怪，我们和古巴的联系一向十分畅通，因为我们对加勒比地区的文学做过许多研究。但出乎意料的是，来信署名是伊莎贝尔·阿连德。“这真是太奇怪了！那个出生在利马的智利人，从小在玻利维亚和黎巴嫩长大，在圣地亚哥、比利时和瑞士当记者，后来流亡到委内瑞拉，最终在旧金山（加利福尼亚州）定居，现在怎么跑到西班牙从事古巴人的外交事业了？”这令我们大为不解。然而，很快我们就搞清楚了原委，借助电子邮件这种媒介，我们询问了我们的朋友劳拉——古巴驻印度大使，在那封邀请信中署名的伊莎贝尔·阿连德究竟是谁。她很快回复我们说那是一位终身从事国际外交事业的古巴人，和作家伊莎贝尔·阿连德没有丝毫联系。我们的喜悦之情顿时烟消云散。毕竟，要想找到智利前总统的侄女并采访她不是一件容易的事，她在加利福尼亚的居所戒备森严。我们曾想借她来西班牙出席新书发布会的机会采访她，但是又一个命运的巧合阻碍了我们的计划：当时我们正在伦敦采访马里奥·巴尔加斯·略萨。

后来的一封信让我们再次汗毛直立，浑身起鸡皮疙瘩：这封信的署名又是伊莎贝尔·阿连德，这次邀请我们去参加一个即将开设在安达卢西亚的香水和化妆品公司的发布会。无论是昂贵的异域气息带来的感官愉悦，还是探寻那个阿连德究竟是不是我们所找的阿连德的好奇心，都没能驱使我们前往举办发布会的酒店。最终我们还是拒绝了邀请。我们会在全世界遇见关于那位最著名的西班牙语女作家的信息。唯一令我们感到宽慰的是，在这位女作家身上也会发生这样的事情。实际上“伊莎贝尔”是个非常常见的名字，但是“阿连德”这个姓氏却并非如此。然而，很多时候人们会把我们的作家伊莎贝尔和另一位同名同姓的女性搞混，这个人便是她的表妹，萨尔瓦多·阿连德的女儿。萨尔瓦多·阿连德在 1970—1973 年间任智利总统，1973 年，皮诺切特发动军事政变推翻阿连德政府后自行担任总统一职。我们的那位女作家说道：“在智利，所有人都知道她是谁、我是谁。但是在国外，情况却大不相同。意大利的《共和国报》（*La Republica*）刊登了一篇关于共产主义游行的文章，参与游行的是另一个伊莎贝尔，但出现在报纸上的照片却是我的。美国联邦调查局或许有这样一份关于我的档案，里面记录的都是我表妹做的事情。”

我们在访问伊莎贝尔·阿连德的网页的时候，既没有产生疑问也没有任何怀疑：照片是她本人的，生平信息也是对的，作品的标题也都符合，另外，她本人也会亲自回答那些来自遥远的网络空间的问题。21 世纪最为活跃的媒介最终为我们解决了一个信件、电话和飞机都无法解决的难题：和真正的伊莎贝尔·阿连德进行一次不见面的、远程的约会。

## 游戏在媒介间展开

我们置身于媒介文明之中。正因为如此，近几十年来服务行业发展到了极致。业务员、律师、私家侦探、牧师、医生、银行主管、教师、网络购物、旅行社、当代红娘、跑腿小哥、信用卡，等等，这些都是我们与我们想要的和需要的事物之间的媒介。阿连德认为她与文学之间的关系也是这种关联机制中的一种，因为她的工作就是把她梦里的内容或者把家族和生活摆在她面前的故事展现出来。“我的小说并不产生于我的大脑，而是在我身体里形成。不是我去选择主题，而是主题选择我。”她笃定地说。“我的工作就是用足够的时间，在安静的环境中，有规律地进行写作，以便让小说中的人物以完整的形象出现并能自己说话。我不是在创造这些人物，他们本就是存在于另一个时空中的生灵，等待着有人把他们带到这个世界中来。我只是一个工具，就好比一台收音机；如果我把收音机的波段调到合适的频率，或许那些人物就会现身并向我讲述他们的生活。”事实上，伊莎贝尔觉得自己像个故事的捕捉者，她懂得如何倾听。我们所有人都或多或少有些可以讲述的事情，如果我们懂得选择一个合适的口吻去讲述的话，那么所有人类的素材就都是有趣的。一些被隐藏的细微信息时常会爆发惊人的力量，从而转变成一个长故事。当她发现合适的故事或者趣闻的时候，就必须把它讲出来。“我只是一个***媒介***或者一个通过我来发出声音的工具，”她这样解释道，“我创造出一个虚构世界，但它并不属于我。在那样一个漫长的、需要耐心的每日习作的过程中，我发现了关于自己和关于生活的很多事情。我对于我写的东西是无意识的。这是一个奇怪的过程，就好像通过这个‘虚假的虚构’，你发现了关于你自己、关于生活、关于人和关于世界的运作方式的微小的真相。”周围发生的事情，被触发的连环事件，这些都会不断丰富一个人物或一个故事，到了一定程度就会有人成为主角，因为事实就是如此。

伊莎贝尔·阿连德试图从每种经历中提取出一个信息、一种情绪或一种感觉，这些信息、情绪或感觉能够进入她的内心并有效转化为故事。“在我生命旅程中发生过的事情和遇到过的人是我唯一的灵感来源。正因为如此，我努力满怀激情地生活，从不畏惧风浪和那些无法避免的痛苦。今天的经历是我明天的回忆并将成为我的过去，是我生活的调味料。如果我追求一种安稳无虞的生活，那么我将无法写作：我能讲些什么呢？我的记忆是由冒险、爱情、苦难、分离、歌声和泪水组成的。日常琐事早已消失不见。回望过去，我感觉我像是主演了一部音乐剧，但这或许不是真的：幻想会欺骗我。我独自沉默，度过数个小时，直到现实变得模糊，我最终听到了声音，看到了幻影，甚至连我自己都是虚构出来的。时间将我裹挟并开始形成一个个圆圈。我已经经历得足够多了，所以我能看到事情之间的联系并证明那些圈会闭合。我很小心地迈步，因为我想到每一个行为、每一个词语、每一个意图，都在现实的最终设计里起着重要作用。或许时间并没有流逝，而是我们穿越了时间。或许空间里充满了各个时代的存在，就像我祖母说的那样，所有已经发生过的和即将发生的事情都共同存在于一个永恒的现在。简而言之：我相信一切皆有可能。”

因此，存在一种神秘却又卓有成效的体系，将循环的时间和外部的、可操作的、实用的、经验论的现实，以及另一种更为内在的现实联系起来，在那个内在的世界里，灵魂与我们进行交流。有时候那种交流通道会在梦中开启，这是我们拥有的另一种*媒介*形式。这位智利女作家指出：“应该重视梦境、预感和本能。对我而言，有时候我晚上梦到的事情比白天看到的事情更重要。无论是对我的孩子们还是对我的孙子们，我总是会产生那样的直觉，在他们出生之前我都会梦到他们。”阿连德坚信另外的那个世界并不是纯粹的幻想，而是真实存在的。随着时间的推移，当她越来越坚定写作志向的时候，她的那份信念就越来越强烈：“在我写作的这些年里，在我的生活和写作中发生过的事情向我证明了另一个世界的存在。而当你一个人安静地度过很多个小时的时候——就像我常常做的那样——是有可能看到那个世界的。有时候我会写些什么，我几乎确信这只是我的幻觉。数月或者数年之后我才会发现那些都是真的。我的祖母是很敏锐的人。尽管她并不写作，但是她能预见事情并捕捉到这些陌生的事情和感觉。”

## “媒介”之家

在英语中，“*spirits*”的意思除了“精神、灵魂”以外，还有“葡萄酒”和“烈酒”。酒精本身就是一种工具，一种“媒介”，它可以把我们与另一个世界连通，让我们忘却现世的烦恼，切换我们看待生活的视角。同时，它也是与“他人”产生联系的方式。酒精可以加快社交的进程：聚会，亲密关系，等等。如果这些因素都汇集在一起，在觥筹交错间，一切进展就会更加顺利。“干杯”，具有魔力的词语，语言的魅力由此凸显。阿连德从年轻时代起就一直生活在一个充满迷信和仪式的世界中，透过这个独特的视角，她构建出一个独有的写作空间。她的家庭环境就是所有的起点。“我是幸运的，”她说，“我来自一个古怪离奇的家庭。一大堆狂人逸事组成了我们家族缤纷多彩的血统。他们几乎是我所有小说的灵感源泉。和这样的家人生活在一起是不需要想象力的，他们会提供魔幻现实主义的所有元素。”例如，伊莎贝尔的妈妈担心女儿身材矮小，又害怕她长得慢，就从小带她去健身房，在那里把她的手绑起来，拉着她的脚试图拉长身体。她的奶奶是布拉瓦茨基夫人的信徒，日常练习心灵感应术，因为她不相信邮政通信手段。伊莎贝尔和奶奶很亲近，她们之间心灵相通，她也很熟悉奶奶连通生者的世界与死者世界的方式。因此，奶奶去世以后，小孙女多次向她求助。她解释说："我不确定那是我的幻想，还是说她的灵魂一直都在，但是当我需要通灵的时候，我就会向她求助。这并不是说她的灵魂会出现，而是我能事先感觉到我应该做什么。当我需要借助力量和纪律的时候，我的爷爷就会出现，他是一位纯正的、很棒的巴斯克人，当我需要找到解决问题的方法的时候，我就会想到我的宝拉（我的女儿）。我并不是让他们帮助我解决日常问题，而是我去回忆和他们在一起的美好时光。"

然而，当伊莎贝尔进行文学创作时，她的妈妈便是那个贡献最大的人。多年以来，她总是会给出最好的建议并在真正意义上帮助伊莎贝尔完成创作。她是女儿真正的知己，尽管她们相隔很远。伊莎贝尔已经住在美国很多年了，但她依然每天和妈妈联系。她们每天通信的习惯保持了很多年。"这就像是一种需求，"伊莎贝尔在本世纪初曾经说起，"有时候她会在一天之内给我写不止一封信，这是一件很美妙的事情，我们这样持续了35年。每天清晨我开始给她写信的时候，我打开电脑，打开被我称为'包房'的小天地，这是我在大脑里为写作设置的一块区域，梳理前一天发生的事情并将之写下来，一封信就这样诞生了。我知道，即便是我把所有的事情都忘掉了，在智利还有一个柜子，那里保存着35年来我给妈妈的所有信件。或者说，我的生活是真实存在着的。"是她的妈妈看好伊莎贝尔的第一部作品《幽灵之家》（*La casa de los espíritus*，1982），并且在作品完成之初修改了其中不恰当的地方。从那时起，她就成了伊莎贝尔的文学顾问，成为她作品的第一位读者并帮她修改。从阿连德的小说所取得的成就来看，她妈妈的作用是不容忽视的。伊莎贝尔在《宝拉》（*Paula*，1994）中写道："据说一本书是永远不会终结的，只是作者屈服了而已；如此看来，或许是我的爷爷奶奶看到他们的回忆被篡改得太离谱了，才迫使我给我的书画上句号。就这样我写出了我的第一本书。我不知道那些书页会改变我的人生，但是我可以感觉到我结束了一段长时间的麻痹和沉默。我把我写了一年的一沓书稿捆起来，我很不好意思地把它们交给了我母亲。几天之后她惊恐地问我，我怎么如此大胆，竟然把我们家族的秘密都写了出来，还把我的父亲写成一个堕落的人，甚至还用了他原本的姓氏。为了让她高兴，我决定把姓氏换掉。找了很久，我找到了一个法语单词，比之前的词少一个字母。为了让新换的词在文档中占据和原来的词同样的空间，我在原稿中用修正液删掉了 *Bilbaire*，在上面写上 *Satigny*，这就导致我花了好几天的时间逐页检查书稿，再把每一页重新打印一遍，我安慰自己说，这样的手工活跟塞万提斯写《堂吉诃德》时候的艰辛相比不值一提：塞万提斯身陷囹圄，一只手臂残疾，在烛光下用羽毛笔写作。从那次修改以后，我的母亲就满怀热情地参与到我的小说创作中，选了"幽灵之家"作为书名，并贡献出很多绝妙的想法。从那以后，我妈妈就成了我的编辑，她是唯一可以修改我写的书的人，因为有能力提出如此鞭辟入里的看法的人必须是我完全信任的人。"

伊莎贝尔身上最明显的超自然和迷信的印记集中体现在她充满仪式感的工作方式上。她本人也承认说自己没有很强的宗教信仰，也没有太多社交，所以需要在工作中和写作工具上注入一些小仪式。她的书桌上总会有鲜花和熏香来驱散坏情绪，她的电脑下面会一直放着巴勃罗·聂鲁达的作品全集，以期为她带来灵感。她认为如果这些现代的机器被病毒攻击，用一阵充满诗意的仙气就可以把它们都清除。她的桌子上总会放上点燃的蜡烛，至少会有一根，这是用来召唤缪斯和保护神灵的，也是为了获得灵感之气。另外，因为她不用手表，蜡烛还起到计时的作用。谈起蜡烛，她说："这根大约会燃烧六七个小时，这就是我每天写作的时长。蜡烛燃尽了，一天的工作也就结束了。任何一个长时间独自安静写作的作家，无论男女，到最后都会觉得他自己是一个'媒介'。他会听到声音，会和现实保持非常深层次的联系。他和他正在做的事情联系十分紧密，甚至会产生和现实一样的幻觉和感受。"最后，秘密仪式也是很重要的——她没有告诉我们是什么，如果告诉我们的话，这就不再是秘密了——在这个仪式中她会让思想和灵魂都做好在恍惚中接收当天的第一句话的准备，特别是在开始创作一部新作品的那天……

## 每个1月8日，像往常一样没有卡片

然而，迷信的最高程度体现在她为自己指定了一个日子来开始她的小说创作。塞西莉亚（Cecilia）的那首著名的歌曲中，主人公按照以往的惯例在每个11月9日给他的妻子送去一束紫罗兰，并像往常一样不在花束中附上卡片，这样他的妻子就不知道花是他送的，但又能让她始终感到幸福和爱。伊莎贝尔·阿连德则是在每个1月8日开始讲述她的故事，这是一个有魔力的日期，因为灵感和"媒介"的运行必然会在这天凭直觉开启。为什么是那天呢？因为从她写第一本小说《幽灵之家》的时候开始，那个日期就给她带来了好运。她在1994年说道："就是这样开始了一个我至今依然保持的传统，我不敢做出改变。我总是在那个日子写我的书的第一句话。那一天我会试着长时间一个人安静地待着，我需要很多时间把我自己从街上的嘈杂声中抽离出来，并从繁杂的生活中整理出头绪。"1981年年初，她在加拉加斯的流亡期已经持续了六年，她在马洛克学校做行政工作，就在那时，她得知她所崇敬的99岁高龄的爷爷生命垂危。那天晚上她在厨房里支起一部打字机（那时她还不用电脑），开始给她具有传奇色彩的爷爷写信。那是一封她爷爷永远也不会读到的灵魂之信，同时也是一封发自她内心的信，就好像是要从她的身体里驱逐出什么魔鬼一样。第一句话是在恍惚中写下的，她回忆说："在我还没有意识到我写了什么的情况下，我的手指就飞速地在键盘上敲下了这句话：'巴拉巴斯从海路回到了家里'。谁是巴拉巴斯？他为什么是从海路回来的？巴拉巴斯和一封跟我爷爷告别的信有什么关系？虽然我当时并不知道答案，但凭着无知的自信，我还是不间断地屏住呼吸写了下去，每晚如此。我并不需要费很大的力气，因为仿佛有秘密的声音在我耳边小声地把故事讲跟我听。一年以后，我在厨房的桌子上写完了500页。《幽灵之家》诞生了。那位从海路回到家中的巴拉巴斯注定会改变我的命运；对于我来说，写下那句话后一切都变得不一样了。《幽灵之家》开启了我的文学旅程，我在这条路上一去不返。"伊莎贝尔的第四部小说《宝拉》总结了截至她女儿离世之时她的写作生涯，书中她又讲了一些在那个神奇的1月8日之后的几个月间发生的事情，以及那封信是怎样变成一部小说的过程："从最初的几句话开始，就有其他的力量控制着我的信，并驱使我不断地远离家族的不确定的历史，去探索虚构世界中的确定性。写作的过程中我忘掉了最初的动机，分不清现实与虚构的界限，书中的人物都活了起来，并且变得比我的孩子对我的要求还要过分。当时的我处在一种游离状态中，我在学校的时间是之前的两倍，从早上七点到下午七点，在工作中出现了各种严重的错误。我不知道那一年我是怎么坚持下来的，每天要查阅账本，管理老师和学生，还要抽时间去巡查课堂情况；与此同时，我所有的注意力都集中在一个装满了我晚上胡乱写出来的书稿的帆布袋上。我的身体像个机器人一样完成着我的本职工作，我的思想却游走在那个我一字一句构建起的世界中。每天天黑的时候我回到家，和家人一起吃完饭，冲个澡，然后我就坐在厨房或者饭厅里对着我的小型移动打字机写作，直到疲倦迫使我上床睡觉。我写起来丝毫不费力，也不需要思考，因为我睿智的奶奶一直在旁边对着我口述。清晨六点钟我就要起床去上班，但是那短短的几个小时睡眠对我来说已经足够了。我一直处于一种恍惚的状态中，我的能量在消耗，就好像我的身体里有一盏灯一直亮着。我的家人每天听着我敲击键盘的声音，看着我精神恍惚的样子，但是没有人问我怎么了。也许他们已经猜到我无法给出答案，事实上我也不确定当时在做什么，因为给我的爷爷写封信的想法很快就消散了，但我也没有承认自己已经开始了一部小说创作，因为我觉得那是一个很自以为是的想法。二十多年来我一直游走在文学的边缘——新闻、短篇小说、戏剧、电视剧本和大量的信件，我从来不敢承认那是我真正热爱的事业。我用不同语种出版了三部小说，在那之后我才真正把‘作家’当作我的正式职业。无论去哪里，我都会带着我的书稿，因为我害怕它们被弄丢或者家里着火。那一沓用绳子捆着的书稿对我而言就是一个刚刚诞生的孩子。一天，当我的帆布袋已经变得很沉的时候，我数了一下，共有 500 页，被我用白色的修正液做了很多修改之后再反复进行修改，有些页已经像硬纸板一样硬了，还有一些页被洒上去的汤弄脏了，又或者有额外用胶水粘上去的书页，可以像地图一样折叠起来。电脑可真是个好东西，现在我可以进行修改并总是保持书页干净整洁。”

但是1月8日也并不仅仅是一个迷信元素，它本身还代表着纪律的必要性。作家这份工作没有固定的时间表，需要作家自己来制定工作时间。如果想要完成一部长篇的话，除了灵感以外，更离不开长时间的艰苦工作，还要舍弃很多事情。这份工作既没有上司，也没有人规定开始写作和交稿的日期。必须由作者本身自发地制定工作纪律。如果你认为伊莎贝尔只是凭着直觉进行创作，那么这种看法是错误的。诚然，她的第一部小说是在持续了一年的几乎疯狂的状态下完成的，但那并不是常态。从那时起，她便开始对写作的进程有了更多的控制，并实施了一些和直觉相配合的规则。她有时会在短时间内放下与文学创作无关的工作，化身成一位全职作家。她的妈妈潘琪塔意识到那部小说是一部了不起的作品，便联系了卡门·巴塞尔斯（Carmen Barcells）在巴塞罗那的文学代理公司，卡门在很大程度上促成了伊莎贝尔文学生涯的发展。1983年1月8日伊莎贝尔开始创作她的第二部小说《爱情与阴影》（*De amor y de sombra*）。这部小说的创作动机源于对20世纪70年代拉丁美洲独裁统治的狂妄暴行的愤怒之情，作家本人也是独裁统治的受害者。小说以一起政治犯罪为基础，以新闻报道的形式展开叙述。在1973年的军事政变期间，智利有成千上万的人死去或失踪，其中就有作者的伯父、当时的智利总统萨尔瓦多·阿连德，还包括距离圣地亚哥50公里的龙根镇（Lonquén）的15名农民。从该事件出发，阿连德创作了一个试图揭露暴力独裁之恶行的故事。事后来看，作者在那部书中写下的一些文字可以被用来解释她在创作那部小说和其他小说的开头部分时的习惯做法："每年1月8日，当我开始写另一本书的时候，我会举行一个秘密仪式来召唤工作和灵感的神灵，然后我将手指放在电脑键盘上，让第一句话在恍惚中自己写出来，就像当时写出《幽灵之家》的第一句'巴拉巴斯从海路回来了'那样。我没有计划，也不知道正在发生什么。开头的那句话为我开启了一扇门，从那扇门我小心翼翼地探出头去看看另一个世界。后面的几个月里我一字一句地探索着那片领域。起初，人物形象都是很模糊的，之后他们的轮廓会逐渐清晰起来，每个人都有自己的声音、自己的经历、自己的性格，还有他们身上的坏习惯和闪光点。他们的形象是那么的鲜活、独立，我无法控制他们。故事会慢慢展开，每次向前进展一点，直到抵达最深层。"写作是一个私密且安静的过程，这和生活在文学周边的人们所认为的宏大和复杂无关，人们只看到宣传活动、签售、书展和每一个主要机场里的宣传书目。写作就像是"用很多种颜色的丝线绣一幅挂毯"，"这是一个手工活，要小心翼翼，还要遵守纪律"。还有一次，伊莎贝尔说："我从事的是一份需要耐心、沉默及孤独的工作。我的孙子们看到我在电脑前不间断地工作，还以为我在惩罚自己。我为什么要这样做呢？我不知道……这是一种生理机能，就像做梦和母性一样。不断地讲述……这是我唯一想做的事。我必须减少想象的部分，因为现实总是比我靠想象得来的任何事情都要精彩。在最好的情况下，写作的目的是努力让那些无法说话或者被动沉默的人发声，但是当我这样做的时候，并不会试图去代表任何人，也不会越界，更不会代表任何人传递信息或者解释宇宙的奥秘。我只是试着用私下里谈话的语气来讲述，尽量不要忘记幽默和共情，它们是赋予人物生命力的两个关键所在。”

她的第三部小说《艾娃·露娜》(*Eva Luna*, 1987)也是在1月8日开始动笔的，这是她在委内瑞拉期间写的最后一部小说。在那里写作逐渐变成一种习惯，但是她还没有一个固定的写作场所。因此,《艾娃·露娜》中的很多片段和同时期的很多文章都是在嘈杂的环境中写出来的。“在一次难忘的堵车经历中，”她回忆道，“我在一种令人窒息的炎热中被困在车里，一气呵成地在一张支票的背面写完了《两个单词》(*Dos palabras*)，那是一种关于叙述和语言的神秘力量的体现，它很快就成了我创作短篇小说的秘籍。”她随时随地都在写作，因为这已经变成了她生活中不可或缺的内容。“这就像是做爱的需求一样，”她解释道，“你会在门后，在任何地方做这件事。”委内瑞拉还赋予了她加勒比地区感性的、富有想象力的和具有讽刺意味的笔触。正是因为这些，她的书富有批判精神，充满了动人的情节，体现了女性特点，独树一帜，不落俗套。

## 两个冲突中的文化之间的“媒介”

1987年，伊莎贝尔去了美国并在那里认识了威利，他在1988年成为她的第二任丈夫。她从孩童时期开始就对帝国主义美国抱有一定的反感，特别是在皮诺切特得到了来自北方的敌人的支持以后。然而，她很清楚地知道虽然美国人“密谋反对她伯父的政府，美国中央情报局帮助军方和皮诺切特政府，但可以肯定的是，如果不是智利人想让军事政变发生，那它就不会在智利发生，更不用说它爆发的形式了。一半的智利人是支持军事政变的。他们很高兴摧毁了阿连德政府。我确信在没有那些内部支持的情况下，美国中央情报局是无法在智利做任何事的。不能把责任完全推在美国身上，你可以去怪罪美国中央情报局的干涉，但是在智利发生的事情是智利人的错。一群智利人在长达 17 年的时间里一直在谋杀、折磨和镇压另一群智利人”。

她很快顺利地定居加利福尼亚。漫步在旧金山的街道上，可以闻到世界各地美食的香味，听到各个地方的音乐，看到各种宗教的仪式，听到人们讲各种不同的语言，等等。她向往多元文化，想在那里定居，她只有两个选择：工作或者结婚。她开始在加利福尼亚的一所大学里教书，但是三个月以后，她发现她已经很久没有写作了。当时的她已经是一位非常知名的作家了，她想继续从事文学创作，于是她很快向威利提议结婚。她是这样讲述如何说服威利的：“我把他置于一个进退两难的境地，因为他在一次有其他人在场的晚餐中开了一个关于婚姻的玩笑。他说除非别无选择，否则不会再婚……我当场就大发雷霆。我对他说当我放弃委内瑞拉的家、我的孩子、我的朋友、我的一切的时候，我就已经和他有了一个正式的约定，13 年后为了来和他一起生活，我放弃了所有那些东西。我问他如果那都不算一个完整的约定，那什么才算。他并没有做任何类似的事情。威利说：‘好的，我需要一些时间好好想想这件事’。我说：‘很好，你可以考虑到明天中午’。我们从洛杉矶开车回去。我们当时在圣路易斯·奥比斯波，直到回到旧金山才又开始说话。我们抵达的时候，他跟我说：‘好吧，我们结婚。’”

另外，威利也是她下一部小说《无限计划》（*El plan infinito*，1991）的灵感来源。在这部小说中，格雷戈里·里夫斯，一个和被边缘化的西班牙裔群体有关系的美国人，接受了一些关于贫穷、政治激进主义、性解放和越南战争的创伤的革命性立场。对于伊莎贝尔来说，她的工作环境也有了很大变化。她住在位于旧金山圣拉斐尔街区的一幢漂亮且舒适的房子里，从那里可以看到那条著名的海湾的全景。在这座被称作“幽灵之家”的房子里，很和谐地摆放着作家在世界各地旅行时获得的物品：土耳其挂毯、摩洛哥金银制品、她本人的画像，还有巨大的鲜花花束。她家中还养着四只浣熊、一只狐狸、一只猫和几只鸟。但是她在另一个地方工作：一个位于索萨利托的工作室，距离她家 20 分钟路程。那是一个威利整修过的旧车库，十分寂静安宁，很适合独自写作，作家与点燃的蜡烛、打开的书卷，还有她怀念着和爱着的人的照片为伴。这是一处很少接受来访者的避风港。她在那里度过一天中的大部分时间，有时候会达到每天 10 个或 12 个小时。空闲的时候她喜欢听古典音乐，看美国老电影，和好朋友一起聊天。

## 痛苦的锻造

然而，加利福尼亚的生活并不总是那么美好。痛苦不断地出现在这位智利游子的生活中。她的父母在她很小的时候就分居了，不久后她的奶奶也去世了。母亲离开后她一直住在祖父母家，并为奶奶守孝很久。色彩、音乐、欢乐、甜品和鲜花都从她的生活中消失了。她的爷爷更是极端到把家里的家具都刷上了黑色的漆。后来出现了两个叔叔，都是巴斯克人，他们发明了“剧烈游戏”，这是一种真正的折磨孩子的手段，因为他们认为小孩子在磨炼中会成长得更加结实。童年时的恐惧消散以后，另一种更糟的恐惧接踵而至：政治的威胁。她的伯父被谋杀，在度过了数月由姓氏原因造成的提心吊胆的日子以后，整个家族出逃流亡。“那件事对我的影响很大，非常大，”她这样强调，“我用了很多年才从那件事中走出来并把它写成小说，或者说使它成为我自己生命中可承受的一部分。军事政变是在1973年发生的，我的第一部小说作于1982年。那些年我一直在沉默中度日，就像是被困在恐怖之中。那段时间我一直在克服困境，努力重新开启我自己的生活，重新面对发生过的事情。”但是当那一切都已经成为历史的时候，1991年，更大的打击来临了，“当时我在加利福尼亚过着幸福的生活。我女儿的死，对我来说比军事政变更糟，对我的打击更大。我觉得我要用很多年的时间来抚平那份伤痛，把它转化成，或者是把它变成对我来说积极的东西。事实上，我认为人们只会通过痛苦去成长，去学习，幸福只是短暂的火花，是我们应该享受的美妙时刻。一个人最好的东西是从努力和汗水中得来的。但是那并不意味着我们需要不断地受苦，生活就是为了经历那一切”。

实际上，1991年，正当伊莎贝尔在马德里出版《无限计划》的时候，她的女儿宝拉——当时与丈夫和两个孩子一起住在西班牙——患上了卟啉病，并在不久之后陷入昏迷。由于重症监护室医生的疏忽，宝拉的大脑受到了不可逆转的损伤。几个月以后，她在植物人的状态下出院，被转运到伊莎贝尔在圣拉斐尔的住所，1992年12月6日，她在妈妈的怀抱中去世。“自从她离开以后，”伊莎贝尔遗憾地说道，“一种巨大的空虚感占据了整个家和我的生活，我无法理解为什么我不和她一起死。在这种情况下我妈妈带着救赎的信念来到我身边，她告诉我不应该主动寻死，因为死亡是无论如何都逃不掉的，活着才是挑战……她把我在那一年写给她的190封信放在我桌子上的黄色笔记本旁边，信中我一点一点地向她讲述着我女儿致命的疾病，她对我说：‘伊莎贝尔，你拿着这些，好好读读这些信，把它们整理好。这样你就能明白对宝拉而言，死亡是唯一可能的解脱。’我按照她的要求去做了，一点一点地，一句一句地，在无尽的眼泪中诞生了另一本书，我给它取名‘宝拉’。这不是一本小说，而是一部情感真挚的回忆录，它为我的女儿而作，就好像是一个为了战胜死亡的驱魔符。奇怪的是，这不是一部悲伤的书，这是对生命和对我们家族历险般命运的赞颂。我的奶奶以前常说死亡是不存在的，只有我们被遗忘的时候，我们才会死去。只要我还活着，宝拉就会与我同在。这难道不是写作的最终目的吗？战胜遗忘。”

很长一段时间里她的思维都处在停滞状态，她写不出小说。她在她的书中写道：

> 我不知道怎样才能追上你（宝拉），我叫你但是你听不到，所以我就给你写信。填满这些书页的主意不是我的，我已经好几个星期没有写作的动力了。我的经纪人（卡门·巴塞尔斯）一得知你的病情就来支持我，她把一叠印着横格的黄纸放到我的膝盖上。
>
> “你拿着，把你想说的话写出来，如果你不这样做的话，你会痛苦死的，我可怜的朋友。”
>
> “卡门，我做不到，我的心已经被撕成了碎片，或许我再也不会重新写作了。”
>
> “你给宝拉写一封信吧……这样她就能知道在她睡着的这段时间里发生的事情。”
>
> 我就用这样的方式来打发这个噩梦期间那些空虚的时光。

随着页数越来越多，她问自己：“我还会重新写作吗？人生路上的每个阶段都是不一样的，或许我的文学阶段已经结束了。

几个月后我知道了答案，在又一个1月8日来临的时候，当我坐在打字机前开始另一部小说时，我感受到了灵魂的存在和沉默。这几个月里我越来越空虚，我的灵感枯竭了。但是也有可能这些故事是存在于另一个神秘维度的阴影中的有生命的精灵，若真是这样的话，我就只需要重新打开自己让它们进入我的身体，按照它们的意愿自行组织起来并变成文字表达出来。如果我能打破禁锢着我的痛苦的藩篱，我就可以重新充当***媒介***为它们服务。如果这些没有发生的话，我就得改行了。”有时候她会反思战胜怀疑或者度过无法写作的时期的方法：“在那之后，每当我进入怀疑时期时，我就不断地想我就是要写一本糟糕的书，这样我的恐惧就消失了。不管我写什么，我都会担心它会变成现实，如果我太爱一个人，我会担心失去他；但是我既不能停止写作，也不能停止去爱。”

三年之后（她已经在1993年年底写完了《宝拉》并在1994年将之出版），她对另一个悲伤的话题（威利的一个孙女，她的妈妈是一个吸毒者，她出生的时候就患有严重的神经疾病并且是艾滋病毒的携带者）产生了写作想法，但她还是放弃了，因为她认为这无助于摆脱抑郁的情绪。因此她推测一个开心的主题或许会对改善她的个人处境更有用。一天晚上她突然梦到自己跳进一个满是酱料的水池，第二天晚上她又想象她正在吃安东尼奥·班德拉斯[1]，他被卷在墨西哥玉米饼里，还加了鳄梨酱调味。就这样《感官回忆录》（*Afrodita*，1997）诞生了，这是一本关于烹饪和爱情的美味的书，以活泼和幽默的方式呈现。这本书使她摆脱了抑郁，并让她重获写小说的欲望。这部小说的灵感也来源于一

〔1〕 安东尼奥·班德拉斯（Antonio Banderas，生于1960年），西班牙影星。

个梦境：四个印第安人用一个货架扛着一个为征服者准备的巨大礼盒，正在从南美大陆的中心地带离开。征服者焦急地等待着。他戴着手套的手，同时也是阿连德的手，写道：如果你打开这个盒子，你会被一个无形的伤口刺穿，你的生活会化作一行行文字。作者打开了盒子……就在那天她打开电脑，开始写一个和梦境毫无关系的故事。那是 1998 年 1 月 8 日，小说名为《幸运之女》（*Hija de la fortuna*），于 1999 年出版。之后的 2000 年，她创作了《乌墨色的肖像》（*Retrato en sepia*）。21 世纪开始的几年里青少年小说是她创作的主角，如《怪兽之城》（*La ciudad de las bestias*，2002）、《金龙王国》（*El reino del dragón de oro*，2003）和《矮人森林》（*El bosque de los pigmeos*，2004）。后来，《佐罗》（*El Zorro*，2005）又一次让她成为西班牙语最受欢迎的作家中的第一名，就这样一直持续到她到目前为止的最后一部小说《日本情人》（*El amante japonés*，2015）。[1]

如此充满情感和梦境的生活让伊莎贝尔拥有稳定的、取之不尽的素材，她要做的只是找到合适的形式。因此她说："我充满情感地工作，语言是工具。故事总是和某种对我而言深刻且重要的情感相关。写作的时候，我会尽量有效地使用语言，就像一个记者所做的那样——你的空间和时间有限，你必须抓住读者的脖子不松开。我也会用新闻行业中那些实用的方法，比如调查和采访，以及与街上的人聊天。"事实上，她的手提包里总是装着一台手提电脑，每当看到或听到什么有趣的事，她都会记录下来。她也会摘抄报纸里的片段。当然，她也会把人们讲给她的故事写下来。当她开始一本新书的写作时，在第一句话的魔法仪式

〔1〕 本书西语版出版于 2016 年。——编者注

之后，她就会拿出所有的笔记为她提供灵感。她在没有提纲的情况下直接在电脑上写作，完全跟着自己的直觉走。当故事讲完的时候，她会把它打印出来读一遍；只有在那个步骤完成之后她才会觉得这是一本书。然后她会检查手稿，对文风、语气、语言和节奏做出修改。她总是用西班牙语写小说，因为对于她来说这是一个只有用她的母语才能完成的非常协调的过程。投身于文学创作只能和人类的繁衍相提并论："养育孩子的快乐的过程，孕育孩子的耐心，把他带到这个世界的力量，以及最后的深深的惊叹之情，只有创作一部书的感觉可以与之相较。孩子们就像书一样，是通往自己内心的旅程，路途中身体、思想和灵魂会改变方向，回归存在的本质。"然而，这并不意味着文学是一个关于生命或者死亡的问题。"我认真地工作，但我以平常心对待文学，"她解释说，"我很认真地做饭，把洋葱和生菜切得很好，但我也是以平常心看待烹饪。对待文学我也是这样做的。我细致耐心地写作，但我并不认为文学本身是对人们来说严肃且重要的事。以前我会参加作家大会，听作家们谈论自己，谈论他们的工作和作品，我为别人感到羞耻，我会浑身不自在。那种自我吹嘘，那种把自己视作创作者，把自己的作品当成著作的论调……让我觉得羞愧。我并不觉得文学本身是一种目的。我也不认同为了艺术而艺术的思想。我不会仰视文学，我用最小程度的庄严去对待文学。对我来说，文学是一种有魔力的扼住某人脖子的方法，然后告诉他：'你看，我们就是这样的，这就是现实'。"对伊莎贝尔而言，文学真正的作用在于，虚构中的"谎言"被用来构建现实生活。她深信生活是一个巨大的以随机方式组合的各种情况的混沌体，一切都照着既定的命运的旨意发生，但是我们的眼睛却看不见。她认为，作者"把生活中的各种混乱以某种顺序进行组合：时间顺序，或是其他任何一种他所选的顺序。或许作为作家，你选择了整体的一部分并决定哪些事情是重要的，同时以一种毫无章法的方式把它们写出来。可你说了不算，生活才是那个发号施令的人。因此，当你以作家的身份接受了‘虚构就是谎言’这个事实，你就开始变得自由了，你可以做任何事情”。在一个充满不确定性的世界里，真实夹杂着虚构，睡梦夹杂着清醒，有序夹杂着混乱，快乐夹杂着痛苦，伊莎贝尔只清楚一件事，那就是：下一个 1 月 8 日，她会再一次成为“媒介”，到那时，她会点燃蜡烛，放好鲜花，闭上眼睛，把手指放在键盘上，小拇指放在字母 q 上，食指放在字母 w 上，无名指放在字母 e 上……

## 参考书目


Allende, Isabel. *La casa de los espíritus*. Barcelona, Plaza y Janés, 1982.

Allende, Isabel. *Paula*. Barcelona, Plaza y Janés, 1994.

Coddou, Marcelo (ed.). *Los libros tienen sus propios espíritus. Estudios sobre Isabel Allende*. Xalapa, Universidad Veracruzana, 1986.

Correas Zapata, Celia. *Isabel Allende: Vida y espíritus*. Barcelona, Plaza y Janés, 1998.

Piña, Juan Andrés. *Conversaciones con la narrativa chilena*. Santiago de Chile, Los Andes, 1991.

## 马里奥·贝内德蒂

Mario Benedetti

1920—2009 乌拉圭

# 花瓶式作家的对立面

**主要作品**

诗集：

《房屋与砖块》（*La casa y elladrillo*，1979）

《流亡的风》（*Viento del exilio*，1981）

《巴别塔的孤独》（*Las soledades de Babel*，1991）

《记忆中满是遗忘》（*El olvido está lleno de memoria*，1995）

小说：

《休战》（*La tregua*，1960）

《感谢火》（*Gracias por el fuego*，1966）

《有无乡愁》（*Con y sin nostalgia*，1977）

《破角的春天》（*Primavera con una esquina rota*，1985）

*至于拉丁美洲现代诗歌，对我来说有两个伟大的源头：一个是巴列霍，另一个则是聂鲁达。……我自认属于巴列霍分支，但我非常崇拜聂鲁达，不过聂鲁达并未对我产生什么影响，而巴列*

*霍则对我产生了影响。*

◎ 他甚至会利用赴约时等人的短暂时间来写东西。德国人的时间观念是他在德式学校里习得的另一种特质，他从来不会迟到。有时，如果约会地点在某家咖啡馆或其他公共场所时，他甚至会提前半小时到达，然后利用那段时间来思考他正在创作的文本或为新的写作计划做笔记。

* * *

“如果一个作家被邀请去参加某场会议，”马里奥·贝内德蒂在一场演讲中这样讲道，“在面对各种各样问题的时候，哪种作家不会感觉自己只是个装饰品呢？就像房主给朋友们展示的自己刚刚购入的某个花瓶一样。‘您喜欢在什么时间写作呢？您是什么时候、怎么想到某个故事的情节的呢？是您在掌控人物，还是那些人物（那些魔鬼！）在掌控您呢？您相信灵感吗？’面对这些问题，或同样风格的其他问题，作家不得不做出选择：说真话，这种回答可能很简短、日常、普通，因此会辜负人们的期望；或编造些答案出来，赋予那些答案某种神秘的氛围，至少让它们听上去模棱两可，这种回答往往能令提问者大呼满意。很遗憾，如果选择第一种回答方式的话，别人会觉得你是个傻瓜；而如果选择后一种的话，你就会感觉自己是个无可救药的蠢蛋。实际上还有第三种选项，也许是最隐晦的一种，但也是最诚实的一种：放弃当花瓶的宿命。”这位乌拉圭作家在整个文学生涯中选择的都是第三种选项。他不断刻意坚持不当花瓶式作家，这种选择给他的人生带来了许多创伤，最深的一道伤口，也是他始终未能治愈的伤口，毫无疑问就是流亡。

1973年，当马里奥·贝内德蒂做蒙得维的亚大学西班牙语美洲文学研究室负责人的时候，他的私人图书室里有6000—7000册藏书。那些书都是他在30多年的时间里慢慢收集并阅读的。其中很多书都是作家为了教学使用买来的；还有些书是他为了满足自己的阅读需求买回来的。对于马里奥来说，那些书远不只是包含着大量关于人类及其世界信息的被装订成册的纸张，远不只是对不同时期不同文学流派的记录，远不只是一系列给他提供再学习和享受机会的著作。它们就像是他的第二层皮肤，他的私人历史。"在很长一段时间里，"贝内德蒂在多年之后说道，"我都认为我和我的图书室是不可分离的，哪怕没有探戈伴奏我也会唱出来：离了她我就不能活。后来，我必须接连到两三个国家流亡时，我的图书室里就只剩下几百本书了。实际上，当流亡时刻到来时，一个人往往要背负许多问题，而且还会不断背负起新的问题，可图书室却无法被'背负'起来。因此我发现，我的那首探戈曲是个谎言：离了她我也能活。我甚至不太怀念图书室里的那个部分，也就是把自己所有作品，包括被翻译成其他语言的版本，都收集到一起进行摆放的那个部分，那只是一种虚假繁荣，我们甚至可以认为那是一种自恋空间。"

1974年1月1日，由于几个月前在乌拉圭爆发了军事政变，贝内德蒂被迫逃离他的祖国前往阿根廷。在长达11年的流亡岁月中，他还去过秘鲁、古巴和西班牙。在头两个国家的生活完全称不上"舒适"。在布宜诺斯艾利斯他收到了来自"三A组织"（阿根廷反共联盟）的死亡威胁。在利马，他被捕入狱，然后遭到流放。不过，在古巴，鉴于他和菲德尔·卡斯特罗政府的亲密关系，他无忧无虑地生活了四年，并在那几年里为美洲之家文学研究中心工作。后来他来到西班牙，他在西班牙的生活痕迹此后再未完全消失。1984 年，乌拉圭重归民主，贝内德蒂得以重返祖国。他由此开始了紧凑的归家历程，并开始重新适应那个已经大变样的社会，作家本人把那段经历命名为“去流亡化”［他出版于 1996 年的小说《看台》（*Andamios*）里的主人公也有同样经历］。从那时起他就开始在蒙得维的亚和马德里两地居住。流亡的巨大创伤深深影响到了这位乌拉圭文学史上最负盛名作家的生活、作品和写作方式。乡愁、孤独、遗忘和记忆成为他的作品的永恒主题。为了理解流亡生涯在他的文学创作过程中的重要性，只需要看看他在 1974 年后出版的某些作品的书名就够了，其中包括诗集：《房屋与砖块》（*La casa y elladrillo*，1979）——书名来自对布莱希特的一句引用：“我很像那种随身带着块砖头以向这个世界展示他的房屋的人”，《流亡的风》（*Viento del exilio*，1981），《巴别塔的孤独》（*Las soledades de Babel*，1991），《记忆中满是遗忘》（*El olvido está lleno de memoria*，1995）；短篇小说集《有无乡愁》（*Con y sin nostalgia*，1977）；散文集《去流亡化及其他推测》（*El desexilio y otras conjeturas*，1984）。

就像我们已经说过的那样，由于流亡，贝内德蒂不得不放弃了他的***自恋空间***，同时也抛下了他在许多年里收集到的、用于科研事业的大量图书。私人图书室对于每个文学评论家而言都是必不可少的工具，因此马里奥尽管最终习惯了没有它的生活，却不能继续写图书、戏剧和电影的评论了，直到离开祖国四年、在古巴定居下来之后他才重操旧业。在古巴逗留期间，马里奥曾这样说道：“在离开图书室的日子里，我不得不临时中断文学评论事业。我有四年时间没写评论。只不过现在，且不言好坏，在重新建立起部分图书室之后，尤其是手边有了我工作的美洲之家的图书资源后，我才部分重启了文学评论写作事业。尽管如此，我依然感到那四年时间成了一片空白，可能我永远都无法从中恢复过来……”

书籍和写作对于作家来说自然是十分重要的，可对于像贝内德蒂这样敏感的人而言，分离给他的灵魂产生了更大的影响：与家人、朋友、他热爱的祖国以及在流亡前他一直生活于其中的蒙得维的亚的分离。尽管贝内德蒂在古巴和西班牙有一种宾至如归的感觉，可乡愁没有一天不在折磨着他，直到他回到乌拉圭情况才有所好转。和再次踏上***他的***蒙得维的亚所带来的激动情绪相比，对那些丢失的书籍的记忆就不算什么了。“我很怀念我的城市里的那些街道，”受流亡折磨的贝内德蒂曾这样说道，“还有和友人们的日常相聚，我在午后习惯前去小坐的那家咖啡馆，天降大雨时到那里去感觉就更好了。实际上我会毫不犹豫地（这一点我甚至用诗歌表达了出来）用两卷莎士比亚或三卷巴尔扎克去换取日落时分待在马尔文区的权利，在那里看着浪头翻滚，敲击礁石……，我甚至愿意（这已经是极限了）用精美德语原版《浮士德》交换再看一眼萨尔沃宫的权利，那是栋可怕的建筑，透着欠发达的过度装饰，哪怕它如此骇人，可我依然觉得它很美。”

不过贝内德蒂的流亡生涯里不只有痛苦、乡愁和贫穷。一方面，流亡生涯让这位乌拉圭作家产生了强烈的使命感，在军事独裁肆虐于西班牙语美洲各国的那些年里，贝内德蒂接触并帮助了成百上千像他一样深受流亡之苦的西班牙语美洲作家，这种帮助尤其体现在写作事业上。另一方面，对于贝内德蒂而言，流亡也成了刺激他为理想而奋斗的动力，他就是要当那种“使人不快”“让人扫兴”的作家——他在一首诗里也是这样表述的。他不止一次表示移居海外者的生活是一种渗透现象，是流亡主体与接纳他的国家之间的一次丰富交流。他们之间会产生紧密的联系，那种联系紧密到了什么程度呢？它会使流亡者在回归祖国后反而怀念某些流亡生活片段，尤其是与人们交往的片段。

## 没有“稻草尾巴”的作家

但是贝内德蒂的“第三种选项”——不当花瓶式作家——早在流亡期间就被他选定了，那时这位乌拉圭作家刚刚开始以左翼意识形态为基础进行创作。在贝内德蒂的青年时期，也就是1940～1950年间，乌拉圭经历了一段政治、社会和经济稳定期，它周围的国家则没有那么幸运，乌拉圭因而被称为“美洲的瑞士”。依靠那种稳定性，乌拉圭的中产阶层发展壮大。那时，乌拉圭近半数人口居住在首都，其中大部分都是忙于官僚事务的公务员。乌拉圭人的退休年龄被定在了50岁，因此乌拉圭被认为是个巨大的办公室，是退休者的国度。就在那个时期，贝内德蒂的文字里开始出现对那样一个前途灰暗、日益平庸的社会的批判，因为人们过的是官僚式的生活，没有强烈的进取心，对改善现状不抱什么幻想，最让人担心的是，乌拉圭人根本无心为未来将会出现的问题思考解决方案。1956年，贝内德蒂出版了《办公室里的诗》（*Poemas de la oficina*），他很清楚自己在说些什么，因为贝内德蒂曾亲身体验过官僚和公务员的生活。他曾在超过15年的时间里当过国家统计局公务员，在一家建筑公司当过会计员，当过化学系的速记员和汽车零部件商店的员工。许多年后，在国家的经济问题逐渐显现之时，贝内德蒂发表了文章《长着稻草尾巴的国家》（*El país de la cola de paja*, 1959），清晰、直接甚至略带苦涩地抨击了乌拉圭社会在面对问题时的麻木不仁的态度。在乌拉圭，“稻草尾巴”指的是在面对不公状况时因为担心后果而不敢起身反抗的态度。这篇文章在发表后使它的作者与许多同胞之间产生了不少问题，负面评价纷至沓来。就贝内德蒂的情况来看，从刚开始走上文学道路起，写作就变成了一项苦差事，但是他坚持认为作家应当是独立的，应当忠诚于自己的思想，尽管那会给他带来许多麻烦，因为真相总会让人不快，无论是对普通人而言还是对政府而言都是如此。

尽管从很年轻时贝内德蒂就积极参与政治话题的讨论，可他并不是那种宣教式的作家，也不是那种被意识形态左右的作家，而是个真正独立的卓越作家，他的早期作品已经具有极高的文学价值了。一个例证就是他在文学生涯早期获得的诸多文学奖项，例如乌拉圭公共教育部颁发的文学奖，他凭借第二部诗集《只是在那时》（*Sólo mientras tanto*，1950）获奖，值得一提的是，在他获奖之前，那部诗集只售出了九册，不过销量已经比他的第一本诗集《抹不掉的前夜》（*La víspera indeleble*，1945）更好了——那本书连一册也没卖出去。这两本书都是贝内德蒂自费出版的。但是贝内德蒂无法接受与社会责任脱钩的文学，在这方面他始终立场鲜明，因此，从1958年起到流亡归来为止，他拒绝接受乌拉圭为他颁发的所有文学奖项。有时那项艰苦工作带来的甜蜜浆液他直到很多年后才品尝得到，他后来获得了更多文学奖，其中包括索菲亚王后伊比利亚美洲诗歌奖（1999）和梅嫩德斯·佩拉约国际文学奖（2005），彼时他获得的认可已经不仅限于在他的国家了，而是在全世界范围内。

贝内德蒂从来就不担心获奖问题。1965年，他把《感谢火》（*Gracias por el fuego*）寄往巴塞罗那参评由赛伊克斯·巴拉尔（Seix Barral）出版社举办的国际简明丛书奖，他想要的不是名声或金钱，而是那些“中立”专家对那本小说的评价，因为他的朋友、知名文学评论家埃米尔·罗德里格斯·莫内加尔（Emir Rodríguez Monegal）的评价让他迷惑重重。莫内加尔一向很喜欢贝内德蒂的其他作品，但那次却毫不留情地说：“你想听真话吗？烧了它吧。它本来就叫‘感谢火’，不是吗？行吧，那就烧了它。”值得庆幸的是，贝内德蒂并没有听从那个可怕的建议，简明丛书奖评委会在经过五轮评选后，终于评定贝内德蒂的那本小说战胜了维森特·莱涅罗（Vicente Leñero）的一部小说，进入决选名单。然而，佛朗哥政府的审查机构不允许那本小说以原始版本出版，他们要求小说做出一些修改，那些修改由卡洛斯·巴拉尔[1]编辑提议，并得到了作家本人的认可。《感谢火》的主人公之一拉蒙·布迪纽从十楼纵身一跃，跳向空无，自杀身死，这是受到莫内加尔批判的场景之一。他认为在乌拉圭没有哪个自杀的人会从十楼跳下。贝内德蒂的回答是：“谁知道呢？乌拉圭媒体过滤了所有有关自杀的消息。”莫内加尔让他别说蠢话，因为在一座像蒙得维的亚这样的城市里人们早晚会知道所有消息，不管消息是不是从媒体传来的。小说出版的同一日，可怕的命运似乎想要证明贝内德蒂是对的，他路过独立广场时看到一群人正围着一具尸体，尸体身上盖着一张报纸：那人恰恰是从十楼跳下自杀的。

同样是在 1965 年，贝内德蒂出于政治原因和私人原因，拒绝了著名的美国古根海姆基金会的奖学金。这位乌拉圭作家一生只踏上过一次美国的土地，那是在 1959 年，他受美国教育理事会的邀请在美国的多所大学演讲，内容涉及乌拉圭的文化、政治

[1] 卡洛斯·巴拉尔（Carlos Barral，1928—1989），西班牙著名编辑、诗人。

和社会现实。如果说左翼立场让他对星条旗之国不抱好感的话，那么美国之行更证实了他对美国的所有猜疑，也坚定了他的反帝情绪，他目睹了美式民主的诸多“巨大谎言”，其中包括对待黑人和拉美裔移民的态度问题、社会不公问题、政客的虚伪态度问题等。从那时起，贝内德蒂在全世界范围内多次表达对美国外交政策的否定立场，尤其是在美国对拉美的政策方面。甚至，到了2000年，在柏林墙倒塌、拉美几乎所有独裁政权全都垮台之时，贝内德蒂还在一次访谈中这样说道：“这个可怜的世界依然在美国的指引下走在一条糟糕的道路上，如果情况继续如此的话，我们会看到人类的自戕。但是目前仍然没有哪个国家能够击垮美国。它是个邪恶的国家。唯一的希望就是它会从内部垮掉。”马里奥也没有去参加1974年的奥斯卡颁奖礼，尽管塞尔希奥·雷南（Sergio Renán）基于他的小说《休战》（*La tregua*，1960）改编的同名影片入选了最佳外语片奖候选名单。最终获奖的是意大利导演费德里科·费里尼的《阿玛柯德》。

贝内德蒂与权力之间的关系，尤其是与政治权力之间的关系，很像水与油的关系。如果我们继续比较下去的话，甚至能够断言贝内德蒂就是让政治权力热油噼啪乱跳的冷水。马里奥承认不仅是他，还有很多诗人都想当真正的“让人扫兴的作家”，他们时刻准备着给那些不公正的庆典或独裁者的舞会泼一盆冷水。这种可能性对于贝内德蒂的文学创作来说是一种刺激，不过他也很清楚想要通过文学作品达到上述目的实在是太困难了。他曾这样对《巴西日报》的记者马尔西娅·卡尔莫说道：“执政者的权力永远都不会受到知识分子或艺术家的影响。在极右翼者执政时，他会把那些人都驱逐走，折磨他们，把他们杀掉。新自由主义则相反。新自由主义者把知识分子和艺术家看作装饰品。政治家很喜欢站在作家或画家旁边照相，可实际上他们对他而言无足轻重。在政治领域，没人在意那些人是怎么想的。这并不是说我们就不会做我们能够做到的事情。我们可以改变人们的想法，但我们无法引导任何变革。我从未听过哪场革命是通过一首诗或是一部戏剧作品完成的。我们也不能用一则短篇小说击垮某个独裁政权。知识分子参与社会行动，但他们无法改变生活本身。权力总是轻视知识分子，同时又认为他们很危险。”

可能有人会觉得贝内德蒂是个阴郁的作家，总是忧心忡忡、紧张小心。绝对不是这样。对他来说，就社会责任这方面来看，文学是很严肃的东西，但从美学的角度来看，文学就变得十分有趣了。马里奥的作品也总以娱乐性和实验性著称。只要随便读一本他的作品就能了解他是如何用文字、画面甚至是文体做游戏的了。他本人就曾承认说他喜欢在小说里引进很多诗歌层面的东西，反之亦然。举个例子，《胡安·安赫尔的生日》（*El cumpleaños de Juan Ángel*，1971）就是一部用诗歌体写成的小说，这种写法很不常见，很具有革新性。讽刺和幽默是贝内德蒂文学作品的永恒元素。他曾于1954年开始为乌拉圭杂志《前进》（*Marcha*）工作，那期间他曾在好几个月的时间里负责写幽默文章。他用的笔名是“达摩克利斯”，那个版块叫“最好还是来声张”，这个名字显然是在戏仿塞万提斯的话[1]。他的幽默文章讽刺、辛辣、大胆，涉及的都是其他媒体避而不谈的事件。1957年，贝内德蒂第一次前往欧洲时就是以《前进》杂志通讯员的身份去的，他那时依然用达摩克利斯的笔名写幽默文章，但主题已

〔1〕 原文中使用的“meneallo”一词并非西班牙语常用词，但在《堂吉诃德》中出现过至少两次，出现时意思多为“最好还是莫声张”。

经是关于欧洲的了。举个例子，他在西班牙写了一篇关于斗牛的文章，讽刺地模仿了斗牛评论员的腔调，这让他觉得很有意思。“那是种很累人的文体，”他在多年之后这样说道，“尤其是获得成功之后，因为人们每个星期都会等着看接下来的文章，可要是哪个星期我不想写了，又或者不想嘲讽谁了，责备的声浪就出现了。那是种巨大的压力，所以后来我就放弃了幽默专栏作家的身份。”

## 圣马丁广场上的孤独

尽管写作给贝内德蒂带去了不少麻烦，写作对他而言依然是一种需求，也是一种从童年时就确立起来的志向。他从不后悔当作家，主要原因，按他自己的话来说就是“根本无法不当作家”。马里奥于 1920 年 9 月 14 日出生于乌拉圭塔夸伦博省（Tacuarembó）的帕索·德洛斯·托罗斯（Paso de los Toros）小镇。四岁时就随家人一起搬到首都居住。又过了四年，他的父亲，一位来自意大利移民家庭、崇尚德国人的科学精神的药剂师，给他在蒙得维的亚的德式学校注了册。马里奥在那所学校度过的六年小学生活给他的一生留下了不可抹去的印迹。除了学会德语之外，他还在那里接受了严格的学术训练。他也曾接受过残酷的肉体惩罚——在《感谢火》里出现过一些有关这些惩罚的自传性描写，他还见证了在乌拉圭原住民与德国后裔之间存在的歧视现象。1933 年，某些肢体语言——例如把胳膊抬高致意——和纳粹意识形态开始在学校里蔓延，马里奥的父母决定在学期结束后让他离开那所学校。“我当时感到很遗憾，”贝内德蒂说道，“我在那里过得不错，但并不是说我喜欢那所德式学校——血字开始出现在学校里，而是我和我的同学们关系不错……，学生们会联起手来对抗学校管理层，或者说，对抗权威。”

他还在那所学校里写出了最早的短篇故事和诗歌，而且是用德语写的！目的是完成老师布置的写点关于某些历史人物的东西的作业。贝内德蒂开始写作时年纪实在太小了，小到他根本不记得那时自己多少岁。“我总是在写东西。”他有一次这样说道。他在文学方面十分早熟，11 岁时就写出了第一部完整的文学作品，那是一部冒险小说，当然了，从来没有被出版。从 20 岁起他就开始更严肃的创作历程了。25 岁时他出版了个人首部诗集《抹不掉的前夜》，作家本人认为那是本“糟糕的书”。他从未想过要再版它，也不愿意将里面的诗歌收录到他的诗歌作品选集中。

马里奥从德式学校转学去了米兰达学校，他在那里只待了一个学年，因为在 14 岁时他开始在一家叫 Will L. Smith S.A. 的英国汽车进口公司工作，每天工作 8 小时，其他时间用来自学中学课程，他在那家公司当过收银员、销售员和速记员。1938 年，17 岁的贝内德蒂第一次出国。他以劳索利卡·德罗格索菲亚学校创始人私人秘书的身份前往布宜诺斯艾利斯工作，他是多年之前在蒙得维的亚认识那位创始人的。同样是 14 岁时，在前面提到的这所学校里，他认识了露丝·洛佩斯·阿莱格莱，两人后来于 1946 年完婚。贝内德蒂在阿根廷生活了三年，后来他把那三年描述为自己生命中最悲伤的三年。这样定义那段时间的原因有很多：一方面是因为离开了祖国、家人和朋友，而且当时他的年纪还小，只是个一切都未定型的少年，马里奥在阿根廷感到很孤独；另一方面，他逐渐发现自己的导师劳索利卡是个很圆滑的人，总是会欺骗那些带着善意接近他的人，这让贝内德蒂十分失望。总的来说，少年时期对马里奥来说算不得是一段幸福的时光，尤其因为他性格内向，那时的他总会遭受不公正待遇。

如果说在布宜诺斯艾利斯度过的三年艰苦时光中有什么好事情的话，那就是贝内德蒂发现写作是一种表达方式，可以通过它来缓解痛苦和失落。在每天为数不多的空闲时间里，他总是会去圣马丁广场，他唯一的伙伴就是某本好书。就是这样马里奥开始发现写作能够给他带来欢乐。在布宜诺斯艾利斯的那个广场上，一位作家诞生了，或者说一位作家觉醒了，在他的周围，陌生人络绎不绝，但是没人注意到这个如饥似渴地阅读书本的年轻人，也没人注意到他把自己所有的内心情感都灌注到了一些空白纸张上，那成为他个人的第一部诗集。从那时开始，他再也没有停止写作，后来还将它变成了自己的职业。年轻的贝内德蒂的文学志向的觉醒很大程度要归因于一本让他难忘的书，那本诗歌选集对他的文学生涯产生了决定性影响，为他指明了道路，这本书就是收入“南方丛书”中的巴尔多梅罗·费尔南德斯·莫雷诺〔1〕的诗歌选集。这位出生于西班牙的阿根廷诗人是第一位对贝内德蒂产生决定性影响的诗人，而且这种影响从未消退。正是因为阅读了这位诗人的诗歌，贝内德蒂才决心写诗。贝内德蒂解释道：“后来我又在马查多、马蒂〔2〕等诗人身上发现了同样的诗歌要素，可能被表达得更好，但第一个让我清楚地发现诗歌重要性的人是费尔南德斯·莫雷诺。至于拉丁美洲现代诗歌，对我来说有两个伟大的源头：一个是巴列霍〔3〕，另一个则是聂鲁达。可以说，我们

---

〔1〕巴尔多梅罗·费尔南德斯·莫雷诺（Baldomero Fernández Moreno，1886—1950），阿根廷诗人。

〔2〕指西班牙诗人安东尼奥·马查多（Antonio Machado）和古巴诗人何塞·马蒂（José Martí）。

〔3〕指秘鲁诗人塞萨尔·巴列霍（César Vallejo）。

的诗歌有两大分支：巴列霍分支和聂鲁达分支。我自认属于巴列霍分支，但我非常崇拜聂鲁达，不过聂鲁达并未对我产生什么影响，而巴列霍则对我产生了影响。可能有人会说，你不是总提倡诗歌要写得清楚一些吗？可巴列霍的诗歌有时很晦涩啊。巴列霍是在另一个层面对我产生影响的，他与我的文风不同，但他的诗歌十分重要。我指的是他的文字中所包含的斗争精神。我会说聂鲁达在勾引文字，而巴列霍则强暴了它。他用文字作斗争，要是他找不到合适的文字来表达自己的思想的话，他就会造个字出来。”

在小说方面，贝内德蒂承认自己受到了一些作家的影响，那些大多是他钟爱的作家，其中有一些是他在布宜诺斯艾利斯的孤独时光中发现的：詹姆斯·乔伊斯、弗吉尼亚·伍尔夫、伊塔洛·斯韦沃、海明威和乌拉圭短篇小说家奥拉西奥·基罗加。至于马塞尔·普鲁斯特和威廉·福克纳，他先是通过精彩的译本发现他们的（前者的译者是萨利纳斯[1]，后者的译者则是博尔赫斯），后来他才阅读了这两位作家的原文。对他产生影响的小说家还有很多，例如契诃夫、布莱希特、卡夫卡、托尔斯泰、陀思妥耶夫斯基、司汤达、福楼拜、写出《铁皮鼓》的君特·格拉斯，此外，贝内德蒂还认为 J.D. 塞林格的短篇小说是非凡之作。

写作——尤其是写诗，就像是驱魔，它是一种推动力，不仅驱动着圣马丁广场上那个年轻的贝内德蒂，也成为贯穿其一生的力量。举个例子，1967 年，在得知切·格瓦拉在玻利维亚被杀的那个夜晚，贝内德蒂写下了诗歌《沮丧，愤怒》，那首诗表达了他巨大的痛苦感和无力感。当极端情绪使他内心深处的天平

〔1〕指西班牙诗人佩德罗·萨利纳斯（Pedro Salinas）。

发生偏移时，诗歌就成了他抒发情感的最佳媒介，诗歌成了一种宣泄口，帮助他恢复内心天平的平衡。到了1976年，在得知他的挚友、乌拉圭议员塞尔玛·米切利尼被杀的消息后，马里奥陷入了巨大的沮丧情绪中。焦虑情绪持续了半个月之久，只有在写出一首献给塞尔玛的诗歌后，他才得以从那种情绪中逃离出来。

艰辛时刻和不利环境对贝内德蒂的文学创作而言意味着一种特殊的刺激，但并不是唯一的刺激。马里奥不挑写作的时间和地点，他可以在任意时间、任意地点和任何环境里进行创作，这得益于他在德式学校里习得的责任感和纪律性。贝内德蒂是个全能作家，他写过几乎所有文体的文学作品，包括诗歌、短篇小说、长篇小说、散文、报刊文章、文学评论、戏剧、幽默文章。他创办并领导过一些文学刊物和文化副刊。他从20世纪40年代末就开始全身心投入到文学创作事业中，就算做别的工作，也一定是与文化事业有关的事情，因此他的文学创作数量不断上涨。他出版过80余本书，它们就是贝内德蒂牺牲休闲时间、不断辛勤写作的最好见证。已是八旬老翁的贝内德蒂依然表示，他面临的最大问题是“缺少写作时间”，他甚至会利用赴约时等人的短暂时间来写东西。德国人的时间观念是他在德式学校里习得的另一种特质，他从来不会迟到。有时，如果约会地点在某家咖啡馆或其他公共场所时，他甚至会提前半小时到达，然后利用那段时间来思考他正在创作的文本或为新的写作计划做笔记。

在公共场所写作从不会让贝内德蒂感到不适。1959年时他就是在一家叫索罗卡瓦纳的酒吧里写成了《休战》的大部分内容的，而且利用的是午饭后的休息时间——当时他还是弗朗西斯科·皮里亚工业公司的职员。在那家酒吧里，从周一到周五，他总是坐在同一张靠窗户的桌子边进行创作，就像在自己家里一样自在。马里奥总是手写完成初稿，再用打字机誊写出来（一台老旧的“情人”打字机陪伴了他许多年），在最后那些年里，他改用电脑誊写初稿了。他喜欢在形式上——而非故事情节上——做出大量修改，他通常会把故事缩短，在这方面他很同意墨西哥作家胡安·鲁尔福的话：“最好的自我批评就是大刀阔斧地删减”。

## 真正的读者认为他是对的

在马里奥·贝内德蒂所有实践过的文体中，最令他感到舒适的还得算诗歌，诗歌也是他创作频率最高的文体。诗歌创作中存在大量主观元素，这对马里奥来说意味着一种让人振奋的氛围，一片包含一切的土地，在那里，自由就是唯一的法则。他总是以诗人自称：“如果要在最让我愉悦的事和最让我烦心的事之间找一个平衡的话，那就是诗歌。诗歌是我最喜爱的一种文体。尽管评论界对我的诗歌作品一向反应平平，他们坚持认为我写得最好的是短篇小说，可随着时间的流逝，至少读者们认为我是对的……”读者们当然认为他是对的，而且他们的支持十分坚定。贝内德蒂至今依然是被阅读最广泛的20世纪诗人之一，甚至在西班牙语美洲之外也是如此。他的诗歌如此受欢迎，恐怕只有像阿尔贝蒂、聂鲁达、洛尔卡或马查多这样的伟大诗人能与之媲美。他的诗作销量很好——这在诗歌领域是很罕见的，他的许多诗句已经成为数代人的共同记忆。谁会没听过《我爱你》（*Te quiero*）呢？这可能是贝内德蒂最有名的一首诗了，它的开头是这样的：

你的手是我的抚爱
是我每日的谐曲
我爱你 / 因为你的手
为正义尽力

我爱你 / 因为你是
我的爱 / 我的伙伴
在街头挽着手臂
我们比任何二人都更亲密

你的眼睛
是我对付坏日子的符咒
我爱你 / 因为你的目光
播种未来的希冀

你的嘴属于你也属于我
你的嘴不会搞错
我爱你 / 因为你的嘴
知道高唱反抗之歌[1]

他的诗歌之所以如此受欢迎，还要考虑音乐改编的原因，许多歌手——例如努玛·莫拉埃斯（Numa Moraes）、洛斯·奥利马雷尼奥斯乐队（Los Olimareños）、索莱达·布拉沃（Soledad

〔1〕 引自《马里奥·贝内德蒂诗选》，朱景冬译，河北教育出版社，2004年，第194—195页。

Bravo）、阿尔贝托·法维罗（Alberto Favero）、纳恰·格瓦拉（Nacha Guevara）、丹尼尔·维格里蒂（Daniel Viglietti）和乔安·曼努埃尔·塞拉特——曾将他的诗歌改编成歌曲。贝内德蒂不仅与歌手在挑选诗篇改编成歌的过程中合作，还会参与表演，这样一来歌唱表演就变成了演唱和朗诵的结合体。专辑《纳恰唱贝内德蒂》（*Nacha canta a Benedetti*，1972）就是贝内德蒂和艺术家阿尔贝托·法维罗及纳恰·格瓦拉通力合作的结果。1985年，专辑《南方也存在》（*El sur también existe*）发布，里面的歌曲都是乔安·曼努埃尔·塞拉特作曲、贝内德蒂填词。但也许贝内德蒂与艺术家最紧密的合作关系还是体现在他与丹尼尔·维格里蒂的合作上。丹尼尔·维格里蒂是一位在乌拉圭本土很有名的歌手，贝内德蒂曾于1974年为他写了部传记。1978年，在两人的合作下，专辑《两种声音》（*A dos voces*）发布，其内容饱含对社会和政治问题的批判。在接下来的岁月里，两人又一同——贝内德蒂吟诗，维格里蒂演唱——在美洲及欧洲的多个西班牙语国家进行表演。贝内德蒂相信歌曲是将诗歌普及化的重要媒介，因为有时人们就是通过歌曲这扇大门进入文学世界中的，尽管重要的是人们去阅读原著，而不仅限于听歌。

贝内德蒂在文学生涯初期就取得成功，还得归功于他在诗歌上开启了一种新的风格，他将其称为"口语诗歌"或"口头诗歌"。这与50年代在他的国家做的事情不同，而且彼时他也和祖国民众失去了联系。他的新"诗歌菜谱"是怎样的？首先是要给诗人"去神秘化"；抛弃大杂烩式的写法，让诗句变得更简单，这样读者才能觉得诗歌是与其直接相关的东西；把对某些社会、政治和文化问题的担忧切割处理；再添上几"勺"关于其他主题的词语和表述；加入几"杯"自发性的东西；撒入一点儿幽默感和讽刺感，让读者有更多样化的阅读体验……然后就开始“烹饪”。我们不必要求诗人们按照这个菜谱进行创作，因为如果没有诗歌才华和文学才能的话，即使对着这张菜谱也无法写出哪怕一首“口语诗歌”。而贝内德蒂写出的“口语诗歌”总是那样美味可口。但是我们也不必自欺欺人，因为在评论家看来，诗歌语言——就像高级菜肴一样——是人工雕琢的，它应该是复杂的，而“口语诗歌”最大的成就就是通过一系列固定模式，用口头语言把诗歌传递出来。

“那时候，”贝内德蒂指的是出版《办公室里的诗》（1956）的时候，“和阿根廷的情况一样，在乌拉圭写的诗很高深、神秘、浮夸，里面总是出现羚羊、狍子、石珊瑚之类的东西，那是种势必会吓跑读者的诗歌，结果就是诗集卖不出去，这对诗人来说也是种悲哀。没有哪个出版社愿意出版诗集，诗人们不得不把自己的书带到书店去，等上三四个月再去把没卖完的取走，通常和他们送去时的数量没什么区别；那太让人绝望了。我写那些诗不是为了对抗那种诗，只是我不想写那种诗罢了。”

“口头诗歌”几乎同时在多个不同的地方出现。50年代末，在互相没有通气的情况下，和贝内德蒂一样，西班牙语美洲的许多诗人都选择写这种类型的诗歌，他们是：罗克·达尔顿（Roque Dalton）、罗贝托·费尔南德斯·雷塔马尔（Roberto Fernández Retamar）、胡安·赫尔曼（Juan Gelman）、海梅·萨比内斯（Jaime Sabines）和埃内斯托·卡德纳尔（Ernesto Cardenal）等。为什么会出现这种巧合呢？这个问题没有标准答案。在贝内德蒂看来，当时在拉丁美洲正发生着一些激动人心的大事，这些事情也与作家相关。此外，尽管每个人的情况都各有不同，可随着时间的推移大家逐渐认识了彼此，建立了亲密的关系。“我开始写《办公室里的诗》的时候，”贝内德蒂解释道，“我想肯定没人会写同样风格的诗，那可不是什么好感觉，因为你会觉得很孤独，如果别人都朝着别的方向前行的话，那也许意味着你走上了错误的道路。……我不知道，我想可能因为政治观点上的一致性大家才做出了同样的选择，我们几乎所有人都是左翼人士，这也为我们之间的沟通提供了方便。有时会有人说是谁影响了谁，但我认为哪怕在某些特例中我们之间存在相互影响的关系，影响了所有人的还得算是现实，因为现实在所有这些‘口头诗人’的诗歌里都是非常重要的元素。”

贝内德蒂的“口头诗歌”不断结出丰硕的果实，渗透到了读者的心里。但是读者的接受却并非立刻实现的。很难想象这位诗集销量极佳的诗人经历过经济窘迫的时期。但事实就是如此。尽管他的大部分图书都取得了让人惊讶的成绩，但顽皮的命运之神——可怜的西班牙语美洲出版市场，不支付版税的盗版市场以及某些国家政府颁发的禁令——使得贝内德蒂无法平静生活，也无法仅靠自己的图书为生，这种情况直到 80 年代才得到改善，而那时他已年过六旬了。在古巴流亡四年后，贝内德蒂和他的夫人于 1980 年搬去了西班牙的马略卡岛，当时他们的财务状况依然紧张，他们租住在了一间月租金 300 美元的公寓里。几个月后他收到了多封迟到的信件，其中包括西班牙《国家报》（*El País*）手握大权的主编胡安·路易斯·塞布里安（Juan Luis Cebrián）的来信，信中的邀约依然有效：每周为《国家报》写一篇文章。不久之后，贝内德蒂收到了另一条重要消息：哥伦比亚国家电视台希望用 1 万美元买下《休战》的版权。贝内德蒂急忙给了肯定的答复。贝内德蒂一家刚收到哥伦比亚国家电视台打来的钱就买下了一间带大露台的小公寓。

在来到马略卡岛三年后，马里奥和夫人露丝决定搬去马德里生活，这主要是基于健康的考虑，岛上的气候太潮湿了，它会加重马里奥从小就患有的哮喘病。可马德里的房价实在太高了，在他们要放弃购房打算的时候，就像天上掉馅饼一样，哥伦比亚国家电视台的美元又来了，这次他们买的是马里奥的另一本小说《感谢火》的版权，这样看来，马里奥没把它丢进火里烧掉的做法可真是太正确了。这些钱，再加上卖掉马略卡岛上那间公寓的钱，他们紧巴巴地在布洛斯佩里达区买了一间小公寓。从那时起，主要得感谢《国家报》提供的专栏写作机会，贝内德蒂一家的经济状况终于得到显著改善了。喜上加喜的是，由丰泉（Alfaguara）出版社出版的新小说《破角的春天》（*Primavera con una esquina rota*）销量喜人，那部小说是马里奥在马略卡岛上那间带大露台的小公寓里写成的。就像多米诺骨牌一样，好消息接踵而至，贝内德蒂甚至没时间接受所有讲座、座谈和授课的邀请。他的作品开始不停地再版。翻译请求也从各个国家传来。他朗诵的诗歌及根据这些诗歌改编的歌曲也不断吸引着新的听众。贝内德蒂在这么多年的辛勤劳作且饱受折磨之后，终于跻身为真正的文学巨匠，一颗文学明星诞生了。

不过，在耀眼的成就和改善的经济状况之外，对马里奥来说，在文学事业中最重要的事情还得算是和读者的交流：那是种特权，也是种责任，当然也是支撑他写作的最大动力。他不止一次解释说“并非为了未来的读者而写作，而是为了眼前的读者而创作，尤其是那些从我的肩膀上望着我写的文字的那些读者”。尽管他坚称自己写作不是为了对人们产生影响，可当真有读者对他说他的文字帮助他们解决了某种困惑时，他还是会感觉那是种至高无上的褒奖。在本章开头提到的那场于 1977 年在加拉加斯做的讲座活动中，贝内德蒂提到与那些被他称为“真正的读者”之间“数量稀少的危险相遇”，认为那是对作家的褒奖，而所谓的“真正的读者”指的是那些把书籍视为生活一部分的人：“要是作家笔下的某个人物治愈了某位读者的某个创伤，或者解答了他的某个疑惑，或是澄清了某个误会，又或者缓和了他的压抑情绪，再或者使他生出了某种希望，那个作家难道还能找到比这更重要的事情吗？对作家而言，难道还有比得知他的作品打动了读者、改变了读者的生活更让他动情的消息吗？得知自己的作品帮助人们解决争端、找到补偿、认清形势，这难道不是对作家最大的赞扬吗？我敢肯定，在那些时刻，作家肯定不会认为自己只是个花瓶或是类似的某种装饰品，他会明白自己在别人的生活中贡献了力量，既然如此，把作家和他的读者分隔开的、像腐朽的屏风一样的虚名又有什么重要性呢？”

除了文学方面的价值外，对于他的“真正的读者”和那些曾接近过他的作品的人来说，贝内德蒂总会让他们感受到真诚和正直。也正是因为拥有这些特质，他才得以每晚都平静地入睡。

收入《巴别塔的孤独》(1991)的《相异》(*Otherness*)一诗是作为作家的贝内德蒂对这项给了他如此多喜悦的艰苦工作的反思。那首诗的开头与结尾处的几个诗节是这样写的：

他们总是建议我写些不一样的东西
建议我别用西语词，要用希语词，
建议我别把玻璃擦太亮
要朦胧的磨砂感
尤其是在写到大海时
不要直呼其名

他们总是建议我变成别人

甚至建议我

具有他人的特质

于是我的未来也成了异类

唯一的问题是

我天生顽固

我偏不想变成他人

因此我依然是我

……

他们总是建议我写些不一样的东西

但是我决定卑微地、

谨慎地

辜负我的导师们

因此我继续

按我的方式写

用明显的讽刺去写

陈旧，多愁，乏味

（要想找到其他形容词，

就去翻看近三十年的诗歌评论）

这种情况可能发生，因为我不想成为他人

我不想成为他人希望我成为的他人

贝内德蒂直到2009年5月17日在蒙得维的亚去世时依然是那个勇于反抗、受人爱戴的作家。在生命中的最后几年里，获得诸多奖项及认可的喜悦与他的妻子罹患阿尔茨海默病带来的苦痛交织在一起，他们两人一起度过了六十载幸福的婚姻生活。露丝，他的一生挚爱，比马里奥早三年离开了这个世界。他留下的最后文字是一首诗的一小节，那首诗没能写完，它永远留在了马里奥的电脑里。人们总是建议他写些不一样的东西，不过幸运的是，他从来都不想成为另一种人。

## 参考书目


Alemany Bay, Carmen. "Con Mario Benedetti", en *Poética coloquial hispanoamericana*. Alicante, Universidad de Alicante, 1997.

Alemany Bay, Carmen. *Mario Benedetti*. Madrid, Eneida, 2000.

Benedetti, Mario. *El recurso del supremo patriarca*. México, Nueva Imagen, 1979.

Benedetti, Mario. *La tregua*. (Eduardo Nogareda, ed.). Madrid, Cátedra, 1994.

Mansour, Mónica. *Tuya, mía, de otros. La poesía coloquial de Mario Benedetti*. México, UNAM, 1979.

Mathieu, Corina S. *Los cuentos de Mario Benedetti*. New York, Peter Lang, 1983.

Paoletti, Mario. *El aguafiestas Benedetti: la biografía*. Madrid, Alfaguara, 1996.

Tapial Antón, María Jesús. *Novelas y cuentos de Mario Benedetti*. Madrid, Universidad Complutense de Madrid, 1992.

## 豪尔赫·路易斯·博尔赫斯

Jorge Luis Borges

1899—1986 阿根廷

"老虎"称号

**主要作品：**

《恶棍列传》（*Historia universal de la infamia*，1935）

《南方》（*El sur*，1944）

《交叉小径的花园》（*El jardín de los senderos que se bifurcan*，1941）

《虚构集》（*Ficciones*，1944）

《阿莱夫》（*El Aleph*，1949）

*我开始写作的时候，认为作家应该对一切进行定义。例如，直接使用"月亮"这个词是绝对要被禁止的；应该为"月亮"找到一个形容词，一个修饰语。……我认为所有这一切的根源在于，当作家年轻的时候，他觉得他会说一些很愚蠢很显而易见的东西，普普通通，因此他试图把这些藏在巴洛克式的装饰之下，……又或者，如果他试图变得现代，他就做相反的事情：不断地发明新词，或者对飞机、火车、电话和电报进行隐喻，以显得现代。随着时间的推移，他会感到无论是好的还是坏的想法，*

*都应该被简单地表达出来。*

*我从来没有被迫写作。特别是最近这几年，我只有在主题不断地驱使我去把它写出来的情况下才会写作。无论我生出什么写作灵感……我都会试着先冷静下来。现在，当那个灵感一再地来催促我把它写出来，我就会努力理解它并搞清楚它对我的期望是什么。……写小说的时候，我总是知道开头和结尾。现在，我唯一需要写的就是开头与结尾中间发生的事情。*

＊＊＊

我们即将见到博尔赫斯的遗孀——玛利亚·儿玉（María Kodama），她正在一群“老虎”中间。1999年11月，我们在格拉纳达相识于众多庆祝博尔赫斯一百周年诞辰的大会之外的又一场大会上，那一年间，全世界都在纪念博尔赫斯。活动结束后，在送她去机场的路上，途经富恩特·巴克洛斯小镇时，说起不久后我们要去新德里讲授一门关于西语美洲文学的课程。“真是太巧了，”她说，“两个月后我也要去那里参加另一个纪念博尔赫斯百年诞辰的活动。”我们的下一次见面正是在新德里的机场。我们和阿根廷驻印度大使馆的马里奥还有安娜一起去接了她，像一枚20分的硬币一样（它和博尔赫斯的相似之处随后就会揭晓），我们一起度过了几天难忘的时光。在这期间，我们与印度学生还有广大民众多次见面，通过他们知道了这位阿根廷文豪的作品的世界性及其与日俱增的影响力。我们没有见到很多孟加拉虎，但是，在大象、圣牛、骆驼和那些听到笛声就会立起身体的毒蛇之间，玛利亚给了我们一些时间和她聊聊关于博尔赫斯的野兽、镜子、迷宫、环形结构，等等。在一座印度庙宇的门口，一个大约15岁的男孩看到我们从那里经过，急忙吹起笛子，想让蛇从盒子里出来，好让我们给他几卢比。但是，在这么多游客的情况下，这只可怜的动物一定是度过了非常疲惫的一天，又或许它已经习惯了普通印度人的生活和工作节奏。可以确定的是，它不停地从笼子里钻出来。男孩眼见要失去顾客，急忙胁迫那条蛇，不断地敲打它的头部，从蛇的嘴里吐出众所周知的危险的信子，但是渐渐地，它变得慵懒起来。总之，20世纪……有多少罪恶伴随着资本主义而来，要么是电影在撒谎，要么是印度对工人的剥削制度经历了很大程度的现代化。

和玛利亚的下一次见面是在马德里的皇宫酒店，这一次终于没有野兽了。作为近距离经历大师一生中最后几十年，也是其文学创作最为成熟的几十年的人，她向我们打开了通往博尔赫斯内心世界的大门。以下的很多思考都是那几次会面的成果。

## 元文学的老虎："诗艺"

眼望着时光和流水汇成的长河
并想到岁月本身也是一条大川；
知道我们都像那江河似的流去
而一个个面庞则都如逝水一般。

意识到不能成眠同样也是个梦，
梦见没有做梦以及我们的肉身
惧怕的死亡只不过是每天夜里
那被称为睡眠的状态的引申。

将每一天和每一年全都看作是
人生时日和岁月的一个个里程；
将时光流逝所酿成的摧残视为
一种音乐，一种声息和一种象征。

将死亡当作是平常的熟睡酣眠，
将黄昏看成为赤金的微光幽辉，
这就是诗，虽然不朽但是却清贫。
诗像曙光和晚霞一样去而复回。

在那日暮的时分，有时候镜子里
会出现一个注视着我们的面孔；
艺术本就应该如同是那面镜子，
向我们展示出我们自己的面容。

据说，尤利西斯在饱经风险之后，
当看到葱郁平凡的伊塔卡出现，
竟会情不自禁地热泪淋漓。
艺术是恒久苍翠的伊塔卡，不是风险。

艺术也像是那奔腾不息的大河，
涌流而不去，永远都是那同一个
无常的赫拉克利特的晶体，不变
又有变，就像那奔腾不息的大河。[1]

---

〔1〕译文引自《博尔赫斯全集·诗歌卷（上）》，林之木、王永年译，浙江文艺出版社，1999年，第199—200页。

和他同时代的大多数诗人一样，博尔赫斯同样敢于对艺术下定义，这在他的诗歌、他的其他作品、他的创作理念和他在这一领域的个人经历中都有所体现。诗歌是不朽的，同时也是贫穷的。它能将岁月的侵蚀和不可挽回的时间的流逝化作音乐、声息和象征。虽然悲伤，但最终会变成金子。这金子会映射出我们自己的面庞（镜子），让我们为爱而哭泣（伊塔卡），这金子既是流动的，也是永存的，像河流一样奔腾不息。即便如此，艺术永远不会成为生活，它无法取代现实，更无法代替欲望。在写作的时候，博尔赫斯将物体变成一串串文字、转化成文学意象，正如他将老虎作为他最喜爱的意象之一：

> 黑暗在我心里蔓延，我思考着
> 我诗中那被呼唤着的老虎啊
> 那是一只象征和幻影之虎，
> 是一系列的文学比喻
> 又是百科全书中的记录
> 而并非是太阳下或变幻的月光下
> 虚假的老虎，不详的珠宝，
> 它将在苏门答腊或孟加拉逐渐完成
> 它的爱情、闲暇和死亡的日常。

## 生活、艺术、阅读：行动的老虎和静止的老虎

博尔赫斯热衷于高乔人、制刀匠、贫民窟居民和爱吹牛的人的故事，喜欢野兽，热爱间谍和侦探的冒险、渴望将一切付诸行动，但是他却毕生致力于文学，并将文学作为最理智、最平和的

生活方式，这该如何解释呢？博尔赫斯来自一个有着欧洲和美洲血统的、具有古老家族传统的家庭，他的祖先是推动阿根廷独立进程的最初的几代人，那时距他出生恰好有一个世纪的时间间隔。豪尔赫·路易斯钦佩他的祖辈们的勇气，他们都是战士，却目光短浅且身体虚弱，所以他知道他永远也不可能在已经成为家族特点的这一领域有所建树。“我的大多数家人都当过兵，”他感叹道，“我父亲的哥哥也曾是海军军官，而我知道我永远不会成为那样的人，早先我还觉得羞愧，因为我要成为一个投身于书本而不是过着战斗生活的人。”

《南方》（*El sur*）——也许是他最好的小说——是博尔赫斯以个人经历为基础想象出的一个故事。1938 年圣诞节他的头撞到窗角，伤口引发了败血症，差点儿要了他的命。在康复期，他由真实经历构思了这部小说。在小说中，主人公出院以后乘火车南下前往家族庄园，他将在那里进一步恢复身体。但是在抵达之前，他在一间酒吧受到了侮辱，于是上街去决斗。他有生以来第一次手里拿着刀，穿着优雅的西装，打着领带，准备以英雄的方式死在一个街头混混手上。然而，从主人公停止说胡话并恢复清醒意识的时刻起，小说就保持着一种独有的模糊性，让我们永远无法确切地知道达尔曼 / 博尔赫斯——作为一名优越的资产阶级者——究竟是想象着旅行和打架而死在了病床上，还是死在了南方的那个独特的“战场”上。故事的背后隐藏着博尔赫斯对战斗生活的痴迷，正如他所言：“人们都说战争是可怕的，这是肯定的，但生活也是如此。或许死在战场上会更好一些。”也许，博尔赫斯希望像马蒂一样被载入史册，因为他不仅可以创作出优秀的文学作品，还献身于自己的祖国，为了古巴的独立与敌人战斗。又或许他希望成为另一个像安布罗斯·比尔斯一样的人，这是卡洛斯·富恩特斯的小说《美国佬》（*Gringo viejo*）中的人物，他是一名美国作家兼记者，热爱以冒险和战争为主题的小说，在生命的最后时刻，他决定在1913年渡过格兰德河，与墨西哥革命者战斗至死，而不是躺在床上或“因为从梯子上摔下来”而结束生命。

替代战斗生活的文学职业伴随着童年一起到来。博尔赫斯在学习西语之前就学会了英语，他每天在父亲的图书馆里长时间如饥似渴地阅读。大约9岁的时候他就读完了英文版的《堂吉诃德》和《一千零一夜》，后者对他影响深远。从那时起，他就开始喜欢吉卜林、史蒂文森、卡罗尔、爱伦·坡、狄更斯、马克·吐温、威尔斯所写的冒险类书籍，还有希腊神话、《熙德之歌》（*Poema del Cid*）和斯堪的纳维亚的传说。从那时起，文学就是一种找到幸福的独特方式，可以用这种方式走遍无尽的时间之河，从后向前，从前向后。他有一次感到一种难以形容的记住事物的方式。他很确定地说：“我觉得幸福是一种很奇怪的感受，它很少发生。通常幸福是停留在过去的，当然，这是一种对当下的否定。另外，想要变得幸福是一项更难实现的任务。对我来说，幸福或许就是曾经幸福过，或至少相信自己曾经幸福过。从这个意义上讲，我写过一首很好地表达了我对幸福的感受的诗：‘哪怕是只有一天能够触摸到有生命力的花园就已足够。’身为作家，我曾试图用我的诗歌、小说来对抗我的不幸。其他的人一定是用他们的绘画、音乐、雕塑做到了这一点儿。”阅读，作为写作的前一步，伴随他从童年时光到生命的最后一刻。玛利亚·儿玉说，他是一位优秀的读者，“他享受他所读的东西，并且清楚地知道他读的作品是好还是坏。他是一位伟大的评论家。他不抄袭任何人的作品，但是他知道有些内容在影响着他；但是，由于他一生读过太多书，并且把它们都转化为了自己的东西，他的知识如此丰富，因此无法分清楚对他的每部作品和每个时期产生影响的内容。他的图书馆里一半以上的书都是关于哲学和宗教的：这是对他影响最大的东西，而不是小说本身。他的大多数作品的本质并不是他的个人感受，而是人类的根本问题，这些在哲学和宗教中都有所涉及。他通过那些不同的哲学理论，构建起其文学作品最深刻的基础。他的父亲与此有很大关系，他在哲学方面培养了博尔赫斯”。

在博尔赫斯还没有失明的时候，他每天的大部分时间都在阅读，因为直到 1938 年他父亲去世，他都无须为了养活自己和负担家用而担心。20 世纪 50 年代前后，博尔赫斯完全失明以后，便依靠其他人进行阅读。他的母亲在这件事上起到了决定性的作用，因为她的全部心血都花在了他儿子的身上，直到她 1975 年去世，仅仅比博尔赫斯的去世时间早 11 年。对于一个一直以阅读和写作为生的人来说，失明并不仅仅是失去视力这么简单。视力几乎等同于他的生命，因为博尔赫斯以文学为生，为文学而生。因此，从 50 年代开始，朗读者的角色将是至关重要的。从这个意义上说，长着一副东方面孔的玛利亚・儿玉在博尔赫斯的最后几十年间便肩负着成为他的眼睛的使命。她告诉我们，有时，她到先生家中的时候，看到妈妈正在为儿子朗读。她刚一进屋，博尔赫斯就说，“换班的人来了”，于是玛利亚会从他妈妈读到的地方继续为他读书。时而会有老师、学生和朋友替他们分担这项任务，然而，随着时间的推移，为了不让自己和为他读书的人失望，博尔赫斯读的新书越来越少了。他更愿意不去冒险，而是重读那些他知道自己会继续喜欢的书，还有对他的讲座有用的资料。在最后的那段时期，玛利亚・儿玉帮助他重新看世界、到各地漫游、为他带来收益。利用一次到访格拉纳达的机会，她说："实际上，他所看到的就是我告诉他的东西。我们之间的沟通方式很特别。他什么都会问我。我记得我们第一次去阿尔罕布拉宫的事情。到那儿之前，他一直在给我讲他生活在格拉纳达的时候所了解的阿尔罕布拉宫的事情，例如关于庭院和喷泉的细节。我们到了以后，他停下来对我说：'玛利亚，我现在才意识到我今天看不到这里的任何东西了。'我难受得要命……但是他立刻便说：'没关系，我现在可以用你的眼睛去看东西。你的东方气质会让我以另一种更加亲密的方式去感受它，因为你比我更接近这一切。'"

## 诗歌和散文的老虎：年轻的诗人，成熟的小说家

然而当一名优秀的读者或观察者并不足以成为一名优秀的作家，还需要更多的条件，其中的一些很难用语言形容，而且，那些没有被缪斯女神眷顾的人，无论怎样都是无法企及的，或者像博尔赫斯所说，那些人不具备文学灵感一样的"天赋"。跟随着潜意识，任由自己被一种随心所欲的内心旨意带着走，对于了解自己状态的艺术家来说是必不可少的。从年轻时起，博尔赫斯就知道他的一生将与纸页而非刀具联系在一起；他将在书本中度过一生，而不是被老虎包围或是身陷决斗之中。"这就是我的命运，"他确信地说，"我一直都知道。我没有设想过其他任何一种可能性。我想以所有人的方式成为一个快乐的人。弥尔顿在成为作家之前就预感到自己会成为作家，他后来的确当了作家。或许可以说我一辈子都是一个秘密作家。我 50 多岁的时候，才有人开始读我写的东西。在阿根廷，人们并不把我当回事儿，直到他

们发现我的作品已经被翻译成了法语才开始关注我。我想我是一名靠想象力而不是靠手艺的作家。一名作家应该遵循他的潜意识，也就是古人称为‘缪斯’的东西，今天我们称为天赋。作家的见解并不重要，重要的是书籍在记忆里留下的画面。”

作家也要经过历练。有天赋并不意味着可以写出一部伟大的文学作品。艺术家是日复一日训练出来的，需要进行观察、工作、修改、持续的阅读，保持谦虚的态度，并坚持不懈地和错误做斗争。“我愿意继续投身于文学，”博尔赫斯坦言，“因为我似乎已经犯了一个作家可能会犯的所有错误，且我认为这是写作的唯一方法。总之，我努力变得晦涩难懂，因为我害怕那些懂我的人能轻易明白我那些平庸的意图。今天，通过试验和犯错，我想我已经不仅能做到准确地表达，还能做到避免错误。我认为没有人可以教会任何人，尽管人们会以某种方式从他们身边的人那里学到些什么。但是毫无疑问，我会通过文学表达我内心的东西：每个人都应该获得他自己的成功，只有通过不断的错误和失误才能做到这一点。”

由此，我们能够看出作者所经历的不同阶段，在此过程中不断地寻找自己的特点，以形成他最好的风格。成为一名成熟的艺术家后，博尔赫斯曾对他的历程进行了反思，他认为在他身上发生过的事情是一个普遍规律，通常会对所有的艺术家产生影响。年轻时，他们试图通过表面的成熟来吸引大众的眼球，塑造出一种常常与真实个性不相符的巴洛克式的形象。成熟后，他们会回归简单并写出自己最好的作品，因为他们已经不需要再去证明任何事情，或者说那对他们来说已经无关紧要了。博尔赫斯这样描述他自己的心路历程：“我开始写作的时候，认为作家应该对一切进行定义。例如，直接使用‘月亮’这个词是绝对要被禁止的；应该为‘月亮’找到一个形容词，一个修饰语。（当然我也在对事情进行简化，因为我也用了很多次‘月亮’，但这是我当时做法的一个代表。）所以，我觉得一切都应该被定义，不应该在句子中用那些普通的修辞。我永远不会说：‘某某进来并坐了下来’，因为这太直白简单了。我觉得应该找到一种更浮夸的方式来说这句话。现在我发现，一般情况下，所有那些东西都会让读者感到厌烦。我认为所有这一切的根源在于，当作家年轻的时候，他觉得他会说一些很愚蠢很显而易见的东西，普普通通，因此他试图把这些藏在巴洛克式的装饰之下，像17世纪的作家那样去写作。又或者，如果他试图变得现代，他就做相反的事情：不断地发明新词，或者对飞机、火车、电话和电报进行隐喻，以显得现代。随着时间的推移，他会感到无论是好的还是坏的想法，都应该被简单地表达出来，因为当他生出一个想法以后，应该设法把那个想法、那种感受或是那种情绪传达到读者那里。因此我认为，所有作家开始的时候都是复杂的：他会同时用到好几种技巧。他想表达一种独特的情绪；同时还要看起来很现代。如果不这样做的话，就会变得保守和传统。”

15岁的时候，还是读者和学生身份的少年博尔赫斯因为家庭原因前往日内瓦。世界大战的爆发导致博尔赫斯全家在中立国滞留了四年。在那里，博尔赫斯在法语高中学习，对欧洲文化产生了兴趣，在对德国表现主义诗歌的好奇心的驱使下，他借助一本字典学会了德语。他参透了先锋派的秘密，以诗人和评论家的身份首次亮相，后来在西班牙，这方面的造诣日趋成熟，表现出他对极端主义的支持。20年代初期，欧洲战事刚一结束，他就把一个全新的诗歌创作理念带回到阿根廷，这个理念以隐喻（“几乎总是在两个精神点之间画出最短路径的语言曲线”）为基础，同时提倡描述本质（“赤裸的情感，从之前的附加信息中净化得来”）的语言要素的经济性。也许作为诗人的博尔赫斯从他出版的第一本书——《布宜诺斯艾利斯的热情》（*Fervor de Buenos Aires*，1923）开始，就试图忘记他支持极端主义的那段时期并尝试摆脱各种流派对他的束缚，想要写出一部更加自由和个性化的作品。从他的以下诗集中可以清楚地看出这一点：《面前的月亮》（*Luna de enfrente*，1925）和《圣马丁札记》（*Cuaderno San Martín*，1929）。到了那个时候，凭借着一种非同寻常的成熟和对西方诗歌的详尽了解，他早已对诗歌写作和艺术创作的秘密进行了深入的思考，但是在30年代期间，他将逐步深入到小说的世界里，并成为20世纪短篇小说领域最伟大的西班牙语作家。

虽然博尔赫斯并没有完全放弃诗歌，但在小说的创作高峰期（1939—1952），他的诗歌产出大量减少。1935年《恶棍列传》（*Historia universal de la infamia*）首次出版。40年代的三部里程碑式作品让他的短篇小说创作达到高峰：《交叉小径的花园》[1]（*El jardín de los senderos que se bifurcan*，1941）、《虚构集》（*Ficciones*，1944）和《阿莱夫》（*El Aleph*，1949）。凭借着在小说和诗歌领域的造诣，博尔赫斯成为世界文学泰斗级人物。他曾谈到创作诗歌与短篇小说之间的一些相同点和不同点，以及文学语言与口头语言的巨大差距：“写诗和短篇小说就像是我从远处望某个东西。我们可以用一座小岛来打个比方。这就像是我从远处看一座小岛。很显然，因为我离得很远，只能在海平面上看到它的轮廓：从哪儿开始，在哪儿消失。我看不清楚它的形状，也

〔1〕另译为《小径分岔的花园》。

看不到谁住在岛上，更是看不到任何其他的细节。我的写作也是如此。当我开始写作的时候，我总是会知道故事的开头和结尾是什么。关于这一点，我从不怀疑。我不知道的是在开头和结尾之间发生的事情，也就是故事将在什么时候、在哪里发生。所有这些细节都是之后想出来的。对我而言，一首进行描写的诗歌并不是真正的诗歌。另外，我不知道是否可以用诗歌来进行描写。或许绘画可以作为描写的工具。音乐创作和写作一样。如果一个人把大海的声音录下来，这能被称作音乐吗？在诗歌和散文里，除了描写场景和事物，还要有所暗示，有所启迪。例如，吉卜林在他的一首诗中写道：'谁曾向往大海'。这句诗里没有描写。相反，他想通过大海的意象去暗示些什么，可能是一种渴望的悸动。因此，在诗歌和散文中，最重要的就是诗人的'语调'，也就是诗人语调的抑扬顿挫。我认为诗歌语言和散文语言与口头语言有很大的不同。我们说话的时候，既不是在写散文，也不是在作诗。对于诗歌和散文而言，重要的是'声音'。当一个人在聊天的时候，他在意的不是'声音'。因此，一个听不到声音的人是永远不会写出好作品的。"

艺术世界有它自己的规律，这些规律靠直觉得出，而不是靠研究。有成就的艺术家会感觉自己和一个很多人无法进入的世界相通：想出一个新故事、诗意地再现一个已有的故事、唤起一种曾经的情感、表达一种幸福的心情，这并不是所有人都能做到的。博尔赫斯很清楚这一点。他常说："坐出租车的时候，司机会转过身来对我说：'请问，难道您赶巧就是博尔赫斯吗？'我便回答道：'我不知是不是赶巧，但我的确是博尔赫斯。'他会跟我握手，不愿收我车费。这些人在我身上看到一种他们无法触及的东西：文学。"玛利亚·儿玉说，有一次在一场美国巡回演讲中，博尔赫斯遇到了一件激动人心的趣事，这件事与对文学和作家的崇拜有关：一个学生光着脚穿过大学校园里的花园，身穿一件拿破仑风格的外套，他迅速靠近演讲者，在片刻的不知所措和激动之后，他冲向博尔赫斯并亲吻他的双手，对他说："您就是我的惠特曼。"如果对惠特曼有所了解的话，就会明白这个看似微不足道的细节有着非同寻常的意义：惠特曼的创新精神不仅影响了19世纪的美国诗歌，还影响了整个盎格鲁-撒克逊世界。另外，他还是19世纪末西班牙现代主义运动的先驱者，甚至成为20世纪初美洲和欧洲先锋派全新创作理念的标杆。对于博尔赫斯来说，惠特曼的影响则更为巨大，他是博尔赫斯灵感的来源，也是他充满感情、精心翻译的作家之一。艺术和文学对博尔赫斯十分重要，因此他无法脱离它们而活，他说："如果没有书籍，我无法想象我的生活会是什么样，对我来说，书籍就像双手和眼睛一样重要。"每当收到一本刚刚印刷出版的他的书时，他都会表现出极大的满足之情，开心地反复摩挲，检查它们是否装帧妥当，他喜欢闻到书页和封面的味道，对书中的插画、封面和书脊的设计兴趣盎然。

## 警觉的老虎：题材和工作方法

博尔赫斯从不会对着空白的稿纸发愁，因为他总是会有用来写诗和写短篇小说的素材。这个让很多作家畏惧的问题在博尔赫斯这里是不存在的。有一次，一位年轻的作家对他说："老师，我每天早上都感到绝望，因为当我坐下来面对白纸的时候，我什么都想不出来。"博尔赫斯略带讽刺地对他说："那你为什么要坐下呢？"显然，任何人都不应该在着手写作的时候等着灵感找上门来，而是应该反过来：有一种内在的需要，这让一个想要写作的人并不感到焦虑，因为他有话要说。从这个意义上讲，博尔赫斯从来不去寻找素材，他也不需要一个特定的地方让灵感得到更好的发挥。起初的那些年里没有一个固定的写作场所，但他喜欢去咖啡馆或酒馆里把想法写下来。他经常用零星的纸、餐巾纸，还有酒店的信笺写作；30年代末期，他常常爬上他在布宜诺斯艾利斯的工作地米盖尔·加内图书馆的天台，在那儿，同事找不到他，他在印着小方格的线圈本上写作。在最后的时间里，他的眼睛已经看不见了，玛利亚·儿玉说，每天早上起床后，他会在九点左右泡澡，借着漂在水中的失重状态，他会思考前一天晚上梦到的事情是否能用来写成一个故事或者用来写诗，然后再去想用哪种形式把它写出来。他的这个习惯一直持续到他去世前不久在日内瓦度过的最后时光。

在开始写作或口述之前，他会与朋友和学生见面，他们会给他讲国际报纸上的新闻，如果他有了什么灵感，就会离开一会儿，把灵感的内容记下来以防忘记。"每天下午，"玛利亚接着说，"我们会检查早上写好的内容。他每次口述一段文章或一节诗，第二天再继续。就这样一直到写完整部作品。他会有很多个草稿，也不是每天都写作，只有在他已经胸有成竹的时候才动笔。"儿玉还讲到一些细节，"他的口述方式很特殊。他像一只猫一样全身放松，看起来像是没有骨头一样。他靠在单人沙发上，一条腿搭在扶手上，斜着身子，不断默念重复以进行思考，手指在空中比画着，而我知道在这之后他就会开始口述一首诗：就像进入了一种神游状态。从70年代开始，他所有的书都是这样向我口述的"。

博尔赫斯对自己的作品要求严格，经常进行修改。例如玛利亚保存着的《圆形废墟》(*Las ruinas circulares*)的手稿上就满是大括号、方括号、圆括号、三角形、菱形等记号。通过这些记号，博尔赫斯知道哪里应该修改，每一部分放在哪里，省略什么、增加什么。从这些手稿还可以看出博尔赫斯是一位优秀的画家，他经常给他的小说和文章配插图——都是出自他本人之手。因此，失明以后，他的工作量成倍地增加，工作方式也变得越来越复杂，因为他对待每篇文章都很认真。事实上，从50年代开始，他就开始完全凭借记忆做这些事了，而不再借助图画和符号。当他陆续出版作品全集时，他的完美主义以一种独特的方式显现出来。尽管他从不重读自己的作品，但为了避免骄傲自满，他在开始考虑出版几卷作品全集的时候就这么做了。他借着重读作品的机会修改、更正了一些术语，完善了语言表达。他从不满足于最终的方案。他总是说："我最好的诗是下一首。"他非常重视对自己作品的不断修改，他说："如果我的生命还剩下一天时间，我会用它来问候朋友或最后再看一眼我的'全集'。"作者高超的造诣赋予了文学作品独有的价值，并不会因为大众的喜好、时代的变迁或地域的迁移而变化。

写作的时候，博尔赫斯很少会想着大众的看法，但是他会想着不给他们带来困难。他唯一的目标是创作出美的事物，让它们值得以书本的形式永存，并让那些生活在其他时空的人值得花时间去阅读它们。给他的作品以生命，这是博尔赫斯的毕生追求。因此，他不明白那些不追求艺术美的文学，谴责那些总是想在艺术作品中找出些隐藏含义或是说教内容的读者，"有些人根本没有任何文学修养。正因如此，他们认为如果自己喜欢文学，就应该找到其中隐藏的深意。例如，他们不会说：'好的，我喜欢这个是因为这是一首很美的诗，或者这是一个我感兴趣的短篇小说，我会和书中的人物感同身受而达到忘我的境地。’他们只会去想所有这些都充满了半真半假的道理，带有某些意图和象征。他们会说：‘是的，我们喜欢你的故事，但是你想通过它来表达些什么呢？’这个问题的答案应该是：‘我根本不想用它来表达任何东西，我想说的就是这个故事所讲的。如果我能用更简洁的文字把它讲出来的话，我就会用另一种方式把它写出来。’故事本身应该有它自己的真实性。人们从来不承认这一点。他们倾向于认为作家总是有针对性的。事实是我认为大部分作家都会觉得——当然，他们不会告诉任何人，甚至也不会告诉他们自己——文学就像是一种‘伊索寓言’。他们认为应该为了证明什么而写作，而不是为了作家对人物、场景，或是某个事物纯粹的兴趣而写作。仿佛人们总是在四处求教一样”。

## 想象的老虎：想象力，梦境，直觉

我们之前提到过博尔赫斯常常会记得他梦到的东西，并以此来获取诗歌或者短篇小说的创作灵感。事实上，他的很多梦里会出现重复的主题，从他作品中频繁出现的几个意象就能看出这一点。他本人也承认：“啊，迷宫！啊，符号！每年年末我都会暗想：明年我不再用迷宫、老虎、刀、镜子这些意象了。但是没办法，我会被那股力量牵着走。我写着写着，就会突然出现一个迷宫、一只老虎跳出纸面，或是一把发光的刀、一面映出画面的镜子。”如果我们集中注意力去理解迷宫概念的话，就会明白博尔赫斯为何会对它痴迷，这也是我们解读他的大多数与迷宫相关的作品的关键。“我每晚都会做梦，但并不只是梦到快乐的事情。我会做可怕的梦。我经常梦到我迷失在一个迷宫里，每次的迷宫不尽相同。有时候迷宫是一组有着很高的窗户的地下室。我被关在里面。我费了好大的劲儿才从窗户里爬出来。但是当我到了玻璃的另一边，我发现我在一个和上一个一样的地下室里。我又往上爬，想翻过窗户，却再一次来到了一个和其他地下室一样的房间。就这样我一个接一个地爬过不同的窗户，但是总也出不去，因为它们都通往地下室。迷宫也可以是布宜诺斯艾利斯。我会梦见我在城里的某条街上迷路了，不知道回家的路怎么走。我走啊走啊，穿过一条又一条街道，但是每一条街我都不认识。我甚至无法定位。今天早上，我又一次梦到了迷宫。这一次它是一艘刚从欧洲抵达的轮船，停靠在港口的南部码头。我梦到我上了船，发现自己在其中的一个船舱里，想要到甲板上去。当然我没有成功。无数的走廊、回廊、大厅、小房间、交织在一起的楼梯，但我怎么也找不到一扇可以出去的门。这种感觉真的很可怕。就像是眼前出现了一座永远触不到天空的摩天大楼，让人感到非常痛苦。”

梦境有时是写作素材，但梦境常常就是故事本身。有一些梦没有任何需要改动的地方，只需要坐下来把它写在纸上，同时注意修辞和形式。博尔赫斯说他的一些小说“就是我的梦境的文本复刻。一篇是《敌人》(*El enemigo*)。梦里我在一个房子的客厅里。透过窗户我看到找了我很久的敌人正在朝这边走来。进屋后，他拿出一把左轮手枪，说要杀了我。我根本没有时间起身，冷静地告诉他：‘如果我以前伤害过你，现在我已经不是从前的我，你也不是那个我伤害过的男孩了。’他回答道：‘正是因为我也不是从前那个我，我今天才能审判你。任何理由都救不了你。’于是我对他说：‘不，我可以救我自己。’‘怎么救？’他问我。‘叫醒我，’我回答道。就这样，我把这个梦逐字誊抄在一张纸上。为了完完全全忠实梦境，我用了散文的形式，因为这是一个很好的梦，结尾处有一个漂亮的转折”。在这种情况下，艺术家唯一要做的就是让故事具有美感，也就是说，以一种吸引人的方式说出来，而不仅仅是原原本本地把清晰的梦境写出来。毫无疑问，《敌人》充分地展现了将梦里的素材完整保留下来的重要性，因为作者对他的潜意识的忠诚也表现在了书面语言中。他几乎不需要去想用什么词语，用哪些语法结构，等等。然而，通常情况下，关于美学的想法也会和灵感一起出现，它会决定用何种方式将写作素材表现出来。

因此，不是只有一个博尔赫斯，而是有多少部作品就有多少个博尔赫斯。他本人是这样说的：“那些把我和美学捆绑看待的观点在我看来是不对的。我写东西的时候，会尽量按照主题的要求来写。也就是说我并没有事先想好美学问题；我根据一种模糊的直觉开始写，慢慢地我才会知道我要写一首十四行诗、一首不押韵的诗、一篇小说，还是一小篇随笔。我已经写了太多遵循美学的东西了，我现在已经厌倦了。我家里有一座美学博物馆。”

灵感和想象力的结合对博尔赫斯来说至关重要，是他创作的基石。有时，因为想象力源源不断地涌现，只在一闪念之间就会诞生一篇小说的主题和故事的经过。他的短篇小说《查希尔》（*El Zahir*）就是这样写出来的。整篇故事的天马行空都源于一个简单的词语：“难忘的”。据作者本人说，这个故事是关于“一枚令人难忘的20分硬币。那个故事我是从‘难忘的’这个词开始写起的，因为我在某处读到‘你应该去听某某唱歌，歌声令人难以忘怀’，于是我就想，如果真的存在令人难以忘怀的东西，会发生些什么呢？想必您已经发现了，我对文字很感兴趣。于是我对自己说：‘很好，我们假设真的存在令人难忘的事情，哪怕是在短短的十分之一秒内也不会忘记。’就这样，我写出了这个故事，完全是从‘难忘的’这个词发散而来的。因此，那个东西必须是一个很常见的物体，因为如果我们说的是一个令人难忘的斯芬克斯，或者一次令人难忘的落日，那就太容易了。于是我想：‘那我们就选一枚硬币吧，因为我猜想会有数百万枚相同的硬币被铸造出来；但是假设其中一枚出于某种原因令人难忘，且有一个男人看到了它。他无法忘掉那枚硬币，他疯了。’这也会给人造成一种印象：那个男人疯了，所以他觉得那枚硬币令人难忘，对吧？这样一来，这个故事就会有两种解读，于是我对自己说：‘好吧，必须让读者相信这个故事，至少消除他们的怀疑，就像柯勒律治所说的那样。例如，如果在他看到硬币之前发生了一些事，比如说，他爱的女人死了，这样或许对读者和我自己来说都更容易一些。’因为我不能让主人公去买一盒烟，然后从找回的零钱中发现一枚令人难忘的硬币。我必须给他设定特定的情境来支撑将要发生在他身上的事”。

由此可见，不仅要围绕一个单词的本义去设定一个主题，还要“组装”整个叙述内容。叙事的要求是，除了“把某件事讲出来”，还要使叙事起作用或者假设出一个读者，以求这些让人惊讶的元素激发他的兴趣。以最初的想法为圆心，故事从那里以螺旋的方式向四面八方发散，并通过一些偶然契合的元素联结在一起。博尔赫斯会权衡各种可能性，并根据对读者的冲击程度的预判，从所有创作方案中选出他认为最好的那一个，首先要看他读过之后的反应，因为他是自己作品的第一个读者，另一个依据是场景的新颖程度，前提是要有可信度。

对于博尔赫斯来说，发掘故事和它们的潜力是他人生中最快乐的发现之一。从1938年圣诞节的那次意外之后，这就开始成为一种挑战。仍在康复期的时候，他曾认为他的大脑某个部位或许会因为败血症而受损，因此，他总是怀着惊恐的心情写作，因为如果他尝试写作却又没写出来的话，就证明大脑受到了不可恢复的损伤。由于在那之前几乎所有的作品都是诗歌，他便尝试写虚构的故事，因为如果他失败了，损失会更小。就这样诞生了《皮埃尔·梅纳德，堂吉诃德的作者》(*Pierre Menard*, *autor del Quijote*)，它是 20 世纪整个文学世界最具创意的短篇小说之一，标志着一个“令人难忘的”十年的开始。但是博尔赫斯对叙事价值的认识来得更早，这得益于他作为专业读者的修养和他对中世纪史诗的了解。史诗为之后新生的欧洲文学提供了时间图谱，也因此提供了讲故事的可能性，这些故事包含着过去、现在和将来，“我年轻的时候，叙事文学不受重视，被称作逸事，但是我们忘了诗歌最初也是叙事体的，诗歌的根在史诗，而史诗是最主要的叙事诗歌。也就是说，史诗中蕴含着时间，史诗中有过去，有现在，有将来”。

通常情况下，除了《查希尔》这种例外，叙事者博尔赫斯在创作开始的时候就已经知道了故事的前因和后果，也就是如何开始和如何结束。其余的部分会根据需要随着必要元素的出现逐步确定下来。这是一个不紧不慢的过程。只有在主题不断显现——就好像故事获得了生命——并邀请作者把它写下来并适当加以修饰的时候才会有例外，“我从来没有被迫写作。特别是最近这几年，我只有在主题不断地驱使我去把它写出来的情况下才会写作。无论我生出什么写作灵感——可能是一首十四行诗、一篇小说或一首自由体诗歌——我都会试着先冷静下来。现在，当那个灵感一再地来催促我把它写出来，我就会努力理解它并搞清楚它对我的期望是什么。然而我总是用一种被动的方式去完成。然后我会面对它，穿梭在图书馆、画廊和图书馆的楼梯上……我漫步在街上，突然，我隐约看到些什么，现在我像是从远处看到了那个东西，模模糊糊地，然后慢慢变得清晰。写小说的时候，我总是知道开头和结尾。现在，我唯一需要写的就是开头与结尾中间发生的事情，有时会写错，那我就必须返回去把已经写好的部分删掉。我需要去发现中间那部分内容，最差的情况下，我要把它编出来。但是我会一直知道开头和结尾是什么。当然，我不相信爱伦·坡的那套，他认为所有的故事都应该为它的结尾服务，因为这样我们就会写出‘诡计故事’，也就是爱伦·坡发明的那种侦探小说”。

## 蓝色的老虎：体验和虚构中的人文主义

还有一条线索是博尔赫斯从来不会忽视的，它有助于获取主题、素材、故事的雏形，甚至是完整的故事，那就是体验和对人类世界一切事物的观察。然而，我们不应该将观察和记录混为一谈。对博尔赫斯来说，观察是对发生在别人身上的事情感同身受并将它讲出来，而记录是出门去寻找一个冰冷的数据将它展示出来，或者像任何一个记者都能做的那样把它记录在纸上。感受包括虚构、个人加工、虚幻和受直觉支配的想象力，而记录与文学无关，文学意味着创造。“我一直在构建一种幻想文学，”他说道，“哪怕在那些按照现实主义的游戏规则写成的短篇小说中也是如此；事件是幻想出来的，但现实并非如此。我从来没有为了写作去记录任何事，我一直都试着去想象一切。有一次，一个男孩请我为他签署一份基金的申请函，因为他想写一部关于加利福尼亚的小说，需要去实地调研。‘您不是一个小说家，’我对他说，‘您应该在布宜诺斯艾利斯去想象加利福尼亚。这样的话，您笔下的加利福尼亚或许是虚构出来的，但是又有什么关系呢？’因此，我没有为他签那份申请。那位年轻人想要的是去美国旅游。原因在于……什么样的小说才会需要那种调研？那是做新闻的方法。”有时，收集资料的行为会变成一种执念。很多作家直到收集好相关主题的全部资料以后才会开始写作。因此，很多小说看起来更像是博士论文或者历史散文。可能这些作家没有想象力，他们不会在日常的小细节和日常经验中发现隐藏的故事。博尔赫斯承认："所有的体验都可以转化为艺术，可以成为艺术的素材；认为体验是靠寻找得来的想法是错误的，因为一切都是体验。就连孤独也是一种体验，观看老虎也是一种体验。阅读是一种非常非常美妙的体验。如果认为我们读到的内容与发生在我们身上或者与我们所做的事不一样，那是很荒谬的。”艺术家不能掉进做新闻的误区，也就是说，不能被迫通过体验去寻找主题，而是应该反过来，“主题应该来找你，提出主题的说法是错误的。当然，主题是不断出现的，也就是说，如果我是个诗人，我就会觉得每时每刻都是具有诗意的。因此也就没有一个情境是否具有诗意的区别，因为人类的一切都值得成为诗”。

所有文学作品都应该拥有独特的“魅力”，而这“魅力”或许就体现在作品的人文性之中。博尔赫斯同意斯蒂文森的说法，后者认为："一本书会有很多不同的特质。但是有一种特质，如果没有它，其他便无从谈起。这种特质就是魅力。”它让阅读更具吸引力，让读者看到另一种生命的可能性，感受到除了好奇之外更多的东西，并促使他一直读下去。因为阅读一个故事，不仅仅要置身其中，还要去发掘故事中的那个人，那个给我们讲故事的人。这也是博尔赫斯会如此敬佩塞万提斯的原因："读《堂吉诃德》的时候，我的面前有一个主人公和一个故事，还会出现一个有血有肉的人，我可以和他促膝交谈。我现在还记得马塞多尼奥·费尔南德斯（Marcedonio Fernández）说过的话，我表示完全赞同。他说我们西班牙人和西语美洲的人应该称自己为‘塞万提斯家族’。我们很难说自己都是‘克维多家族’，尽管他是一位伟大的文学家，但是，如果说我们是‘塞万提斯家族’，我认为不会有任何反对意见。塞万提斯是我能想象出来的少数几位西班牙语作家中的一位——我大概能知道我和他聊天是什么样子。例如，我知道他会怎样为自己写的一些东西道歉，他会怎样不把自己当回事，对此我很有把握。塞万提斯之所以吸引我，是因为我认为他不仅是一位作家，一位最伟大的小说家，还是一个普通人。正如惠特曼所说：‘朋友，这不是一本书，阅读这本书就是在阅读一个人’。”

这是很有可能的，因为作者不得不化身为书中的人物。也必须如此。在一个很长的故事里，哪怕故事再好，要想保持兴趣，唯一的方式就是突出故事的主人公。在博尔赫斯看来，只有和故事中人物融为一体，才能达到这样的目的。“当一位作家需要写一部小说的时候，一部只有一个主人公的长篇小说，让英雄和小说保持活力的唯一可行办法就是化身为主人公。如果作者对他长篇小说中的人物不了解，且故事中的英雄被轻视的话，这本书就会变得凌乱不堪。我想，这应该就是塞万提斯的经历。他开始写《堂吉诃德》的时候，对笔下的这个人物了解很少，后来，他写着写着，就不得不化身为堂吉诃德本人了。他一定是发现如果他总是和他的英雄保持距离、不停地取笑他、只当他是笑料的话，那么这本书最终也会毁在他手里。所以他还是变成了堂吉诃德。在其他人物面前，在店主和公爵面前，在牧师面前，塞万提斯始终对吉诃德先生怀有一颗友善之心。”

因此，每当博尔赫斯想要创造一个人物的时候，他都会审视自己。只有这样他才会确定自己可以赋予一个人生命并放心地把他呈现给读者。“通常情况下，我就是书中的人物，”他谈到自己的小说时这样说道，“当然我会以不同的方式去伪装。我没有创造人物，我没有那个能力。我和狄更斯不同，我会想象我置身于不同的场景、时期和环境中。但是我依然是我。让我的人物变得可信的唯一方法就是让他做出和我一样的反应，尽管这会超出我已有的设定范围。我不会去观察别人，我会观察我自己。”尽管博尔赫斯这么说，但他自己并不是进行人物塑造时的唯一参考，这是显而易见的。博尔赫斯是一位极富想象力的作家，他有着超人的记忆力，能够创造出新颖、古怪且逼真的场景。他的博学和对不同类型的文学作品的深入了解也对他的文学创作产生了影响，好奇心和求知欲是他毕生的追求。他最后创作的短篇小说之一《蓝色的老虎》（*Los tigres azules*）讲述了一个痴迷于猫科动物的猎人的故事。这位猎人和作者很像，在印度寻找一种他听说过的神秘的蓝色老虎。但是那些最终知道了蓝虎秘密的人都不可挽回地发疯了并立刻死亡。只有一个人，他抵御了诅咒对他的控制，最终得知了真相并免于惩罚。博尔赫斯战胜了蓝虎，他化身成文字，生活在我们中间。

## 参考书目

Alazraki, Jaime. *La prosa narrativa de Jorge Luis Borges*. Madrid, Gredos, 1983, 3ª ed. aumentada.

Barnatán, Marcos Ricardo. *Borges. Biografía total*. Madrid, Temas de Hoy, 1998,

2ª ed.

Borrello, Rodolfo A. *La narrativa fantástica: Borges*. Buenos Aires, Centro Editor, 1968.

Echavarría, Arturo. *Lengua y literatura de Borges*. Barcelona, Ariel, 1983.

Fernández Ferrer, Antonio. *Borges a/z*. Madrid, Siruela, 1988.

Peicovich, Esteban. *Borges, el palabrista*. Madrid, Libertarias/Prodhufi, 1995, 2ª ed.

Pérez, Alberto. *Poética de la prosa de Jorge Luis Borges*. Madrid, Gredos, 1986.

Rodríguez Monegal, Emir. *Borges: hacia una interpretación*. Madrid, Guadarrama, 1976.

Sucre, Guillermo. *Borges, el poeta*. Caracas, Monte Ávila, 1974.

# 安东尼奥·布埃罗·巴列霍

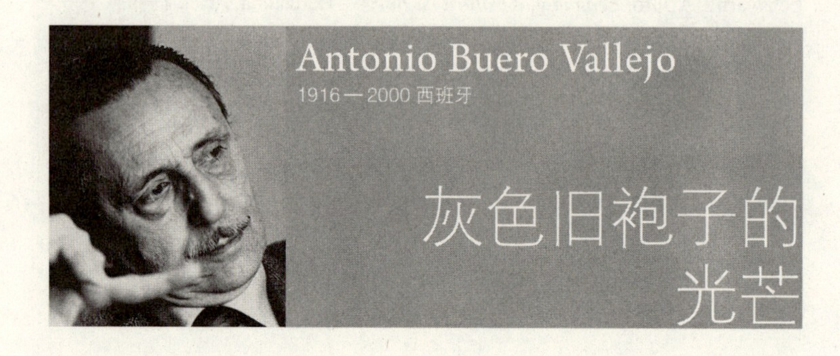


**主要作品**

《织梦女人》（*La tejedora de sueños*，1952）

《几乎算是个仙女的故事》（*Casi un cuento de hadas*，1953）

《黎明》（*Madrugada*，1953）

《民族做梦人》（*Un soñador para un pueblo*，1958）

《宫娥》（*Las Meninas*，1960）

《瓦尔米博士的双重历史》（*La doble historia del doctor Valmy*，1964）

◎ 当主题已经明晰时，他会先做笔记，这些笔记通常以非连续的方式反映出他联想到的与那个核心主题相关的各种信息。那些笔记中可能包含着某些更加确定的东西，例如某个他决心放进作品里的句子，他还不清楚自己何时会用到它，……就这样，他一点点勾勒出第一行文字，不过那些文字还是显得有些模棱两可。……把所有笔记整理好后，在正式开始创作之前，安东尼奥会先写个草稿，主要情节已经在草稿里体现出来了。

* * *

那两个小家伙很像希皮和萨佩，那两个由埃斯科巴创造的儿童漫画中的调皮双胞胎兄弟。他们毫无预兆地把家里的走廊变成了足球场，追着橡胶小球勇敢地奔跑。突然，那个小球在走廊墙壁上反弹了几次后，猛地撞上了一扇大门的主玻璃——那是客厅的大门，引起一声巨响。小家伙中的一个高兴地喊了起来，他是在庆祝进球，可在房门打开的一瞬间，他的笑声停止了，一个长着精致小胡子、面色不善的先生出现了。来人是两人的父亲、著名剧作家安东尼奥·布埃罗·巴列霍，他穿着睡衣和平底拖鞋，睡衣外面套着他的老旧灰色长袍，他刚才正在门的另一侧专心地构思他的一部作品。他严厉地责备了两个孩子，他们不得不停止玩足球游戏，可这种状况只持续了一小会儿，等到他们觉得父亲怒火已消的时候，小橡胶球撞击走廊墙壁的声音就又响了起来。

在很多年里，类似的事情在安东尼奥·布埃罗·巴列霍家一遍又一遍地上演。就这样，在跑步、击球、喊叫的声音中，安东尼奥写出了他的大部分作品。安东尼奥是个居家型男人，他喜欢穿着舒适的衣服写作。一些与他联系密切的人表示他甚至会穿着睡衣、拖鞋和那件舒适的灰色袍子接待熟悉的人。可能他想通过衣着上的舒适感来缓解文学创作时的紧张感。他是个内向的人，性情严肃，而且在写作时脾气会变得更糟，几乎处于爆发的边缘。要是他心满意足地构思出了某些场景的话，情绪会变得好起来，但那也只是转瞬即逝的事情，下一个挑战一出来，他就会变回老样子。安东尼奥的紧张情绪也会影响到家人，因为他习惯在家里写作。多年之后，他的儿子卡洛斯在帕特丽西娅·W. 奥康纳的那本无与伦比的传记《镜中的安东尼奥·布埃罗·巴列霍》(*Antonio Buero Vallejo en sus espejos*)中讲述了家人们在安东尼奥搞创作时的紧张经历，还讲述了他父亲的那种焦虑情绪是如何影响他们的："如果他想到了或者没想到某个主题，或者他觉得有点靠谱，但他依然没能完全说服自己，再或者他还没找到所有拼图……我记得在他有明确的想法之前，我父亲总是会显得疲惫又压抑。然后，如果他开始在稿纸上写作的话，那就意味着最糟糕的时刻已经过去了，尽管写作任务还没完成。第一稿，'我不知道怎样''肯定不咋地''站不住脚'，第二稿出来后，关于作品质量的疑惑又会涌出来。创作是最恐怖的环节，可是作品写完后又会出现新的问题：演员选得不合适，不适合在当地表演，经费不足，布景有问题。剪辑和台词也可能出问题。最后你得等到评论出来后才知道都有哪些问题。"

安东尼奥·布埃罗·巴列霍坚称自己不清楚一部新作品是如何构思出来的。他最清楚的是，写作是个很费劲儿的工作。每部新作品，至少在开始创作时是这样的，对安东尼奥而言都要比前一部作品写起来更费劲儿。他有时会长时间缺乏灵感，他将之归因于安全感的缺失和他的完美主义追求。想起那些耐心等待他、吸引他的白纸会让他感到恐惧，"那些白纸总是让我有种挫败感、无力感，我不知道该写些什么。我觉得不断做出尝试是很蠢的事情，我很想上街去呼吸下新鲜空气或是喝杯咖啡，不过可能我的确是个蠢人，我总是把写作任务强加给自己。后来，随着收集到的材料越来越多，情况会逐渐改善"。

## 缓慢而复杂的分娩

布埃罗自认为是个慢速度作家，甚至有些懒散，而且作品数量也不多。“我其实是个懒鬼。”他调侃地说道。此外，他还把自己作品数量不足的问题归咎于“作家的神经官能症”上，他指的其实是那种由找不到最佳表述方式引发的不安全感，还有那种不断怀疑的态度，马查多谈到这种态度发生在“我离某种思想距离最近却写出与之完全相反的东西的时候”。布埃罗认为所有作家都遭受过这种神经官能症的折磨，那些产量大的作家尽管没有战胜这种病症，但是却可以用表达的激情来压制住它。他的文学分娩过程缓慢又艰难，还十分复杂。“胎位”不见得总是正常的。有时，布埃罗脑中盘旋着几个可能的主题，它们可能在那里一待就是数月甚至数年时间，可他一直没能把它们写出来。一部新作品的剧情冲突问题对他来说是很难处理的。在选定最佳主题后，他会着手写作，可是花上一个季度都没写完的情况并不罕见。再过上几周，他会重拾没写完的剧本。如果他感到疲惫，就会给自己放假。在把作品的核心看得十分清楚之前，他从来都不会长时间工作。他的这种不安全感不仅没有随着年龄增长、阅历增加而减弱，反倒愈演愈烈了。“在那些幸福又不需要负什么责任的岁月里，”安东尼奥在1959年这样说道，“也就是我还是个新人作家的时候，或者说我还是个没什么作品获得演出的作家的时候，我记得在某个时刻我甚至用八到十天就能写出一部喜剧。放到现在，这种速度肯定会使我震惊。如果说我的第一部喜剧只花了我八天或十天时间来创作的话——我记得是八天，我最近一部剧，也就是《民族做梦人》（*Un soñador para un pueblo*）则花了我八个月的时间。要是按照这个发展规律继续下去的话，譬如再过上十年，到时候我写一部剧就需要三年或四年时间了。我希望这不会发生。”幸运的是这种假设的确没有变成现实，创作新作品所需的相对长的时间以及其他种种困难并没有妨碍安东尼奥写出数量可观、质量上乘的戏剧作品，其中一些算得上是真正的文学明珠。

在他终于想清楚作品主题、写出了具有主要元素的初稿后，火花往往就会闪烁起来了，他的灰色旧袍子也就真的变成了工作服。这并不意味着他会在书桌前久坐不起，或是盯着稿纸目不转睛，不过他的确会保证在每天同一时间进行写作，通常是天色将暗之时，这时他的笔触会变得流畅起来。每天下午被他用来写作的时间——通常不会超过三小时——并不长，不过他会利用上午的时间来检查前一天写成的稿子，并对其进行修改。他的手稿上到处都是修订的痕迹，有标注，也有涂改。他习惯把稿子润色两到三遍，而且全都手写完成。在生命的最后岁月里，布埃罗抗拒登上信息化的快车，这部分是因为他年岁已高，还有部分是因为他坚信在大脑与手之间存在着某种直接联系，他需要用钢笔或圆珠笔直接在纸上写作。

他的创作步骤是怎样的？首先，当主题已经明晰时，他会先做笔记，这些笔记通常以非连续的方式反映出他联想到的与那个核心主题相关的各种信息。那些笔记中可能包含着某些更加确定的东西，例如某个他决心放进作品里的句子，他还不清楚自己何时会用到它，但是他确定那个句子肯定会被用到那部作品里，而不是为其他作品服务。就这样，他一点点勾勒出第一行文字，不过那些文字还是显得有些模棱两可。那些笔记的数量通常不会太多，大概会占 15～20 页稿纸。如果是历史剧的话，笔记的数量会增加一些，因为他要把参考资料里关于那个时代的信息、背景环境的情况记录下来。把所有笔记整理好后，在正式开始创作之前，安东尼奥会先写个草稿，主要情节已经在草稿里体现出来了。在这份草稿中，安东尼奥已经开始把情节分成两部分或几幕了，不过里面还不会出现对话，而且作者开始设置戏剧本身的节奏和张力了。他还会用这份草稿来帮助自己考虑最适合情节展开的视角。对于布埃罗来说，写草稿是一项复杂的工作，也许是所有步骤里最困难、最费劲儿的。草稿写成后，他习惯给自己四到五天的平静期，就好像那部剧根本不存在一样；那段微型假期结束后，他会勒紧袍子的腰带，正式进入写作阶段——此时的他信心满满，不会再中断写作。他开始写初稿，布景、道具信息也会写出来。在初稿中——真真正正是最初的稿子，他往往会修改草稿里的某些设定，因为故事已经变成“现实”了，设想阶段的某些情节和人物自然要发生某些改变。初稿写完后，修订工作就开始了：增加缺少的场景，剪裁、删除某些与核心内容关联不大的繁冗对话或多余的场景，等等。修改会体现在二稿中。但是依然要继续修改。戏剧作品的篇幅既不能太长也不能过短，一定要恰到好处才行。很多时候布埃罗还要修订出第三稿来。他总会把精彩之处留到结尾，这是戏剧家的写作策略。在最后的修订做完之后，那部剧才能问世。

不过戏剧与小说不同，戏剧只有被演出来才能得到最佳展现。布埃罗是那种会参与到排演过程中去的剧作家。“我父亲通常不会直接干预排演，”他的儿子卡洛斯这样说道，“这是为了尊重导演的权威，不过他也会做出些点评，排练结束后，他每次都觉得第二天的演出会演砸……我也有同感，不过我无法理解的是，每一场演出都奇迹般地成功。”安东尼奥在排练演出时表现出的悲观情绪以及他对评论界所抱的低期望值往往与他的作品大获成功的现实形成鲜明对比。他的作品第一次被演出时——那是 1949 年 10 月 14 日，作品是《楼梯的故事》(*Historia de una escalera*)，紧张情绪给他带来了很大困扰。“演出结束前五分钟，”布埃罗说道，“楼梯上的争吵一幕结束后，……我傻傻地站在舞台边上，看着他们谢幕，突然我听到有人叫我：‘作者，作者！’当然了，我当时没反应过来发生了什么。后来那一幕的舞台监督恰佩特走到我身后对我说：‘快出场！’而我答道：‘恰佩特，为什么叫我出场？我是永远不会参与表演的。’他说道：‘快出场，伙计，他们在叫你呢！’然后那个混球就推了我一把，我就那样被弹到了舞台上。”我们能够想象出年轻的布埃罗·巴列霍的窘相，他一向是个内向的人。

戏剧被排练演出对于剧作家来说是非常重要的事情，甚至会驱使他提前对作品的结构和人物做出一定的改变。20 世纪 50 年代和 60 年代被认为是西班牙戏剧的“幸福时期”，那时布埃罗根本不考虑演员问题，只要情节需要，他想写多少人物就写多少人物。有一次排练《民族做梦人》的时候，他自愿在剧本里删掉了某个人物，可不是出于预算的原因，而是出于情节凝练度的考虑。然而，从 70 年代末开始，西班牙戏剧进入衰退期，越来越多的戏剧演员转而出演电视剧或电影去了。不仅布埃罗·巴列霍的创作生涯出现了危机，西班牙戏剧整体都进入了危机期。布埃罗依然希望自己的作品能被演出来，他被迫减少每部作品的出场人物。安东尼奥最近的一部不必考虑演出规模的剧作是 1997 年的《爆鸣》(*La detonación*)。

演出“考试”的第二天就能看到评论家们打出的“分数”了。如果说在那些幸福时期，戏剧对西班牙社会的影响比现在要大得多的话，那么当时的评论家也要比现在的更加严格、更有权力。大部分知名评论家都是怀着热情欣赏每部剧作的真正专家；

他们受到作者们的尊重甚至惧怕。要是有哪位重量级评论家给出了负面批评的话，哪怕不能说某个新作家的文学生涯就此被摧毁，也一定会阻力重重；当然如果给出的是正面评价的话，情况就截然相反了。哪怕是知名剧作家写的作品，负面批评也能让观众远离剧院。就布埃罗的例子来看，尽管他也受到过负面批评，但还是正面评价居多。评论家和观众都倾向于认可他的超凡才华；他参评的文学奖的评委们也是如此，这一点我们一会儿再谈。卡洛斯·布埃罗回忆道："评论出来后，作品就开始继续推动了，不管成功与否，票房都会有起伏。这一点很重要，因为它并不仅仅说明剧作是否被接受，而且也有经济层面上的考量，因为我父亲通常不会接受其他渠道的收入，例如报刊文章收入、讲座收入等。总之，影响一部剧作演出的因素太多了，演出成功与否会影响剧作家的整个写作生涯，我认为剧作家这一职业面对的不确定性要比其他职业更大。"

## 小尼古拉斯想当画家

哪怕安东尼奥最终从事的是他最早喜爱的事业——绘画，那种不确定性恐怕也不会更小。他于 1916 年 9 月 29 日出生在瓜达拉哈拉，母亲也是阿尔卡里亚人（塔拉塞纳），父亲则是安达卢西亚人（加迪斯）。他的父亲堂弗朗西斯科·布埃罗是军方工程队的上校，后来在内战初期被共和国一方枪决了。安东尼奥的童年和青年时代是在瓜达拉哈拉度过的，其中只有一年半的时间在北非城市拉腊什[1]待过，那时那里还是西班牙的领土。他坦陈

〔1〕 摩洛哥港口城市。

自己是个成绩中等的学生，在某些科目上表现不错，但大部分科目都学得一般，还有些科目则很不擅长。他从很早就表现出了对绘画的喜爱。有人说他很小的时候不好好吃饭，他母亲就把一张纸和一支笔摆到餐盘旁边，小布埃罗专心画画，大人喂他多少东西他就吃下去多少。随着年龄增长，他的画也从潦草乱画变得具有某种风格了。他最喜欢画人物肖像，尤其是历史人物。“有时候在写完一部作品时，”布埃罗说道，“我会在一堆纸张里遇见某张我的画，画的人物恰好是那部剧作里出现过的历史人物；那张画似乎是多年之后我写出的剧作的先声。有些主题十分遥远，不过是些反复出现的主题，例如戈雅、委拉斯凯兹、珀涅罗珀、奥德修斯等，他们都出现在了我的童年画作里。”戏剧是小托尼——家人都喜欢这样叫布埃罗——的另一大爱好，他经常花数小时在玩具剧场——那是他收到的三王节礼物——操纵玩具人偶演出各种各样的冒险故事。他还喜欢把自己打扮成某些历史人物，他最喜欢演的是拿破仑和三个火枪手。他的父亲是个有文化的人，是戏剧的狂热爱好者，他经常带着小托尼去看戏剧表演，一方面刺激了小托尼的想象力，另一方面也增加了他对戏剧的喜爱程度。

除了游戏之外，小托尼还把时间花在了另一项爱好上：阅读。整个童年时期他阅读了数百部戏剧作品，那都是他父亲购买的。在父亲藏书丰富的图书室里还有许多对他早年的文学素养的形成起到重要影响的书籍，其中，“九八一代”的作家是最吸引他的，尤其是乌纳穆诺（Unamuno）。他也喜欢阅读某些国外作家，例如易卜生和萧伯纳，尤其是后者的作品，更是令他百读不厌，甚至连作品前言都反复阅读，他认为连那些文字也“十分有价值”。乌纳穆诺最吸引他的是诗歌作品和某些小说作品，例如

《阿贝尔·桑切斯》(*Abel Sánchez*)和《殉道者圣曼努埃尔·布埃诺》(*San Manuel Bueno*, *mártir*),他在这些作品中读出了浓重的悲剧色彩。相反,他并不喜欢乌纳穆诺的戏剧作品,因为他认为那些剧的结构受到了限制。乌纳穆诺对布埃罗影响最大的还是思想方面,还有他那"在戏剧性和悲剧性方面的可怕直觉,不过它们在他的小说里体现得要比在戏剧里更充分"。

18岁读完中学后,安东尼奥搬去了马德里,进入圣费尔南多美术学校学习,他幻想着自己的梦想能实现:成为画家。几个月后,父亲被调任至马德里,这意味着全家人又聚在一起了。大学时代,布埃罗把闲暇时间用来绘画和阅读,甚至还自愿在大学学生联盟(FUE)面向工人组织的夜校里任教。他也写些与绘画相关的文章,用的笔名是小尼古拉斯·佩尔图萨托(Nicolasillo Pertusato),同名人物在多年之后出现在了他的剧作《宫娥》(*Las Meninas*, 1960)中。在那个时期,也就是1934—1936年间,他还经常去看戏剧表演,他童年时的那个爱好不仅没有消退,反倒越发强烈起来了,尤其是在费德里科·加西亚·洛尔卡的剧作在西班牙剧院演出、里瓦斯·谢里夫(Rivas Cherif)执导的剧作在艺术学校剧院演出期间,不过那时他还从未想过要成为剧作家。真正令他忧心的是日益严峻的西班牙政治及社会形势。尽管他未加入任何政党,可他却逐渐倾向于马克思主义理念。他的政治立场日渐明显,这在他被圣费尔南多美术学校任命为大学学生联盟(FUE)秘书一事上就能看出。

1936年内战爆发,安东尼奥希望以志愿者的身份奔赴前线,但是家人阻止了他。不久之后,就像我们前面提到的那样,他的父亲在马德里被枪决,这在年轻的布埃罗心里引发了一场严重的危机,不过这并没有阻止他继续追随自己的理想信念,他逐渐站到了终结他父亲生命的那派人一边。在讲台上工作过一段时间后，他被调到某步兵军营里任职，后来还被派往哈拉玛前线。1938 年安东尼奥被调任至阿拉贡前线，同年年末赴莱万特军营任职，他在巴伦西亚市收到了内战结束的消息。于是年轻的布埃罗的生活发生了一百八十度的转变。由于在战败一方的军队中任职，他被抓了起来，在巴伦西亚的一个斗牛场里被关了几天，后来又被转移到了卡斯特利翁省索内哈市的一所集中营里。他在被囚约一个月后得到释放，但是在回到马德里后他希望继续为共产主义事业而奋斗，这使他重新被捕，还因“叛国罪”被判处死刑。布埃罗等待行刑，一等就是八个月，后来死刑被取消，他被改判 30 年监禁，最后他只坐了 7 年牢。他在西班牙的多所监狱里待过：首先是孔德·德托雷诺监狱（马德里），他在那里与诗人米格尔·埃尔南德斯成为好友，实际上两人在内战时期就已经认识了；后来他又去了耶瑟利亚斯监狱，然后是埃尔杜埃索监狱和圣塔丽塔监狱，最后是奥卡尼亚监狱，他在那里一直待到 1946 年被释放出狱。

长时间的牢狱经历对安东尼奥·布埃罗·巴列霍此后的人生及戏剧创作产生了巨大影响。他在监狱里继续绘画。除了许多水彩画之外，他还用铅笔、钢笔和炭笔画了很多肖像画，其中就包括米格尔·埃尔南德斯的画像，那是这位诗人最著名的画像。尽管工具匮乏，但绘画还是帮助安东尼奥度过了那些无趣的时间，也让他始终把自己的道德观维持在一个高水平上。他给许多同伴画了肖像画，而且画得不错，很多时候监狱的长官们也会请他画肖像画，可他每次都拒绝，这给他带来了许多不必要的麻烦。只有一次例外，他帮一位对待囚徒很友善的医生画了肖像画。

阅读是帮助他度过监狱时光的另一项活动。“我们读不到报纸，”布埃罗说道，“不是什么书我们都能读到，因为有人会审查，他们觉得有些书不适合让我们阅读。大部分监狱都有阅览室。我们也会请家人带些我们感兴趣的书过来，然后我们通常会互相交换进行阅读。不管怎么说，在那些监狱岁月里我的确读了很多东西。……我们甚至按主题分成了不同的研究小组：语言的，数学的，各种各样其他主题的。”相反，那段时期他几乎没写什么东西，“因为那时我操心的是别的事情”。他只是为某本关于绘画的书做了些笔记，不过那本书他永远都未写成。在最后几年的牢狱时光中，他开始感到自己的内心开始向文学创作倾斜了。他依然没想过要放弃绘画，但却越来越渴望进行文学创作了。在出狱之前，尽管对自己的文学之路还没有清晰的概念，他已经想好自己的第一部作品要写些什么了：《在炙热的黑暗中》（*En la ardiente oscuridad*），重获自由数月之后他就把书写完了。那是个悲剧故事，里面几乎所有人物都是瞎子。“我和瞎子的世界几乎没有任何交集，”他这样说道，“但在我最后待的监狱里，也就是在奥卡尼亚监狱里，我生出了些《在炙热的黑暗中》的想法。我在那里有个很要好的同伴，他有一次告诉我说他的兄弟是个瞎子，还提到了他兄弟面临的各种问题，还有他兄弟在和家人相处时出现的各种状况，最后家人把他带去了某所盲人学校。他给我描述了盲人学校的情况：盲人是怎样用内置小铃铛的球来踢足球的，盲人是怎样玩滑板游戏的。那些细节令我印象十分深刻，那成了我的第一部作品的灵感来源。”这不是他唯一一部出现盲人人物的作品。布埃罗承认他对失明有些痴迷，这可能与他在许多年里眼部患病的经历有关，尤其是青年时期，他看东西时总是会出现闪光性暗点。诱因是视网膜小部分缺失，所以经常会有半月形的阴影在他眼前闪烁。不管怎么说，与视力相关的问题一直让他很感兴趣，包括对视力问题的科学解释，这种兴趣也体现在绘画上。

布埃罗作品中对监狱生活的另一段记忆是在他身边发生的一次越狱事件，地点是孔德·德托雷诺监狱。当时他还背负着死刑判决，可他并没有想过越狱，“我们当时对监狱外的黑暗生活也不抱什么希望”，不过参与那场越狱行动的囚徒为数不少，他也为他们提供了帮助。最后事儿没成，因为住在最里间牢房——也就是所有人一起挖地道的那间牢房——里的三个犯人之一是“政治犯”，他决定单独行动，没通知任何人就先跑了。那次越狱事件启发布埃罗写出了他最成功的作品之一《研究中心》（*La Fundación*）中的某些片段，那部剧作于1974年1月15日在马德里费加罗剧院获得首演。

布埃罗的剧作中直接来源于监狱经历的核心事件之一就是酷刑折磨，这也是《瓦尔米博士的双重历史》（*La doble historia del doctor Valmy*，1964）的核心主题。布埃罗从未被折磨过，不过他的许多同伴都受过酷刑折磨，正因此他才意识到了这个问题，它始终困扰着他、让他不安。作家本人是这样解释的：“他们很清楚我是谁的儿子，我的父亲是个殉道者。所以他们没把我怎么样。后来在监狱里，我本来可能会成为一个混蛋、可怜人、‘赤色分子’，但我是布埃罗上校的儿子，我母亲是个寡妇……也许在对酷刑话题痴迷这方面，这种‘好运’也影响到了我。获得酷刑折磨的豁免权使我有机会从内部观察这个问题，我看到了那些人是怎样摆脱那段记忆带来的创伤的。”

1946年，布埃罗出狱，他希望与那里后会无期，不过出狱后的生活并不容易，他被迫从头开始自己的生活，还要背负曾经入狱的不光彩经历和政治立场有问题的污名。最初几年他以绘画为生，还和一些杂志合作给他们提供画稿。他也写故事。尽管经济上有困难，他还是试着融入战后马德里的文化氛围中。他堂妹的丈夫经常参加那些文化活动，在他的帮助下，布埃罗开始频繁参加每周六晚上在里斯本咖啡馆举行的谈话会，参加谈话会的人基本都想当作家或画家。随着时间的推移，布埃罗逐渐对绘画失去了兴趣——在他看来，那也许是因为他在监狱里没有按照适当的方式进行绘画创作，他开始越发想要进行文学创作了。他开始着手创作戏剧作品，这个想法一直吸引着他，因为他对戏剧创作技巧十分熟悉，毕竟他从小就阅读、观看了许多戏剧作品，“当我开始写剧时，它们（技巧）几乎是自动涌现出来的”。

## 森特亚斯船长击败了堂胡安·特诺里奥〔1〕

布埃罗没多久就写成了自己的前两部剧作。1946 年年底他已经完成了《在炙热的黑暗中》的第一稿，1947 年写了《楼梯的故事》。两年后，1949 年，马德里市政府宣布在停办 15 年后重新举办西班牙最负盛名的戏剧创作大赛，胜出者将获得洛佩·德维加奖。布埃罗知道要想让自己的作品获得演出机会，那是为数不多的机会之一；可他没想清楚是否应该参评，一方面，他认为自己的政治背景使他压根儿没机会获奖，另一方面，他又害怕那些往事给他带来新的问题。最终，在他的朋友、诗人拉蒙·德加西亚索尔（Ramón de Garciasol）的鼓励下，他决定参评。诗人是这样对他说的：“反正你已经输过了。”布埃罗拿自己

〔1〕均是西班牙剧作家何塞·索里亚（José Zorrilla，1817—1893）剧作《堂胡安·特诺里奥》（*Don Juan Tenorio*）中的人物。

的前两部剧作前去参加比赛。结果出人意料。《楼梯的故事》获得了一等奖，《在炙热的黑暗中》进入了决选环节。评选结果公布那天，安东尼奥在朋友家度过了下午。“我大概晚上十点钟回到家里，”很久之后他这样讲述道，“我妹妹听到开门声，立刻跑到走廊上，她的脸色很奇怪，既像天使又像弱智，‘你知道了吗？’她问我道。我心中一震，生出了某种难以言喻的确定感，我心想：‘他们把洛佩·德维加奖颁给我了。’但是我依然故作镇定，不过是出于喜悦，而不是出于其他别的原因。我说道：‘不，我什么也不知道。’她说道：‘他们把洛佩·德维加奖颁给你了。’”至于公众对那次评奖结果的反应，布埃罗解释道：“你们可想不到那引发了多大的丑闻。评奖结果出来的第二天，相关消息和我的照片就被登了出来，我想大概48小时后电话就开始响个不停了：‘瞧瞧你们把奖颁给了什么人！’我的所有作品差点没演成。西班牙剧院甚至没给我的剧排演出日期，后来他们重演了另一部剧，但是票房很差，他们被迫又用别的剧顶了几天，一直撑到《堂胡安·特诺里奥》演出。那时剧场觉得风头过了，我的剧可以演出了。这样也就没人会指责他们对我不公了：他们让我的剧演上几天，问题就解决了。”于是剧场就在没有通知作者的情况下开始排练了，排练12天或14天后剧就演出了。那部剧大获成功，西班牙剧院被迫调整了《堂胡安·特诺里奥》在那年的演出安排。布埃罗的剧演出了187场，那是个令人震惊的数字。布埃罗赢得了1万比塞塔的奖金，他用那些钱买了块表。在那一年他也赢得了“森特亚斯船长”的绰号，因为他击败了堂胡安。

这个奖项改变了布埃罗的生活，使他摆脱了默默无闻的状态，为他打开了各家剧院的大门。“我在绘画里无法找到表达自己的方式……在戏剧中我能更好地展现出内心所想……”，布埃罗在生命中的最后几年里经常这样表示。实际上，早在获得洛佩·德维加奖之前，布埃罗也有过不少获奖经历。很久之前，在瓜达拉哈拉读中学最后一年时，他的作品《唯一的男人》（*El único hombre*）获得了个人第一个文学奖。在参加里斯本咖啡馆的谈话会期间，他也在自己参加的第一次文学竞赛中获了奖。不过洛佩·德维加奖对于布埃罗的文学创作发展轨迹来说是具有决定性意义的，他终于决定完全放弃绘画事业，专心进行文学创作。这种选择很快就开花结果了。在20世纪50年代，他的多部戏剧都在舞台上取得了非凡的成功，包括《织梦女人》（*La tejedora de sueños*，1952）、《等候的征兆》（*La señal que se espera*，1952）、《几乎算是个仙女的故事》（*Casi un cuento de hadas*，1953）、《黎明》（*Madrugada*，1953）。1954年他在《戏剧》（*Teatro*）杂志上发表了《灰暗中的冒险》（*Aventura en lo gris*），可是由于遭到当局审查而未能上演。1956年11月20日，他的剧作《今天过节》（*Hoy es fiesta*）在马德里的玛利亚·格雷罗剧院上演。布埃罗凭借这部剧作获得了三个奖项：玛利亚·罗兰德奖、国家戏剧奖和胡安·马奇基金会奖。在接下来的两年里，布埃罗又两次获得国家戏剧奖，分别是1957年的《信，低首》（*Las cartas boca abajo*）和1958年个人首部历史剧《民族做梦人》。1959年他没有任何戏剧搬上舞台，不过他在那年完成了一桩人生大事，他和曾在《今天过节》里出演丹妮埃拉一角的女演员维多利亚·罗德里格斯完婚。

20世纪50年代末，“森特亚斯船长”的光芒穿越了国境线。他的剧作被译成其他语言，还经常在外国舞台上演出，尽管直到1963年作家本人才获准离开西班牙。1966年他来到美国，在那里待了两个月，做讲座、参加座谈会。这些行程使他没有时间穿上那件灰色旧袍子创作高质量的作品了。1967 年 10 月 6 日,《天窗》(*El tragaluz*)上演，这也许是他最具有象征意义的作品了，也是为他带来最大成功的作品。这部剧的演出场次达到了创纪录的 500 场。

在持续多年的紧张工作之后，布埃罗变成了战后西班牙剧坛最重要的人物，也是 20 世纪后半叶西班牙最具影响力的剧作家。例证之一就是他获得的无数奖项和认可，其中包括极为重要的 1986 年塞万提斯文学奖和 1996 年国家文学奖。但是和在西班牙从事文学创作的大部分文学家一样，逐渐增长的名望没能帮助他免受佛朗哥政府的审查。就布埃罗而言，由于他的政治背景和入狱经历，审查者往往会更加严格。“我和审查制度之间存在无数糟糕的问题，”安东尼奥这样说道，“当然了，也有其他许多同行受到了更大影响。……我面对过许多问题：有的作品被封禁，例如《灰暗中的冒险》，有的作品需要通过巨大修改来获得许可[《瓦尔米博士的双重历史》、《理智之梦》(*El sueño de la razón*)、《研究中心》等]，还有些作品在删减后获得了上演许可。当然我们曾经冒了巨大风险与审查制度斗争。例如《宫娥》就遭受了大概十处删改，所以当时我拒绝删减版的《宫娥》上演，直到最后删改数量变成了两处，尽管是两处愚蠢的删改。”

审查制度一旦确立，被审查者的陷阱也就布置好了。布埃罗用一种聪明而有效的方式嘲弄着审查制度。在不考虑审查问题的前提下写完作品后，他会刻意往里面添加十处到十二处他完全不认可的野蛮场景，那些东西肯定不会被排演出来，不过它们会变成最有吸引力的诱饵。“这倒不是说审查官都是傻瓜，都会像蠢鱼那样上钩，”布埃罗说道，“他们不像人们认为的那么蠢，尽管有时也会出现些不聪明的审查官。不过在他们的游戏规则里，他们也得让许多内容通过审查，因为他们不想让全世界都觉得这是一个封闭的国家；他们要把‘不在场证明’亮出来，说道：‘瞧啊，这里也允许这些东西出现！’有时，他们还会放过某些我故意写上去让他们删掉的东西；当然了，后来我会自己把它们删掉的。”在这场为赢得自由表达权利而进行的艰难的文学斗智游戏中，布埃罗无疑是个精明的大师，有人甚至称呼他为“充满可能性的剧作家”。他在抨击那个时代西班牙社会道德沦丧问题的时候从不拐弯抹角，而且在那样一个没有言论自由的国家里，他成功地使得自己几乎所有的戏剧作品都获得了演出的机会。

尽管布埃罗的剧作极受欢迎，可它们并不是那种肤浅易懂的作品，甚至刚好相反。和大部分作家一样，他从不刻意顾及——在沟通意愿的驱使下——读者和观众的感受；他曾不止一次表示自己从不会走捷径，“去逢迎社会上对于快餐文学的需求，写些经不起时间考验的作品”。他从不会为了让自己的剧作得到更大范围的传播而降低文学方面的追求。“对他们来说损失更大。”在谈到那些不理解他的戏剧作品的人时他这样断言。他还说道：“我是为那些从人性的角度来看已经做好准备的人写作的，他们愿意去了解人类心里最高深莫测的东西，也是最复杂的东西。”他甚至很享受他笔下的人物因现实与象征交织的特征而引发的那些争议，因为对于他来说，在戏剧作品中，过于明晰的人物形象和过于模糊的人物形象一样，都算不得成功。

写作对于布埃罗来说不只是一种职业，也是一种根本性需求。在生命的最后阶段，他这样说道：“我只知道我需要用写作来表达自己，我需要以这种方式和其他人沟通。后来我明白我也需要通过写作来展现问题、寻找答案、开阔眼界、帮助别人、做出批评，还有其他许多我能通过写作来做的事情……”。他的创作活动有三重支柱：丰富的个人经历、与他所生活的社会之间的冲突性关系以及他独特的文学才能养成之路。

2000年4月29日，布埃罗去世，享年83岁。在他接受的最后几次访谈之一中，《阿贝赛报》（*ABC*）的记者请他给刚开始创作戏剧的年轻人一点建议，他的回答坚决果断："多读点书。多读点戏剧，好的剧、不好的剧、普通的剧都得读。只有读得够多了，年轻作家才能明白自己想写什么，明白哪些想法是可能实现的，哪些是能被接受的……"在下葬之前，"森特亚斯船长"又被推到了玛利亚·格雷罗剧院的舞台上，接受观众和朋友的致敬，他曾在那里度过了许多愉快时光。就在他去世前一周他还像普通观众一样去那里，那是他倒数第二次进入剧院。

据说年轻的斗牛士会突然变得成熟起来，他们具有老年人才有的那种智慧，以超出年龄的成熟面对生死挑战，因为他们每天都在和死神打交道，已经学会了如何正视死神。布埃罗·巴列霍的情况也很类似，他不仅早已学会了正视死神——尤其是在被判死刑、离死神如此近的那八个月里，也学会了正视比死亡更让人痛苦的事情，例如他的儿子恩里克的早逝。恩里克死在了一场交通事故中，他就是那两个在家中走廊里踢足球的小家伙中的一个。布埃罗作品中的紧张感、他的阴郁性格甚至他的悲观主义文学倾向都是例证。他还敏锐地捕捉到了对于人类命运而言真正具有重大意义的主题。这样的写作并不轻松，布埃罗配得上被人们高抬着从西班牙舞台上最大的门里走出，当然了，穿着那件闪耀着光芒的独特服装：那件灰色的旧袍子。

# 参考书目


AA.VV. *Antonio Buero Vallejo. Premio Miguel de Cervantes 1986.* Barcelona, Anthropos, 1987.

Buero Vallejo, Antonio. "Justificación", en *Tres maestros ante el público*. Madrid, Alianza, 1973.

De La Puente Samaniego, Pilar. *Antonio Buero Vallejo. Proceso a la historia de España.* Salamanca, Universidad de Salamanca, 1988.

De Paco, Mariano (ed.). *Buero Vallejo: cuarenta años de teatro*. Murcia, Caja Murcia, 1988.

Iglesias Feijoo, Luis. *La trayectoria dramática de Antonio Buero Vallejo.* Santiago, Universidad de Santiago de Compostela, 1982.

O'connor, Patricia W. *Antonio Buero Vallejo en sus espejos*. Madrid, Fundamentos, 1996.

Pérez Henares, Antonio. *Antonio Buero Vallejo: una digna lealtad.* Toledo, Junta de Comunidades de Castilla–La Mancha, 1998.

Torres Monreal, Francisco. *Buero por Buero*. Madrid, Asociación de autores de teatro, 1993.

# 吉列尔莫·卡夫雷拉·因凡特

Guillermo Cabrera Infante

1929—2005 古巴

## 捕捉笑声

**主要作品**

《三只忧伤的老虎》（*Tres tristes tigres*，1967）

《二十世纪的一项事业》（*Un oficio del siglo XX*，1973）

《阿卡迪亚，每一夜》（*Arcadia todas las noches*，1978）

《因凡特的哈瓦那》（*Habana para un infante difunto*，1979）

《电影还是沙丁鱼》（*Cine o sardina*，1997）

*我是带着玩乐的心态写作的。我的目标是先玩乐，然后再观察各个单词之间产生的偶然趣味，我只是在那些单词提供给我的游戏可能性之间做选择，然后我们一起制定游戏规则，希望读者不要只是当读者，最好一起参与到游戏中来。*

*我所有的作品写的都是看待哈瓦那的不同视角。我只要一想起它，就能够重构它，一砖又一瓦地重构，一词又一词地重构。*

* * *

“你可以要求我做任何事，就是别让我笑。”当我们在他位于伦敦格洛斯特路的家中提议拍几张照片时，古巴作家吉列尔莫·卡夫雷拉·因凡特略带调侃地说道。我们有些不适应他家中的摆设：从墙角到房顶全堆满了书，几乎看不到墙壁的颜色；他在接受我们采访时全程坐在一把奇特的圆形椅子上，他的写字桌上堆满了纸张、书本和便签；笔记本下面露出一张照片——已经有年头了，是他和妻子米莉亚姆的合影；我们在低楼层上，从窗户向外看去，景色很清晰，那是伦敦最有特点的街道之一，到处都是游客、生意人、帝国理工学院的学生、红色的双层公交车、宝马、奔驰、捷豹、劳斯莱斯和一些很有个性的汽车，街头停着一辆很时髦的摩托车，一辆宝马车挡住了骑手，我们只能通过车把手上的后视镜看到他。

我们经常能在各种照片上看到卡夫雷拉·因凡特的身影，尤其是他在 1997 年获得塞万提斯文学奖后。的确如此：他从来不笑，手里还总是夹着根雪茄，身边烟雾缭绕，戴着圆框眼镜，留着泛白的山羊胡，表情严肃，但这与坏情绪无关，更多体现的是他的保守态度以及某种内向的性格，它掩盖了因凡特内心深处旁人难以觉察的幽默感。“捕捉笑声”（*Asir a la risa*）不仅是档文学栏目，也是个“回文游戏”，也就是说，正着读和倒着读是一样的。伍迪·艾伦的电影《业余小偷》中到处都是反英雄的角色，有个叫奥托的角色，有阅读障碍，只会读自己的名字，他会把某些读音和另一些读音搞混，还会反着读单词。对于卡夫雷拉·因凡特来说，“回文游戏”不仅是解决类似问题的最后一招，也是诗意世界的一部分，文学世界里有两个主角：词语和幽默感，它们也是理解他的全部作品和写作思路的关键所在。

## 布斯特洛费顿：三个，忧伤的？颤音？

这位已故王子[1]最著名的作品无疑是《三只忧伤的老虎》（*Tres tristes tigres*），它的灵感来源可能是一个颤音，或是一个奇怪的声道，又或是加勒比海的鸟儿歌唱所见之物时的鸣叫声。在布斯特洛费顿——《三只忧伤的老虎》中的主要人物——降生之前，卡夫雷拉·因凡特一直在用不同的材料为他的文学土壤施肥。1929年4月22日，卡夫雷拉·因凡特出生于古巴北部东方省一个临海的小村希巴拉（Gibara），那是国际社会充满危机的年份。他的父母是当地共产党的创始人。他五岁时学会了识字，喜欢看《至尊神探》和《人猿泰山》，不久之后他明白了家人的政治理想是怎样的。1935年时，他见证了某些地下会议的进行，又在次年眼睁睁地看着父母被捕入狱。1942年，在继承自某个叔叔的图书室里，他如饥似渴地进行人生中最早的阅读。在那些书里，最吸引他的是佩特洛尼乌斯写的《萨蒂利孔》，它开启了他对幽默和批判性文字的阅读历程。1946年，一位优秀的教师帮助他加深了对文学的热爱，他变成了一个狂热的读者，不仅把其他科目的学习抛在了一边，连钟爱的棒球也不打了，要知道棒球是古巴最受欢迎的运动之一。1947年对于卡夫雷拉·因凡特的文学抱负来说是具有决定性意义的一年，决定了他将以何

[1] 因凡特（Infante）在西班牙语中小写时有“王子”之意。

种方式进行文学创作。他读了米格尔·安赫尔·阿斯图里亚斯（Miguel Ángel Asturias）的《总统先生》（*El Señor Presidente*），由此才意识到通过文字、节奏韵律和单纯利用语言工具塑造的场景可以用来进行游戏，而这也是他能做到的事情。他认为那位作家并不像评论界试图证明的那样出众，甚至用了“让人遗憾”之类的辞藻来形容阿斯图里亚斯。他发现“我也能当作家！”，他决定试一试，于是写了篇故事。那篇故事尽管缺点不少，依然在《不羁》（*Bohemia*）杂志上刊登了出来，那份杂志是当时西班牙语美洲最主要的刊物之一。感谢那位老师和阿斯图里亚斯的那部小说，因凡特开始进行创作了，一开始他把文学创作当作消遣或玩乐，可后来它却逐渐成为这个年轻的模仿者的“兴趣”（用作家本人的话来说），然后是“习惯”，再然后是“执念”。他完全抛开了学业，受雇成为《不羁》杂志主编的秘书。1949年因凡特创办了文学刊物《新一代》（*Nueva Generación*），还为多家报纸修改、编辑稿件。

既然已经把文学当成了事业，就需要进行相关的训练，于是凡因特在国家新闻学院注册入学（1950年），进行相关学习。他还干过调研员、译者和巡夜人的工作。次年，他和几个朋友一起创办了一个名为“我们的时代”（Nuestro Tiempo）的文学团体，但是在发现它变成了一个共产党组织后，他很快就离开了那个团体。1952年，他开始了对抗审查制度的艰苦历程，这种对立关系与他的文学理念及其文学实践带来的结果相关：他在《不羁》杂志上发表了一则短篇小说《厌恶与错误的歌谣》（*Balada de plomo y yerro*），里面包含数个被认为有淫秽色彩的英语单词，于是作家被不久前刚完成第二次军事政变的巴蒂斯塔抓捕入狱。此外，当局还强迫他缴纳罚金，要求他终止已经进行了两年的新闻方面的学习，并且不允许他在一些即将刊发的文章上署名。从那时起，他的反巴蒂斯塔政权倾向越发明显了，双方的斗争直到那个独裁者于 1958 年 12 月 31 日逃离古巴才告终。在独裁政权垮台前的最后两年里，巴蒂斯塔推行的政策使因凡特的很多朋友被捕入狱，甚至丧命。他在地下小报上撰写文章，他的专栏文章中包含危险的政治言论，这引起了朋友和敌人的警觉。一个由信奉社会主义的青年组成的团体希望奉他为某次抗议活动的带头人。与此同时，他在媒体上的文字尽数遭到封禁。他积极参与了许多革命活动，直到从马埃斯特腊山走出的游击队员们获胜的消息传来为止。1959 年是所有古巴人生活的新阶段的开始。卡夫雷拉·因凡特在《革命日报》（*Revolución*）担任编辑一职，还创办了《周一》（*Lunes*）杂志，那是《革命日报》的文学副刊，后来这份杂志还获得了在电视台播报的机会，因凡特邀请政治立场、文学风格各异的作家登上节目。1961 年，革命政府明确了它与社会主义之间的联系，因凡特又变成了猪湾事件[1]的播报员。

在猪湾事件之后，因凡特开始与古巴革命政府产生了分歧，他将在未来写成的那部巨著的种子也在此时种下了。他的兄弟萨巴·卡夫雷拉曾拍摄了一部关于哈瓦那夜生活的短片，《周一》电视版曾对此有所介绍。可是那部短片《P.M.》[2]却被当局封禁了。200 多位知识分子、作家和艺术家进行了抗议活动，可古巴政府的态度不仅没有缓和，而且还把《周一》杂志也查封了，并推迟了第一届古巴作家及艺术家大会的举办日期。同时，受卡斯

〔1〕指 1961 年 4 月 17 日，在美国政府支持下，一些流亡美国的古巴人在古巴西南部猪湾发起的企图颠覆古巴革命政府的失败行动。

〔2〕英文为 *Post Meridian*，西班牙文为 *Pasado Meridiano*，意为“午后”。

特罗和共产党领导的一批知识分子召开了几次紧急座谈会，这也成为之后召开的作家大会的先声。在这种背景下，因凡特假想《P.M.》获得了放映机会，以此为线索写了一则篇幅并不算很长的故事《她在演唱博莱罗》（*Ella cantaba boleros*），并把它献给了著名的博莱罗歌手弗雷迪（Fredy）。那则故事成为另一个名为“夜是无边的空洞”（*La noche es un hueco sin borde*）故事的一部分，再后来，那个故事于1964年以“热带黎明景色”（*Vista del amanecer en el Trópico*）为题被送交参评赛伊克斯·巴拉尔（Seix Barral）出版社主办的“简明丛书奖”（后来获奖了）。这个故事的最终版本体现在小说《三只忧伤的老虎》中，许多短故事分布在以“她在演唱博莱罗”为主线的文本中。小说中，向弗雷迪致敬的人物叫埃斯特雷亚·罗德里格斯。卡夫雷拉曾在古巴结识弗雷迪，她是个非常大方的黑人女性，体型像鲸鱼一样庞大，食量很大，非常自信，十分端庄，对玩笑话不太敏感，嗓音非常洪亮，很排斥用乐队伴奏。

以此为基础，因凡特开始将其他多种多样的因素添加到故事里，不过这些因素都有共同的基础：古巴的人生，古巴人民，在古巴发生的或真实或虚构的事件。由他对革命政府的态度带来的问题浮现之后，他在1962年以文化助理的身份被派往比利时，在那里待了三年左右，完成了那部小说的绝大部分内容。小说内容不断增加，书名也在不断变化。1965年年末他来到马德里，居住在巴塔亚·德尔萨拉多街上，后来又搬到了曼萨纳莱斯河畔。但是一段时间过去了，西班牙政府拒绝为他提供居留许可，因为他在古巴曾有过支持左翼活动的经历，也因为他曾经写过关于流亡拉丁美洲的西班牙作家的文章。不过他在西班牙把那部小说的终稿交给了编辑，并于1967年获得出版。他转而定居伦敦，在那里一直生活到去世为止。卡夫雷拉·因凡特不喜欢把自己的文字称作“小说”，而更喜欢用“书”这个词。那部作品是他的美学理念和从最初开始就一直坚持的文学实践活动的一次总结。

由于接受过新闻方面的训练，卡夫雷拉·因凡特总能在篇幅较短的文章里找到一条安全的道路。他每天都要写文章，并在第二天的报纸上刊登出来，这使他养成了每天都写篇幅不长的东西的习惯，他写的通常都是些短故事，而非仅是政治、文学或电影评论，这种经历也使他在面对各种问题时都表现得游刃有余。那种写作习惯也被因凡特用在了创作《三只忧伤的老虎》的过程中，这使得他的那本“书”不源自某个核心情节，而是许多不同故事的集合体，所有故事都与哈瓦那的夜生活相关，与某些对抗放荡生活的群体所追求的“典范”生活相对立。他的大部分文字都具有那种片段性特点。《和平与战争无异》（*Así en la paz como en la guerra*，1960）是他的第一部叙事文学作品，是一部由 14 则短篇小说组成的短篇小说集，里面还包括 15 篇极短的小故事，每篇大概只有一到两页的篇幅，可见他对简短性的追求到达了何种程度。《因凡特的哈瓦那》（*Habana para un infante difunto*，1979）是另一部生自不断叠加的童年回忆的长篇小说。还有些短故事或关于电影的文章被收进了《二十世纪的一项事业》（*Un oficio del siglo XX*，1973）、《阿卡迪亚，每一夜》（*Arcadia todas las noches*，1978）和《电影还是沙丁鱼》（*Cine o sardina*，1997）里。他的其他作品也具有片段式特点，甚至包括在他去世后出版的作品，例如《善变的宁芙》（*La ninfa inconstante*，2008）、《神圣之躯》（*Cuerpos divinos*，2010）和《间谍所画的地图》（*Mapa dibujado por un espía*，2013）。不过且让我们过一会儿再回到这个话题上。

《三只忧伤的老虎》的书名已经揭示了作者的游戏企图，这种企图是建立在语言的各种可能性之上的。响度、绕口令、节奏因素、音乐性、声学特征，因凡特把这些因素集结到了一起，想要告诉我们单词能够传递的不仅是意思而已。不仅如此，含义只不过是单词诸多特征中的一个罢了，也许还不是最重要的那个。布斯特洛费顿很清楚这一点。这个人物虽说只是那部小说中的众多人物之一，但也许是最能体现卡夫雷拉的诗学特点和写作方式的一个，他象征着语言的种种可能性。他的名字来自希腊语“boustrophedón”，是“bous”（公牛）和“atropheis”（回归）的合成体，而且这个名字还有“连环书写法”之意，也就是前一行从左往右写，下一行从右往左写的写法。在希腊——那里也与这个词的词源相关，人们使用这个词是因为那种写法与牛犁地的方式相似。因此，这个人物同时也是一种写作方式，有时会引出回文的写法。这种创作态度最极端的例子就是“若干启示”一章的开头，作者在那里放置了三张空白页，页面上只有页码，由此产生一种讽刺性或戏谑性，他又放置了一张“正常”的页面，页码是双数，因此是出现在书的左侧的，紧跟着而来的下一张纸，也就是接下来的一个单数页面，上面写的东西与前一页纸上的内容一模一样，只不过是从右往左写，所有文字符号——单词、问号、逗号等——都用相反的方式写了出来，压根儿难以阅读，就好像在那两页纸中间夹了一面镜子一样。实际上，左边那页纸是这样结束的：“现在我知道布斯去了另一个世界，一个逆向世界，一个反向世界，他到了阴影中，去了镜子的另一面，我想他会以他早就想要的方式来阅读这页文字，像这样。”

数页之前，有一章题为“拼图”，主要写布斯特洛费顿到底是谁的问题。没什么证据表明这是个有血有肉的人物，在谜团与游戏之间，作家延展想象力的触须，那篇文字变成了一场地地道道的游戏。“想着他，”作家写道，“就像是写着下金蛋的那只母鸡，那是绝无答案的猜谜游戏，是一场螺旋形的运动。”于是一些新的名字出现了：布斯特罗富顿、布斯特洛夫托玛顿、布斯特洛菲尼克斯、布斯特洛菲利斯、布斯特洛弗洛伦，他的女友叫布斯特洛费多拉，他的母亲叫布斯特洛费丽萨，他的父亲叫布斯特洛法德尔，等等。但那还只是开始。后来作者玩了一系列文字游戏，都是些没什么重要性的事情，在那之后，古巴绕口令出现了（“En Cacarajícara hay una jícara que el que la desencacarajicare buen desencacarajicador de jícaras en Cacarajícara será”），他还特别使用了一些经典的“回文单词”来玩“回文游戏”，例如：“Amor a Roma”，“Anilina y oro son no Soroyani Lina”或“Abajael Ajab y baja lea jabá”，还有一系列像是在照镜子一样的单词组合：mano/onam，azar/raza，aluda/adula，otro/orto，risa/asir，等等。那个章节很长，很有趣也很混乱，因为作者唯一的目的就是“捕捉笑声”（“asir a la risa”）（最后这个回文游戏是属于作者的，而不属于布斯特洛费顿）。有一次丽塔·久贝特问“布斯特洛·卡夫雷拉·因凡特”在写作时最大的担忧是什么，我们的这位“布斯特洛”先生回答说他没什么可担忧的。“我是带着玩乐的心态写作的，”他继续答道，“我的目标是先玩乐，然后再观察各个单词之间产生的偶然趣味，我只是在那些单词提供给我的游戏可能性之间做选择，然后我们一起制定游戏规则，希望读者不要只是当读者，最好一起参与到游戏中来。很多时候不那么明显的是我的这种邀请本身，因为我经常会改变或者重置某些游戏规则。这种侵入游戏场地的做法有些随心所欲，有时我甚至会保留那台笨拙打字机错打出来的单词，我本应在第一次修改的时候就把它们改掉的。”

他的诗学世界充满革命性的游戏，他笔下的人物之一库埃，描绘出了他的写作方法，此人运用的是一套随机书写的创作方法：“列一张无序的单词表……连同书一起分发给读者，掷两次骰子，给书名来个文字游戏。有了这三个因素，任谁都能把书写出来。无非就是动动手罢了。例如掷出了1和3，那就到单词表里找第一和第三个单词，或者把1和3算成加法得出4来，又或者把1和3拼成13，或者按随便某种顺序读那些数字，这样会提高偶然性。单词表里的单词的排列顺序也随心而定，也可以通过动动手指来完成。”文学对他而言就是一场游戏。“一场复杂的游戏，”那位古巴作家说道，“一场智力游戏，同时也是一场具体的游戏，这场游戏在肉体、书页、记忆、幻想和思想层面上展开，同象棋游戏差不多，但是不计分，参与者只负责摆棋子，那是种玩乐和出神的方式。我写作一向是为了让自己开心，然后，如果读者能读到我写的东西、和我一起乐的话，我会很高兴地和大家一起分享那种喜悦。”

在这场游戏中，幽默占据了十分突出的位置，读者需要发觉文本的关键所在，在解读文本时表现得积极主动，甚至对整部作品进行“再创造”。在掌握了作者的写作机制之后，读者就能明白那些双关语、绕口令、奇特的词语搭配以及建立在错误的拼写之上的玩笑话的含义了。在《三只忧伤的老虎》里，卡夫雷拉试图重构“正在消失的本土幽默感，那玩意受人憎恨（这是他的原话），但却是古巴文化的根基之一”。他说道：“同时我还要用幽默（我坚守它）拯救爱（我信任它），我还要用单词、词组和语言中可能存在的种种幽默性来让自己开心。其中还蕴含着某些真理，我认为如果抛开幽默感的话你就没办法将之描绘出来，例如阿森尼奥·库埃就提出说，在古巴人们不借助玩笑话就不能讲出事实，这是同一个道理。我觉得用一句英语来讲可能更恰当：Extracting truth with laughing gas，也就是说，用笑气提取真相，不过我们也可以把这句话变一变，用tooth（牙齿）来替代truth（真相），因为有的牙医的确是用笑气帮忙拔出臼齿的。”

有时，幽默是一种防御机制。具体来说，在影评类图书《二十世纪的一项事业》中，幽默是“在一个容不下批评的世界里建立起的防御机制：人们总是会‘杀死’我喜爱的评论家，但我要试着不哭，这样他们就不会说那些眼泪是某种象征破坏的积极或消极的姿态了，也就不会说那些眼泪是我们大笑的时候流出来的了”。马里奥·巴尔加斯·略萨是1964年简明丛书奖评委会成员（卡夫雷拉是最终获奖者），他曾写过一篇分析卡夫雷拉作品中的幽默元素的来源和用法的文章，他认为那是卡夫雷拉世界观的基础，也是他应对白纸的方式。巴尔加斯·略萨是这样说的：“通过一个玩笑、一次戏谑、一场文字游戏、一个天才想法、一个文字圈套，卡夫雷拉·因凡特做好准备要战胜地球上所有的敌人，或是失去他的朋友，甚至失去自己的生命，因为对他而言，幽默不仅像绝大多数人认为的那样是一种消遣、放松精神的方式，而且是挑战这个世界、颠覆确定性和理智性的一种手段，他要借助它把所有由隐藏起来的谵妄、惊异和混乱所组成的可能性都挖掘出来，在他这样的语言大师手中，这些东西可以变成最炫目的智力焰火和曼妙诗篇。幽默是一种写作方式，也就是说，是种很严肃的东西，与存在紧密相关。幽默是他保护生命的方式，他用它来化解每日遇到的冲击、遭受的失望，他把这些东西都化作修辞层面的蜃景、游戏和嘲弄。很少有人会想到他最能引人发笑的文章，例如60年代末发表在《新世界》（*Nuevo Mundo*）上的那些，是他在极度艰难的处境中写下的。那时他刚刚成为伦敦的底层人士，没有护照，也不知道自己的避难申请是否会被英国政府接受。支撑着他和两个幼小女儿生活下去的，一方面是爱意，另一方面则是米莉亚姆·戈麦斯超凡的体魄和意志。卡夫雷拉在当时还不断遭受媒体的抨击，而抨击他的人往往就能赢得'进步人士'的称号，那时整个世界的重量仿佛都压在他的身上。然而，尽管卡夫雷拉终日过着紧张的生活，可从那位遭受迫害的作家的打字机中涌出的却并非长吁短叹之词，而是笑声、俏皮话、天才的话语和美妙的修辞。"

实际上，进攻是最好的防守，从这个角度来看，幽默的确是种防守利器。而把幽默和游戏当作大旗的文学尽管不触碰政治话题，可依然具有破坏性，因为它是绝对自由的。卡夫雷拉就是在这种思想的支撑下写成《三只忧伤的老虎》的，那本书在西班牙遭遇了审查——佛朗哥统治时期的版本里进行过22处删改，还在古巴遭受封禁。卡夫雷拉说道："在西班牙语美洲文学史上不会再出现比这本书更'非政治化'的作品了，也不会有比它更自由的作品了。也许这就是那些无理的封禁令的道理所在：所有自由的行动都是具有破坏性的。吸血鬼惧怕十字架，可比较而言，极权制度惧怕自由的程度要更深。"当一个人在写作时，或者在以写作为游戏时，他就扮演了上帝的角色，因为他是伴着绝对自由进行创造行为的，游戏是没有边界的，而且它使用的还是一种永恒的工具，那种工具先于文学出现，哪怕文学消亡，它也将依然存在下去，那就是语言。

## 戏谑（不是出于憎恨）和游戏（不是为了自我）的大师[1]

了解卡夫雷拉的人对他最大的兴趣可能就是他的文学素养形成的过程了。无论是从美学层面还是从风格层面来看，那都是种成熟的艺术个性，它质量高、具有原创性、自由。古巴人的行事方式和加勒比文学的戏谑传统（至少它的口头文学和大众文学是这样）不足以成为令人满意的解释。我们必须找到另一些根源，因为他的写作方式和同一批古巴现代作家——例如莱萨玛·利马（Lezama Lima）、比尔西里奥·皮涅拉（Virgilio Piñera）、阿莱霍·卡彭铁尔（Alejo Carpentier）或雷纳多·阿雷纳斯（Reinaldo Arenas）——差异太大。唯一一个给他的写作带来重要影响的古巴作家还是个西班牙人（出生在西班牙）：利诺·诺瓦斯·卡尔沃（Lino Novás Calvo）。卡夫雷拉从他身上学会了如何把哈瓦那人使用的语言运用到文学创作中去，他也学会了如何向大众语言趋近，并把它带到当时被高深的文学表达掌控的文学天地中去。在那之前，唯一与之类似的还得算是20世纪30年代以前的乡村故事，它们与其他国家的大地主义文学几乎没什么差别，例如阿根廷的《堂塞孔多·松布拉》（*Don Segundo Sombra*）。

在大地主义文学中，模仿大众语言的做法显得十分刻意，直到诺瓦斯·卡尔沃更为自然地把那种语言运用到叙事过程中。除此之外，在西班牙，拉蒙·戈麦斯·德拉塞尔纳[2]的游戏式文学

---

〔1〕作者此处也玩起了文字游戏，因为在西班牙语中，“戏谑”（parodia）和“憎恨”（odio）、“游戏”（juego）和“自我”（ego）都具有形态上的相似性。

〔2〕拉蒙·戈麦斯·德拉塞尔纳（Ramón Gómez de la Serna，1888—1963），西班牙作家，著有《珠唾集》（*Greguerías*）等。

对我们的文学传统产生的影响可以说几乎不存在。至于法国，对卡夫雷拉产生一定影响的无疑是雅里、萨蒂和格诺[1]，但是作家本人明确承认的影响来自英国文学的幽默和游戏传统。他读了许多美国作家的短篇小说（主要是爱伦·坡、威廉·福克纳和舍伍德·安德森，也读杰克·伦敦和海明威）以及英国的经典文学作品（莎士比亚和康拉德），不过给他留下更深影响的是其他作家。首先是一位 18 世纪的作家，卡夫雷拉带着与阅读塞万提斯和拉伯雷（同样是两位戏谑大师）同样的兴趣阅读了那位作家的作品，他就是让人肃然起敬的劳伦斯·斯特恩[2]。卡夫雷拉使用的很多文字游戏形式都可以在斯特恩那部伟大的实验小说《项狄传》中找到踪迹，那位英国作家创造了内心独白的写法，在他的另一部自传式作品《感伤旅行》中，“挑衅读者”参与创作的动机是十分明显的。

那些影响体现在卡夫雷拉的作品中，最明显的特征之一就是取消衔接，也就是“中断式”的叙述方式。在《二十世纪的一项事业》中的一篇文章里，卡夫雷拉把该隐推到了叙事者面前：“次日我对他说道：‘昨天我们谈到……’，我突然呆住了：‘我们昨天谈到哪儿了来着？’该隐帮了我一把：‘我们谈到我的书里缺少的东西了。你说里面少了根多立克柱。’‘不是多立克柱，’我打断他，‘是脊柱。’‘好吧，多立克柱，脊柱，多立克脊柱，都是一回事，我们且叫它多立克式脊柱吧。’‘随你的便，’我对他说道，‘但是得把书写完。’‘为什么要写完呢？要是舒伯特完

[1] 分别指作家阿尔弗雷德·雅里（Alfred Jarry）、作曲家埃里克·萨蒂（Erik Satie）和作家雷蒙·格诺（Raymond Queneau）。

[2] 劳伦斯·斯特恩（Laurence Sterne，1713—1768），18 世纪英国小说家，著有《项狄传》等作品。

成了他的“未完成”交响曲的话，那首曲子就得换名了’。”这个片段反映出了卡夫雷拉美学理念和文学实践的基本特点之一：离题。这位古巴作家在作品中总是会写些计划之外的东西，可能是一系列跑题的对话，也可能是难以控制的一连串想象，它们可能是由某个相近的发音引发的，作家可以借此开始一系列文字游戏。

有时候，联系所依赖的不仅是韵律，也可能是一系列相近的想法，不过要是拿它们与那些跑题的想法对比的话，我们会发现二者之间存在着很大的差异。我们来举个例子。在《阿卡迪亚，每一夜》（1978）中，“希区柯克的细菌”（*El bacilo de Hitchcock*）一章的标题就是个明显的文字游戏，这章的内容由一系列离题的想法和场景描写组成，文章到最后也没有提炼出某种核心观点，因为这篇文章不存在唯一一条核心线索。文字留下空白，永不完结，就像画作一样。尽管有些长，我们认为值得将全文奉上：

> 有一天我在街上走啊走，我看着一个个屋顶平台（你们要是发现世界上竟然有那么多屋顶平台，肯定会惊讶的，房屋顶上，高楼顶上：可人们总习惯看和我们的高度平行的那个世界，也就是人类建造的那些街道），我也看行人，我看到一个肤色微黑的漂亮姑娘走了过来，是那种我想跟她结婚的姑娘。事儿还没完，因为后面又来了个更漂亮的金发姑娘，也是那种我想跟她结婚的姑娘，但前提是头一位姑娘同意，又或者一夫多妻制成了合法的制度。金发姑娘后面又来了个黑人女孩，也是那种我想跟她结婚的姑娘，要不是后面又来了位混血姑娘的话，我肯定会和她结婚的，可现在我绝对要和这位混血姑娘结婚了。混血姑娘走过之后，我

看到又来了个长着栗色头发的瘦高女孩，于是我又决定跟她结婚了，可她突然神秘地消失了。当时我已经下定决心要娶她了，却突然看到一辆消毒车开了过来，我的未婚妻被笼罩进了消毒剂烟雾中，等到烟雾消散之后，她就消失不见了。

于是我没了结婚的愿望，我觉得自己像是身处某部电影之中。我的意思是我觉得人生就像是场电影：没错，人生即电影。有人在追踪我。外国敌对势力的特工想要套取我的高祖母在临死前强迫我背下的、无比珍贵的葱属多年生草本植物汤秘方，她死时身上布满弹孔（另一个死因是年龄问题），子弹是从窗外的某把手枪里射出的。我的高祖母脑子里都是些可怜的反科学思想，她坚持把那葱属多年生草本植物汤秘方称作“我的洋葱汤配方”。危险的“蓝带”特工在街上迎面向我逼近。我反应了一会儿才开始逃亡。在我身后，带着巨大白色帽子的间谍步步紧逼。我完了：连伟大的胡迪尼[1]也逃不掉了。突然，在剧本和空无之间，一辆致力于反登革热战役的消毒车出现了。我被一团消毒剂浓雾遮住了，实际上开车的是我的几个朋友，他们是“奇迹”酒店（24小时营业）的厨师。藏到消毒车里后，我看到那些危险的擅长法国菜的特工依然在浓雾中忙碌地寻找我的踪迹。

不能说这些“空想”让我忘记了那些屋顶平台、我的眼睛看到的姑娘们以及周围其他的东西，例如爱情，不过这些“空想”倒是把我从迫在眉睫的婚姻中拯救了出来。发生了什么？某只蚊子自杀了，关于叛徒的记忆，一场最近上映的、让我接触到希区柯克的细菌的电影。我拒绝承认这种经历独一无二。诸位肯定也

---

〔1〕指擅长从各种镣铐和容器中脱逃的魔术师哈里·胡迪尼（Harry Houdini，1874—1926）。

曾看到过类似的东西。某些与电影和冒险相关的幻想肯定也涌入过诸位的脑海，大家无须紧张：你们只是中了希区柯克的细菌之毒。上帝希望这种有趣的感染既不需要皮下注射，也不需要医疗冰敷或是预防性的糖果：抗希区柯克的疫苗是不存在的，预防患上希区柯克病的措施也不存在，希区柯克解毒剂也不存在。

实际上，斯特恩本人同样是“跑题也是前进”模式的塑造者，也就是说，离题的艺术是人们正在讲述的故事的一部分，它也在推动着情节的发展。另一位给卡夫雷拉的文学生涯带来明显影响的作家是马克·吐温，在提到后者时卡夫雷拉表示：“他也许是用英语写作最自然的伟大作家：他掌握的东西不是从任何人或事物那里学来的。”正是马克·吐温教会了卡夫雷拉如何在把口头语言化为文字语言时保留前者的节奏感和质感。卡夫雷拉用《三只忧伤的老虎》表明自己希望继续追寻那种口头文学的步伐，因此书中人物在说话时使用的都是第一人称视角，每个角色都是如此，即使他们是在谈论另一个角色时也是一样，因此我们应该在阅读这本书时大声朗读出来，而且作家写作那本书时用的也不是西班牙语，而是“古巴语”，作者在书前提示里这样写道：“本书用古巴语写作。也就是说，用古巴的各样西班牙语方言来写，而写作不过是捕捉人声飞舞的尝试。古巴语的不同形式融为（我自认为如此）一种文学语言。但其中占主导的还是哈瓦那人的说话方式，尤其是夜生活的俚语，就像在所有的大城市一样，往往成为一种秘密语言。再现并不容易，书中有些部分比起阅读更适合聆听，念出声来是个不坏的主意。最后，我想借马克·吐温的话表达同样的顾虑：‘我之所以做这些解释，原因很简单：如果不解释，很多读者会以为书里所有的人物都要用一个模子说话，只是没有成功。'"[1]文学作品应该用听觉来书写和阅读，而非用视觉。为此，作家提醒我们道："我们需要一定的听觉能力，但也不能把听力全用在这上面，不然我们可是会像凡·高一样丢掉耳朵的。"

刘易斯·卡罗尔是另一位给卡夫雷拉留下正面影响的作家，卡夫雷拉很推崇他，因为"他能用如此有限的元素创作出数量众多的作品来"。在《三只忧伤的老虎》正文开始之前，他引用了那位牛津大学数学专业助教的话："她试着想象蜡烛熄灭后会发出怎样的光。"这位创作了《爱丽丝梦游仙境》的作者（指刘易斯·卡罗尔）选择使用某种模糊的现实视角，生活在其中的生物的比例不断发生变化，他们所扮演的角色也在不断变化中；在他的另一部作品中，他还让故事的主人公穿过镜子进入了一个颠倒的世界。游戏中总是存在着无限的可能，传统意义上对"真实"的定义消失了，想象力成了真正的掌权者。我们可以继续探索，直到乔伊斯那里，他是20世纪最伟大的作家之一，拥有我们用来定义那位古巴作家的一切特点：戏谑、幽默、文字游戏、离题、化为文字的口头语言、中断式的结尾，等等。在所有这些典范中还要加上对经典理念和传统文学的背叛，还有精英文学与大众文学之间的对立关系，文学终归不该只是属于少数特权阶层的东西。

卡夫雷拉从外部剖析艺术的运转机制时对理论家和批评家进行了戏谑，这一过程十分有趣。在被问及关于结构主义的问题时，他回答说他什么都不懂，在第一次读到那个名词时，他心想："那应该是种新的建筑理念，就像搭建蚁穴一样。"在面对丽

[1]《三只忧伤的老虎》，范晔译，四川人民出版社，2021年。引自"提示"部分。

塔·久贝特的问题“你对现代人类学有什么想说的吗”时，他同样表示：“我想先谈谈旧时的人类学。旧时的人类学认为人是从猿变来的；那么我觉得现代人类学应该已经证实了人是从猿变来的。如果他们想表现出革新性的话，会改口说猿是从人变去的；如果他们想突出演变性的话，会说人正在向猿变去。”关于列维—斯特劳斯的著作，他说道：“我认为它们非常优秀，经得住时间的考验。我买过其中两条，那是很多年前的事情了，我几乎每天都会用到它们。”久贝特立刻做出反应：“两条？两条什么？”“两条李维斯的裤子，”他回答道，“应当是加利福尼亚旧金山列维—斯特劳斯有限公司产的。”

但是戏谑不能用在所有情况下，那是股不打招呼便将一切夷平的飓风。它甚至还刮到了戏谑者本人身上。在《二十世纪的一项事业》中，作者的另一个自我这样对他的朋友说道：“我有了一个想法：写完这本书时，把交给印刷厂的第一份正式稿塞进一个正常大小的铅弹里，然后把它埋进十米深、一米见方的蚁穴里……。我和奥斯卡·乌尔塔多聊过了，他对我说从科学的角度来看这样做能抵御住原子弹爆炸，只要爆炸点不是正好落在埋书处就行了。他说铅弹会保护图书免受辐射之害，随时打开就能阅读：如果我的书抵御住了原子弹、氢弹和锎元素的侵害的话，我相信找到读者读它也就不是什么难事了，当然前提是他们也没死……。我想把几期《周一》、几份当日的报纸、埃拉迪奥·塞卡德斯的体育专栏和妮萨·比拉波尔的美食秘方也塞进铅弹里。这样一来，除了文学之外，人们还能读到关于日常生活的记录以及感官和情感方面的文学片段了，换种说法：历史。”

但这不意味着卡夫雷拉的文学是肤浅的。这只是一种把具有广泛意义的东西去神圣化的做法，把它从评论家或文化人规定的模板里解放出来的做法：文学作品应该是自主的，对它的阅读只应该带着游戏或美学上的追求。因此他直接扑向了自己和自己的书：“一个朋友，朋友中的一个兄弟，兄弟中的一对双胞胎，双胞胎中的一对连体人：只有连体兄弟才能承担起完成这本书的任务。哈姆雷特能够在奥菲莉娅杂乱的墓前对莱尔提斯说：‘你想要禁食吗？你想要撕裂自己吗？你想要吃醋还是吃鳄鱼？这些我都会去做的。’我也同样可以潜入那位美丽姑娘的埋骨之地，然后对哈姆雷特说：‘你想和我打吗？你想喝雏鸽汤吗？你想编辑该隐的书吗？你想阅读它、购买它、把它送给你的敌人吗？’”

## 可承受的文字之短

口头文学作品几乎都很短小精悍。民歌、谣曲、民间故事等。要让人们记住它们、传送它们，它们的篇幅就不能太长。另外，以幽默为基础构思一个长故事是个更加复杂的任务（举个例子，马克斯兄弟[1]的喜剧），用快速而有效的结局配上几个小元素捏合而成的故事写起来要更容易（例如一个笑话或是憨豆先生的系列剧[2]）。就卡夫雷拉的例子来看，他并不想做那些更简单的工作，而是恰恰相反。据卡夫雷拉本人所言，短篇小说和长篇小说所用的写作方法是一样的，不同的是写作意图。短篇小说的要求比长篇小说更严苛，它要求作者具有更强的集中度，有时还要求有更强的虚构度，因为通常来说，长篇小说里会有更多自传性因素。此外，短篇小说的每一部分（开头、高潮、结尾）都要

〔1〕美国早期喜剧演员。

〔2〕英国电视喜剧。

求更高的纪律性，只有这样它的结构才会有效。卡夫雷拉认为，一则有效的短篇小说要比长篇小说的一个章节更难写。在接受《世界报》（*El Mundo*）杂志副刊的记者埃莱娜·比塔采访，被问及“您是作家还是讲故事的人”这个问题时，他的回答出人意料地简短：“作家这个身份更能概括我所做的事情，不过所有文学作品都是在讲故事。”因此，甚至在他的长篇小说的根基之中也总会蕴含着一则短篇小说或一系列短故事，实际上他的许多文章也是被隐藏起来的故事。2000年，在埃斯科里亚尔修道院中举办的“千年之书”竞赛活动中，这位古巴作家坚称20世纪是最好的文学世纪，同时伟大的作品通常都是难读的，詹姆斯·乔伊斯的巨著、千年来最佳小说之一的《尤利西斯》就是个例子。在19世纪，伟大的作家一直试图让表述方式变得更加清晰，但20世纪不是这样。对于叙事文学来说，简单易读并不总是优点，许多畅销书都是那种读完可弃的作品。沿着这条思路，和长篇小说一样，让短篇小说变得能让人接受的要点并不在篇幅方面，而在于它是以何种方式写成的。在回答他所生活的这个时代里的作家的任务是什么这个问题时，他说道：“我不认为作家该当个传教士，我也不认为那是作家该做的事情。如果作家真的有所谓的职责的话，那么他唯一的职责就该是尽可能写得更好些。当然了，我不是说写得漂亮，或是写了篇‘大师级’的文章，我只是说作家在写作时尽了自己最大的努力，穷尽了他所能掌握的写作的可能性、语言的可能性。”

其中一种可能性就与作品篇幅有关，当然要根据文体来看。在《阅读生活》（*Vidas para leerlas*，1992）中有篇题为“短或不短”（*Ser o no ser breve*）的文章——文章本身确实很短，作家用它捍卫了精悍的艺术及为之付出的努力。文章开头处，作者以历史经验为基础下了断言："从德摩斯梯尼（他有口吃的毛病，开口说一个单词都很费劲）开始，所有辩论家在开始表述前都会说这样一句话：'我会长话短说。'我经常问自己为什么会出现这种情况，尤其在那种滥用形容词成风的背景下。没有任何一个辩论家追求'长话短说'，他们追求的是效率。可是在明知所有人都不会'短说'的情况下还要说那样一句话，是很有意思的，那句话变成了一种带有魔力的配方、一种仪式、一个信条。诸位中的每个人，或者说我们中的每个人，都在说我们要'长话短说'，可实际上这句话才是我们要说的话里最短的一句。所以我们会看到审稿者翻看接连不断的稿件，请求、乞求、要求它们尽量短些，快点结束。没人会模仿德摩斯梯尼，根据伦普里尔（Lemprière）的说法，在面对类似的威胁式的命令时，他一口气喝完了随身携带的一小瓶毒芹汁。简短性是一种需要冒着风险在静谧中学习的艺术：它是种静谧的艺术。"

从这个角度来看，卡夫雷拉让自己的文字变得简短的方法之一就是对其进行修改。很多时候修改就意味着删去某些元素，尽可能让文字变得精练起来，口头演说中不可能实现的"长话短说"变成了一种写作实践。对长篇小说而言也是如此。举个例子，在我们采访卡夫雷拉时，他给我们展示了《善变的宁芙》的手稿，那份带着标注的手稿篇幅大概有500页，他说那部小说的篇幅不应该超过300页，所以他接下来的工作不是补充而是删减。实际上，在那部作品最终于2008年由加拉西亚·古登堡（Galaxia Gutenberg）出版社出版时，篇幅真的已经大为缩减了，只剩下了283页。

"你对作品修改得多吗？"面对这个问题，卡夫雷拉是这样回答的："我一直要做修改，对我来说，哪怕书已经被印刷出来了，修改工作也没结束。我不明白有的作家说书一旦完成，他们指的是写完，被印刷出来后，他们就决定把那本书忘掉。这是19世纪开始散布的另一种妄语，就政治话语的传播来看，那是个糟糕的世纪，因为那些话语全都带着某种虚构性，许多故弄玄虚的东西被当作科学看待。对我来说，一本书总是需要修改完善的，因为完美是一种目标，而不是一种状态。我不相信有什么即兴之作，我只相信有'即兴时刻'。"因此，朋友们坚持让他使用电脑，因为用电脑改稿子更便捷，在电脑里改稿子就像是另一种写作。但是卡夫雷拉有自己的写作习惯，其中之一就是坚持手写；有时他会用打字机写些片段，但不喜欢用"高科技"的东西来写作，也不想捉摸互联网这种"高深莫测"的东西，他对那些东西不感兴趣，也不需要它们。

卡夫雷拉还经常改书名，他希望书名简洁而准确。我们已经提到过他的那个关于博莱罗歌者的故事的标题是如何变化的了，那个故事最终的名字是"三只忧伤的老虎"，到了最终版本时，故事的结构也发生了变化。每部作品的运作方式都各不相同，可一个适当的标题会起到事半功倍的效果。比起灵感来，卡夫雷拉·因凡特更相信下功夫，他不会在白纸面前感到晕眩，他在为自己的作品选择主题方面没什么问题，因为他不断从人生经历和阅读过的书籍——它们经常和电影相关——中汲取养分，尽管如此，他却在选择书名时盲目地相信灵感的力量。举个例子，在《因凡特的哈瓦那》中，书名决定了作品的结构。这部作品的主题来自一份杂志向他约稿时写的短篇小说，他在里面回忆了自己童年时在哈瓦那经历的一些往事，他是在1941年来到古巴首都的。后来，为了不让那个故事随着已被浸湿的杂志纸张消失，米莉亚姆·戈麦斯提议他扩充那个故事，往里面加些别的故事进去，使它变成一部篇幅更长的作品，然后可以出版单行本。最初，那些文字读起来像是些陈述，而且他也找不到合适的书名，所以那本书的写作进度很慢。“有一天，灵感来了，”他说道，“就像是有神灵在指引我一样，就叫《因凡特的哈瓦那》，确定书名后，我重写了全书的第一部分，那部分本是在另一个书名的指引下写成的。”实际上，那个书名来自对拉威尔[1]的曲子《悼念公主的帕凡舞曲》的戏仿[2]。文字游戏再一次在日常生活中发出了崭新的光芒——在这个例子里，卡夫雷拉用自己的姓氏玩起了文字游戏。同样的情况也发生在《阅读生活》的书名上，该书名的灵感来自普鲁塔克的《对传》[3]；《善变的宁芙》的书名来自 20 世纪 40 年代一部名为《执着的宁芙》（*La ninfa Constante*）的电影；《我的古巴》（*Mea Cuba*）的书名来自拉丁语弥撒祷词“我的过失”（*mea culpa*），那句祷词已经成了西方文化传统的一部分；《纯烟》（*Puro humo*）是用西班牙语单词“puro”的多义词特性进行的文字游戏，而非对英文“圣烟”（Holy Smoke）的直译——这个英文词所指的含义在西班牙语中没有完全对应的说法，而且那个英文词也与雪茄没什么关系。

## 厚颜无耻的该隐

总之，短小篇幅和写作方式与卡夫雷拉本人的职业成熟度相关。他从很年轻时起就开始从事报刊行业了，他的主业是写电影

---

〔1〕 莫里斯·拉威尔（Maurice Ravel，1875—1937），法国作曲家。

〔2〕 该舞曲名为 *Pavane por una Infante defúnte*，《因凡特的哈瓦那》的西班牙语原书名为 *Habana para un infante difunto*。

〔3〕《对传》（*Vidas paralelas*）又名《希腊罗马名人传》。

评论。他白天在某家日报社或杂志社工作，必须习惯看到、听到许多人进进出出，还要在极为有限的时间里写稿、改稿，好在第二天发表。因此卡夫雷拉·因凡特已经习惯了在任何地方写作，他不需要安静的环境，也不需要放着音乐才能写作，诸如此类的癖好他都没有。在西班牙时他曾在短期居住过的两间公寓里写作，在伦敦，他在位于格洛斯特路的家中写作，直到生命尽头。实际上，80年代时，他在美国的几所大学里授课，那段时期他专心备课、教课。因此，人生最后阶段也是他文学作品产出量增大的阶段，他不想频繁外出，因此推掉了许多讲座、会议和在埃斯科里亚尔修道院的暑期班课程。此外，在伦敦的家中他拥有写作时需要用到的一切材料。让人感到难以置信的是，在那间100平方米的公寓里竟然堆得下那么多书、文件夹……卡夫雷拉把从地面到天花板的空间全都利用来堆书了。

他在格洛斯特路上的工作体系是围绕着保留几小时电影时间的可能性建立起来的。电影时间是一天中最美妙的时间，卡夫雷拉将它安排到晚上。更年轻时他有一段时间在晚上写作，因为白天要在古巴驻比利时大使馆工作，坐班时间结束后，他很多时候又要去参加鸡尾酒会、各种会议、聚会、外交官接待会，因此他只能在晚上写作，《三只忧伤的老虎》就是在晚上写成的。不过在他生命的最后一个时期，文学工作时间从午饭后就开始了，他写上三个小时，然后把下午剩下的时间用来做别的事情。夜幕降临后，电影时间就开始了，有时他会连看三部电影，然后在床上读书，最后在凌晨四点或五点入睡，一直睡到将近午饭时间。有时他也会做笔记，但不会为即将写的作品写出封闭式的情节梗概。不过，他对人物在故事中的作用具有十足的掌控力：他认为乌纳穆诺的《迷雾》中那位起身反抗作者的主人公的行为如果放到他的作品里来的话就是毫无意义的，因为那种行为逃避了文学创作中的真正问题。实际上，在《善变的宁芙》中，他先写的是故事的结尾部分，然后再跳到核心部分，卡夫雷拉这样写是为了对叙事进程进行更好的掌控。因此，尽管看上去书中人物都具有自主意识，实际上他们体现的是作者的自主性。

至于主题，我们已经提到过卡夫雷拉从来没有这方面的问题。他几乎一直是依靠记忆进行写作的。古巴和哈瓦那是他最常写的主题。他在《因凡特的哈瓦那》中说道："哈瓦那中的哈瓦那：一切尽是哈瓦那。"对于一个流亡者而言，记忆占据着首要位置，这不仅象征着失去的童年和再难返回的心爱之地，也意味着某种意识的觉醒。他表示："我生命中最伟大的发现就是哈瓦那城。我发现的不仅是一座城市，而且是一个宇宙，我发现了一种环境、一个独特的世界。"那是个让他心心念念、不断通过记忆回归其中的世界。"没有它的话，"他继续说道，"一切就都不存在了。思乡之情是以记忆为基础的，阅读也是靠记忆完成的，当然了，回忆也是靠记忆实现的。没有记忆，你在文学的世界里就寸步难行。"关于那座改变了他的人生的城市，他毫不迟疑地说道："我所有的作品写的都是看待哈瓦那的不同视角。我只要一想起它，就能够重构它，一砖又一瓦地重构，一词又一词地重构。"

电影是卡夫雷拉文学灵感的第二源泉。它和文学一样，都是卡夫雷拉人生中不可或缺的要素。他用幽默的笔触来描绘电影，他说自己早在娘胎里时就开始看电影了，还说他在母亲体外第一次看电影是在出生后第 29 天的时候，看的是《启示录四骑士》（重映）。小时候，母亲已经把他带入了第七艺术的世界中，他说母亲"是个杰出的电影艺术引路人"，哪怕在吃不饱的时候，她还是会让卡夫雷拉和妹妹选择是去看电影还是吃东西。他们通常会选择看电影。他的作品《电影还是沙丁鱼》的书名就源自于此。1951年，沉迷电影的卡夫雷拉和一群同样痴迷电影的朋友一起创办了古巴影片资料馆。三年之后他成为《电影海报》(*Carteles*)杂志的固定撰稿人，当时那份杂志的主编是西班牙共和派流亡者安东尼奥·奥尔特加，他也曾任卡夫雷拉为之工作过的《不羁》杂志的主编。卡夫雷拉每周写一篇电影专栏文章，他的文章在古巴和周边地区很有名。1956年古巴影片资料馆被当局查封，所有资料都不翼而飞。1958年他认识了米莉亚姆·戈麦斯，一位曾出演田纳西·威廉森的剧作《奥菲的沉沦》(*Orpheus Descending*)的年轻女演员，后来还出演了古铁雷斯·阿莱[1]的第一部伟大电影，成为其中一个故事的女主人公的扮演者。1961年两人完婚，当时她已经是个很有名气的戏剧、电视和电影演员了，她变成了卡夫雷拉欧洲旅程不可缺少的伴侣，她也总能给他的文学创作提出最好的建议。1959年卡夫雷拉被任命为电影学院的执行负责人。1962年他出版了自己的首部影评图书《二十世纪的一项事业》。在比利时待了几年，又在西班牙有过两次短暂停留之后，他最终又一次在电影的指引下选择了在伦敦定居。一个“在电影艺术方面十分自大”的朋友请他写个剧本，他写了，但从未被拍成电影。由于在西班牙申请居留遭遇了问题，他最终搬去伦敦居住，在那里作为电影剧本工作者赚到了第一笔钱。他住在特雷波威尔路的一个地下室里。他写了第二个剧本，后来拍成了一部糟糕的电影，然后又凭借为电影《迷墙》(*Wonderwall*)所写的剧本赚到的钱搬去南肯辛顿区居住

---

〔1〕古铁雷斯·阿莱(Tomás Gutiérrez Alea，1928—1996)，古巴著名导演。

了，那里的生活会更体面一些。值得一提的是，那部电影的音乐是由乔治·哈里森（George Harrison）做的，他当时是披头士乐队的重要成员。卡夫雷拉在南肯辛顿区一直生活到去世，他也是在那里和善地接待我们的。1969年，一篇新的为电影而写的文章最终变成了一部重要影片：《粉身碎骨》（*Vanishing Point*）。次年，为了拍摄影片，也因为另一位美国制片人请他写一个新的剧本，卡夫雷拉奔赴好莱坞。1972年，约瑟夫·洛塞（Joseph Losey）请卡夫雷拉将马尔科姆·劳瑞（Malcolm Lowry）的小说《在火山下》改编成剧本，他没有接受。他就这样不断在电影事业中前行，同时还把自己写的影评短文结集成书出版。90年代初他为安迪·加西亚（Andy García）写了一个剧本，直到他去世后，剧本才被拍成了电影《失落的城市》（*The Lost City*）。卡夫雷拉·因凡特很清楚电影画面和文学画面是不同的，尽管有时候通过想象力的作用，我们都可以通过某幅画面联想到另一幅画面。电影“就在那里……是可见的；文学画面则总是需要人们去追寻……或者需要建立起一套复杂的沟通机制来”。无论如何，卡夫雷拉还是不可避免地会将两种艺术进行融合。我们能在《二十世纪的一项事业》中读到下面的内容：

> 在许多个世纪里，神学家、《圣经》的研究者、桑多梅日的教师和其他好学之人醉心于学习亚当使用的语言。我不能谈论亚当，因为我不认识他。但我可以谈论他最坏的那个儿子，我可以指明我经常谈论那家伙：因此，我也就应该讲那厮说的语言。这样一来我可以肯定地说我讲过该隐的语言：该隐的语言就是电影的语言。我知道我得举几个例子出来。如果该隐想让一个长故事变短的话，他只需要说：“我来给个概要。”要是提及发生在某时某地

的某件事时，该隐会说："这个镜头……"某年10月12日他正在跟我谈论电影；有个人走过来说："很久之前的这一天哥伦布发现了美洲"；该隐粗暴地打断了那人的话："别在我俩的谈话里插入*闪回*"。有一次我去参观了他的住所。到达的时候我吃惊地发现他正在赤手画我的肖像，他用食指和拇指作画。我继续走动，该隐大喝一声止住了我："你别动！你跑到镜头外去了。"

"该隐"（Caín）诞生自1953年。卡夫雷拉·因凡特在出狱后被禁止用真名署名他写的文章，于是他取自己的父姓（Cabrera）和母姓（Infante）的前两个字母，搞了个文字游戏，想出了Caín这个笔名。该隐也是亚当的某个逆子。因凡特通过那个笔名让自己和那个《圣经》里的人物产生了联系："该隐的第一个特征是他的颌骨；我们的该隐这个特征并不明显。第一个该隐犯下了天理不容的大罪：他首创了犯罪。第二个该隐则对观众造成了难以挽回的伤害：他自以为发明了电影。"面对有些人说他"厚颜无耻"的指责，卡夫雷拉"厚颜无耻"地做了回答："也许是因为我经常去看电影。"可以确定的是，对于卡夫雷拉而言，离开第七艺术就无法理解20世纪，就他的例子来看，电影艺术素养使他形成了观察这个世界和文化、理解和书写文学作品的独特视角。他坚称："电影是我们这个世纪最伟大的叙事者，电影的表现力甚至比小说更强。"

少年卡夫雷拉曾经常偷偷跑去哈瓦那广场酒店旁的文化用品商店，如饥似渴地阅读《时代》杂志，有一次他读到了一篇电影版《哈姆雷特》的影评文章，作者是一个知名评论家。卡夫雷拉这才发现评论文章可以写得如此自由洒脱：电影评论是扇敞开的大门，通过它可以谈论任何主题（时事、文学、政治、伦理），而且那种自由是没有边界的。他就是从那时开始尝试写那种文章的，并由此进一步坚定了自己的文学抱负。这些是他坐在伦敦家中的那把圆椅上告诉我们的，他一直对此记忆犹新。说这些时，他跷着二郎腿，手里夹着根巨大的雪茄，他还对我们说他给我们开了特例，因为他从来不做口头访谈，更不会在家里接受访谈：他喜欢以文字的形式回答访谈问题，然后把那些回答给提问人寄过去。不过他也清楚要对那些年轻的记者表现得和善一些。他记得 50 年代中叶时，只有 24 岁的他为一家销量堪忧的杂志工作，社里要求他去采访马龙 · 白兰度。在那个时代，所有媒体都想采访那位电影明星，卡夫雷拉对完成任务不抱什么希望，可出乎他意料的是，马龙 · 白兰度竟然接受了采访。该隐变成了亚伯，坚硬的石头变成了柔软的*蜜瓜*。

## 参考书目

Cabrera Infante, Guillermo. *Tres tristes tigres*. Barcelona, Seix Barral, 1967.

Cabrera Infante, Guillermo. *Un oficio del siglo XX*. Barcelona, Seix Barral, 1973.

Cabrera Infante, Guillermo. *Mi música extremada*. Madrid, Espasa–Calpe, 1996.

Gil López, Ernesto. *Guillermo Cabrera Infante: La Habana, el lenguaje y la cinematografía*. Santa Cruz de Tenerife, Aula de Cultura de Tenerife, 1991.

Machover, Jacobo. *El heraldo de las malas noticias: Guillermo Cabrera Infante (Ensayo a dos voces)*. Miami, ediciones Universal, 1996.

Ortega, Julio, et al. *Guillermo Cabrera Infante*. Madrid, Ed. Fundamentos, 1974.

Pereda, Rosa M.ª. *Cabrera Infante*. Madrid, EDAF, 1978.

# 胡里奥·科塔萨尔

**主要作品**

《动物寓言集》(*Bestiario*，1951)

《跳房子》(*Rayuela*，1963)

《八十个世界一日游》(*La vuelta al día en ochenta mundos*，1967)

《万火归一》(*Todos los fuegos al fuego*，1966)

*如果所谓的结构不包括构建故事的形式的话，那么它就配不上称为“结构”；通常情况下，故事的总体思路和大致的主题，会和故事的形式一起出现在我的脑海中。*

*我会以最快的速度写作，且不需要在完成后对文字进行太多修改……我知道我需要保持注意力，同时我也会在写作时随时回过头进行检查修改，这种写法让我在创作时具有更多的动力……最好的故事都具有一种紧绷后的爆发力。*

* * *

阿丽娜·雷耶斯，阿根廷人，在结婚前夕要求路易斯·玛利亚带她去布达佩斯度蜜月。阿丽娜预感到，确切地说，她知道一个女乞丐在一座桥上等她……那个人就是她自己，是她的另一面，是她最真实的自己，也是那个只有在日记中才会出现的自己。的确，婚礼如期举行，蜜月旅行也实现了。4月6日他们住在丽兹酒店。第二天下午，阿丽娜出门去探索这座城市、欣赏河水解冻。她喜欢一个人散步。她走到蓝色多瑙河上的那座桥上。在破败的桥中间，那个衣衫褴褛的黑发女人在等待着她。她站到她旁边，伸出双手，两人相拥在一起，伴随着一种“迅速增加的幸福感，就像听到赞歌、放飞鸽子、听到潺潺河水的心情一样”。分别的时候，阿丽娜喊出声来，但那是因为太冷了：雪灌进她破旧的鞋里，头发又乱又脏，穿旧了的灰色外套已经有些破损。她没有回头，渐渐消失在画面中。

《远方的女人》(*Lejana*)是科塔萨尔早期出版的短篇小说之一。阿丽娜·雷耶斯通过日记进行思考，或者更确切地说，她通过日记与远方的她，也就是那个匈牙利女乞丐，进行交流，她完全确定这个人的存在。为了接近那个现实，叙事者需要在不歪曲现实的情况下用一种特定的语言对所发生的事进行描写。但是传统的文学表达手法无法跨越一系列由钢和水构成的障碍。必须由一种“自然”的方式来表达语言无法表达的内容。这是科塔萨尔在开始他的文学生涯之时，或者更确切地说，是从他的人生开始之初就面临的挑战，因为他经常说他不知道所写的内容与生活之间的差别。隐喻和意象是描绘身份特征的魔幻方式：现实可以从虚构的角度去构建。这更接近诗人的创作手法或原始的创作方式，他更倾向于“感受而不是评判，因为他会进入一个由事物本身构成的世界，而不是一个由各种名词构成的世界，从而抹去了事物的存在”。现代世界已经消除了魔幻的世界观[1]，取而代之的是建立在理性主义基础上的科学。这两种认知方式都很重要，因为它们都通过求知欲来认识现实。“然而，”科塔萨尔写道，“数个世纪以来，魔术师和哲学家、巫医和医生之间的斗争从未停歇，还有被称为诗人的第三种职业，在没有遭遇任何反对的情况下继续着一项奇怪的类似于原始魔法的活动。”显然，他与魔术师之间的区别是，他对权力不感兴趣，而是全心全意地热爱艺术，因此他不参与斗争，也不与哲学家争论物理的和形而上学的真理。就这样，“他被留给了平静的生活，被充满怜悯地注视着，如果他被驱逐出共和国，那也是出于警告或维持领土纯洁性的目的”。然而，他知道诗歌具有最高的表现力：因此它是任何一个艺术家最高的写作志向。毫无疑问，文学是一项充满野心的人类活动，是人性的完全释放：写作是一种生活方式。

那么，作家的角色是什么？他在这个世界的真实地位又是怎样的？诗人用意象将“异化的个人痛苦进行诗意转换”。诗人渴望置身于另一个事物中，或成为另一个事物，就像阿丽娜一样，因此，他渴望运用那“描绘身份特征的魔幻方式”。诗人将自己对异化的渴望寄托在意象中，从而产生令人惊叹的效果，并通过类比的方式探索现实。就这样，他进入另一个个体并占有他。因此，诗人是一个魔术师或者一个“媒介”，他们通过语言在两个阿丽娜之间架起了一座桥梁并快速前往彼岸，正如阿丽娜和镜中

---

〔1〕魔幻的世界观，西班牙语为 cosmovisión mágica。“Cosmovisión”是德国知识论中所使用的语言，指的“广泛世界的观念”，是一种人类知觉的基础架构。

的阿丽娜（名唤艾丽西亚）一样。最重要的是，无论是魔术师还是“媒介”，那座桥都已经建好了，需要做的只是找到它并从桥上走过。阿丽娜直奔布达佩斯并找到了那座桥，为了拥抱另一个自己，她从桥上走过。艾丽西亚穿过镜子，没有任何过渡就顺利穿行在另一个现实之中。缪斯们会拜访科塔萨尔吗？桥已经画好了。

## 黑人和萨克斯管

加西亚·马尔克斯出版过一部关于胡里奥·科塔萨尔的略传，那是作家传记中的一部佳作，以 20 世纪 60 年代末一次前往布拉格的旅行为基础，卡洛斯·富恩特斯与他们同行。书中讲到，卡洛斯·富恩特斯在火车上问科塔萨尔钢琴是在什么情况下被引入爵士乐演奏中的。“他的回答，”加博写道，“是一场令人眼花缭乱的、一直持续到黎明时分的讲座，其间他们喝着大杯啤酒，吃着狗肉香肠配冰土豆。科塔萨尔有着高超的语言组织能力，用令人难以置信的简洁表达为我们上了一堂历史和美学的课程，最后，伴随着清晨的第一缕阳光，在塞隆尼斯·蒙克〔1〕的荷马颂歌中结束。他说话的声音像管风琴一样低沉，发着被拉长的‘erre’颤音，除此之外，他的大手也会做出各种丰富的手势。我和卡洛斯·富恩特斯永远都不会忘记那个不可复制的夜晚带给我们的惊喜。”不久之后，他又补充道：“私下里，就像在去布拉格的火车上一样，他总是能吸引目光，他的口才、博学、精准的记忆力、犀利的幽默、他所做的一切，使他成为可以和其他时代

〔1〕 美国爵士乐作家、钢琴家。

的伟人相比肩的一位学者。在公开场合，尽管他不愿成为一个奇观，但他总是会令观众着迷，因为他一出现，就会自然散发出某种超自然的，同时又温柔而神秘的气息。从这两个角度来讲，他是我有幸认识的最重要的人。”

科塔萨尔对爵士乐的热情体现在他的两部大师级作品中，分别是《跳房子》（*Rayuela*）和短篇小说《追求者》（*El perseguidor*）。这种音乐与他的诗歌及他的工作方法有很多共通之处。如果他来自新奥尔良而不是阿根廷，是黑人而不是白人，是音乐家而不是作家，他会是查理·帕克，或他的文学人物约翰尼·卡特——《追求者》中的主角。爵士乐是自由、自发的，是天才探索另一个世界的方式。约翰尼·卡特的传记作者布鲁诺说：“在我看来，约翰尼演奏的萨克斯恐怕只有上帝奏出的音乐才能与之媲美，就好像竖琴和长笛已经不复存在了似的。”当他开始演奏时，音乐就变成通往另一个世界的桥梁。约翰尼说：“音乐让我从时间中抽离出来，尽管这只是表达它的一种方式。如果你想知道我的真实感受，那么我认为音乐让我置身于时间中。但是如果这么说的话，我们要明白这个时间与我们无关。”这不是一种神秘的冲动，而是一种玄妙的癫痫症状：艺术家找到了表达他的感受的方式，他被传送到另一个地方，在那里所有的一切都以另一种不同的方式发生着。约翰尼说：“我演奏的时候从不走神儿。我只是更换地点。就像在电梯里，你在里面和人说话，你不会觉得有任何奇怪的地方，与此同时，你经过了一楼、十楼、二十一楼，然后城市就在你的脚下，你即将完成你进电梯时开始写的句子，在开头的单词和最后的单词之间有五十二层楼。我发现当我开始演奏的时候，我就进到了一个电梯里，但那是一个时间的电梯，如果我可以这样类比的话。”当音乐家进入巴黎地铁深处的时候，一切又会变得更加原始。在那里，所有东西都是有弹性的，就好像你可以把很多东西都塞进一个箱子里，然后把它们压缩起来，你把它们放在一个非常有限的空间里，但是你知道你带着很多东西。“地铁是一个伟大的发明，”他总结道，“有一天我在地铁里突然感觉到了些什么，然后我又忘记了……两三天后，这样的事情又发生了。最后我终于意识到了，这很好解释，你知道的，但是它之所以好解释，是因为事实上那并不是真正的原因。真正的原因根本无从解释。你应该去坐地铁，然后等着那种事情在你身上发生，尽管我觉得好像只有我能感受到那些事。”

科塔萨尔谈到他的创作过程时，诗人、魔术师、爵士音乐家这些词曾多次出现，雕刻师的出现频率更低一些，因为写作不是一项单纯的体力劳动，也不只意味着连续的发掘行为、反复出现的灵感、即兴创作，抑或是自动出现的桥梁，更多时候你需要做的只是撒腿在桥上跑。20世纪60年代初，胡里奥已经决定拥护古巴革命，他在古巴做的一场演讲中说，为故事选择主题并不容易。“有时候短篇小说家会选择，但还有些时候他觉得似乎主题是以无法抗拒的方式强加给他的，迫使他写出来。就我而言，我的短篇小说中的绝大部分都不是我自愿写的，都超出了我的理性意识，就好像我只是一个媒介，有一种外来的力量通过我现出身形。”和约翰尼一样，他喜欢即兴创作，任由灵感带着走，在创作的时候会忘记自己还活在某一个具体的地点。他对职业化有一种固有的恐惧；甚至在他生命的最后几年里他依然认为自己是“一个业余爱好者，是一个因为喜欢而写作的人，而不是因为必须写作才写作。在这种背景下，可能会出现一些缺点：缺乏计划性，没有提纲。但是比起那些枯燥的方法论，我会更喜欢那些缺点。早期的爵士课并不是毫无意义的。尽管任何人都可以进行即兴创作，可最终能留下的东西正是那些即兴的东西，关键就存在于‘尽管’之中。写作本身就是：拒绝新奇，追求自然”。

他也不会选择作品的体裁，用什么体裁进行创作取决于伴随写作想法而来的直觉。他解释道：“在开始写之前，我通常会有一个总体思路，然后就会自然而然地明白我应该把它写成短篇小说，或者我会知道这是完成一部长篇小说的第一步。在这些过程中我通常都不会做太多深入的思考。写短篇小说的想法本身就包含了它的形式和长度。换句话说，以我篇幅更长的短篇《会合》（*Reunión*）和《魔鬼涎》（*Las babas del diablo*）为例，我知道那不会是长篇小说，而是短篇，它的长度是在一个短篇小说的范围内的。相反，很多时候我知道有些元素会逐渐聚集起来，它们都是我想写的内容，但是长度会长很多，内容也更复杂，所以就要写成长篇小说。《装配用的62型》（*62/ Modelo para armar*）是这种情况的一个很好的例子。我是从一些很模糊的概念开始的：海伦这个人物身上具有对吸血鬼文化的痴迷，要出现一个叫胡安的男性角色。我立刻就知道了那不会是一部短篇小说，故事应该以一种更为宽泛的方式去展开。也就是在那个时候，我想到了《跳房子》的第62章，我对自己说：‘好吧，这是一个尝试去进行实践的机会，来看看这样做是否可行。’我尝试写一部小说，其中心理因素并没有被明确凸显出来，书中的人物都被一种我称为‘影子’或是躯壳的东西控制着，它们的举动都是在不清楚自己受其他力量摆布的情况下进行的。”作品的体裁和风格、结构、形式密不可分。1982年，在何塞·胡里奥·佩尔拉多对科塔萨尔进行的一次采访中，当谈到他的最新短篇小说集《不合时宜》（*Deshora*）是怎样的一本书的时候，科塔萨尔说：“如果所谓的结构不包括构建故事的形式的话，那么它就配不上称为‘结构’；通常情况下，故事的总体思路和大致的主题，会和故事的形式一起出现在我的脑海中。也就是说，当我坐在打字机前时，我会自动知道有一个令我着迷的故事的总体构思，它会像‘挠痒痒’那样迫使我把它写出来；虽然我无法给出一个合理的解释，但我知道我会用第一人称还是第三人称去写那个故事。对于这一点我是很清楚的，没有什么原因，就是非常清楚地知道我会开始谈论自己，或是开始谈论某个别的话题。这点无法解释，就是这样发生的。”

这些不可预见性、直觉以及在某种程度上算是作家的命运或性格的因素，也体现在那些最为精确的细节上，例如对人物名字的选择。科塔萨尔非常确定地说自己不会选择名字。“我是一个非常有画面感的人。我写作的时候，眼前会出现非常清晰的画面。我不需要像埃米利奥·索拉那样画图或者制作卡片，他甚至会制作房间模型，放上所有家具，然后把所有这些放在他的工作台上。他写小说的时候会一直看着模型。我完全不需要这样。我会自然而然地想出所有的内容。如果我写的短篇小说里有一个叫罗贝托的家伙走进了一家咖啡馆，我的眼前就会出现罗贝托，我知道他长什么样。唯一让我偶尔感到犹豫的是语言方面的问题，虽然你觉得这不算什么大事，但这对作家来说是很重要的。有一些名字和西班牙语中的动词时态押韵太多，这样就会显得很单调。例如，如果一个女人名叫玛利亚，那么就会有点麻烦，因为玛利亚（María）这个名字的读音和había、día、tenía押韵，例如：‘María-había-el-día-en-que-María-había-llegado, María-tenía…’”在《跳房子》中，玛伽的孩子叫罗卡马杜尔，之所以给他选这个名字，是因为它的读音听起来很悦耳，很好听。“法国有一座很漂亮的城市就叫罗卡马杜尔；多年前我去过那里，便记住了那个读音。我对单词的发音很敏感，你是知道的”，他对艾薇琳·皮孔·加菲尔德说，“这个名字就这样自动出现了。另外，它也是玛伽的诗意幻想的一些证明，所以我就管她的孩子叫罗卡马杜尔，因为很显然她去过罗卡马杜尔，这个名字就像一个神奇的事物一样印在了她的脑海中。”

这种由直觉驱使的创作方式是故事成功的基础，它在短篇小说中的表现形式是故事的内在张力。他最早的短篇小说收录在《动物寓言集》（*Bestiario*，1951）中，它们“从不同的维度表现出那些可能让我感到恐惧或让我着迷的事物，同时也是我接近它们的一种途径，我只能通过创作短篇小说来驱走那些东西”。因此，很多故事都是一鼓作气写成的，几乎是一种超自然的爆发，这样一来，它们也就可以将作者最真实的感受传递给读者。在这个过程中最重要的不是戏剧性层面或心理层面的和谐，而是“趣味性”。这些故事会激发出读者在阅读过程中产生一些感受，而这些感受又难以用语言形容。你几乎难以在日常生活中找到支撑那些故事发生的依据，但是这些故事又的确能在我们身上激发出一系列与作者相同的心理反应。故事的节奏越紧凑，便越能传递那种感受。“我无法解释这一点，”他对路易斯·哈斯说，“我说不清要怎么做才能顺利地传递那些感受，但是我一向清楚它只能通过冷静地推动故事发展来实现，也就是说，要在最大限度的自由下进行最严谨的创作。换句话说，我会以最快的速度写作，且不需要在完成后对文字进行太多修改，但是那种写法和前期的准备工作毫不冲突。在那种情况下，我知道我需要保持注意力，同时我也会在写作时随时回过头进行检查修改，这种写法让我在创作时具有更多的动力。所谓‘紧度’不是指在紧绷的状态下进行写作，不过它会自然而然地体现在故事的情节中，并在之后作用于读者。这种‘紧度’本身是先于故事而存在的。有时候我会在六个月的时间里都充满了紧迫感，就是为了之后在某个晚上写完一篇长故事。我相信这在我的一些故事中有所体现。最好的故事都具有一种紧绷后的爆发力。”无论如何，任何一部作品最复杂的部分就是它的开头。对于科塔萨尔来说，这是“唯一真正困难的事情”。在那之后，一切就会变得顺利很多。事实上，他有时会从作品的中间部分写起，例如《跳房子》，“我写的《跳房子》的第一部分就是搭木板那一章，我对之后要写的东西丝毫没有头绪，无论是那部分之前还是之后的内容都没想好。对我而言，开始写一本书是非常困难的。相反书的结尾非但不难，它们有时还会自己跳出来。到了那个时候，故事就会进入一种自动前进的状态。特别是《跳房子》的结尾，我是在精神病院里写的，在48小时内写完，那时真的是处于一种我本人称为致幻的状态”。他写短篇小说的结尾时也是如此。他无法停止写作，他必须一直写到最后一个字为止，他完全受控于自己的直觉。在《跳房子》中，因为作品的长度问题，那种时而极度疲劳、时而异常清醒的状态比他写短篇小说时持续时间要长很多，可达数小时之久。“我记得，”他强调说，“我妻子过来碰了碰我的肩膀说‘吃饭吧’，然后她递给我一个三明治。我吃着饭，仍然在写。直到我写完我的书，我才会和纸页分开。”那种被“控制”的状态在书中的很多个情节中反复出现。“您无法想象我是在什么样的状态下写出最后那段对话的，罗卡马杜尔的死，贝尔特·特雷帕特的音乐会，书中那些令人忧伤的章节。我已经完全失去了时间的概念。那的确可以说是一种控制，那是文学的美妙所在。我完全被支配了：我是奥利维拉，我是特拉维拉，我又同时是他们俩。吃饭、喝汤都变成了‘文学的’、人为的活动；另一方面，文学即现实。”

## 通往虚构和超现实的道路

胡里奥 1914 年生于布鲁塞尔，这要归因于“旅游和外交”。他的父亲当时在布鲁塞尔的阿根廷大使馆附近从事贸易工作。当时是第一次世界大战初期，比利时首都被德国人占领。胡里奥 4 岁时，他们一家人得以回到阿根廷。他们定居在班菲尔德，那是布宜诺斯艾利斯郊区的一个小镇，他们的房子带有一个大花园。“但是在那个天堂里，”他对丽塔·吉伯特说，“我就是亚当，我的意思是我对童年并没有美好的回忆：太多的束缚、过度敏感、时常忧伤、哮喘、摔断手臂、绝望的初恋。”文学不仅仅是一个避难所，也是那些充满幻想的特殊情感的出口。“我记得一个墨水瓶，一支勺形笔尖的钢笔，还有班菲尔德的冬天：暖炉里的火和冻疮。当时是傍晚，我大概八九岁，我写了一首诗为我的一个亲戚庆祝生日。那时候写叙事性文字对我来说更费力，后来也是如此，但我还是写了个短篇故事，讲的是一只名叫莱亚尔的狗为了救一个落入可恶的绑架者手中的小女孩而死的故事。我并没有觉得写作是什么特别的事，它只是一种打发时间的方法。15 岁那年，我到了可以加入海军的年纪，直到那时我都认为参军才是我真正的志向。当然，如今我的志向已经发生了改变。无论如何，梦想总是短暂的。我有时会突然想当音乐家，但是我没有唱歌的天赋（我的姨妈是这么说的）。相反，我会写出优美的十四行诗。我的小学班主任对我妈妈说我读书太多，还建议她限制我读书的数量，从那天开始我便悟出了这个世界上到处都是白痴的道理。12 岁的时候我写了一首诗，诗中克制地讲述了整个人类历史，其中和洞穴时代相关的内容就有 20 页；一场胸膜炎中断了这项惊呆了全家人的天才事业。”胡里奥 9 岁的时候就写完了他的第一部小说，当时他受爱伦·坡的启发写了很多诗歌。12 岁的时候他就给一位女同学写了情诗，等等。家庭环境对他的成长而言并非最大的助益，学校也一样。

另外，胡里奥从很小的时候就明显地表现出与众不同的气质，这种气质也让他变得更加独特。他是那个总把手伸进电风扇里的小孩儿，他的快乐在于有时能和其他不同寻常的人或物（同学、古怪的叔叔、又老又疯的妇人，尤其是猫）找到共鸣。“我的家人都接受过很普通的教育，”他对路易斯·哈斯说，“然而，正如切斯特顿所说，这种情况是最差的。受教育程度和友善态度无关，那是个文化素养的问题……但是从某种意义上讲我又是幸运的。在我上学的那所师范学校——那是一所很差的学校，是你可以想象的最差的学校之一，我依然结交了一些朋友，有四五个。他们中的很多人都在音乐、诗歌和绘画领域做得很出色。自然而然地，我们之间便形成了一种抗体，来抵御几乎所有老师和同学的平庸。毕业以后，我和他们依然保持着紧密的联系，但是后来我去了乡下，开启了一段完全远离他们的孤独生活。我能够解决那个问题——如果可以称之为‘解决问题’的话，是因为我的性格就是如此，我总是很内向。我在小城市生活，那里通常没什么有趣的人，事实上一个有趣的人都没有。我会在我居住的酒店或公寓的房间里待着，读书和学习。这很有益，但同时也很危险。说‘有益’是因为我读了大量的书，我所能够得到的所有来自书本的知识都是在那些年里学到的。而说‘危险’，则是因为这或许让我失去了体验生活的机会。”

除了疯狂的阅读，电影、在咖啡馆和街上与人的长谈、演唱会、自学的法语和英语，都成为他知识体系的组成部分。青年时代，由于和普通人之间始终存在一种独特的差异，他认为那是成为诗人的预兆，于是他开始比任何时候都热衷于写诗。“随着时间的推移，我发现，”他在《八十个世界一日游》（*La vuelta al día en ochenta mundos*，1967）中坦言，“如果所有的诗人都是异类，那么从诗人的普遍定义上讲，并非所有异类都是诗人。”出于潜意识的片面判断，他认为幻想是写故事的最佳灵感来源。“从小时候起，”他对皮埃尔·拉蒂格说，“我就被你称为逸事的东西所吸引，也就是说，被一些特定的情境吸引，它们需要用某种过去的和某种将来的视角去讲述，并在一段时间里具有连贯性，虽然这个时间也是幻想出来的。”于是，他开始写故事，但却从未想过要出版它们。他开始在乡村学校里教书，当了五年中学老师，为了在经济上帮助他的妈妈和姐姐，他的父亲很多年前就离开了家并且再也没有操心过家里的事情。1938 年他出版了一本诗集《出现》（*Presencia*），表达了对马拉美[1]的赞同，用他自己的话说，这本书会“被快乐地遗忘”。1944 年他迁居门多萨，在库约大学（Universidad de Cuyo）教法国文学课。在那里，他受到了法国超现实主义的影响，写了一篇很重要的与这个主题相关的文章：《地道理论》（*Teoría del túnel*，1947）。从那时起，他对自己作品的看法产生了变化。如果说一开始他从来没想过出版短篇小说，是因为他本能地意识到它们还不具备足够的文学品质，那么此时他认为他的小说已经很成熟了，他决定把它们寄给

〔1〕 斯特芳·马拉美（Stéphane Mallarmé，1842—1898），法国象征主义诗人和散文家。

杂志社。后来博尔赫斯对科塔萨尔的第一部出色的短篇小说《被占的宅子》(*Casa tomada*)大为赞赏，并在杂志《布宜诺斯艾利斯年鉴》(*Anales de Buenos Aires*)上刊登了这部小说。科塔萨尔参加了反对庇隆主义的斗争，在庇隆执政以后离开了大学。1951年，科塔萨尔陆续发表的小说被收录在其第一部出版的小说集《动物寓言集》中，他对此很满意，因为“他知道这样的短篇小说以前还没有人用西班牙语写过”。这本书出版后不久，科塔萨尔就因为获得了法国政府的奖学金而前往巴黎，并开始在联合国教科文组织当翻译，后来一直居住在巴黎，直到1984年去世。在那之前的几年，即1981年7月24日，密特朗[1]授予了科塔萨尔法国公民身份。在巴黎，科塔萨尔在不同的地方居住过，这些地方都成为他创作伟大作品的见证者。最早他在第七区有一间很小的公寓，那是他开始创作《跳房子》的地方，还有很多短篇小说也是在那里写成的。后来他搬到一个被法国人称为“亭子”的地方，是一栋建在旧仓库顶上的房子，房子很漂亮，周围没有其他建筑，他在那里住了十年。在那里，科塔萨尔写完了《跳房子》，还写了《万火归一》(*Todos los fuegos al fuego*，1966)中几乎所有的短篇小说。不久后，他与第一任妻子——译员奥拉·贝纳德斯(Aura Bernárdez)分手，把那栋房子留给了她，自己另租了一个小的公寓，距离即将成为他第二任妻子的乌格涅·卡维丽思(Ugné Karvelis)300米远。公寓位于拉丁区的中心，离巴黎圣母院很近，几乎就在塞纳河畔。那是一个住起来不怎么舒服的房子，屋顶很低矮，但出门散步却很方便，周围就是咖啡馆、电影院、餐厅等。但是他也想与大海和大自然更亲近一些。于

[1] 时任法国总统。

是，1962年，和穆希卡·莱内（Mujica Lainez）一同获得了一个文学奖后，科塔萨尔决定在法国南部的某个海岸买一个庄园。但是他没有足够的钱，所以他退到一百多公里以外，在距离阿维尼翁五十公里的一个名叫塞尼翁的小镇上买了一个带有大露台的小房子，面向着一个风景优美的山谷。夏天他就会去那里。夏日时光长达数月，他在那里写作，时常去卡玛格的海边，还会去参加阿维尼翁的节日。

库约大学的经历和在法国的生活决定了他和幻想之间的关系。那个把古怪、奇特、虚幻、超自然的事物当成现实生活中的一部分的小男孩儿，因为在学习的过程中受到了超现实主义的影响，对自己的直觉深信不疑。对他而言，幻想是一种感觉，是一种“从出生就一直伴随着我的根深蒂固的东西，从我小时候起就有这种感觉，在我开始写作之前就已经存在很久了。我不愿意接受父母和老师想要强加在我脑海中的或是想要解释给我的那个现实。我总是会以一种不同的方式去看世界，我总是觉得在两个看似完全无关的事物之间，存在着一些间隙，有一种物质从中经过，它无法用规律、逻辑或是理性的思维来解释。在任何我们认为平淡无奇的时刻，例如躺在床上、在公交车上、洗澡的时候、说话的时候、走路的时候或者看书的时候，在那些现实中都有一种好似小括号一样的空间，就是在那里，为那种体验而事先准备好的敏感雷达就会感觉到一些不一样的事物的存在；换句话说，就是会感觉到我们称之为幻想的东西。最重要的是，逻辑规则、时间的因果和空间秩序，所有从亚里士多德时代起就被我们认为是不变的、稳定存在的东西，忽然被一股内在的力量撼动，被取代并改变”。

然而，很难准确地形容什么是幻想。如果要给它下个定义的话，科塔萨尔认为幻想就是无法用定义去概括的东西。因此，比起在文学上或在文学之外为其寻找一个标准化的定义，每个人更应该审视自己的内心和经历，并在具体的情境中思考问题，“那些突如其来的想法，还有那些所谓的巧合，会让我们觉得那些我们通常遵循的法则无法解释所有事情，或者只能部分解释其缘由，甚至只能以‘它是一种例外’做解释”。20 世纪 60 年代初期科塔萨尔在哈瓦那做了一场著名的讲座，他在其中坦言，他的短篇小说反对“错误的现实主义，这种理论认为所有的事物都能被描述、被解释，正如 18 世纪在哲学和科学领域盛行一时的乐观主义所认为的那样；也就是说，在一个由法律、原则、因果关系、精确心理学和完善的地理学组成的体系的支配下，这个世界有序地、和谐地运转着。在我看来，对存在着另一种更加隐秘、更加不可言说的秩序的猜想，以及阿尔弗雷德·雅里（对他而言，对现实的真正研究不应基于各种规则，而应基于规则之外的那些例外情况）的大量发现，构成了我在所有的现实主义之外对文学进行个人探索的一些指导性原则”。

另外，立足于日常，从不同于常规的角度去看待它，也可以将被忽略的细节转变为全新的事物。例如，《说明手册》是《克罗诺皮奥与法玛的故事》（*Historias de cronopios y de famas*，1962）一书中的第一篇故事，故事的灵感源于对一件日常琐事的困惑。有一次，他的妻子奥拉在一个博物馆上楼梯时，因为累了，便开玩笑似的对他说：“事实上这是一个用来下楼的楼梯。”他被这句话击中了，回答道：“应该有人写一些关于如何上下楼梯的说明书。”日常生活中很普通的行为和感受，例如哭泣、唱歌、害怕、给表上发条，都被科塔萨尔用奇怪的方式描绘了出来，就好像它们本来就是些非同寻常的事物，有必要对它们的功能加以解释，就像给那些难以操作的新式电器配上彩页说明书一样。例如，“如果您要哭泣，就请把想象力集中在您自己身上，如果您已经养成了相信外部世界的习惯而无法做到这一点，那就请您想想一只身上爬满了蚂蚁的鸭子，或者想想麦哲伦海峡的那些无人踏足的海湾，永远不会有人去那里”。脱离事物的用途去看待它们，事物诗意的一面就会展现出来；这就是在否认或者改变了物体的日常用途以后去寻找它被隐藏起来的意义所在。同样是在《说明手册》这个故事中，他建议“将一把勺子握在手中，感受它的金属心跳，它的质疑警告。拒绝一把勺子，拒绝一扇门，拒绝物体的一切天性，直到赋予它们令人满意的柔和感为止，这是多么痛苦的事情啊。我们要做的只是接受勺子最简单的要求，用它来搅拌咖啡”。科塔萨尔的超现实物体有很多：一个会显示时间的洋蓟，从粉色的丝带里冒出来的牙膏盒，一个鱼形笛子，一个用来保存碟片和信件的坐浴盆，等等。

超现实主义者试图将机器变成具有表面功能但没有实际用途的物体，同时赋予其独特的诗意。科塔萨尔从他们那里懂得了现实与虚构之间的距离比看起来要短得多。现实是很美妙的，他在墨西哥对玛格丽塔·加西亚说：“我们的日常生活掩盖着另一种真相，它既不神秘，也不是神学的，而是充满人性的。然而，由于一系列的错误，它被掩盖在一个经过了数百年文化加工过的真相之下，在这种文化中既存在伟大的壮举，同时也存在严重的不足。”直到 19 世纪，虚构小说中的文本从自然和日常转变为陌生和超现实，再到不现实。对于科塔萨尔和新虚构派的作家而言，这两种机制有着同样的效力和现实性。如果我们生出一种超现实的感觉，那是因为我们的日常生活并没有把这两个维度分开。科塔萨尔直言，对他而言，超现实主义是“在各种情况下将所有的孔隙都打开的结果，也就是说，理性思考试图在所谓的真实（自然）与虚构（超现实）之间建立的传统障碍被消除了”。他并不是要去创造什么新的东西，而是看到同一个事物所具有的另一种现实。科塔萨尔列举了马和独角兽的例子。“从超现实的角度看，完全没有必要对马和独角兽的真实程度进行界定，它最多具有实用价值，更不用说在某些情况下一匹马就会比一头独角兽显得更为虚幻。我并不知道现实与虚构之间应该如何去界定。”

自由随着理性的出现而消亡。就像克尔凯郭尔[1]一样，他不相信理性所捍卫的以及被哲学等级化的结构，他提出情感的演绎，认为这才是唯一确定且令人信服的东西。因此他完全是一位超现实主义者。他认为超现实主义是一种世界观，而不是一种学派；是一个征服现实的事业，这个现实是切实存在的现实，不是那种不堪一击的现实；是对错误地被征服的东西的重新征服。有这么一张照片：照片里有一个很强壮的男人，身高一米九五，肩膀很宽，刘海遮着眼睛，留着长发和胡须，正在法国拉科斯特的萨德侯爵的城堡废墟前勒死一个红发女人。这是胡里奥写给艾薇琳·皮孔·加菲尔德（他们恰恰是那张照片里的人物）的书信集的封面，艾薇琳完成了一篇优秀的关于科塔萨尔作品中的超现实主义元素的博士论文。在其中一封信中，他感谢了艾薇琳为博士论文做出的巨大努力，承认这是对他的作品中的超现实主义元素所做的最好的研究，他说，超现实主义“几乎是我所有作品的最强烈的驱动力。每一天的生活都在持续向我展示”。信是1972年6月写的。“超现实主义是一种在某些人身上取之不竭的力量

[1] 索伦·克尔凯郭尔（Soren Aabye Kierkegaard，1813—1855），丹麦宗教哲学心理学家、诗人，现代存在主义哲学的创始人，后现代主义的先驱。

（也许只是在男性身上），另外，它会在每时每刻以最为独特的方式出现，尽管大多数人都感受不到它，因为感受不到它会让人觉得更舒服，更有安全感。”随后他更加具体地描述了这种见解对创作过程的影响：“从这种意义上讲，寻找那种感应的感觉是非常美妙的。如果以您对我的了解来认识我的话，您就不会对我不假思索的写作方式感到奇怪，也就是说，我会让有些东西替我去思考，同时又为意识、思考和批判性的谨慎留一些空间，如果不是这样的话，我永远也写不出那些短篇小说和《跳房子》。这种核心思想促使我在一种超意识状态下写作，它会延续到之后的创作阶段，那时我的意识会参与到作品的修改、校对过程中，决定是要删掉还是保留一些内容；我想说的是尽管我对写作素材要求很高，会拒绝所有我认为完全通过观察得到的灵感，但是无论如何，我始终盲目地遵从着那些决定我写作方向的内心深处的冲动。”

## 魔盒：《跳房子》

如果没有这部作品，我们就不会理解西语美洲的文学“爆炸”，西班牙语的文学全景也不会是现在这样。《跳房子》是我们的《尤利西斯》。其中包含了幽默、爱情、语言实验、对小说的传统概念的颠覆，甚至对当下概念的突破（如果舞台上没有出现演员，观众该作何反应？），当然还有大量的形而上学的理论。同时，它也是一篇关于文学和当代世界的理论性的论文，一种现代的总结，它的影响力是无法估量的。他画了一座桥来震撼读者。胡里奥认为：“一个真正的作家在写作的时候会把弓完全拉开，然后他把弓挂起来，去和朋友们喝酒。箭已经在空中飞了，也许会命中靶心，也许不会；只有傻子才会试图改变它的轨迹或者跑在箭的后面想要给它一些辅助的力量，以求作品获得永恒的生命力和国际影响力。”科塔萨尔写《跳房子》时，把弓拉得太满，以至于那支箭现在还在许多语言中回旋。作者收到的一封来自一个美国女孩的信就是最好的证明。他本人给我们讲了这件事：“她对我说，‘亲爱的科塔萨尔先生，我给您写信是想告诉您，您的《跳房子》救了我的命’。我读到信的第一句时，我一下子就……因为我感觉背负着对他人生命的责任，这是很可怕的事情。她说：‘我的爱人一个星期前离我而去。我今年19岁了，他是我所认识的唯一一个男人，我深深地爱着他，他抛弃我以后，我决定自杀。我没有立刻行动是因为我还有一些实际的问题需要解决（她要给她的妈妈写信，总之，就是那些和自杀有关的事情）。我在一个朋友家住了两天，她家桌子上放着一本名为‘跳房子’的书。于是我就开始读这本书。我计划第二天就去自杀了，而且已经买好了药。我读了这本书，一直读了下去，读了一整晚，我读完以后，把药扔了，因为我意识到不只是我会遇到这样的问题，很多人都会遇到。因此我想对您说，您救了我的命。那么现在，尽管我还是很伤心，但是我想，我只有19岁，我还年轻，我长得不错，我喜欢跳舞，喜欢诗歌，我想写诗，我会努力去生活’。”

当然，科塔萨尔从未想过他的一本书能产生如此深远的影响。但是他确实希望能吸引读者、能对他们产生震撼并能一直引人入胜。对他来说这是必需的。一本具备上述特点的作品是一定会被他写出来的。“我写《跳房子》，”他说，“是因为我不能为它跳舞、为它唾弃、为它流泪，抑或是通过某种不可理解的交流方式去将它投射成一种精神或身体行为。”在《八十个世界一日游》

中他总结道："因为我通过'缝隙'写作，我一直在邀请其他人到我的作品里去寻找属于他们自己的东西，并通过它们看到花园，里面的树上挂满了果实，当然，这些果实都是宝石。"他的作品是阳台边缘的游戏，是加油站旁的火柴，是上了膛的手枪，枪的扳机不停地绕着食指打转。为此，首先要有惊喜的效果，这在很大程度上取决于语言。所以，科塔萨尔的作品中，创意是尤为重要的。主题无好坏之分，"只存在针对主题的加工方法的差异"。《跳房子》中的一个角色莫雷利指出："要在'喜剧小说'上努力一番。也就是说，让一个文本暗示出另外一些价值，以此在显示人、揭露人（我们仍然相信这是可能的）的方面进行合作。一般的小说似乎总是把读者限制在自己的范围内，而且越是好的小说家，这个范围也就越明确，因而寻求也就失败了。必须在戏剧、心理、悲剧、讽刺和政治等各个层面上停下来，要努力使得文本不要去抓住读者，而是在常规叙述的背景下向读者悄悄地指出一些更为隐蔽的发展方向，以便使读者不得不变成一个合作者。要促成，并敢于写一种不完整的、松散的、不连贯的文本，细致的反小说。要在这里寻求开放。为此，必须把一切有关性格和情景的系统结构连根砍掉，方法就是利用反语、不停的自我批评、不连贯、不为任何人服务的想象。"[1]应该让读者和作者在阅读和写作的时候都摆脱束缚。也就是说要反对毫无波澜的故事。读者应该感到自由，应该做作者的共谋者，而不是一个被动的角色。这样就对语言有一个直接的冲击，我们说出的每一个字都会欺骗我们，"我们运用一种完全边缘的语言，它和某种更深

---

〔1〕引自《跳房子》，孙家孟译，重庆出版社，2008年，第413—414页。后面的引文出自同一版本，不再具体标示。

层次的现实有关，如果我们不轻易被那种语言的表面意思欺骗的话，也许我们就能找到进入那种现实的入口”。科塔萨尔书中的另一个主角奥利维拉用了更加激进的方法：她放弃了语言，转而投向行动。但是问题依然存在，因为行动也需要被作者或叙事者描述出来。因此，科塔萨尔向路易斯·哈斯坦言：“存在一种可怕的悖论，那就是作家作为文字的使用者，反而要和文字做斗争。这带有一些自杀的性质。然而，我并没有完全从实质上对抗语言。我只是反对某些用法，一种我认为虚假的、变质的语言。当然，我要从文字本身出发去开展这种斗争。”

首先，他反对实验的风格，因为它把艺术当成一种杂技表演，有一种固定的模式，这样会让作者去使用一种完全和口语表达无关的语言。科塔萨尔的写作另辟蹊径，他决定使用一种“反文学”的语言。他认为小说不应该被“写出来”，而应该被“描绘出来”。他还不接受字典里既有的单词，因为好的作家“应该是那个从一定程度上改变一种语言的人”。因此在《跳房子》中有大量新造出来的词，还会常常出现文字游戏（“例如毛线团就有如下说法：Una hebra de lana，metros de lana，lanada，lanagnórisis，lanatúrner，lannapurna，lanato-mía，lanata，lanatalidad，lanacionalidad，lanaturalidad，la lana hasta lanáusea，但是从来不用 ovillo 这个词”），他还会创造一种新的语言出来，名为“glíglico”（在第 68 章：“Apenasél le amalabael noema，a ella se le agolpabaelclémiso y caíanenhidromurias，ensalvajesambonios，ensustalosexasperantes...”这完全是一种音乐语言，适合用来进行大声朗读）。他把小说的开放性做到了极致，这么说不仅是因为他对语言进行了大量加工，还因为小说本身的结构特点，它要求读者跳进斗牛场去斗牛。事实上，读者可以从第 1 章开始按照章节顺序读下去，也可以按照小说开头的说明表中的顺序从第73章开始读，然后依次是第1章、第2章、第116章、第3章、第84章，等等。现在，正如莫雷利所说，“读者可以由着自己的性子，想怎么读我的书就怎么读”，因为这部小说为作者和书中的角色“引爆了一个爆竹，因为它从头到尾读起来都像是一个新生的婴儿”。因此，每个人都能选择他想要的阅读顺序，因为这是他的小说，又不仅仅是一本小说。除此之外，这种结构性的挑战只存在于单独的一个章节里，例如第34章里：每个人都在寻找答案。

> 1880年9月，我父亲去世后没几个月，我决定放弃生意上的事。瞧她阅读的这些东西，一部小说，而且写得很糟，更糟的是还是把酒厂盘给赫雷斯市另一家同我的酒厂同样有名的酒厂，我尽量安排个很差劲的版本，人们会问她怎么会对这种东西感兴趣。可以想象，好偿付期限，把土地租出去，把酒库和库存的酒转让出去，随后我就她整小时地吞食这种走了味的冷汤，阅读令人难以忍受的读物，阅读住到马德里去了。[1]

另一个革新的方面是这本书幽默和游戏的一面，这一点几乎总是会通过语言表达出来。对读者而言，这部小说是一种刺激，因为它被当成一次跳房子游戏，好让参与其中的人试图抵达那个象征胜利的、具有魔力的方格。一切都是挑战。对于科塔萨尔来说，游戏是非常严肃的东西，因为要像孩子一样看待他自己。也就是说，作为一种原型，它来自内心深处的地方，来自集体的

〔1〕引自《跳房子》第204页。

无意识，来自物种的记忆，这是“对于早期人类来说神圣仪式的所有的通俗化形式”。事实上，科塔萨尔最初想给小说命名为Mandala，那是一种试图代表整个宇宙的“神圣游戏”，要想到达天堂，就要经过难度不断升级的重重考验。换句话说，《跳房子》的特点是通过游戏寻找存在，虽然其中并没有神圣的含义。在游戏的机制中把寻找与偶然结合起来，这一点和作者20世纪60年代初在巴黎的生活有很大关系。萨乌尔·尤尔基耶维奇记得，“60年代时，胡里奥还是一只可爱的刺猬，一只温柔的草原狼。他没有社会义务，没有职务，也没有作为公共人物的负担，不为世界声誉所累，没有他的崇拜者的追随，不受新闻媒体的纠缠。那时候，除了担任联合国教科文组织译员以外，他和我一样，都是拥有自由的快乐的小麻雀。我们一起寻找有价值的事情。我们在宁静又充满魅力的巴黎游荡。胡里奥把巴黎分成若干个小方格，快乐地、有序地在其中探索。他的一个游戏就是闭着眼睛在地图上指一个地铁站，坐地铁到那里，走到地面上，在那一片区域漫游。就这样他走遍了巴黎所有最迷人的街角”。萨乌尔还记得，科塔萨尔一直保持着那种玩耍的心态。他旅行的时候，会带发条玩具回来，他把玩具拿给朋友们看，还会让他们和他一起玩儿。骑自行车的小熊，等等。他也会自己组装玩具并制作雕塑。他有属于自己的王国。他的一个最重要的物品是“国王的主教”，那是一个植物的根部，一个非常扭曲的葡萄藤，他给它穿上了衣服，还给它喂食。他还喂养已经死去的动物。那是一种仪式性的游戏，就好像他真的在举行某种仪式一般。他围绕着这些琐事创作故事。任何事物都是他的创作素材和幽默的来源。例如，在一张1977年11月24日寄给艾薇琳·P. 加菲尔德的明信片上，有一个斗牛士试图用红色斗篷和身体语言引诱公牛，作者在明信片上写了这样一句话，示意是从公牛嘴里说出的："这家伙以为我是个马克思主义者。"他还用女士小梳子搭建了很多可活动的玩具。他的工作室是一间很简陋的屋子。他在那里做手工，也在那里写作。

然而，从早年间到六七十年代作为作家的地位得到巩固，科塔萨尔的工作方法发生了变化。一开始，像我们之前看到的那样，他写作一气呵成，很少修改；另外，他在任何地方都能写作。加西亚·马尔克斯记得第一次看到科塔萨尔的时候："1956年深秋时节，在巴黎的一个有着英国名字的咖啡馆，他时常去那里，坐在角落的一张桌子前写作，像300米之外的让-保罗·萨特一样，他写在一个小学生式的笔记本上，手里拿着一支钢笔，墨水弄脏了他的手指。我当时已经读过他的第一本短篇小说集《动物寓言集》了，从第一页开始我就意识到这是一位我长大了以后想要成为的那类作家。到了巴黎，有人告诉我他经常在圣日耳曼大道上的'老海军'咖啡馆写作，我在那儿等了他好几个星期，直到我看到他像幽灵一样进来。他是我所能想象的个子最高的人，长着一张淘气的孩子的脸，穿着一件长长的黑大衣，确切地说更像是鳏夫穿的长袍。他的眼间距很宽，像小牛犊的眼睛一样，如果不是受到心灵的支配，那样锐利又清澈的目光完全可以称得上是魔鬼的眼睛。我看他写了一个多小时，丝毫没有停下来思考，除了半杯矿泉水之外没有喝任何其他东西，直到外面天开始黑了，他才把笔放进口袋，把笔记本夹在腋下离开了，那样子就像是世界上最高最瘦的小学生一样。"那是贫穷和寒冷的岁月，为了能在欧洲活下去，他做着任何可以做的事情，打包、洗车，等等，他的生活也代表了在巴黎的拉美人明显的波西米亚风格。他还时不时地在联合国教科文组织的办事处写作。在那里，他在做翻译的同时，完成了《跳房子》和《装配用的62型》两部作品的大部分内容。当他工作到无聊的时候，就会拿出一张纸放到打字机上。那里人来人往，人们进进出出。此外，在西班牙语工作区，所有人都喊着说话，这显然是受文化的影响。

几年后，他的风格更明晰了起来，尽管依然有些无序；他在写作上花的时间更多，让灵感得到更充分的酝酿，因此他重读时修改得更少。他习惯家里保持安静。他需要把自己关在房间里，背靠墙坐在一个角落里。他从来不在大房间里写作。相比短篇小说，他会更多地修改长篇小说，因为短篇结构比较紧凑，它的语言需要从一开始就非常严丝合缝，丝毫不能犹豫。长篇小说则恰恰相反：可以有很多分支、有情节的发展，还可以离题，等等。因此，这是一种更加危险的体裁，因为很容易就会有疏忽和松懈，在最后修改的时候必须十分小心。最后几年，他的工作方式变得更加枯燥，更加程式化，他会剔除更多风格元素。在《不合时宜》（1983）出版时，他说："我有一种感觉，我已经达到了一种程度，就是把我想说的说出来，不需要再额外增加任何一个字。我感觉现在的读者，也就是那些对文学，特别是对拉丁美洲文学感兴趣的读者，已经有能力接受这种风格了，他们不再需要浪漫主义的修饰和巴洛克主义的夸饰。我认为可以直接通过高密度的文字向读者传达信息。"

科塔萨尔用一种近乎完美的方式把写作和灵感相结合。他始终相信另一个世界的东西，它们为我们提供灵感和表达方式。因此，有时他的创作动力一发不可收。除此之外，还有偶然因素。《跳房子》是一个随机游戏，他的很多故事中，一切都是偶然发生的，尽管整个氛围让我们感觉有某种预兆，是一种命运使然。《万火归一》中有一个题为"给约翰·霍维尔的指令"

（*Instrucciones para John Howell*）的故事，故事中名叫约翰·霍维尔的主人公一天晚上去看戏剧，在第一幕和第二幕之间他被要求进入更衣室，荒唐地代替剧中的主角出演，因为主角感觉身体不舒服。我们所有人都能想象得出胡里奥，这个身材高大、半天真半戏谑的大男孩，在收到下面这封信时的表情。信是这样写的："我叫约翰·霍维尔，我是哥伦比亚大学的学生，在我身上发生了这样的事：我读了几本您的书，很喜欢，因此两年前我去了巴黎，出于害羞，我不敢去找您并和您聊天。在酒店我写了一个短篇小说，而您正是故事的主人公。也就是说，因为我很喜欢巴黎，您又住在巴黎，尽管我们并不认识，我认为让您作为故事的主角参与进来是一种敬意，也是友谊的见证。后来我回到了纽约，我遇到了一个朋友，他有一个由热爱戏剧的人组建的剧团，邀请我去参加一场演出。我不是演员，并不是很想去，但是我的朋友坚持让我去演，因为另一个演员生病了。他一再坚持，所以我花了两三天时间学习表演这个角色，并获得了很多乐趣。就在那个时候我走进一家书店，发现了一本您的短篇小说集，其中有一篇名为'给约翰·霍维尔的指令'。对此您如何解释？您写了一篇关于一个名叫约翰·霍维尔的人的故事，他也略带勉强地参演了一出戏剧；而我，约翰·霍维尔，在巴黎写了一篇关于一个名叫胡里奥·科塔萨尔的人的故事，这真是太不可思议了！"

## 参考书目


V.V.A.A. *Cinco miradas sobre Cortázar*. Buenos Aires, Editorial Tiempo Contempo- ráneo, 1968.

CORTÁZAR, JULIO. *La vuelta al día en ochenta mundos*. Madrid, Debate, 1993

(1a ed. de 1967).

CORTÁZAR, JULIO. *Obra crítica*. Madrid, Alfaguara, 1994, Vol. 2.

HARSS, LUIS. *Los nuestros*. Buenos Aires, Sudamericana, 1966.

PICÓN GARFIELD, EVELYN. *¿Es Julio Cortázar un surrealista?*. Madrid, Gredos, 1975.

PICÓN GARFIELD, EVELYN. *Cartas a una pelirroja. Julio Cortázar*. Madrid, Orígenes, 1990.

YURKIEVICH, SAÚL. *Julio Cortázar: mundos y modos*. Madrid, Anaya & Mario Muchnik, 1994.

# 米格尔·德利维斯

**主要作品**

《柏树的影子伸长了》（*La sombra del ciprés es alargada*，1948）

《路》（*El camino*，1950）

《和马里奥一起的五小时》（*Cinco horas con Mario*，1966）

《失去权力的王子》（*El príncipe destronado*，1973）

《纯真的圣徒》（*Los santos inocentes*，1981）

《异端》（*El hereje*，1999）

*对我来说，在小说中隐藏着一条亘古不变的评价依据：如果在阅读过一部小说几年之后，书中的人物在我心中依然鲜活，识别度依然很高的话，那就是部好小说。相反，如果那些人物模糊了，和其他小说中的其他人物混到了一起，最后失去了个性，那就是部坏小说。*

◎ 德利维斯真正被写作吸引是在认真研读过大学里的一本商法教

材之后。……它的作者没用一句多余的话，十分精准地把想要传递的思想表达了出来。

◎ 他坚持用钢笔写作。……在那张乒乓球台上整齐叠放着一堆可再生纸。每写完一张，他就标上序号，再扔到乒乓球台上。纸张纷飞，最后降落到那个宽大的停机坪上。在那个并不舒适的台子上，伴着在屋外池子里洗澡的孩子们的喊叫声，他不断把纸抛到空中。……每写完一个章节，米格尔就会收拾好被他抛出去的纸张，清点它们，心满意足地证实小说正在按照不错的节奏发展。

* * *

他终于找到了完美的写作地点和环境。在巴拉多利德市中心一栋建筑的第 19 层，他的妻子——她负责各种家庭事务——给他布置了一间极度舒适的书房。米格尔·德利维斯在那里可以心无旁骛地进行他最新的写作计划了：一部名为《纯真的圣徒》（*Los santos inocentes*）的小说。再也没有孩童在他身边玩耍吵闹了，也不再有不合时宜打来的电话了。索里亚街上嘈杂的交通声也传不到这个高度，干扰不到他了。如果说在那之前他觉得自己写的作品还算不错的话，那么那种卓越的条件无疑会帮助他写出更好的作品。在把所有必需的物品都搬进新家后，米格尔准备好继续小说创作了。他当时已经写到了第三章。整个故事清晰地保存在他的头脑中，但当开始写的时候，他发现还是缺了点东西。他没能写出任何让自己满意的段落。小说中的人物——他的那些纯真的、想象出的朋友们——似乎搞起了罢工。几天过去了，缪斯女神依然对这位西班牙语小说家的求助置若罔闻。“我记得自己当时无助地和那本小说对抗，我的情绪越来越糟，”德利维斯在多年之后这样说道，“因为没什么比坐下写作时发现自己无从下手更让一个作家感到恼火的事情了。”米格尔找不到针对那种情况的合理解释。他已经不是菜鸟作家了：他已经出版20多本书了。也没人能说他是个普通的小说家：他已经凭借自己的作品获得过许多重要的文学奖项，而且拥有众多读者。他之前常常抱怨他的七个孩子中的某一个吵到了他或是家人们吵吵闹闹的景象干扰了他，可这次显然不能再以此为借口了。最后他只得停笔不写，把那三个章节的手稿扔进抽屉里。他丢掉了叙事的声音，最糟糕的是他不知道原因何在。那本小说就这样冬眠了近20年的时间，直到它的作者最终决定把它写完。最后，《纯真的圣徒》于1981年9月出版了。随着时间的推移，米格尔得出了结论：那场危机——幸运的是，那只是偶然事件——的根源应该在于他突然到了一个“监狱般的”环境中，那栋楼房中第19层的那间书房与他习惯的写作环境差别太大了，“我习惯了周围有孩子们玩乐，习惯了他们的笑声和其他声音，习惯了在有生活气息的环境中写作……刚搬去那儿的时候这些感觉都没有了”。过于舒适和安静的环境是他短暂丧失创造力的原因。当然了，他没再回到那间“金牢笼”里写作，而是回到了老样子：在巴拉多利德的家族老宅中的小屋子里或布尔戈斯的小镇塞达诺中60平方米的书房里写作。

多年过去了，他的文学生涯已经无比璀璨，德利维斯已经能够静下心来回首《纯真的圣徒》或其他作品的创作逸事了。关于他成为作家的过程以及创作生涯，他在2000年9月14日从巴拉多利德寄给我们的信中有所提及。数周前我们曾给他写信，并在信中提了许多问题，他在这封回信中做了解答。我们始终真心感谢他能给我们回信，我们很清楚他收到的信件数量十分庞大，而且近些年来他的身体状况一直不好。尽管去世于2010年，可往前推 13 年，米格尔就已经饱受病痛的折磨了，他也因此完全停止了文学创作。1998 年，他被确诊结肠癌，这使他从此再也无法创作哪怕一行文字。“我既无法集中注意力，也没有写作的欲望。我没有灵感了。”他这样回复我们道。在回首往事时，他觉得自己融入虚构世界的时间比身处现实世界的时间还要长。为了完成作家的使命，他与那些想象出的朋友们相处的时间也比与有血有肉的人相处的时间更长。

除了那封回信中提到的内容，德利维斯还向我们提起他和许多真实的朋友之间的故事，他们中有些人已经把他们与这位巴拉多利德作家之间的对话出版成书了。我们在探寻解读德利维斯文学世界密匙和他的灵感来源的过程中，那些书中的两本起到了关键性作用：一本是塞萨尔·阿隆索·德罗斯·里奥斯的《和米格尔·德利维斯对谈》(*Conversaciones con Miguel Delibes*)，另一本是安东尼奥·科拉尔·卡斯塔内多对德利维斯进行的访谈《米格尔·德利维斯的肖像》(*Retrato de Miguel Delibes*)。这两本书的作者在多年之前都曾与米格尔·德利维斯一起在巴拉多利德日报《卡斯蒂利亚北部》共事过。

## 交朋友：手册、执念与奖项

索里亚街上那个位于 19 层的公寓的安静环境本可让任何一位作家感到嫉妒，但德利维斯从来就不是个循规蹈矩的作家。让他投身于文学世界的因素有三个：一本商法教材，一个童年执念和一个文学奖项。

对书面文字之美的发现，认为可以通过上述媒介与他人进行沟通的想法，这些都与德利维斯对伟大文学作品的阅读无关。米格尔并不是因为受到某部伟大的小说或某个重要诗人的诗句的感召而开始从事文学创作的。无论是塞万提斯还是克维多、贝克尔还是加尔多斯，都没能用他们的创作捕获这个来自巴拉多利德的年轻人。德利维斯真正被写作吸引是在认真研读过大学里的一本商法教材之后，当时他正在准备巴拉多利德商学院的聘用考试。但那不是随便哪本教材，而是 20 世纪西班牙最重要的商法专家华金·加里格斯教授编写的教材。那本教材的语言和表达方式让那位年轻的应试者着了迷。它的作者没用一句多余的话，十分精准地把想要传递的思想表达了出来。多年之后，已是知名作家的德利维斯经常会被问到他受到过哪些作家的影响，以及他推荐读者们阅读哪些图书，他总是回答说，尽管很多人希望他推荐读者去读加缪、卡夫卡或福克纳，但是他依然会建议读者先去读读加里格斯的那本教材，因为阅读过前面几位作家的读者会被引导去写《鼠疫》《审判》或《野棕榈》之类的作品，可是阅读加里格斯著作会让读者学会——不会让读者受到诱惑产生去写商法教材的想法——用简单、清楚的文字来写作，学会评估形容词的作用、使用准确的语句来表达想法。

年轻的德利维斯在加里格斯的教材中找到了一种具有说服力的文字表达方式。对交流的需求从很久之前就困扰他了，因为有件事情是他急需表达出来的：他对死亡的执念，尤其是父亲就要死去的念头折磨了他整个童年时期。米格尔在八个兄弟姐妹中排行第三，父亲会死的想法令他难以释怀，倒不是因为他受到过什么惊吓，而是无法承受与自己敬爱之人分离的痛苦。举个例子，每当看到家里的楼梯，米格尔就仿佛看到父亲的尸体躺在其中的那口棺材会在不久之后从上面被运送下来。那些葬礼上将会出现的场景一直印刻在他的脑海中，在他的童年时期不断涌上心头，最终变成他的一种苦涩的执念。那个阴影遮蔽了米格尔的童年生活，甚至包括那些最幸福的时刻。关于那些奇怪想法的来源，可能有一种解释：他的父亲结婚时年纪已经不小了，对他的孩子们来说，他既是父亲，又像爷爷。米格尔 9 岁时，父亲已经快 60 岁了，按照那个年代的平均寿命来看，父亲已经走入人生暮年。因此，米格尔总是感觉父亲会在某个时刻离开这个世界，他们也就会变成无依无靠的人。这种对死亡的执念以这样或那样的方式出现在了德利维斯的全部作品中。他的第一部小说《柏树的影子伸长了》（*La sombra del ciprés es alargada*，1948）的主题是两个青年之间的友谊，可是那段友谊最终被一场死亡终结了。与那种执念做斗争是这位年轻作家写作的最大动力之一。“幸运的是，”德利维斯讲述道，“我年满 24 岁时，父亲依然健在。也就是说，他并没有像我预感的那样早早地离开这个世界，但是我的那种执念依然在持续，它推动我写出了我的第一本小说。我的写作也许就是要摆脱那种执念。从一开始，阿维拉就是那本小说故事情节的理想发生地，因为环绕在它周围的矿山以及那里的降雪所具有的物理层面上的寒冷特征与死亡主题相得益彰。”

以加里格斯的教材的文风为典范，带着驱除心中的童年“魔鬼”的想法，德利维斯开始创作他的第一部小说。然而写东西是一回事，成为作家又是另一回事。为了完成后一个目标，他需要获得一家出版社的支持，还需要有读者愿意购买他写的书，而且书的反响还不能太差。他凭借被其称为“小说家之敌”的东西——文学奖——突然把前二者搞定了。他得的还不是随便什么奖，而是战后西班牙最重要的文学奖：纳达尔文学奖。1948 年 1 月 6 日，评委会宣布米格尔·德利维斯获得了那项虽然创办不久，可影响力巨大的文学奖。4月，命运（Destino）出版社出版了《柏树的影子伸长了》，他获得的读者数量恐怕连最乐观的人也没想到过。当德利维斯试图向他的朋友、彼时已年过七旬的皮奥·巴罗哈[1]说明他的小说在出版后第一个月就售出了5000册时，后者压根儿就不相信他的话：

> “天方夜谭。”巴罗哈对他说道。
>
> “是编辑告诉我的。”德利维斯坚持道。
>
> “他在骗你。”
>
> “行吧，但是他们给我打了钱。”
>
> “别相信他们：他们肯定正在搞什么鬼。”巴罗哈坚定地说道。

如果皮奥得知德利维斯的另一本小说《异端》（*El hereje*, 1999）在两周内就售出超过10万册，而且在很短的时间里就有来自四个国家的导演想联手把它改编成电影的话，他会作何感想？

尽管销量惊人，评论界对《柏树的影子伸长了》的反响却不是很好。让新人写作者变成职业作家的三足鼎出于某些原因坍塌了一足。“米格尔·德利维斯获得了纳达尔文学奖，这对他来说是个好消息。”佩德罗·德洛伦索（Pedro de Lorenzo）在《向上报》上写道。这句话深深地印刻在了那位年轻作家的灵魂中，因为当时他也是这样想的。《实际是第一名的第二名》是何塞·翁布埃纳（José Ombuena）在《胜利报》上的评论文章，他的意思

---

〔1〕皮奥·巴罗哈（Pío Baroja，1872—1956），西班牙小说家，“九八一代”代表作家。

很明白：庞博·安古洛（Pombo Angulo）进入那一届纳达尔文学奖决选名单的小说《总医院》（*Hospital General*）更该得奖。不过这种批评并没有让德利维斯失去信心，反倒刺激了他继续前行。这位年轻的小说家在终于把种种负面批评都消化掉后，写作又多了一种动力：堵住批评者的嘴，“我想写出一部让他们不得不叫好的作品。于是我全身心地投入到了那场游戏之中”。

在《柏树的影子伸长了》出版一年后，德利维斯又推出了第二部小说：《依然是白天》。尽管该书在评论界引发了较大反响，德利维斯却依然觉得不满意，多年之后，他评价说那本小说出版得太仓促了，“毫无疑问那是个不错的故事，但是太粗线条了，自然主义的风格过于直白，而且幽默的地方实际上也很蹩脚，十分粗糙”。德利维斯把他最初两部作品文学质量不高的过错归咎于自己缺乏文学训练。在创作第一部小说之前，德利维斯与他人沟通的意愿体现在另外两种艺术形式上：绘画和雕塑。那是他真正喜欢的东西，甚至在1936—1937年间，除了学习经贸外，他还在工艺美术学院学习雕塑，然而内战导致了大学封闭。如果他的父亲不是像那个时代许多父亲一样认为搞美术赚不到填饱肚子的钱，也就是说，是“浪费时间的事”的话，也许德利维斯就永远都不会成为作家了。他对文学的兴趣实际上产生得很晚，在24岁时，他发现自己真正感兴趣的作家和作品——例如狄更斯、莫拉维亚、普拉托利尼、帕索里尼、写《老人与海》的海明威、斯坦贝克、陀思妥耶夫斯基、加缪和卡夫卡——的时间也同样很晚。米格尔承认自己在刚开始搞文学创作时几乎没怎么读过有价值的作品，“我读了所有那些塞满彼时西班牙书店里大小书架的三流作家的作品……例如拉约什·齐洛希（Lajos Zilahy）、范·德·梅尔施（Van der Meersch）、赞恩·格雷（Zane Grey）。

我还读了本国的一些经典作家的作品，但是……值得借鉴的东西不多……当时我就是那个样子，当时这个国家也就是那个样子……”。随着写作生涯的继续，他开始花更多时间来阅读。尽管有的作家指出他的《柏树的影子伸长了》受到普鲁斯特的影响，《依然是白天》里有加尔多斯细腻笔锋的影子，可彼时的德利维斯根本没有读过这两位作家的作品，他是在读到那些评论文章后才开始阅读他们的小说的。

在写完第二部小说后，这位巴拉多利德作家被文学这头小兽咬住了，无药可救的虚构之毒已经侵入了他的五脏六腑。他完全沉浸到这场游戏中了。仅仅在《依然是白天》出版数月之后，他就又投入新的创作中，这次的小说以下面这句话开头：“事情本可能以另外一种方式发生，不过，它们还是那样发生了。”这次，和之前两次不同，他写得很顺，各种想法和语句不断从他的头脑中涌现出来，缪斯女神决定把恩惠一次性地全都施加到他身上。他在25天内写完了书名为《路》（*El camino*）的小说。每个章节他只需一天完成。只要看看367页的初稿就能发现，除了作家在20世纪60年代写作时所处的那个杂物间的潮气渗入纸张之外，上面几乎没有修改的痕迹，这在他的写作生涯中是绝无仅有的。用德利维斯的话来说，他的头两部小说就像是瞎子的探路棍——尽管这样的经验同样不可或缺，帮助他摸索自己的文学风格，虽说他在读过加里格斯的教材后就已经开始这项摸索工作了。“我在写《柏树的影子伸长了》的时候，”他说道，“没有任何经验，我当时觉得搞创作就应该自负一些，作品必须显得浮夸一些。……得了纳达尔奖后我开始阅读一些文学作品，我最后觉得抛开修辞，就像平常说话那样写作也许效果会更好。……在写《依然是白天》时我又回到了滥用修辞的老路上，直到我后来发现：忠实于自己，事情就会更简单，不如怎么想的就怎么写好了。我就是这样写成《路》的。这部小说出版之后，评论界好评如潮，这着实吓了我一跳，因为我写那部小说时根本没花什么心思。……我只是把一切修饰的东西全都舍弃了，留下的就只是一副干干净净的躯体。”

事情本可能以另外一种方式发生，不过，随着时间的推移，《路》——德利维斯最受读者推崇的小说——还是变成了 20 世纪后半叶西班牙文学史上的名著。命运出版社的豪赌很快就在西班牙境外开花结果了：首先是葡萄牙，乌利塞亚（Ulisseia）出版社出版了这部小说，法国的伽利玛（Gallimard）出版社紧随其后，把该书列入了由胡安·戈伊蒂索洛（Juan Goytisolo）作品打头的西班牙作家文集中。再然后又分别从美国霍尔特出版公司（Holt Company）、英国汉密尔顿（Hamilton）出版社和德国巴臣（Bachen）出版社发来了翻译请求。而这还只是开始。

从那时起，德利维斯的文学生涯就满是接连不断的荣誉和奖项。他获得三次国家文学奖：1955 年凭借第五部小说《一个猎人的日记》（*Diario de un cazador*）获奖；1991 年凭借全部作品获奖；1999 年凭借在《异端》中展现的叙事技巧获奖。1957 年《伴着南风小憩》（*Siestas con viento Sur*）获皇家语言学院法斯腾拉赫奖，1982 年获阿斯图里亚斯王子奖，1993 年获塞万提斯文学奖。

## 在乒乓球台上飞翔的朋友们

开始文学创作生涯之后，德利维斯每天都会利用各种闲暇时间来写作。1940 年，当时的他和安赫莱斯·德卡斯特罗还是男女朋友关系，[1]还在读法律方面的本科，商业方面的学习已经结束了，他迫切需要一定的收入，由于热爱绘画，他突然想到自己可以画点圣诞贺卡或是讽刺漫画。前者让他赚了点钱，但是后者则令他大伤脑筋，尽管如此，那些讽刺漫画却使得他以漫画家的身份开始了和《卡斯蒂利亚北部》的合作，每个月的工钱是 100 比塞塔。三年后，他成为同一家报纸的全职全栏目撰稿人。从死者讣告到电影评论，从当地新闻到国际新闻，他什么都得写。当时，受到“二战”的冲击，那家报纸也和全欧洲其他所有报纸一样因纸张匮乏而削减了版面，变得“瘦弱不堪”，有时每份报纸只有一页纸。1946 年，在获得巴拉多利德商学院商法方向的教职一年之后，米格尔和安赫莱斯完婚，在那之后，正如作家本人再三重复的那样，他一半的灵魂就变成了她。在准备入职测试的时候，德利维斯每天要学习八至十个小时，还要多花四个小时在报纸工作上。婚后，他已经不需要再为获得更多收入而发愁了——商学院每月给他 900 比塞塔，报社给他 500 比塞塔，这两笔收入已经相当可观了，他已经习惯了做应试准备时的那种生活节奏，所以他又找到了打发其他闲暇时间的方法。就这样，为了“消磨时间”，他开始创作自己的第一本小说《柏树的影子伸长了》。因为是在纸上进行创作的，他会把手稿交给他的妻子，让她帮忙提意见。她尽管不是文学方面的专家，当时的阅读量却依然比她的丈夫大，因为她在大学里读的正是文学专业。安赫莱斯说他正在写的这部小说不错，不过她觉得第二部分写得有些松散。米格尔也意识到了这个问题，但是他无论如何也得赶着把小说写完，还要满足参评纳达尔奖的基本页数要求。

---

〔1〕两人后来结婚，妻子对德利维斯的文学创作影响很大。

多年之后，在文学已变成德利维斯的职业活动后，他想尽量选择每天头脑最清醒的时刻进行写作。但是他的写作时间却始终无法固定下来，倒不是因为他在商学院里担任教职，而是因为他的名声越来越响亮了。“现在我真是没什么办法了，”他在1995年这样说道，“我也不会预先制定时间表，因为对我本人和我的作品感兴趣的记者、学生或专业人士打乱了我的生活节奏。我在以前是有固定的时间表的：上午十点写到中午一点，甚至更晚，不过仅限于我精力充沛而且生活如常的时候。如今，我的生命里已经没有什么‘如常’的日子了，我依然在上午写作，写作的时候我是不会接电话的。”

尽管由于耀眼的文学生涯而变得声名远扬，米格尔却一直对名声不感兴趣。与他有泛泛之交的朋友极少，不过他还是要尽可能地去面对他的作品在世界各个角落引发的反响。我们也不能说德利维斯是个与世隔绝、不擅交际的作家。举个例子，他很喜欢跟周围的人聊天，尤其是乡下的邻居们，他也喜欢参加朋友们的小聚会。“我是个很矛盾的人，”他解释道，“不过我觉得所有人都是矛盾的。可是我的情绪会从一个极端快速变到另一个极端。我会在很短的时间里从焦虑变得快乐，或相反……我有种忧伤的个性，很容易失落抑郁。无论好坏，自我怜爱大概一直都是我的特点。要是按照正常的评价标准来看，我可能是个有点保守的人。此外，小时候的我还很固执。我总是希望自己不被别人注意到，我觉得我不是个爱慕虚荣的人。”

米格尔·德利维斯还认为自己是个绝对忠诚的人：对他的妻子、朋友、土地（卡斯蒂利亚）、城市（巴拉多利德，他1920年出生在那里）、出版社（命运出版社）和报社都是如此。“我就像树木一样，”他解释道，“在滋养我的那片土地上生长。对妻子、朋友和我生活的城市忠诚，这压根儿算不上什么美德，只要我没在家人和朋友身边，没在我的城市里，我就会认为那种生活只是临时性的。”终其一生，他也一直对他的工作工具——钢笔和印报纸用剩的可再生纸保持忠诚。他坚持用钢笔写作，因为在头脑和纸张之间插入某种奇怪的器具会让他感到不舒服。而用可再生纸则是因为他认为钢笔在这种纸上写得更加流畅，仿佛不必用力，文字就出现了，尽管这只是种错觉——这一点我们在下文还会提到。

米格尔在塞达诺乡下的老宅边搭建起了一个小书房，并在里面摆了一张乒乓球台。他经常和孩子们、朋友们在那里打乒乓球，有时他仅靠发球就能取胜。不过那张桌子不仅有供他进行体育活动的功能，还要供他在上面写作。米格尔经常把自己关在那间朴素的“避难所”里，在那张乒乓球台上整齐叠放着一堆可再生纸。每写完一张，他就标上序号，再扔到乒乓球台上。纸张纷飞，最后降落到那个宽大的停机坪上。在那个并不舒适的台子上，伴着在屋外池子里洗澡的孩子们的喊叫声，他不断地把纸抛到空中。德利维斯的一半作品就是这样写出来的。每写完一个章节，米格尔就会收拾好被他抛出去的纸张，清点它们，心满意足地证实小说正在按照不错的节奏发展。这和他在索里亚街的那间位于19层的公寓里的体验完全相反。

米格尔的身边几乎永远都不乏小孩子的身影，先是兄弟姐妹，然后是他自己的孩子，再然后是孙子孙女们。他的作品中有一部以童年生活作为主题也就不足为怪了。我指的是《失去权力的王子》（*El príncipe destronado*，1973）。他认为那本小说“是关于日常生活的：家庭环境，日常化的角色，平常的行动”。在计划写那部小说时，他知道自己正面对着一项重大挑战：以一个 3 岁小男孩作为主角，刻画出他的种种行为，支撑起故事的情节。“实际上那确实是项挑战：对于今天的我来说也是如此，”德利维斯在多年之后讲道，“在《路》《柏树的影子伸长了》《我宠爱的孩子西西》（*Mi idolatrado hijo Sisí*）和《鼠》（*Las ratas*）中都有孩童角色，但是基克这样的 3 岁孩童我还从未写过，还有他的妹妹，是个一岁半的小女孩，还有他的哥哥，5 岁的胡安。我在写完这本书后有些不知所措，因为我觉得书的质量没有达到要求。我把它交给贝尔赫斯编辑，他甚至这样对我说：‘我不知道书里的描写真不真实，因为我的孩子太多了（他有 8 个孩子），不过这部小说没能让我提起兴趣’。贝尔赫斯的话无疑给了我当头一棒。于是我就把手稿保存起来了。”10 年之后，他在纸堆里找到了那部手稿，又重新读了读它。他比写它的时候更喜欢它了。他让自己的女婿路易斯也读了读，路易斯鼓励他出版那部小说。小说上架后 15 天即告售罄，取得了不俗的成绩。出版 4 年之后，也就是 1977 年，那部小说被改编成了电影，导演是安东尼奥·梅尔塞罗（Antonio Mercero），电影的名字是“爸爸的战争”（*La guerra de papá*），影片同样取得了不错的票房成绩。

一个同时兼任数份工作的人是如何安排自己的时间的？别忘了他还有 7 个孩子，每天还要花数小时在孩子身上，他怎么能有时间写小说呢？除了专注力和写作能力之外，另一个关键就是他的妻子。1970 年，当塞萨尔·阿隆索·德洛斯里奥斯问他安赫莱斯是否对他的文学生涯有什么帮助的时候，米格尔坦承他亏欠她许多，原因有数个：“首先，她帮助我远离所有那些让当父母的疲于奔命的问题：填写文件、开证明、挑学校、赚钱……多亏有了她，我才在每天上完课、做完报社工作后还能有两三个小时来搞文学创作。此外，安赫莱斯还是我的第一读者。最开始时，我一边写，她一边读，现在则是等我全写完她再读。有时她的意见很让我恼火，不过往往很快就不得不承认道理在她那边。她很聪明，很感性。……尽管受邀到国外发言的人是我，可是她的语言水平很好，这也帮了大忙。”安赫莱斯去世时只有 50 岁，那是德利维斯生命中最艰难的时刻。孤独和思念深深折磨着他，他在三年的时间里连一行文字也没写。米格尔曾多次表示妻子的离去使他一下子从青年状态跌入了老年状态，创作热情让步于对人生的怀疑。德利维斯的创作想象力也随着妻子一起离去了。据他本人所言，他再也没能寻回那种想象力。在经过多年的思考后，他在 1991 年出版了《灰色背景前的红衣女士》(*Señora de rojo sobre fondo gris*)，一部献给安赫莱斯的小说。在小说出版后不久他说道：“这本书让我受了很多罪。面对它本身就很折磨我。核心人物以我的妻子为原型；这本书是对她的致敬。这笔账我欠了一辈子。她的离去让我无比痛苦，可我也学到了许多东西，我不想到我死去时依然没为她写下什么。我花了很长时间写这本书。我终于用这本书了却了一桩心事：去描写她。这本小说里唯一严格与现实相符的就是我的妻子在 1974 年患病并辞世的过程，她得了脑瘤。这本书里有许多情节与现实相关。不过这并不意味着主人公安娜的所有经历都是我的妻子曾经经历过的。”

## 友谊的公式

德利维斯认为一部小说应该具有三个不可或缺的因素：人物、环境和激情。只要能挖掘人类内心的情感，那么一部小说就或多或少具有了一些价值，因为除了有趣之外，好小说还应该以某种方式让接近它的读者感到不安。要想写出高质量的小说，第一步是要找到有趣的事情来讲述，也就是说，一个生自作者内心的故事，它应当随着时间的推移慢慢成熟，然后自然降生，而非经过太多的人为雕琢。德利维斯承认他在面对一页白纸时没有任何感觉，因为他只有在想要讲述时才会拿出纸来，用他的话说就是“怀上了某个故事”。“对我来说，随时随地写作是不可能的，”他说道，“我需要有某种精神状态，我的头脑必须清澈无物，不能让某种担忧侵扰我，也不能受到某种巨大的满足感的影响。因此我需要的就是平静的心态。一方面我要具有这种心态，另一方面我想要写的主题也得构思成熟。我不能先写上几页，边写边召唤主题，应该由主题来召唤我。不是我来选择小说，是小说来选择我。某一天你可能会看到一个小偷，你跟着他，然后跟他交谈，再然后你会想到他的生活窘境……那时你就受孕了，那个小偷让你怀孕了。《鼠》就是这样来的。与其说创作来自作家的意愿，倒不如说来自偶然。”

一旦作家构思好了想要讲述的故事，他就得为那个故事找到合适的结构，也就是说，要找到处理主题的方式，让作者能舒服地把他想讲的东西讲出来。对德利维斯来说，这是最费时费劲、让他厌烦的一项工作。有时在开始创作一部小说后他会发现自己出了错，但又无法确切想通问题究竟出在什么地方；还有时他清楚问题在哪，却感到无力将之根除。他曾这样对塞萨尔·阿隆索·德洛斯里奥斯讲述《和马里奥一起的五小时》（*Cinco horas con Mario*，1966）的创作过程：“写这本书时我得出一个结论：卡门的思维更加清晰，如果由她来做叙事者的话，效果会更好。考虑到这个角色如此平庸，由她对马里奥发出系统的抨击反倒衬托出了后者的不凡……正是借助这个设计，她的那些清晰的控诉显得更有力量了，不过它永远被限制在了她自身的渺小之中。此外，独白的写法还给了我写前言和后记的空间，我能借助它们向读者讲述更多的东西。尤其是在后记中，由于二人的儿子的出现，整部小说阴郁的内容显得柔和了起来。”德利维斯得出上述结论的过程并不轻松，他需要重走已经走过的路，重写已经写过的东西。他继续说道：“但是我当时是用另一种结构来写那本小说的，从外部的第三人称视角来讲述那个故事，而且马里奥和门楚都还活着。这条路走着走着我就觉得不对劲儿，描写太夸张了，于是故事也就变得不可信了……也就是说，我，德利维斯，在马里奥身上倾注了太多笔墨，让他的个性过于突出了，人为修饰的痕迹十分严重。我的写作意图暴露无遗。我就这样写了 200 页……至少我的例子是这样，这些开头写得不好的小说，或者说没有找到适当形式的小说，就像是挂了三挡起步的汽车，走走停停，突然就开不动了。当出现这种感觉的时候你就知道出问题了。可怕的是，就像我前面说过的那样，你没办法如此彻底地进行自我修正，不可能在发现问题的同时就立刻找到解决问题的方法，因为，就文学而言，我们写出来的所有小说都可能有更好的写法。《和马里奥一起的五小时》就是这样，我不得不停下笔来，去想解决问题的方法。就这样，在做了许多尝试之后，我选择了独白这一技巧，同时把已经写好的部分全都撕掉。”这种巨大的改变同时也受到了审查制度的影响。他必须“杀死”马里奥，才能让他的遗孀在他仍然温热的尸体面前完全自由地把他的故事讲述出来。

一旦小说家找到了合适的形式，重中之重就变成了捕捉叙事语气，找到与故事相匹配的风格。在选定叙事语气后，一切就会变得更加顺畅，这时德利维斯所谓的“创作的温度”，也就是灵感，就不会再轻易丧失了。故事已经构思成熟，形式和语气也选择完毕，米格尔面前就只剩下最后一个挑战了：使用尽可能少的文字来讲故事，把所有能删除的词语都删掉。英国文论家、小说家 E.M. 福斯特曾经说过，大部头小说往往更易被高估，因为读者想要说服自己和别人阅读那本书不是在浪费时间。也许德利维斯在这一点上与福斯特看法一致，因为他从来就不喜欢写大部头小说，或者所谓的***砖块小说***，而且简约的语言一直就是他的文字特点。在他看来，只要找到了叙事语气，难点就不在于把小说写长，而在于把多余的词语剔除掉。

另一个决定虚构文学作品质量的要素是故事中的人物，那些被作家想象出的朋友们一旦被创造出来，就会陪伴他一生，如果成为文学经典的话，他们甚至会比作家本人的寿命更长。“我是个糟糕的评论家，”德利维斯解释道，“在评价一本书的时候我只会说那本书是好是坏，我喜欢还是不喜欢。我很少会去分析那么讲的原因。好吧，对我来说，在小说中隐藏着一条亘古不变的评价依据：如果在阅读过一部小说几年之后，书中的人物在我心中依然鲜活，识别度依然很高的话，那就是部好小说。相反，如果那些人物模糊了，和其他小说中的其他人物混到了一起，最后失去了个性，那就是部坏小说。”按照这个秘方来评判的话，我们会如何评价德利维斯的小说呢？只要想想下面这些人物就行了：“小鸮”丹尼尔、“猎人”洛伦索、“老头子”埃洛伊、尼尼、卡约先生、马里奥和卡门、“阿撒兹勒”、帕西菲科·佩雷斯或“大胡子”，这些文学人物已经成为我们精神文化财产的一部分，他们和打开他们居住的书页的读者们一样有血有肉。那些人物中有一些直接取材于现实生活，都是在卡斯蒂利亚乡村生活的农民，米格尔能够接触到他们还得感谢他的另一个爱好：打猎。米格尔在成为作家前就成了猎人，那项爱好给他提供了接触卡斯蒂利亚乡间景色和居民的机会，如果没有这个前提的话，他很可能无法写出他的大部分作品。举个例子，《卡约先生有争议的选票》（*El disputado voto del señor Cayo*，1978）的主人公是科尔蒂格拉镇仅剩的两位居民之一，而且这两人还互相看不上眼，连话也不说。德利维斯给那个角色身上增添了“古卡斯蒂利亚几乎所有老人都具有的古老智慧”。一个优秀的小说家——据这位巴拉多利德作家所言——既应该受到观察力和想象力的滋养，也应该善于利用自己的经历。因此他承认他的作品有很多自传色彩，尽管不像有些读者认为的程度那么深，例如有读者就认为《和马里奥一起的五小时》中就有米格尔及其妻子的影子。“我自然对那种说法嗤之以鼻，”米格尔在提及安赫莱斯时说道，“因为如果世界上有哪个女人和门楚截然相反的话，那肯定就是我妻子。”

在他的早期小说里，德利维斯虚构人物，用自己的亲身经历将他们填满。可是从60年代末开始，他更倾向于寻找真实的人，再用虚构填充到他们体内。《红叶》（*La hoja roja*，1959）属于前者，这部小说的主人公堂埃洛伊已经退休，他一直在等待着红叶出现在他的卷烟纸内的时刻，那意味着那个不可避免的结局的到来：死亡。堂埃洛伊是个虚构人物，但是他的人生经历和思维活动受到米格尔之父的多位退休朋友的启发。与童年米格尔的预感相反，他的父亲去世时已是81岁高龄了。

米格尔的大多数想象出的朋友们都有两个共同点：都是失败者，都是卡斯蒂利亚人[1]。从《柏树的影子伸长了》的主人公佩

---

〔1〕广义的卡斯蒂利亚人指占西班牙全国人口总数73%、主要讲卡斯蒂利亚语（即西班牙语）的西班牙人，此处指狭义的卡斯蒂利亚人，即生活在卡斯蒂利亚—拉曼查自治区的西班牙人。

德罗到《异端》里的西普里亚诺·萨尔塞多都是如此[1]。卡斯蒂利亚不仅是其笔下人物生活于其中的一个地理概念，在某种程度上也算得上是他所有小说的主要角色。在德利维斯看来，卡斯蒂利亚就和生活在那片土地上的人一样，也是失败者，是个边缘化的地区。米格尔曾在不同场合表示他更希望以卡斯蒂利亚文学记录员的身份被人记住，那是他的土地。他对《阅读》（*Leer*）杂志的拉蒙·加西亚·多明戈斯这样说道："我会说我是从卡斯蒂利亚的立场上，或者说从我的土地的灵魂最深处进行写作的，我没有停留在'文学的'表面，如果可以这样讲的话。或者换种表述方式：我并没有在谈论卡斯蒂利亚，我只是赋予了卡斯蒂利亚声音。我让它的人民、景色、缺陷、问题发出声来。对我来说，这是我从小就和乡村打交道的必然结果，小时候父亲就带我去打猎了。我在那里和不同的人交往交谈，那种密切接触是我能够找到卡斯蒂利亚的声音的关键所在。"

在德利维斯的作品中，大自然也是毫无争议的主要角色之一。他写过十余篇关于狩猎的散文和日记，甚至还有本书与垂钓有关：《我的河鳟朋友们》（*Mis amigas las truchas*, 1977）。除了个人需求之外，大自然还是德利维斯进行文学创作的灵感源泉。"对我来说，"米格尔这样说道，"在写作时，大自然是让我尊崇又恐惧的事物，它带给我激情，也带给我不安。我不是泛神论者，也不是那种整日陷入神游的人，我也许更像是个苦行僧，每当我呼吸到纯净的空气时，我总能从中吸收到文学的灵感。我在作品里也试图反映大自然和乡村生活。我想在农村和生活在农村的人身上找到人类最本质的东西。"和所有伟大作家一样，德利

[1] 分别是作家的第一部和最后一部长篇小说。

维斯借以反映普遍性的乡村主义风格也经过了美学层面的打磨。“开阔的地界总是很吸引我，”他继续说道，“先是孩童时期，再到青年时期，再到成年，大自然一直滋养着我。我需要住在小城市里，这样我只要一刻钟时间就能到乡村去。我在乡间从来不会感到无聊。我认为大自然对我有治愈性的恩赐。我总是把大自然看作我们这个时代里人类为数不多的可以依靠的事物。”从某种意义上来看，德利维斯是当今社会盛行的生态保护思想的先驱。1950年，当他出版《路》时，有位评论家给他贴上了反动派的标签，因为小说的主人公“小鸮”丹尼尔不愿意抛下他的村庄去忍受大城市的生活。40年过去了，西班牙文化部在一次公共活动中因同一本书把德利维斯形容为西班牙第一位生态保护主义者。近40年，社会对待自然的态度发生了很多转变。

对乡村的爱、狩猎经历以及与农民一次又一次的长谈，这些都帮助德利维斯在作品中熟练地运用丰富而准确的词汇。“在我写卡斯蒂利亚的长篇及短篇小说里，”他表示道，“我唯一想做的事情就是了解事物的名称，然后用这些名字来称呼它们。那些指责我在作品里过分运用文学技巧的人搞错了，他们那么说是因为他们没怎么去过乡村。阅读加里格斯的教材让我生出了对精确的向往，这种向往在我和卡斯蒂利亚居民的交往过程中越发强烈了。他们定义问题的方式，他们生活的地理环境，都是很罕见的、很不寻常的。那种乡村语言——与大众流行用语不同——依然在吸引着我。”

## 朋友即财富

和其他许多作家一样，德利维斯也是通过报业走入文学世界的。那个于 1940 年开始和《卡斯蒂利亚北部》合作的年轻的讽刺漫画家慢慢成长，最终在 18 年后成为同一家报社的主编。他签下了一批年轻记者，他们中有许多人随着时间的推移成了全国知名的人物，如马丁·德斯卡尔索、何塞·希门内斯·洛萨诺、弗朗西斯科·翁布拉尔、马努·莱吉内切，还有我们已经提到过的安东尼奥·科拉尔·卡斯塔内多、塞萨尔·阿隆索·德罗斯·里奥斯。在他的领导下出现了后来被称为“卡斯蒂利亚北部派”的知识分子群体。在报社的工作经历给德利维斯上了两堂重要的课。第一课，需要用尽可能少的文字表达思想、描述事件。我们已经提到过德利维斯认为“干净”是文学最重要的内涵之一，他坚信好作家应当学会如何删除多余的文字，因为拐弯抹角的表述或形容词的堆砌无法更好地表达情感，也不能增加文本的紧度。至于第二课，报刊媒体教会他要从更人性化的角度接近一则新闻消息；这一点使他在面对审查制度时多了许多麻烦，因为他不断地描述卡斯蒂利亚乡村的边缘化困境。1963 年，在与时任信息与旅游部部长曼努埃尔·弗拉加产生多次冲突后，他辞去了报社主编一职。最后一场冲突的起因是德利维斯给报纸增添了一个版块，名为“废墟中的卡斯蒂利亚”。

不过，那些由于审查制度的存在而不能在报刊上说出来的话，德利维斯都会用小说把它们表达出来。通过虚构文学作品，他向那些想象出的朋友们求助，请他们把他想说但又没办法说的话都说出来。《鼠》和《旧卡斯蒂利亚的旧故事》（*Viejas historias de Castilla la Vieja*，1964）就是从作为记者的德利维斯的沉默中爆发出来的。在那两本小说中，作者毫不拐弯抹角地把美学技巧和激烈控诉结合到了一起。《鼠》所描绘的场景比德利维斯在报纸上发表的文章内容更加直接、残酷。不过小说也无法彻底摆脱审查制度的纠缠，也许针对小说的审查不是那么严格，所以逾越它们就更容易一些。德利维斯在 1992 年这样解释道：“忍受审查是一种‘智力运动’，但是你不可能每次都找到在不损害本意的情况下把原本的想法表达出来的合适方式。也许真正被禁的小说数量并不多，但是审查制度毁了许多小说。”

在佛朗哥独裁统治期间，嘲弄审查制度成了德利维斯常态化的工作之一，但这项工作也让他受了不少罪。他只能被迫生活在他笔下的人物中间。“当作家沉浸在笔下的故事情节中的时候，”他对安东尼奥·科拉尔解释道，“他就没办法过自己的生活了。也就是说，哪怕是在休息的时候，他也还是在想着某个章节的内容，或是在解决小说的结局问题。我认为所有小说家都有过这种经历。写作让你脱离现实生活，我猜想我在写作的时候尽管受罪，但却不是因我本人的问题而受罪，而是因为小说里还没写出来的东西而受罪。这样看来你过的根本就不是自己的生活，而是笔下人物的。”德利维斯还说自己在写作时很少会感到幸福，只有在写与狩猎相关的内容时才会有那种感觉，“对我来说，描写狩猎就好像把我从文学创作活动的条条框框里解放了出来。如果说打猎让我感到自由的话，那么描写狩猎能够忠实地再现那种感觉，我会再次感受到自由。我在写这两本书时是很幸福的：《猎人日记》和《我的户外生活》(*Mi vida al aire libre*)”。既然写作通常会给他带来痛苦的折磨，也并没有某事物或某人强迫他去写作，那么科拉尔不可避免地在那次访谈中提出了下面这个问题：您为何要写作呢？“会有那么一个时刻，”德利维斯回答道，“你感觉自己是在为别人写作，你需要和其他人进行交流。但最开始时不是这样。最开始的时候，你是带着吞掉全世界的想法写作的，你想要做件重要的事情，想要取得荣誉，诸如此类。我需要写作，但是我写作时并不感觉幸福，除了极个别的日子是例外。幸福，如果我们能够使用这个概念的话，在最后一次动笔之前，在全书最终成稿之前，在你头脑中的那团混乱糨糊成型之前，幸福是不会出现的，但是你可以慢慢接近这个你梦想中的东西。因此，当你写到最后的时候，那几个小时的时间里你确实能感受到某种幸福。但在那之前不行。当然了，也不是每次都如此。”

在来信中，米格尔还对我们说，从他开始写作起，尽管缺乏经验，也没接受过什么训练，但他始终抱有和别人交流的意愿，始终想从美学的层面表达自己的想法，在达到那一目标后——尽管作为作家的他从来就不是那么自信，但他从未想过放弃回到那些用笔尖写下一个又一个文字的奇妙时刻。

## 参考书目


Alonso De Los Ríos, César. *Conversaciones con Miguel Delibes*. Destino, Barcelona, 1993.

Corral Castanedo, Antonio. *Retrato de Miguel Delibes*. Galaxia Gutenberg y Círculo de Lectores, Barcelona, 1995.

Delibes, Miguel. *Un año de mi vida*. Destino, Barcelona, 1972.

Delibes, Miguel. *Pegar la hebra*. Destino, Barcelona, 1990.

García Domínguez, Ramón. *Delibes: un hombre, un paisaje, una pasión*. Destino, Barcelona, 1985.

Umbral, Francisco. *Miguel Delibes*. Epesa, Madrid, 1970.

# 豪尔赫·爱德华兹

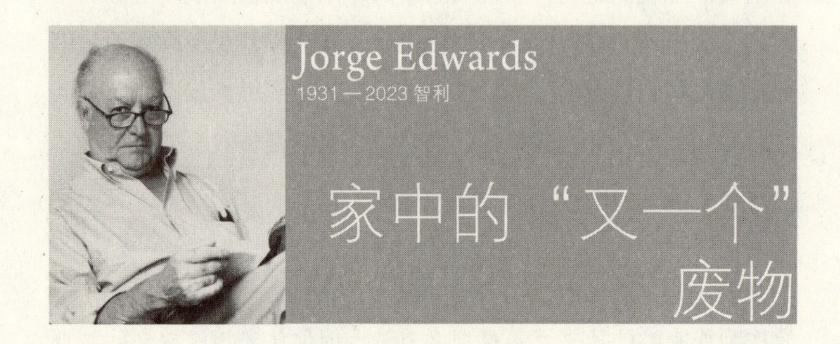


**主要作品**

《夜晚的重量》（*El peso de la noche*，1965）

《历史之梦》（*El sueño de la Historia*，2000）

《家族中的废物》（*El inútil de la familia*，2004）

《陀思妥耶夫斯基的房子》（*La casa de Dostoievsky*，2008）

《蒙田之死》（*La muerte de Montaigne*，2011）

《发现绘画》（*El descubrimiento de la pintura*，2013）

◎ 对于爱德华兹来说，虚构文学就是作者和他的人生经历、他读过或听过的故事之间的一场游戏。

◎ 有时候感觉很糟，他连两三行文字都写不出来；有时则文思泉涌。重要的是绝对不能半途而废，你需要和作品达成协议，无论愿意与否，开弓没有回头箭，不写完全书就不能松劲儿。因此，灵感只意味着良好的开端，灵感可以让你生出或补全某个想法，可有了灵感之后还需要持之以恒地写作，后者依赖于投入其中的时间。

* * *

我们立刻就发觉了：是爱德华兹！

那个11月15日天气炎热。早上，迈阿密沙滩上挤满了来追寻阳光的欧洲游客。从艾丽莎位于15层的公寓的平台上向北、向南望去，乌压压的人头怕是只有参加恒河祭的印度人才能与之相比。下午，我们决定出去逛逛书市。那是在市中心的一条街道上，当时天已经黑了，我们老远就望见了他。他穿着夏装，没打领带，依然优雅，同时也显得很无拘无束。他胳膊下夹着个文件夹，里面装着不久后要在迈阿密戴德大学做讲座用的稿子。他们喊了他：

"堂豪尔赫·爱德华兹？"

他很诧异会有人在非西语国家的街上认出他来。不过，说实话，迈阿密的拉丁化程度和巴塞罗那差不多，区别就是，在迈阿密讲西班牙语的人数要比巴塞罗那的更多。在我们一起进的第一间酒吧里贴着张告示，上面清楚地写着："此处可讲英语"。

"我想喝杯咖啡，"我们做过介绍后，他这样对我们说道，"我在附近转了一圈，但没找到开门的咖啡厅。在这个国家，一过下午五点，城市就都死了。"

我们找了半个小时，还是一无所获，最后找到一家麦当劳，但里面不卖咖啡，只有可乐：免费的可乐。于是我们又一起朝大学走去，我们在一栋楼房的一层大厅的咖啡机上买到了黑咖啡。罗贝托·安布埃罗[1]和亚历杭德罗·里奥斯[2]出现了，讲座时间

---

〔1〕罗贝托·安布埃罗（Roberto Ampuero，生于1953年），智利作家。

〔2〕亚历杭德罗·里奥斯（Alejandro Ríos，生于1952年），古巴记者、艺术和电影评论家。

要到了。在离别之前我们互换了地址、电话和电子邮箱，并且约定数月之后做一次访谈，地点是穆尔西亚。这位智利文坛的“老年公子哥儿”、国家文学奖得主（1994）、智利语言学院院士、西班牙皇家语言学院通讯院士、塞万提斯文学奖得主（1999）——他是第一位获得西班牙语文学界“诺贝尔奖”的智利作家、被智利教育部授予加夫列拉·米斯特拉尔勋章（2000）的人、普拉内塔—美洲之家文学奖得主（2008）、贡萨雷斯·鲁阿诺新闻奖得主（2011），几十年来为了自己唯一的志向做出的奋斗终于获得了回报。他始终都想成为“讲故事的人”。他乘风破浪，无论是家庭阻碍、政治压力还是四处流亡的命运，都没能阻止他实现自己在年纪轻轻之时就确立的理想，那时的他默默无闻，但非常幸福。

## 从诗歌到小说

在豪尔赫的例子里，“乘风破浪”也与他最初接受的文学训练相关。在圣地亚哥古老的耶稣会学校里，老师们想强迫他培养出对18世纪和19世纪西班牙语的兴趣，他必须背诵金塔纳（Quintana）、加夫列尔·伊加兰（Gabriel y Galán）等人的诗句，这使得他对诗歌乃至文学心生厌恶。唯一吸引他的是一个很有个性的老师堂爱德华多·索拉尔·科雷亚，他显得那么不合时宜，像是从维多利亚时期的小说里走出来的人物：他是个穿大笨鞋、打蝴蝶结的绅士，留大胡子，还拄着根拐杖。他对美学有深入的理解，并写了本文学技巧方面的教材，在教材里针对每种修辞都列出了大量实例，例如在解释“矛盾”时用了“我死了，因为我还活着”，在解释“渐进”时用了“追赶，奔跑，飞翔，越过高山，占领平原”，在解释克维多式的夸张时用了“他是个长在大鼻子上的人”的名句，诸如此类。但最有意思的还是所有天真又敏感的老师都会经历的事情：在无意间发现他们是如此脆弱时，孩子们会变得残忍起来。实际上，小豪尔赫和他的同学们就曾以不同的方式折磨这位老师，例如向他扔面包屑、粉笔头、纸球，对他开很过分的玩笑。

对诗歌的喜好就是这样出现的，爱德华兹突然在重复那本教材中的例子时，尤其是那些为了解释叠韵而罗列的例子时，发现了诗歌迷人的音乐性（“在寂静中只能听到 / 蜜蜂的低鸣”“轻盈小扇的狡猾小翼”“狂吼，暴风雨轰鸣而出”），在阅读过贡戈拉、洛佩·德维加、克维多、鲁文·达里奥的诗歌后，年仅十一二岁的他开始偷偷写诗，这连他自己都吓了一跳。那是种模仿性的诗歌，是他刚刚读完的书本留下的回声。他只跟最亲密的朋友分享过那些诗歌，他们都惊讶于他的早熟，他们能表达的都只是赞美之词，因此小豪尔赫感到无比满足。然而，家庭环境并不适合他发展文学才能。从爱德华兹家族走出了不少律师、法律专家、媒体企业家，但只有两个家庭成员有艺术天赋。“我们家出过一位作家，”在 2000 年 4 月 6 日于毕尔巴鄂进行的一场关于《小说建筑学》（*La arquitectura de la novela*）的讲座中，这位智利作家讲道，“可是他走了，他完全脱离了这个家族，后来在欧洲生活了很久，他是个无可救药的浪子，娱乐毁了他。这个一身恶习的男人后来回到了智利，住在圣地亚哥一个相当底层的区域里，后来他就靠写小说和文论谋生。此外，还有我祖父的一个姐妹，她疯狂地喜爱阅读，她就像个密探那样到各个亲戚家串门，谈论文学，也谈论一些不合时宜的事情。这位叫艾丽莎的姑奶奶经常把我带到某个角落里，向我展示华金·爱德华兹·贝略（Joaquín

Edwards Bello）作品的封面。这位华金·爱德华兹就是我父亲的堂兄。她一边向我展示，一边对我说：‘你瞧瞧，咱们家里就有个作家。’这件事表明她晓得我当时正在读书或写作。现在是时候讲讲‘作家’在那个时代、那个世界中意味着什么了。我祖父家的人在谈到祖父的亲侄子华金时从来不叫他‘华金’，总是叫他‘废物华金’，而他写的第一本小说的书名也刚好是‘废物’。换句话说，他接受了别人给他下的定义。在明白了这种形势后，我也把这种定义放在了自己身上，而我的父亲后来也原谅了我，只不过那是很久之后的事了。实际上他原谅我只是短短几年之前的事情，在他去世之前不久，那时的他认为我至少已经摆脱完全废物的状态了。这可就说来话长了，而且是异常艰难的一段长话。”2001年7月，在出版自己的首部小说36年后，豪尔赫还记得文学生涯开始时的点点滴滴，他向我们解释了自己是如何在家庭压力下坚持走上文学道路的：“那时所有当父亲的人都会有那种反应，因为支持孩子写作的父亲只占极少数。也许如果我有个想当作家的孩子的话，我也会对他说同样的话，因为写作不仅是种职业，也是种理想，是种召唤，是件需要带着快乐的情绪去做的事情，但同时它也意味着一种责任，一种命运。就像有人注定要写作一样，真正的作家的生活在某种程度上也注定是边缘化的。”

在短暂的校园地下诗人阶段，豪尔赫常常把朋友们从足球场上拉走，听他读他写的聂鲁达式或洛尔卡式的诗歌。但是他感觉不满足，在他的内心深处生出了对某些故事的喜好，那些故事激发了他的好奇心和想象力。此外，他觉得那些故事和诗歌比起来似乎更有氛围感，更有诗意。借助那种发现，那个想象力充沛的年轻人打磨了他文学志向的根基，锤炼了属于他自己的写作思想：把诗意这一要素引入了叙事性文字中，无论是小说还是纪实类作品；同时把历史提升到具有普世性的、几乎算得上是独一无二的文学素材的地位上去。

## “废物”的记忆：历史与故事

在父母家和祖父母家之间的街道上、广场上、圣地亚哥市中心的公园里，存在着一个丰富多彩的世界，到处都发生过历史逸事，哪怕是一个普通人也能不断讲述发生在当下或过去的故事。人们从乡间来到这里，从农村世界、贫苦地区来到这里，做他们需要做的事情。爱德华兹特别回忆起那些每到初冬就会出现的妇人，她们在大罐子里做榅桲糖，再把糖浆装进模具里做成大象、金字塔、房子等形状。那些人讲述着各种各样有趣的事情，都是和他们本人的生活或和他们的父辈或祖父辈的生活相关的事情。那些小故事慢慢汇聚成一个牢固的整体，与智利历史融合到了一起，描绘出从19世纪中叶到20世纪40年代的智利社会图景。爱德华兹开始在听来的故事的基础上搞些小创作了，不过有时他也写发生在身边的事情，或发生在家人身上的事情。他利用闲暇时间——这种时间并不少——快速把它们讲述出来，这样一来就好像它们被储存到了记忆宝库中一样。《庭院》是他写的第一本书，似乎他的第一本书就该叫这个名字。

书出版后不久，他鼓足勇气给他崇拜的每一位作家都寄去了一本。为了让聂鲁达收到书，他查询电话黄页，意外发现了诗人的完整住址：阿尔米兰特·林奇街。几个月后，在他已经不再幻想那位伟大的诗人会对他写的东西表现出兴趣的时候，家里的一位记者朋友对他说，“聂鲁达想见见你”，然后就把他带到了位于洛斯金多斯区的一栋房子里。在那里，在一群知名作家和有影响力的政治人物正在进行的会议中途，聂鲁达向大家介绍了这个青年：“我向大家介绍一下智利最年轻、最瘦削的作家。”聂鲁达的作品并未对爱德华兹的小说创作产生过直接影响，但是间接影响肯定是有的，尤其是在小说里那些优美的景物描写中。对我们的这位塞万提斯文学奖得主来说，故事都是有节奏的，你需要发现它们、描绘它们。并不是说用一种或可见或隐形的结构把故事情节串联在一起就算是写成小说了。此外，每个故事的节奏都不相同，作者应当在词与词、句与句、段与段的连接过程中找到与每个故事、人物和情节相适宜的节奏。这就意味着写作靠的并不只是文字，不只是赋予思想具体的形状，还要考虑到音律和节拍，那是种更深层次的感觉。爱德华兹说道，有时文本会达到这样一种状态：哪怕你只是改动一个形容词，整个情节、章节，甚至整本书都会垮掉。

不过，小说的核心驱动力并不是节奏，而是记忆。对于爱德华兹来说，虚构文学就是作者和他的人生经历、他读过或听过的故事之间的一场游戏。每个故事都欠历史一笔还不清的账，而虚构文学只不过是对既有素材的私人加工，有时创作灵感可能来自某本翻阅过的书籍，或是记下的笔记，或是头脑中储存起来的记忆。在穆尔西亚的阿尔科·德圣胡安酒店，爱德华兹拿着杯威士忌，满怀真诚，但语气又不乏俏皮地说道：“因此，等到我的记忆开始不起作用时，我就不知道该做什么了。”他将自己定义为“记忆小说家”，他还认为拉丁美洲作家对过往的磨难有种特殊的敏感度，也许是因为他们需要不断重新定义自己、寻觅自己、探寻源头。“智利也好，拉美也好，在我们这些社会或国家里，过去的分量总是很重，有时作家甚至会尝试从时间的本源处，从根基处，从创世第一日开始描写，描写那种没有历史、乡村世界也还未出现的最纯粹的自然。但结果是我们这些国家被历史压得喘不过气来。我们的历史有时过于阴暗了，很难将它描绘出来。我本人就是个写历史、记忆、过去和时间的小说家。”

爱德华兹认为自己经常会受到历史的侵扰，不过他也从中寻觅创作素材。他对历史发展中的高潮和低谷深感兴趣，并对其反思，将之剪裁、回溯、中断，改变其方向。利用所有这些材料，从家庭或社会的视角出发，他才得以召唤出那个边缘化的世界，与既定的节奏和发展方向相对抗的世界。“从年轻时起，”他机敏地说道，“我就发现每个家庭里都会有只迷途的羔羊，要么是酒鬼，要么是赌徒，要么是骗子。我总是很喜欢观察秩序世界和无序世界的关系，观察那种关系的破裂，观察各种各样的批判声音，观察对秩序提出的质疑。我对这些东西很好奇。我认为历史并非仅仅按照某种既定秩序去发展，历史在发展过程中出现过许多断层。智利的历史就是这样，在现代时期还出现过巨大断层。独裁统治、罪行和暴力打破了民主秩序，而民主秩序一向被认为是当代历史的根基。”

从最早期的作品开始，爱德华兹的文字与历史之间的关系就显露无遗了。在他的第一本小说《夜晚的重量》（*El peso de la noche*，1965）里，华金是主要人物之一，他是一个上等阶层家庭中不合群的迷途羔羊。创造这个人物显然受到了他的那位“废物”伯伯的启发，此外，作者对组成历史的各要素突然“中断”的迷恋也显而易见。他最近的几本小说也是如此，《历史之梦》（*El sueño de la Historia*，2000）、《家族中的废物》（*El inútil de la familia*，2004）、《陀思妥耶夫斯基的房子》（*La casa de Dostoievsky*，2008）、《蒙田之死》（*La muerte de Montaigne*，

2011）和《发现绘画》（*El descubrimiento de la pintura*，2013），再加上他的纪实类作品《不受欢迎的人》（*Persona non grata*）、传记类作品《再见，诗人》（*Adiós*，*poeta*）和短故事 / 纪实小说《诗人们的威士忌》（*El whisky de los poetas*）。他笔下的所有文学体裁都以与历史密切相关的现实为根基，历史一向被他视作故事的根源，当然他也进行了把史实转向虚构的艺术加工。举个例子，在他的纪实小说《诗人们的威士忌》里，他就对 20 世纪最后 30 年的历史进行了私人化的解读，从 1968 年巴黎的那个神秘的五月和布拉格之春开始，到智利在 90 年代重归民主结束。这种私人视野把一篇篇历史逸事变成了纯粹的虚构故事。

## 从哈瓦那到语言学院

随着时间的推移，这个年轻的智利人踏入了外交领域。20 世纪 50 年代中叶，他已经历过自力更生带来的成功与失败。他和一个同学一起租下了一片土地，用于农业耕作。在最初三年里，那三公顷土地收成不错，后来他们加大了投资，却亏了本。亲戚的一位女性朋友，一位智利外交官的遗孀，建议他道，“你不适合当农民，你更应该当外交官”，然后就把他介绍给了一个熟人，帮他开启了新的旅程。爱德华兹在智利大学本科学习的是哲学、文学和法律专业，研究生阶段到普林斯顿大学学了国际政治专业。他精通英语和法语，这些都帮助他更好地融入了外交领域。他对这种工作并不感兴趣，不过它能帮他不断旅行，认识这个世界，了解生活在不同地区的人的情况，也让他有了读书和写作的时间。爱德华兹承认生活轨迹的变化与他的文学生涯密不可分，因为外交官生涯积累下来的经历成为他进行文学创作的宝贵素材。从1957年起，当时他只有24岁，他的外交生涯就开始了，他去了许多次巴黎，又去了哈瓦那。皮诺切特政府抹杀了他的一切外交贡献，在经过了漫长的流亡岁月后，他在90年代赴联合国教科文组织任职，当时他的领导是爱德华多·弗雷伊·鲁伊兹-塔格莱（Eduardo Frei Ruiz-Tagle）。他的最后一次外交任命是驻巴黎大使，任期至2014年结束。他在作为智利代表驻外国工作时，曾经历过很艰难的时刻，因为他要安排好工作和写作的时间。有时，工作劳心劳神，他会认为自己被骗了，“外交官能了解的不是不同的国家，而只是不同的机场”，他不无讽刺地这样说道。有时会有些政治人物或知识分子到访他所在的国家，他必须全程陪同。因此，在很多年里，爱德华兹只能晚上写作，只有那时外交活动才可能会暂停，他从没在白天写作过。

那份工作最好的地方毫无疑问就是提升了他对某些话题的敏感度：在外交部经济办公室，他了解到现代经济的变幻莫测；任东欧办公室主任时，他和俄罗斯、捷克、波兰、保加利亚等国大使关系密切，认识到政治问题要远比表面看上去的复杂得多。举个例子，在和捷克大使就苏联于60年代末的入侵事件进行过长谈之后，他最终接受了捷克人“需要”那场入侵的说法。可在不久之后，苏军坦克真的开进捷克时，他看到同一位捷克大使哭着与智利外交部长加夫列尔·巴尔德斯交谈。所有类似的经历锤炼了作家的政治敏感度，这并非毫无用处，它使得爱德华兹在面对对他的写作产生巨大影响的人类问题时能保持一定距离，同时保持批判性、反思性的态度。

要说他的外交官生涯中对他的文学事业影响最大的经历，那无疑是他在哈瓦那的任职经历，他以那段经历为基础创作出了给他带来最大名望的作品《不受欢迎的人》，该书的最终修订版于 2015 年在马德里的讲坛（Cátedra）出版社出版。在作为智利大使馆参赞于利马短暂任职后，1970 年，爱德华兹被阿连德总统派往古巴，希望他能帮助改善两国自 1963 年起中断的外交关系。他对于自己到达那个加勒比海天堂的描述充满了幽默感和魔幻现实主义色彩："那趟旅程真是要命，我从利马飞到圣地亚哥，再从圣地亚哥飞到墨西哥，然后又从墨西哥飞到哈瓦那，马不停蹄，一共飞了 27 个小时，我在那段时间里只睡了两个小时。到墨西哥时，古巴大使馆全员在早上 5 点迎接了我，他们是按身高列队的，有趣的是大使很高，而第三秘书则很矮。我乘坐一架苏联飞机飞到了哈瓦那，同一架飞机上还有两个斯堪的纳维亚半岛的大使。我想着他们肯定心态平和，因为瑞典或丹麦跟古巴间没有太多问题，我则不同，我是以智利和古巴复交的象征的身份坐在那架飞机上的。智利是南美洲第一个同古巴复交的国家，所以我觉得我可能得在机场发表演讲，或者在其他地方做类似的事。出于这个原因，我总会非常嫉妒地望向那两个斯堪的纳维亚外交官。他们很胖，脸上一直挂着笑容，面部泛红，不停地喝着戴吉利鸡尾酒，我有时也不得不出言提醒他们。最后，当我们在哈瓦那的机场降落后，他们为那两位斯堪的纳维亚外交官铺了红毯；而我呢，一个士兵给我指明了普通旅客通道的大门，那里排着大长队，没有任何人来接我，我只好掏出了护照和身份证明。在经过长时间的解释之后，终于有个外交人员来见我了，他把我带去了哈瓦那的一家酒店。在如此漫长的旅程结束后，我收拾东西准备休息一下，这时突然有人敲门。我打开门，三个古巴工人抬着个巨大的纸箱，他们对我说那是台电视机，还说领袖同志正在进行电视讲话，我必须收看那场讲话。于是他们把电视机装到了我的房间，而我则看着菲德尔·卡斯特罗大谈预期的蔗糖丰收未能如愿，那场演讲的内容很沉重。后来我正准备睡觉，电话响了，是刚才接我的那个外交官，他对我说：'我要带你去饭店吃饭。'我回答道：'伙计，我在飞机上吃过饭了。'但他坚持要带我吃饭，我只好从命下楼。他在一辆大众甲壳虫车上等我，然后以一种疯狂的速度驾驶汽车；我当时觉得我俩肯定完蛋了，只要在哈瓦那街头再出现一辆别的车——因为当时街上根本看不到别的车——我俩就死定了。我们还多次穿越士兵的封锁，每次他都会掏出仿佛带有魔法的证件，证件一亮，封锁即开，然后突然之间我就来到了一个非常巨大的剧院跟前。幕布是拉上的，在幕布后方，菲德尔·卡斯特罗的演讲仍在继续。后来他从幕布后走出来，说要给我介绍些人认识，等等。我心想：'我就快能睡觉了'，但是在散场时他们又对我说：'《格拉玛报》要对你做一场访谈。'我恳求道：'可是现在已经凌晨三点十分了，咱们明天再做访谈怎么样？''不，不，不，'他们对我说道，'现在就得做。'他们把我带去了那家报社，办公室很漂亮，里面放着张质量很好的桌子，似乎是用桃花心木做的。十个记者围坐在桌边，记者们都微笑着盯着我，他们问了我关于旅程、飞机、酒店的问题，我暗想：'访谈到底什么时候开始啊？'就在那时，门开了，菲德尔·卡斯特罗走了进来，坐在了我旁边。所以实际上并没有什么访谈，我是要和总司令会面啊。"

在古巴履行了三个半月（从1970年12月到1971年3月）的外交职责后，爱德华兹被逐出了那个加勒比岛国，理由是和作家举行集会，那些作家中有些人被古巴政府视为异见分子。在那种背景下，再加上曾和菲德尔·卡斯特罗及古巴政府中的其他一些官员有过几次不愉快的谈话经历，他觉得需要把自己在那短短的一段时间里的紧凑经历写下来，时间虽短，但古巴之行甚至可能会影响到他的外交官生涯。“如果我不写的话，”他说道，“我就没办法继续去写其他的东西。我需要把那段经历写下来，因为那对我而言意味着某种解脱，也标志着我能从青年作家的局限中脱离出去。青年作家总是需要发现某种蕴含真理的时刻，那种时刻会帮助他们摆脱已有的、受限的思维方式。”

为了取得预想的文学效果，他不能把那些经历写成纯粹的虚构文学，也不能假想出某座海岛来，让那里的总司令叫曼努埃尔·佩雷而不是菲德尔·卡斯特罗。另外，由于每个故事都需要找到恰当的叙事声音，这样文字才能鲜活起来，于是他选择了以第一人称为视角，这更契合纪实文学的风格，叙事时间也采用了传统时间，没有剪裁，也没有*闪回*。“纪实效果绝对不能丢，”他这样表示，“我本人也是回忆录、自传等书籍的读者，例如我很喜欢司汤达的文学自传《日记》，也很喜欢卢梭的《忏悔录》。我在青年时期是一位伟大的‘忏悔式’作家的忠实读者，他就是乌纳穆诺。那些阅读，再加上我面前摆着的是一份珍贵的经历，这些都指引我去写那本非虚构作品《不受欢迎的人》。”一开始他觉得任期时间很短，只随身带着个小笔记本，把经历的事情都记录了下来。可后来任期延长了，因为第一位大使推迟了前往古巴的时间，那时他的那个小笔记本上已经记满了对话、闲聊、逸事等内容，当然都是以关键词、象征物、符号等形式记录下来的，为的是加大某些“当权”读者的解读难度，也让自己的写作思路更加清晰。不过，还是有人发现了那个小笔记本，阅读了里面的内容，这种事从革命胜利之初就很常见，这也加速了他被驱逐的命运。抵达巴黎后，那些记忆越发清晰了，他感觉自己需要把那几个月的经历写下来。除了那个小笔记本之外——解读里面的内容对他本人而言也困难重重，因为他经常会忘记那些符号的意思，他还依赖头脑中某些依然鲜活的记忆去写作，那是他所有创作的真正驱动力。他刚到巴黎没多久就把第一章写完了，他每天都写好几个小时，写在带着巨大插画的笔记本上。写作占用了他许多做外交工作的时间。当时巴勃罗·聂鲁达是他的同僚，且在同年获得诺贝尔文学奖，两人的友谊自几十年前在洛斯金多斯的房子里初次会面之后就越来越牢固了。他在很短的时间里就把书写完了。最开始那本书被视作一种冒犯，可是随着时间的推移，无论是当作历史文献来看还是当作文学作品来看，它的价值都在逐渐显现。

但是爱德华兹那基于记忆和历史与文学的复杂关系的文学创作的顶峰之作是最近一个时期才出现的，我指的是《历史之梦》。这部小说的出版时间与爱德华兹获塞万提斯文学奖的时间基本吻合，它的基因和发展轨迹清晰地表现出了爱德华兹写作体系的许多基本要素。一切都始于 20 世纪 70 年代末，爱德华兹于 1978 年回到智利。尽管他曾是阿连德政府的官员，而且还有过流亡经历，但他认为那时已经有足够多的保障允许他自由独立地生活在自己的祖国了。1979 年，他多年未曾见面的朋友卡洛斯·鲁伊兹·塔格莱打来电话，对他说智利语言学院希望他这位“不受欢迎的废物”[1]加入学院。爱德华兹向卡洛斯表达了自己的疑惑，因为当时的学院是“皮诺切特的学院”。鲁伊兹·塔格莱回答道：“你错了，智利语言学院是现在唯一可以自由选举的地方，我们只选我们想选的人，一个很好的例证就是除了你之外，另一个被选为院士的是弗朗西斯科·科罗阿内，他一辈子都是智利共

〔1〕 这是鲁伊兹·塔格莱向自己的老朋友开的玩笑，并非智利语言学院的态度。

产党的忠诚军人。”

爱德华兹最终接受了提名。在欢迎仪式上，他需要为被自己替换的上一任院士致辞。这位上一任院士是大众历史学家欧亨尼奥·佩雷拉博士（Eugenio Pereira），他写了多部关于殖民时期智利饮食、共和国初期戏剧和艺术史的著作。在准备致辞期间，爱德华兹翻阅了佩雷拉的一本著作，读到了关于莫内达宫[1]建筑师的一个章节。建筑师是意大利人华金·托艾斯卡（Joaquín Toesca），出生于1750年，他受雇于智利首都的大主教曼努埃尔·阿尔代伊·伊阿斯佩，要完成圣地亚哥大教堂的建造任务。佩雷拉说托艾斯卡受了很多罪，因为他疯狂爱上了一位年轻美丽但生性放荡的智利姑娘曼努埃丽塔。由于她行为不端，托艾斯卡把她关进了修道院，可她翻墙逃了出去，继续和她的朋友们混在一起。爱德华兹表示：“这个故事让我着迷，我觉得它很有趣，于是开始收集更多的资料。我发现自己似乎还有没能实现的历史学家理想，因为我很喜欢翻阅旧纸张，从这些旧材料里寻找蛛丝马迹。”巴尔扎克说，小说家就是一个国家的私人史家：历史学家们创作或书写伟大的历史、战役、政府、伟大的人物，而小说家们写的则是私人史，写风俗、小人物等。爱德华兹喜欢收集那种私人史，再赋予其独立的、脱离书本和旧纸张之外的新生命。在托艾斯卡和曼努埃丽塔的例子里，吸引他的是“过去的传言、节奏和诗意，而且它们属于一种深邃而幽暗的过去，一种不为人所熟知的过去”，这些都是隐藏在旧纸张里的东西。他还利用传记作为补充，例如关于波洛米尼[2]的书，关于智利建筑方面的材

---

〔1〕 智利总统府。

〔2〕 弗朗切斯科·波洛米尼（Francesco Borromini，1599—1667），意大利建筑巨匠。

料，关于18世纪风俗的图书、字典，等等。最开始他还做标签，后来索性不做了，因为他觉得那种方法更适合学术研究，而非文学创作。此外，笔记实际上是些充满混乱和疑点的东西。他写出了第一个版本，完整讲述了那个发生在19世纪初将智利带向独立的革命开始之前的故事。可是他发现，托艾斯卡时代的政治密谋与皮诺切特独裁统治下的智利历史之间似乎存在着某种平行关系：审查、恐惧、人口控制，等等。于是他继续向着小说的最终版本迈进："我立刻就发现了另一件事，我发现这些故事的叙事者，那个寻觅那些故事的人，实际上带有自传色彩，他在最初版本中现身多次；于是我又写了一个版本，也就是后来出版的那个版本。在这个版本里，一条线索是殖民时期的历史，另一条线索则是找到那些纸张的人物身上的故事，这个人物既是我又非我，因为他归根结底是虚构故事中的叙事者，他在皮诺切特独裁期间经历了许多事情。最后，小说出现了两条故事线，一条发生在智利独立前夕，另一条则发生在独裁统治结束前夕。"从第一个版本到第二个版本，爱德华兹花了很多年时间，除了后来添加进去的许多自传式情节，多次巴黎之旅也格外重要——他吸收了新古典主义的写作方法，并且重塑了这种文学形式。写那本小说费了爱德华兹很大工夫，因为他一向习惯缓慢写作，他希望不要留下什么未能解释的谜团或是文体学层面的缺陷。重塑历史实际上就是找到蕴含于时间之内的抒情旋律，把过去当作现实看待，但同时也要把过去看作文学创作的原材料，也就是说，把过去当作虚构和梦境看待。不过这需要作家始终保持清醒的头脑。在解决写作计划内的所有基础性问题之前，他从来不会动手写作。爱德华兹把自己视为*反刍*作家，必须不断地回到情节和主线中去，直到他想清楚全书的发展走向为止。

## 政治和文学抱负

作家需要有两种抱负：文学抱负和社会抱负。写作就是要为“写得好”而费心，换句话说，被创作出的文本既要有上乘的文学质量，又得能吸引读者，同时它还需要给生活在具体社会中的人传递有用的内容。“具有批判意识是很重要的，”爱德华兹说道，“那种批判意识必须是独立的、清晰的、鲜活的，而且要把这种意识保持到每本书的结尾。在漫长的文学史中作家们总是具有批判意识、警戒意识的。”因此，他的许多作品都批判地塑造了历史人物或文学人物，如《不受欢迎的人》、《石头客人》（*Los convidados de piedra*）、《历史之梦》、《世界的起源》（*El origen del mundo*）、《诗人们的威士忌》等。在他的虚构文学作品中，极权人士经常是核心角色。“我当然希望这个世界上没有独裁者，”他这样说道，“而我则去写其他类型的作品，但是我经历了太多动荡局面，这种经历也影响了我的文学创作。何塞·多诺索曾这样对我说过：‘你太政治化了。’这对我这代人来说是不可避免的事情，我们了解智利的过去，然后又经历了政变危机，这些都成了我们的文学创作源泉。”

人类有种追求自由的本能，因此爱德华兹常会以这种天性的缺失为出发点进行文学创作。例如，流亡经历就赋予了爱德华兹某种特殊的敏感度，这体现在了他的文学作品中。他曾这样说道：“70年代中叶我经历了双重或三重流亡，我始终保持着那段记忆，说真的，那是段很棒的记忆。我在一场很好地体现出极权思想的会议上被智利外交界驱逐了，我到巴塞罗那搞点小规模的文学创作，但由于我写的是关于古巴的东西，我的那些流亡同胞们总是以怀疑的目光看我，他们的表情十分骇人。所以我总是说我从智利流亡了出来，但也在流亡的智利人中继续流亡：我很孤独，但我身边还是有几个好朋友的。换句话说：我体验的是有人陪伴的孤独，这对作家而言是种理想的生活方式，在之后的日子里我再也没能找回那种感觉。在那段日子里，一个出生在古巴、在美国教文学的朋友写了本书，他给那本书写了下面这样的献词：'献给豪尔赫·爱德华兹，最棒的古巴人。'你们能看出来，我的这个朋友很喜欢开玩笑，他很有幽默感。不过他的献词倒也启发了我。我对自己说，虽然你出生在智利的圣地亚哥，但可能实际上你属于古巴的流亡者群体。"实际上，在被古巴宣布为"不受欢迎的人"之后，整个大陆上出现了许多敌视爱德华兹的人，可是他依然坚定地保持着民主精神和斗争精神。80年代初，爱德华兹已经回到了祖国生活，创建了言论自由保障委员会，智利政府对此的反应十分激烈。尽管如此，委员会还是成功推动了图书审查制度的废除，更多图书被摆到了书架上。后来，在1988年大选前夕，他又成为自由选举委员会的14位成员之一。他在全国范围内进行演说，想要说服智利人抛开恐惧、自由投票。他始终在自己的祖国坚持正义的事业，最终皮诺切特在法庭上得到了应有的审判，而这正是爱德华兹长时间追求的目标。

他还对那些仅靠某些简单的政治概念就开始写作的作家持批判态度："他们可以出现在现代版的《庸见词典》里，就和福楼拜在他那个时代写的那本一样。"在所谓的"幸福社会"，也就是说，经济繁荣、中产阶级壮大的国家，例如欧洲国家，却总是悖论般地缺乏"能帮助人们进行积极反思"的智识基础。然而，在拉丁美洲，人们却具有必要的反思性，一种能够深刻反映政治主体的文学也应运而生。

当然了，还得往那种抱负里加上打磨内容的恰当方式。爱德华兹写起东西来很慢，而且非常喜欢重写。只要看看他的第一本小说、1965年出版的《夜晚的重量》，我们就会发现从那本小说的第一个版本到最终版，中间相隔36年。他不断重写某个描写思念之情的场景，他本人解释道："我把它当成别人写的小说去阅读，我觉得我至少能读得下去，故事的节奏还不错。我修改了很多地方，重写了不少我早就想要重写的情节，那种经历很有趣，我很喜欢。现在，在和我的读者聊天的时候，他们中的许多人都对我说他们依然喜欢读那本小说，虽然它已经出版36年了，但它就像是新近才被写成的。"《不受欢迎的人》也是如此，该书的最终版出版于2015年，在长达40多年的时间里出版过多种不同的修订版，他做了许多修改、增补和删减，还写了多篇不同的前言和后记。不管做什么工作，爱德华兹都坚持遵守写作纪律，在很多年里他从事的都是外交或政治工作，如今的他已经能够把更多时间投入文学创作中去了。

在卡拉斐尔（塔拉戈纳），在智利的圣地亚哥或是如今在马德里，在近些年里他都在清晨写作，因为时间再晚些的话，谈话、朋友、聚会、茶话会等就不期而至了，你很难对生活中的愉悦时刻说"不"。此外，那些非正式的会面也是他的文学灵感源泉：他经常记录日常对话，什么纸都用，拿到什么就用什么，卫生纸、宣传册、饭店或酒吧的餐巾纸、银行小票等。"在嘈杂的环境中记录下的东西是很好整理的。"他于酒店吧台喝完一杯威士忌后跟我们这样说道。这时图书基金会的负责人来了，他们热情地交谈了一会儿。他们那天下午要一起做一场对谈活动，我们想着那场访谈就要随着饮完那杯威士忌结束了，这时豪尔赫对我们说他前一天晚上睡得太少，他刚到此地，比起吃饭来更需要在下午的活动开始前睡上一小觉。

不过他还是对我们说了些关于他的写作习惯的信息：他和纸张总是保持着良好的关系，他习惯手写所有初稿，用从无格笔记本上撕下来的纸和黑笔写，写完初稿后他会把稿子誊到电脑里，他只会在绝对安静的环境中完成这一步，只在保存和整理文档、规整参考书目时才会需要些帮助。他还记得自己受邀赴美国高校讲学的日子，在那几个学期里他都是在精心挑选的环境中进行创作的，他喜欢安静地快速写作，那些高校的图书馆太舒适了，藏书丰富，而且十分安静，再加上强烈的写作欲，他不可能静不下心来，也不可能找不到他需要的资料。他还评价说自己每天写作的状态都各不相同：有时候感觉很糟，他连两三行文字都写不出来；有时则文思泉涌。重要的是绝对不能半途而废，你需要和作品达成协议，无论愿意与否，开弓没有回头箭，不写完全书就不能松劲儿。因此，灵感只意味着良好的开端，灵感可以让你生出或补全某个想法，可有了灵感之后还需要持之以恒地写作，后者依赖于投入其中的时间。灵感可能来自和某人的对话，或者在某种糟糕环境中进行的友好闲聊，背景可能很嘈杂，伴着音乐，桌子上放着酒杯，到了那种时刻你会突然反应过来：就是它！那是可以被用来写短篇或长篇小说的素材，但它依然需要作者进行加工，这是接下来要进行的工作。

至于作品的终稿，他表示在他文学生涯刚刚开始的那几年里，习惯修改很多遍，但是现在发现，文字表达归根结底是节奏方面的问题：如果它与最初版本的节奏相匹配，实际上就不需要做出过多修改；如果说有很多文字都与整体节奏不匹配的话，那就意味着整本书都要重写，因为如果在每个地方都只做文字上的改动的话，整部作品的节奏感就荡然无存了。

我们在酒店大厅里照了几张相片，我们又回忆起在迈阿密第一次见面时的场景。这里（我们此时在西班牙）不缺咖啡，很多地方全天营业，你想喝什么都能买到，不过咖啡在此时却又显得多余了：豪尔赫需要的是一张床垫，但是不需要在房间里装喇叭——哈瓦那的酒店里就有很多，不需要喋喋不休的话语——像他小时候居住的房子那样，总有女人去那里讲故事，也不需要乡愁——像在巴黎那样，当时陪在他身边的是忧郁的聂鲁达，那位诗人当时已经失去了激情，几乎算得上油尽灯枯了。他就需要安心地在床垫上睡上一觉——不要像 70 年代流亡西班牙那样惊慌，也别像在智利和古巴那样不安，他不需要惊恐——他在 80 年代的智利，在那个独裁与民主对抗最强烈的时期已经受够了惊恐的困扰。一张床垫，足矣。当时是下午 3 点钟，到 7 点时他又得和无数热情的读者聊天了。

## 参考书目


Edwards, Jorge. *Persona non grata*. Edición de Ángel Esteban y Yannelys Aparicio. Madrid, Cátedra, 2015.

Edwards, Jorge. *El sueño de la Historia*. Barcelona, Tusquets, 2000.

Lihn, Enrique. *Jorge Edwards, temas y variaciones*. Santiago de Chile, Editorial Universitaria, 1969.

Schultz, Bernard. *Las inquisiciones de Jorge Edwards*. Madrid, Pliegos, 1994.

# 卡洛斯·富恩特斯

Carlos Fuentes

1928—2012 墨西哥

## 作家的生活二重奏

**主要作品**

小说：

《最明净的地区》（*La región más transparente*，1959）

《阿尔特米奥·克罗斯之死》（*La muerte de Artemio Cruz*，1962）

《换皮》（*Cambio de piel*，1967）

《与劳拉·迪亚斯共度的岁月》（*Los años con Laura Díaz*，1999）

《伊内斯的本能》（*Instinto de Inez*，2001）

《布拉德》（*Vlad*，2010）

**文论作品**

《西班牙语美洲的新小说》（*La nueva novela hispanoamericana*，1969）

*我认为一个人之所以开始写作，是因为一种迫切的直觉驱使我们把文字和事物连在一起，也就是说把这个世界上所有分散的、被割裂开来的东西结合到一起。但是随后我们发现，一旦那*

*种结合化为现实，它就成了某种完美的东西，像大理石一样完美无瑕，但是也会像大理石一样静谧无声。于是，我们需要通过写作来保持一丁点儿“瑕疵”，好让它把我们从那种完美的状态中拯救出来。那种“瑕疵”就是文学，我们通过它的瑕疵溜进那片虚拟的天地中，以此回应驱逐我们、让我们受尽种种妖魔鬼怪纠缠的自然和历史。*

◎ 他总是会用钢笔写下他的第一份手稿，之后他会把那些文字用打字机再誊抄一遍。他对写作用的本子很讲究，总是一样的 W.A. 史密斯牌子的本子。……他喜欢墨水的味道。触摸到纸的感觉会让他感到愉悦。……虽然通常他都会对他的书的最终版本很满意，但有时也会出现令人不快的意外，比如在书的封面上过多地出现仙人掌和墨西哥草帽。

* * *

在 19 世纪尘土飞扬的墨西哥公路上，一辆马车正独自从首都驶向维拉克鲁斯，突然被几个歹徒劫持了。劫匪的首领立刻注意到了一个女人的手，她有点心不在焉，手正好搭在马车的窗框上探了出来。她手上戴的贵重的戒指引起了首领的注意。“把您的戒指交出来，女士。”他对她说。女人坚定地回答道：“那您要先把我的指头砍下来，因为这是我的订婚戒指和结婚戒指。”劫匪拿出一把砍刀，砍掉了她三根手指，把刚截下的手指骨放进他的帽子里，就和其他同伙一起骑着马扬长而去。

这个情节究竟是虚构还是现实？两者都是。这场残忍的抢劫案的受害者正是墨西哥作家卡洛斯·富恩特斯的曾祖母，他的小说《与劳拉·迪亚斯共度的岁月》（*Los años con Laura Díaz*，

1999）的开头就是这一幕，尽管没有用家人的真实姓名。因为父亲从事外交工作，富恩特斯在国外出生（1928年，巴拿马）并在那里度过了他的童年，但是每年夏天他会返回墨西哥，在两位祖母的陪伴下过暑假，两位祖母都在年轻的时候丧偶。小卡洛斯很喜欢听祖母给他讲故事，她们讲故事的方式也很令他着迷。她们把他带回到19世纪，让他沉浸在家族和国家的历史中。从那时起，他对历史的兴趣便一发不可收拾，特别是关于墨西哥和美洲的历史。卡洛斯是在四五岁的时候第一次听到关于曾祖母克洛蒂尔德·贝莱斯戒指的故事的。当他把这个故事写成小说的时候，已经年过七十了。富恩特斯用如此漫长的时间让那部小说在内心深处生根发芽。他坚信他的祖母们是世界上最好的小说家，因为她们能让自己讲的故事在孙子们的记忆里留下永恒的印记。但是，为了让那些故事变成文学，孙子们必须等到他们自己变成祖父的那一天。卡洛斯就是这样做的。

## 历史是由故事组成的

在《与劳拉·迪亚斯共度的岁月》一书中，特别是在书的开头，作者用到了祖母讲给他的故事，但是当女主人公离开故乡去墨西哥城定居以后，故事的主线就脱离了作者的家族故事，深入到20世纪国家的历史中去，同时还包括了其他直接影响到墨西哥人生活的国际大事。从他早期的小说开始，就能明显地感受到富恩特斯对历史的关注，他会把历史和个人或集体的小故事联系起来。但这并不是以科学家或者史诗诗人的身份去接近历史，而是重塑历史，使其更接近真实的、有血有肉的人。富恩特斯在他的文论作品《西班牙语美洲的新小说》（*La nueva novela hispanoamericana*）中说："我们的历史比我们的小说更具想象力；作家不得不和山川、河流、丛林、沙漠这些超人类的产物去竞争。如何去创造出比科尔特斯和皮萨罗更具传奇色彩的、比圣安娜或比罗萨斯更加邪恶的、比特鲁希略或巴蒂斯塔具有更浓的悲喜剧色彩的人物？重塑历史，把它从史诗中剥离出来并把它变成个性、幽默、语言、神话：把拉丁美洲人从抽象中解救出来，并让他们置身于充满意外、多样性和不纯粹的人类王国，在拉丁美洲，只有作家能做到这一点。"

如果说在拉丁美洲有一位作家能做到用充分的地理视角去审视自己国家的历史，那个人便是卡洛斯·富恩特斯。从小时候起，他就学会了适应漂泊，对地方和文化有一种不信任感，但他也学会了了解它们并享受其中的乐趣。他对玛利亚·特雷莎·雷萨瓦尔说："我的外交官父母游牧般的生活，迫使我学习适应新生活的技能。在我小的时候，我的选择就是要么适应，要么死亡。不断地更换学校、朋友、风俗习惯，还有语言。有些东西失去了；但也收获了故乡之外其他的东西。我感到很充实，因为我有多个不同的故乡。"正如作家本人多次明确表示的那样，在众多的故乡之中，只有一个闪着独特的光芒：墨西哥，他真正的故乡，其中既有血缘的缘故（父亲是维拉克鲁斯人，母亲是锡那罗亚人），也是自觉的选择。

尽管富恩特斯在小说中找到了表达现实——那种由故事组成的历史——的两面性的方法，他的文学身份还体现在其他体裁作品的创作上：文论、戏剧、新闻。在他的内心，虚构和非虚构之间的界限是非常清晰的。他在这两个领域之间游走自如。卡洛斯笔下的历史－故事并不是静态的，因此它们不只属于过去。也许这就是卡洛斯对新闻和政治充满热情的原因所在。很多年间他一直有规律地撰写新闻稿，每个月为墨西哥的报纸《改革报》（*Reforma*）和《洛杉矶时报》的两个专栏供稿，而这些专栏文章也会在若干个讲西班牙语的国家发行（在西班牙则是由《国家报》刊登）。他对政治的热情从来没有通过直接的方式实现过，但是当他认为必须有所作为的时候，他也从不回避。政治职位对他不具有任何诱惑力。他距离政治职位最近的一次是被任命为墨西哥驻巴黎大使，然而，正如我们后来看到的，他很快便意识到最擅长的事情就是投身于他生来就应该做的事：当作家。虽然富恩特斯并不推崇作家的社会责任，但他总是会为小说的自由性辩护，认为小说中也可以有政治分析的内容，为什么不呢！1999年，他向萨拉·甘多尔菲解释了他如何理解虚构和政治之间的关系："它们之间的关系就是文学和生活本身之间的关系，因为政治就是生活，无论我们喜欢与否。我并不认同萨特式的作家使命。作家的唯一职责是运用好语言并发挥想象力。在一个基本的哲学范围内，可以写政治小说。最近几天，我在重读维克多·雨果的《悲惨世界》，我重新发现了他在处理政治问题、哲学问题、历史问题和各种不同情节时的那种游刃有余的手法……我们最近经历了一个小说的纯洁性被强加于人的时代，似乎我们创作时，应该摒弃所有和小说本身无关的事情。我认为并希望这种教条思想已经终结，应该重新把小说当成一种更具有包容性的文学体裁，一种接纳一切、拥抱一切的文体，一种对一切都保持亲近的文体。塞万提斯和狄德罗就是这样认为的。"

小说接纳一切，但不接受程式化，即为了避免冒险而选择常规操作，以保证成功。富恩特斯是"畅销"类书籍的坚定敌人。他在每一本小说中，都尝试探索新的领域。他敢于尝试多样且富有创新性的模式。他对雷萨瓦尔说："我感兴趣的是那些寻找自己的书。当这种寻找成功的时候，它就会变成一种全新的开始；回报是我们参与了自己的成长，而书籍，在这些非常罕见的情况下——《伊利亚特》《神曲》《堂吉诃德》——是真正的英雄赞歌：是唱给自己的诗。福克纳是伟大的现代书籍大师，他的书是对书籍本身的探索。这就意味着没有不会被取代的小说，或者说，没有无风险的小说。唯一不能容忍的是，运用万能的公式，用'人物''情节''线性结构'这样的配方确保特定的、事先预设的读者的满足感。如果在写书的时候就已经预设好了读者，那么这种读者是没有什么价值的。换句话说，这是有计划地找来的读者。小说是按照那种潜在读者的需求而写的，因此，也是一种潜在的小说。”这就是为什么富恩特斯喜欢写长篇小说，这样会有足够的空间寻找、诠释和歌颂自我。他最为大胆也最富野心的一次尝试就是《我们的土地》（*Terra Nostra*，1975），很多评论家认为这是他的小说创作巅峰。在这部鸿篇巨制中，作者再次考察了他的国家的历史和他与西班牙的关系。但是小说不止于此。它还提出了对人类社会的思索，并提供了作者对小说世界的一种自我探索。尽管这部小说取得了很大的成功——荣获国际罗慕洛·加列哥斯奖，但这并不是一部很容易读的书。当然，富恩特斯从来不会向那些“懒惰的”读者妥协，但是，对于那些非专业的人士来说，这部书的内容会让人觉得非常深奥。写作过程也并非易事：他花了十年才写完。作者自己也说过，就连他自己也没有发现小说中所有的奥秘，直到多年后他做了一次精神分析才做到这一点。小说出版后第二年，他发表了一篇文章《塞万提斯或阅读的批评》（*Cervantes o la crítica de la lectura*），在附录中列出了一份参考书目，包括他在《我们的土地》的创作过程中用到的主要资料。对他的读者来说，这是一种善意的举动，或许也代表了文学的正义。

在小说领域，卡洛斯·富恩特斯也从两方面——现实和虚构——进行了实验。尽管他的大部分作品是在现实的基础上写成的，他总是喜欢去尝试一下虚构类型的创作。在他的第一部短篇小说集《戴面具的日子》（*Los días enmascarados*，1954）中有一篇题为“查克·莫尔”（*Chac Mool*）的故事，这也许是他年轻时期的作品中最具代表性的一篇。故事中雨神化为人类，淹死了他的主人，一位担任政府官员的艺术收藏家。神灵和魔鬼出现在他的很多作品中，从他的第二部小说《奥拉》（*Aura*，1962），到《伊内斯的本能》（*Instinto de Inez*，2001）和《布拉德》（*Vlad*，2010）。富恩特斯很喜欢在历史和虚幻之间来回穿梭，他始终将巴尔扎克视作文学典范，因为他不仅写出了对19世纪法国进行最全面描写的《人间喜剧》，还写出了优秀的虚构小说《驴皮记》《塞拉菲达》《绝对之探求》。

## 条条大路通写作

卡洛斯·富恩特斯对写作的热爱从童年时期就有所展现。他对写作和对被阅读的渴望让他在7岁时就编辑了自己的第一本手工杂志，每月一刊。那时他住在华盛顿。他自己写文章、画插图、为杂志排版，甚至会把杂志分发给订阅者。当然，他们不需要支付任何费用，甚至没有向他索要过杂志。杂志的编辑——他们楼里的一个小邻居，负责把杂志从门下面分发出去，前提是读过以后再把杂志还给他们。是什么促使一个这么小的孩子带着被别人读到的幻想去写作的呢？富恩特斯对玛利亚·特蕾莎·雷萨瓦尔解释说：“我认为一个人之所以开始写作，是因为一种迫切的直觉驱使我们把文字和事物连在一起，也就是说把这个世界上所有分散的、被割裂开来的东西结合到一起。但是随后我们发现，一旦那种结合化为现实，它就成了某种完美的东西，像大理石一样完美无瑕，但是也会像大理石一样静谧无声。于是，我们需要通过写作来保持一丁点儿‘瑕疵’，好让它把我们从那种完美的状态中拯救出来。那种‘瑕疵’就是文学，我们通过它的瑕疵溜进那片虚拟的天地中，以此回应驱逐我们、让我们受尽种种妖魔鬼怪纠缠的自然和历史。”

在美国，卡洛斯学会了讲一口流利的英语；11 岁到 15 岁期间，他在智利生活，从而完全掌握了西班牙语。在这个地处安第斯山的国家，他在一个名叫“智利国立学院简报”（*Boletín del Instituto Nacional de Chile*）的杂志上发表了他的第一篇短篇小说；也是在那里，他在只有 14 岁的时候就写了第一部长篇小说，但是并没有出版。富恩特斯说这是“一个发生在海地的可怕的故事”，他对曼努埃尔·奥索里奥说：“有点像《人间王国》（*El reino de este mundo*）的预演。我把它读给西凯罗斯听，他当时正在画奇廉[1]壁画。小说非常具有巴洛克风格，可怜的西凯罗斯听着听着就睡着了，那是一本我 14 岁的时候就写成的长达 400 页的小说。”在智利待了三年以后，富恩特斯搬到了阿根廷，在那里他对电影产生了极大的热情，并第一次读到了博尔赫斯的作品，这位当时还没什么名气的作家，将对富恩特斯产生永久的影响。终于，1944 年，他要回到墨西哥生活了，在那里他有幸和墨西哥最重要的一位知识分子——阿方索·雷耶斯建立了非常密

〔1〕智利城市，位于比奥比奥大区，距离首都圣地亚哥约 400 公里，处在智利的地理中心位置。

切的关系。他经常去雷耶斯在库埃纳瓦卡的家中拜访，并和他进行长谈，这让这位少年了解并更好地理解了墨西哥的现实，并帮助他去思考自己国家的过去以及它在整个拉丁美洲历史中所扮演的角色。几年后，富恩特斯也和另一位墨西哥大师——奥克塔维奥·帕斯建立了友谊，尽管随着时间的推移，他们之间的分歧将会导致他们关系的终结。

随着时间的流逝，富恩特斯在文学上的躁动与日俱增。这都要归功于他童年时期大量的阅读。他的父亲格外注重对卡洛斯的文学素养的培养，并引导他做出选择。父亲对卡洛斯的一位叔叔（一位非常有前途的诗人，21岁时死于伤寒）的怀念更是促使他向儿子灌输对文学的热爱。“我小时候读很多书，”卡洛斯对雷萨瓦尔说，“我也听了很多，那是广播的时代，不是电视的时代，我的耳朵里总是充满了广播里播出的美妙的冒险故事，当然也有一些声音向我传达了历史的声响。我永远不会忘记希特勒、罗斯福、墨索里尼、张伯伦，还有佛朗哥的声音。……电影、漫画、大众生活、音乐——爵士、摇摆舞音乐、兰切拉调、博莱罗舞曲、探戈音乐——也构成了我童年想象的世界。但是这些具有刺激作用的事物没有一个可以与文学相比；任何一个画面、任何一个声音都无法超越我对密西西比河上的哈克贝利·费恩和黑人小孩吉姆的想象，还有我对杰基尔医生变成海德先生的想象，以及对基督山伯爵被关在伊夫堡的地牢的想象。”

高中毕业后，富恩特斯非常清楚他想要专门从事写作，但是遭到了父母的反对，因为他们认为写作这个职业的经济收入太不稳定，而且社会地位同样不稳定。那个7岁时就编辑了自己的杂志的男孩已经长成了小伙子，而且对写作的热情依旧未减，他迫切地想要从事写作，不想让其他的事情浪费时间。卡洛斯想辍学。但是他的父母说想都不要想。双方的对立让家庭氛围变得非常紧张。最终，卡洛斯让步了，为了安抚父母，他决定去读法律专业。然而，不论怎样，这个决定都不代表他放弃了自己对文学的追求。帮他做出决定的人是他的导师阿方索·雷耶斯，他向他保证说研究民法典是学习小说创作的最好途径。

在墨西哥国立自治大学，卡洛斯认识了曼努埃尔·佩德罗索教授，一位西班牙流亡者，他对卡洛斯的文学志向产生了很大的影响。他鼓励卡洛斯继续遵循内心的悸动，同时建议他不要着急。富恩特斯把佩德罗索视作一位真正的大师，并听从了他的建议，但依然渴望看到自己的作品发表出来（从7岁就开始了）。直到1954年，在他25岁的时候，他的第一本书《戴面具的日子》才得以出版，这得益于作家胡安·何塞·阿雷奥拉在现代出版社为他提供的一次机会，这是胡安面向年轻作家创办的一家出版社。《戴面具的日子》印刷量为500册，但是卡洛斯看到自己梦想成真，感到很骄傲。他的老师佩德罗索再次敦促他要脚踏实地，并说："不要因为一点小的成就便自认为是作家了"，告诫他不要骄傲自满。4年后，富恩特斯出版了他的第一部小说《最明净的地区》（*La región más transparente*），小说全方位地展现了墨西哥的都市生活，富恩特斯也承认受到了约翰·多斯·帕索斯的直接影响。

在青年时期，富恩特斯和很多对他产生影响的文人都建立了友谊，他们也和他一起步入了成熟时期。我们已经提到过他和阿方索·雷耶斯和奥克塔维奥·帕斯之间的关系。除此之外，他也和一些西语美洲"文学爆炸"同一代的年轻作家成了朋友，如加西亚·马尔克斯、何塞·多诺索，还有巴尔加斯·略萨。毫无疑问，让他印象最深的人物之一是西班牙电影导演路易斯·布努埃尔，他们在拍摄《纳萨林》期间相识，并一起创作了一些电影剧本。在一次《阿贝赛报》（*ABC*）对他的采访中，富恩特斯回忆起他和布努埃尔的友情："起初我们一起喝了几杯，故事就是这样开始的。他会通过你的酒量和你对红酒和鸡尾酒的知识去了解你，他很重视这一点。那时我还年轻，也会喝酒，所以和他相处得很好，我认为更多是出于这个原因，而不是其他原因。从那时起，我们就开始有规律地见面。在墨西哥的时候，每周五我都会和路易斯约定一起从四点待到七点，对我而言这就等同于置身20世纪的文化之中。他认识所有人，也会参与所有事情，他有着超凡的记忆力，风趣幽默，尤其是他有一种令人难以置信的情感能力。我从他那里学到了静默的品质，因为有时候我们可以一起坐着十分钟不说话。我明白那是友谊的最高境界，因为真正的友谊是和朋友在一起但无须说些什么，只是一起待着。那是路易斯·布努埃尔的人文品质，他或许是我所认识的最杰出的人。"

对富恩特斯而言，60年代是他成长为墨西哥最重要的作家之一的时期。他的成果很丰硕：短篇小说，如《失明者之歌》（*Cantar de ciegos*）；长篇小说，如《阿尔特米奥·克罗斯之死》（*La muerte de Artemio Cruz*）；文论，如《西班牙语美洲的新小说》；电影剧本，如《两个埃莱娜》（*Las dos Elenas*）；等等。尽管他很年轻，却已经成为一位具有文化内涵的世界性作家，并引来了他的很多朋友的羡慕。1962年[1]，智利作家何塞·多诺索在他的《"文学爆炸"亲历记》（*Historia personal del "boom"*）中这样描述富恩特斯："他说一口流利的英语和法语。他读过所有

〔1〕 疑误，本书首版出版于1972年。

的小说——包括亨利·詹姆斯的，他的名字在南美并不为人们熟知，在世界各地的首都看过所有的画作和所有的电影。他没有令人厌恶的、企图成为‘一个单纯的人民的儿子’的那种清高——那些年智利的文人很喜欢这样自诩；相反，他以一种很轻松的心态承担起一个个体或文人的职责，把社会性、美学和政治性很好地结合起来。另外，他还是一个优雅的、精致的且敢于把自己的品味展现出来的人。”

同样是在60年代末期，在他的祖国生活了20年以后，富恩特斯开始发觉墨西哥对他来说太小了。于是他迁居欧洲。他也觉得他与丽塔·马塞多的婚姻已经无法持续下去了，于是他们离婚了。作家的内心正在发生着变化，这在某种程度上可以从《换皮》（*Cambio de piel*，1967）中体现出来，这部小说让他获得了国际上的认可：荣获了简明丛书奖。

70年代，卡洛斯获得了许多文学奖项，感情生活也从此安定下来。1973年，他和西尔维娅·莱姆斯结婚，并决定不再在墨西哥长期居住，当然他永远不会忘记自己的祖国，他对他的祖国保持着一种富有热情的又几乎爱恨交加的情感。他需要祖国，但却无法在那里生活。1987年，他这样对何塞·玛利亚·马尔科解释道：“对我而言，出于近乎精神洁癖的原因，我必须在墨西哥之外的地方生活。墨西哥的知识分子阶层是非常病态的，产生不满和自我毁灭的能力是非常巨大的。有时候我会在没人知道的情况下回到墨西哥，去我喜欢的地方，和不知名的人见面、聊天。我试图独自生活，选择只属于我自己的友谊，只见很少的人，然后把这些用文学的方式呈现出来。我需要远距离地观察这个国家。有人需要离它很近，例如鲁尔福，而我不是。正如果戈理观察俄国的方式一样，我也是这样观察墨西哥的。”

富恩特斯在一些场合说过，他从事写作是因为这是他会做的少数几件事之一。他一生中做过的与文学没有直接关联的事情并不多，且都是在外交领域。其中有一件事在当时被人们津津乐道，并在他的一生中有着重要的意义，那就是在巴黎担任墨西哥大使，为期两年。1974年，墨西哥政府向他提供了这个职位，这是对他作为文人的日益增长的国际声誉的认可。富恩特斯接受了这个职位，作为对他父亲的特别致敬，因为在他父亲的整个外交生涯（从25岁到70岁）中都梦想得到驻法国大使的职位，但是始终没能成功。他也幻想着能重新回到法国生活并体验一种新的职业挑战。然而仅仅过了两年，他就发现那种生活并不适合他。1977年，他辞去了职务。促使他这么做的原因是迪亚斯·奥尔达斯被任命为驻西班牙大使，奥尔达斯在1968年“特拉特洛尔科事件”期间担任墨西哥总统，富恩特斯认为他应该对那次大屠杀负直接责任。然而真正的原因是，富恩特斯在巴黎任职期间，密集的活动让他从上任开始就没有丝毫喘息的机会进行写作。在最初的几个月里，尽管他会怀念他真正的职业，但出于在世界上最精致、最国际化的城市之一中当大使的优势，他很好地化解了那种无法写作的处境。但是随着时间的推移，他越来越无法忍受不能从事他真正职业的状态。另外，在巴黎当外交官不仅意味着参加聚会、舒适地旅行、享受这个国家最好的文化活动，还意味着经常接见各种代表团、和这个城市里两百多个国家的外国代表保持联系、准备演讲、操心自己国家的商业利益、照顾在法国的墨西哥留学生、去各种机构进行无数次的正式访问，还有很多不可回避的事务。在他之前和在他之后的其他西语美洲作家都能很好地兼顾两者，但卡洛斯做不到，也不想这样做。从那时起，他便清楚地知道对于一个作家来说，最好的选择就是将所有的时间都投入写作中去。

## 双重生活：纪律和娱乐

多年之后，在年届七旬之时，这位墨西哥作家终于找到了一种适合他自己感受生活和文学的方式：半年时间住在伦敦，另外半年时间在墨西哥。这是两种截然不同但很互补的生活。

伦敦是他真正工作的地方。他每天早上 5 点起床，6 点到 12 点写作。一天中其余的时间用来读书，或者在天气不是很糟糕的时候去市里散步。他没有太多的社交，因为他认为“那里的人都比较冷淡，食物也很一般”。但是他会经常去看戏、看电影、听音乐会。总之，这种简单的生活可以让他有很多的工作时间，保持着一个紧凑的节奏，并遵循一种舒服的纪律性。

卡洛斯是一个很有纪律性，同时也很有秩序性的作家，正是因为这个原因，他才在他的一生中写出了大量的作品。或许是这位墨西哥作家身体中流淌的日耳曼种族的血液——他父亲家族中的一个分支来自德国——让他把纪律作为工作的基础。对他来说，每天关在屋子里写作 6 个小时并不是很大的牺牲。相反，这很大程度上带给他一种满足感，因为他看到工作做完了，他所写的作品又有了新进展。

回到墨西哥以后，富恩特斯的生活变得截然不同，就像是变了一个人似的。如果说在伦敦他展现的是作家的个人生活，那么在墨西哥他就展现出了他作为公众人物的另一面。在伦敦隐居 6 个月以后，他回到墨西哥，享受和朋友一起吃晚饭直到凌晨的快乐，还会和政治家们一起吃饭到下午 6 点，参加讲座和采访，和年轻人在一起，处理其他临时出现的事务，随遇而安。但是富恩特斯并不会因此而中断写作，只是在伦敦独自待着的情况下每天平均可以写8—10页，在墨西哥这种狂欢节式的情况下每天最多只能写半页。

然而卡洛斯并不会觉得在墨西哥的6个月是浪费时间，远非如此。对他来说，这两种生活都很充实。在这两个城市里，他都可以完全释放自己，展现出他的性格中不同的两个方面。卡洛斯是一个天生的城市人。他总是需要城市为他提供能量，图书馆、博物馆，以及其他的只有在首都这样的大城市里才会有的文化资源。

虽然他也承认可能会有例外，因为文学并不总是需要铁一样的纪律（他的第一部小说就是在学习、工作、熬夜的情况下写成的），但是，他的经验让他坚信——他在《小说地理》（*Geografía de la novela*，1993）一书中提到——如果一个作家没有感到过孤独、不完整、被疏远，那他就不配被称为作家。在富恩特斯看来，孤独是一种需要，同时也是一种对所有作家来说必不可少的条件。他对萨拉·甘多尔菲说："显然，在一种完全孤独的情况下坐下来写作，这本身就会对一个人的灵魂产生影响。除此之外，还有一种根本性的疏离。作家在一种与平时不一样的现实之中写作，试图展示出另一种无法被其他人立刻感知到的现实。这项工作很不容易，他让作者远离那些通过社会规约所建立的普通的、大众化的价值观。作家总是会与他所在的时代的惯例保持对立。这并不是毫无道理的。英国是拥有世界上最好的作家的国家之一，它是世界上最传统的社会之一，到处都是礼仪和规矩。最终，胜利的不是传统的世界，而是勃朗特姐妹和狄更斯的那个世界。"

虽然比起灵感，富恩特斯更相信努力的力量，但他也确信——因为他也曾多次经历过——文学创作中有时候会出现一些无法解释的、近乎神奇的时刻，在那种情况下，一些作家计划以外的、原本不属于书中内容的文字、灵感和场景会自动从笔尖流淌出来。这是一种恍惚的状态，将写作带入一种出乎意料的、令人感到惊喜的状态，并且会超越作家之前的任何想法。

对富恩特斯来说，写作的物质形式是一种非常内在的体验，带有强烈的感性色彩。他总是会用钢笔写下他的第一份手稿，之后（正如我们接下来将会看到的）他会把那些文字用打字机再誊抄一遍。他对写作用的本子很讲究，总是一样的 W.A. 史密斯牌子的本子，在英国或美国的文具店购买。他喜欢墨水的味道。触摸到纸的感觉会让他感到愉悦。这些东西会让他觉得和自己的作品之间有一种更加直接的联系。他承认自己永远无法用电脑写作，因为对他来说冰冷的屏幕意味着无法感受到写作带给他的感官体验。用笔写作是一件如此令人开心的事情，同时也是一个无法改变的习惯，他永远不会因为任何事改变这个习惯。

在体验过手写的快乐之后，他需要把写好的文稿用打字机誊抄一遍，以便将稿件寄给负责的编辑。卡洛斯·富恩特斯受到的良好教育中似乎并不包括打字。墨西哥女作家安赫雷斯·马斯特雷塔（Ángeles Mastretta）在和富恩特斯进行过一次简短谈话之后的思考就很能说明问题。1993 年 5 月，马斯特雷塔在瓜达拉哈拉大学做的一次讲座中提到了这一点，而他们的谈话就是在那之前几个月发生的。她说：

> 吃饭的时候聊和食物相关的话题是一种地中海地区的风俗，也许正是出于同样的原因，我们在感受到时间流逝的同时去谈论时间，就好像总是有所期待一样。于是富恩特斯给出了一个答案，在此之前我认为他是最具神秘色彩的人物之一。他不再用他平时看待世界的姿态，仿佛自言自语一般地说：

"我对时间的恐惧在于我来不及把我要写的写出来。"

"那你还有多少要写呢？"我问这个问题更多是出于惊讶，而不是出于同情。

"还有很多。"他晃动着手中酒杯回答道，杯中的橄榄（马天尼鸡尾酒中配有橄榄）随之舞动，他的眼睛一直注视着酒杯。

"你觉得你已经做的这些还不够吗？"我问道，脑海中想着他用他已经弯曲的手指写成的遍布世界的多达一万多页的作品，他以一种热烈的、大胆的、永不枯竭的方式讲述着这个世界。富恩特斯右手的食指是弯的，因为他自身的一些原因而对冰冷的现代性有些排斥。他写了1万多页的作品，而且是在一台旧的打字机上，只用一根食指写完了所有作品。

"我已经不记得我写过的东西了。我只是想着我还没写的东西。"他说。

几乎从富恩特斯所有的书里都能看出他对时间的执着，但是我直到那个下午才发现这是怎样一个把时间视作生命的人。

在富恩特斯看来，从物质层面来讲，书对于任何一个作家来说都是很重要的。他是作家和读者之间产生联系的物理媒介。因此在他的书的制作过程中，他喜欢提供一些建议，并尽可能地参与其中，诸如封面设计，或者页面的排版。他尤其重视西班牙语、英语和法语的版本。虽然通常他都会对他的书的最终版本很满意，但有时也会出现令人不快的意外，比如在书的封面上过多地出现仙人掌和墨西哥草帽。

书一旦出版，就必须进行发行推广，以便所有对它感兴趣的读者都能买得到。然而，如果一个人不知道一本书的存在，是很难对它产生兴趣的。为了解决这个问题，编辑们会组织图书的推广活动，即广告宣传。从富恩特斯开始写作，一直到他的成熟期这段时间里，图书产业发生了巨大的变化。在他年轻的时候，每写完一本书，作家们就可以用几周的时间休息一下，来缓解高强度工作的疲劳；几十年以后，越是重要的作家，就要花越多的时间坐飞机从一个城市飞往另一个城市。对富恩特斯而言，这些促销活动的唯一好处就是可以和读者直接见面，这让他感到很开心。在《与劳拉·迪亚斯共度的岁月》出版以后，他这样描述："这一刻我是被我的编辑们控制的。"1999 年 3 月，他对赫苏斯·腾拉多说："如果他们让我穿着跳伦巴舞的衣服到墨西哥的中央广场去跳恰恰，我也会去做。在推广宣传的三个月期间，我完全听命于他们，做讲座、接受访问……无论那个可怕的名叫胡安·克鲁斯（阿尔法瓜拉出版社的编辑）的'暴君'让我做什么都可以。与此同时，我还要想接下来我要写什么。坦率地说，我并不知道答案。我有很多小说还在准备过程中，我还在收集资料，打草稿，但是我还要看看我写哪一个，因为《与劳拉·迪亚斯共度的岁月》在墨西哥很受欢迎……所以这时你就会想：'哎呀，如果我出了什么差错，我就会倒退了。'我现在正处在那种在努力完成一本小说的时候就会遇到的矛盾之中。"

1999 年 5 月，在《与劳拉·迪亚斯共度的岁月》这部小说出版 3 个月之后，卡洛斯和西尔维娅唯一的儿子卡洛斯·富恩特斯·莱姆斯去世了，年仅 25 岁。据作家本人所说，他的儿子在出生的时候就患有血友病，他知道他的生命会很短暂，所以想要最大限度地利用好时间。很多个夜晚他不眠不休地画画和写诗。他的一生中都和父亲保持着亲密的关系，他的父亲也是他的老师和向导，特别是在电影和文学领域。他们的儿子去世以后，富恩特斯夫妇的生活中满是阴霾和伤痛。但是富恩特斯知道他还要继续向前走，他还要继续完成他生来的使命，他确信这会是纪念儿子的最好方式。他确实这样做了。他开始了一部新作品的创作，《伊内斯的本能》出版于2001年。这部小说篇幅不长，以歌剧为背景。富恩特斯在写作的时候一直在听柏辽兹的音乐，他是《浮士德的天谴》的作曲家，这首音乐作品也在这部小说中发挥了重要的作用。除了音乐，富恩特斯在写作的过程中还因为另一种更加强烈和深刻的存在而倍感安慰：他儿子的存在。他承认这是一种很难解释的现象。每当他开始写作的时候，就会感觉儿子在他身体里出现，在他的心里复活，并和他一起分享那些神秘的创作时刻。所有的作家都会感受到写作的力量，因为他们可以赋予他们书中的虚拟人物以生命，也就是说，在某种程度上，他们赋予了那些曾经陪伴过他们的人，还有那些已经不在这个世界上的人以生命。他的儿子去世6年以后，富恩特斯遭遇了另一个残酷的打击，他的女儿娜塔莎也过早地离他而去，年仅31岁。虽然很痛苦，卡洛斯并没有放弃写作。文学又一次成为治愈伤痛的良药，直至2012年5月，卡洛斯·富恩特斯自己去世。

## 参考书目


AA.VV. *Carlos Fuentes. Premio Miguel de Cervantes 1987*. Anthropos y Ministerio de Cultura, Madrid, 1988.

Fuentes, Carlos. *La nueva novela hispanoamericana*. Joaquín Mortiz, México, 1972.

Fuentes, Carlos. *Geografía de la novela.* Alfaguara, Madrid 1993.

Harss, Luis. *Los nuestros.* Sudamericana, Buenos Aires, 1966.

Ortega, Julio. *Retrato de Carlos Fuentes*. Galaxia Gutenberg y Círculo de Lectores, Barcelona, 1995.

Williams, Raymond Leslie. *Los escritos de Carlos Fuentes*. Fondo de Cultura Económica, México, 1999.

# 加夫列尔·加西亚·马尔克斯

Gabriel García Márquez

1927—2014 哥伦比亚

## 存放好想法的柜子

**主要作品**

《枯枝败叶》（*La hojarasca*，1955）

《没有人给他写信的上校》（*El coronel no tiene quien le escriba*，1961）

《百年孤独》（*Cien años de soledad*，1967）

《族长的秋天》（*El otoño del patriarca*，1975）

《一桩事先张扬的凶杀案》（*Crónica de una muerte anunciada*，1981）

《苦妓回忆录》（*Memoria de mis putas tristes*，2004）

*30年以后，我发现了一个我们小说家常常忘记的事情，那就是：最好的文学配方永远是真相。*

*她不动声色地给我讲最残忍的事情，就好像她刚刚目睹一样。我发现那种冷静的方式和那些丰富的画面是让她的故事变得可信的关键因素。我用外祖母讲故事的方法写了《百年孤独》。*

*当有想写的东西出现时，在作家和主题之间就出现了某种紧密的双向关系，作家选择主题，主题也在选择作家。有那么一个*

*时刻，所有的困难都消失了，所有的冲突都不见了，脑海中会出现你从来没有梦到过的东西，那么在生活中便没有比写作更好的事情了。那就是我称作“灵感”的东西。*

◎ 他喜欢黄色的玫瑰花，在这些花的旁边他会有安全感。……他习惯了在周围都是人且满是噪音的环境中写作，在任何地方都可以。……在写小说的过程中，他需要不断地把正在做的事情讲出来，以便所有人一起发现作品结构中需要改进的薄弱环节。……由于多年高强度的新闻工作，他已经习惯了用打字机写作，因此在某个特定的时间他完全失去了手写的习惯。

* * *

1957 年春天，在阴雨连绵的巴黎。一天，一位年轻的哥伦比亚记者兼作家正走在圣米歇尔大街上，他远远看到他的一位文学偶像。海明威就那么活生生地和他的妻子玛丽·威尔士在一起散步。“当时我在自己对立的两种职业身份之间摇摆不定”，加西亚·马尔克斯这样写道，“我不知道是要对他做一个报刊专访还是仅限于穿过街道毫无保留地向他表达我的崇敬之情。然而，这两个目标的实现都面临着同一个障碍：当时我说着蹩脚的英语，在那之后也没有什么长进，而我对他的斗牛士西班牙语也不是很有信心。因此，我没有做那两件事中的任何一件，它们可能会破坏那一瞬间，我选择像泰山在丛林里那样，用双手做喇叭状，从这边的人行道向对面喊道：‘大师——’。欧内斯特·海明威明白在这个学生堆里不可能再有其他‘大师’了，于是他举起手转过身，用孩童一样的声音、用西班牙语向我喊了一句：‘再见——，朋友'。那是我唯一一次见到他。"小说家们会读他们的同行的作品，只是为了剖析作品的结构并猜测作者在创作过程中的步骤，就像是把做好的衣服翻过来看它的针脚，这是小说家们的共同点。"我们把一部书拆解成它的几个核心部分，当我们了解了它的创作秘密以后，再把它重新搭建起来。"具体到福克纳的情况，马尔克斯接着说道："那样的尝试是徒劳的，因为他似乎没有一个有序的写作体系，而是像放养在玻璃缸里的一群四散的山羊一样，漫无目的地徜徉在他那《圣经》式的宇宙中。当他的一页内容被成功拆解之后，你就会发现会多出来一些弹簧和螺钉，而且不可能把它重新恢复到最初的状态。而海明威则不同，他会少一些灵感，少一些激情，少一些疯狂，但是却格外严谨，他让你从外面就能看到他的螺钉，就像坐在火车车厢里一样。或许就是出于这个原因，福克纳是对我的灵魂有影响的作家，而海明威则是那个对我的职业有影响的作家。"

具体来说，他从海明威那里学到的是对他的写作有益的技巧，那就是每天的工作只有在预感到或者明确知道第二天的工作将如何开始的情况下才能结束。这是对抗面对白纸时的每日煎熬的唯一办法，对于任何一个作家来说，这都是最难对付的公牛。

## 热爱和时间的铜锈

热爱就像是一发不可收拾的雪崩一样。因此，当它被发现的时候，人就会屈从于那种近乎盲目的力量，被一股赋予他不可名状的力量的洪流席卷着。他对所做的事情的信念如此坚定，使得作家毫不怀疑他的职业预感带给他的确定性。此外，有时职业敏感度就像一个新生命般一直存在。事实上，1998 年 3 月 24 日，当有人问他关于他当时正在创作的回忆录（出版于2002年）的相关问题时，加西亚·马尔克斯对《号角》杂志说："这并不是一部从我的生物学出生日期开始讲述的、按照时间顺序进行的回忆录，而是从我真正出生的那天开始的，我指的是我决定成为作家的那个日子。"随着时间的推移，冲动退去，思考、知识、智慧、对所做的事情及其原因的充分认识占了上风。因此，作品或许会缺少些许力量，但是却变得更有深度，也更加成熟。此外，正如海明威所言："一旦写作变成最主要的嗜好和最大的欢乐，那就只有死亡可以终结它。"对于加西亚·马尔克斯来说，每一本书或每一个故事都是一次新的探索、一个启示、一个值得展开的主题，同时也增强了他对写作事业的热爱。写一个好的故事最重要的是有一个值得把它创作出来的想法。如果想法成型了，那么无论是长篇小说还是短篇小说，迟早都会写出来。可以说，直到他的最后一部小说《苦妓回忆录》（*Memoria de mis putas tristes*, 2004），加西亚·马尔克斯一直扮演着好想法收集者的角色。他把这些好想法一个一个地保存在记忆的柜子里，反复思索它们的可能性，然后慢慢地发现把它们呈现出来的线索。这项工作是需要耐心的，因为从捕获灵感到最后完成写作，这个过程会长达5年，甚至10年。想法就像葡萄酒一样，会随着时间的推移变得越来越好，并且蕴藏着将在一个特定的时刻爆发的价值。"事实上，"他在访谈录《番石榴飘香》（*El olor de la guayaba*）中告诉他的朋友普利尼奥·阿布莱约·门多萨（Plinio Apuleyo Mendoza），"我从来不会对一个没有经受过多年冷落的想法产生兴趣。如果一个想法好到可以忍耐《百年孤独》的18年等待，《族长的秋天》的17年以及《一桩事先张扬的凶杀案》的30年等待，那我就只好把它写出来了。"

对他而言，灵感总是源于眼睛看到的一个画面。比如，《礼拜二午睡时刻》（*La siesta del martes*）被他视作他最好的短篇小说，它的灵感就源于他看到一个女人和一个女孩身着黑衣，在一个酷暑难耐的天气里打着一把黑色的伞走在一个无人的村庄里的画面。他出版的第一部小说《枯枝败叶》（*La hojarasca*，1955），起源于一个男人带着他的孙子前往墓地的场景。在一些场合他也承认他的第一部小说（也有人认为这对他的所有作品都适用，因为它们共有某种孤独和悲伤的情感）诞生于他和妈妈一起重返阿拉卡塔卡（小说中名为马孔多）的旅程中。加博（他的家人和朋友都这样称呼他）的外公马尔克斯上校去世的时候，他已经离开他 8 岁时和外祖父一起度过童年时光的村庄了。很久以后，那时他已经放弃了法律专业，他和妈妈一起回村子里卖掉房子，他曾经在那里度过了快乐、无忧无虑的日子。车站里没有人，只有寂静和尘土，整个村庄如幽灵般存在，一副破败的样子，空无一人。当他经过充满童年回忆的街道时，已经几乎认不出那些地方了。到家以后，他们看到一个女人正在一个房间的半明半暗中缝东西。她是他妈妈的一个朋友，他们过了好一会儿才认出她来，因为好久没见了，还因为当时房间里弥漫着衰败的氛围。当他们反应过来，妈妈和她的朋友立刻相拥着哭了起来。"就是在那里，在那次重逢之中，"加西亚·马尔克斯说，"我的第一部小说诞生了。"也许正是出于这个原因，词曲创作者华金·萨维纳写道："通过马孔多我明白了不应该试图回到你曾经度过快乐时光的地方去。"加博的另一部小说《没有人给他写信的上校》（*El coronel no tiene quien le escriba*，1961）源于一个男人在巴兰基亚市场里等船的充满忧伤的画面，多年以后，当住在巴黎的作者带着同样的痛苦等待一张解决他的经济拮据的汇票时，当年的场景又一次浮现在他脑海里。

《百年孤独》(*Cien años de soledad*, 1967) 的情况则更加复杂，因为要在最初的那个画面的基础上添加后来那些年里不断积攒起来的想法和灵感。或许他记住了那两个好友重逢时的伤感之情，但是他从青少年时期开始就在逐渐积累场景了，直到 50 年代，要为所有的童年经历找到一个完整的文学出口的感觉最终变成一种执念。渐渐地，加西亚·马尔克斯接受了一种可能性，这种可能性被视作越来越强烈的直觉，那就是把那些年在阿拉卡塔卡的美好存在放在“一个很大、很悲伤的房子里，里面住着一个吃土的姐姐和一个预言未来的奶奶，还有数不清的有着一样名字的、从来不区分幸福和疯癫的亲戚”。那些年里，他和外祖父母的关系最为亲密，因为他从襁褓时期到 8 岁都和他们一起生活，与此同时，其余的 15 个兄弟姐妹在他父母的家中一个接一个地出生。马尔克斯上校是村子里非常受人尊敬的自由主义者，他常因背着条人命而感到压抑，这是一场以枪击和埋葬告终的争吵的结果。有时候，他和外孙走在街上的时候会停下来叹口气，对他说：“你不知道背负人命是件多么沉重的事”。马尔克斯上校参加过世纪末的内战，常常会给他的外孙讲他的从军经历。外公和外孙之间形成了一种非常深厚的友谊，因为他们是一个住着一群女人的家中仅有的两个男人。那些战争故事在这位未来的小说家内心深处留下了不可磨灭的印迹。这位令人尊敬的老人在他的日常生活里为这个男孩开辟出了一块专属天地，和他一起在街上散步，听一个孩子的烦恼，回答他的问题。他经常会查阅词典，教给加夫列尔语言中取之不尽的宝藏。对于小加博来说，那本又大又旧、沾满尘土的书成了一盏可以解开所有谜题的有魔力的灯。但是一件具体的趣事后来变成了触发《百年孤独》的创作灵感的画面：一位老人带着一个孩子去认识马戏团里展出的新奇事物——冰块。这个画面——很显然出现在了小说的第一句话中——和他自己讲给普利尼奥·门多萨的两件真实发生过的事情有关："我记得我还是个孩子的时候，在阿拉卡塔卡，我的外祖父带我去一个马戏团看单峰驼。还有一天，我跟他说我没见过冰块，他就带我去香蕉公司的所在地让人打开了一个装着冷冻鲷鱼的盒子，让我把手伸进去。就是从那个画面诞生了《百年孤独》里的所有故事。"

带着那个最初的行囊，还有外祖母创造的奇幻世界，这个故事酝酿成熟的时候，已经过去很多年了。他痴迷于讲述童年世界，整个50年代期间都忙于记者工作和出版他最初的长篇和短篇小说，那时他还没有引起评论界和大众的注意力。那个时期也是他在巴黎过着异常拮据生活的阶段。在那里他有时候要在公园的长椅上或者在炎热的地铁站里过夜，甚至要借钱才能维持生计。也是在那个时期，他对古巴革命有了初步的了解。1961年，他和普利尼奥·门多萨还有里卡多·马塞蒂一起在拉丁社工作，担任驻纽约的通讯员。因为受到美国中央情报局和古巴流亡者的威胁，还因为支持被报社免职的马塞蒂，他决定辞去工作，带着妻子和儿子乘坐公交车前往墨西哥，随身携带的还有他们宝贵的100美元。他一直过着非常拮据的生活，但他即将迎来自己的创作高峰期，他已经为他的创作灵感积累了很多的回忆和画面。他已经几乎四年没有创作哪怕一行文字了。1965年1月，在从墨西哥城前往阿卡普尔科度假的路上，他突然停下车对他的妻子梅塞德斯说："我知道怎么写了！我要像外祖母给我讲鬼故事那样，面无表情地讲神奇的故事，就从孩子被父亲带去认识冰块的那个下午讲起！"他们没有抵达阿卡普尔科，而是半路返回家中开始写作。加西亚·马尔克斯决定闭关。他用家里的积蓄，再加上朋友们的接济，一共凑了5000美元，对梅塞德斯说在接下来的时间里不要打扰他。事实上，他一共写了18个月。在那一年半的时间里，他家欠下了1万美元的债务。在一次和普利尼奥·门多萨的谈话中，他谈起一些细节：在写作的时候，他感觉这部小说像一支博莱罗舞曲，因为它总是在过度的伤感主义的边缘徘徊，介于高雅与俗气之间。他接着说："到现在为止，我都是在中规中矩地写书，没有冒过险。但是现在我觉得我必须冒一次险。"他用一种预言家的话总结道："要么我通过这本书一战成名，要么就彻底完蛋。"一个经过了18年的等待写出来的故事有了一个好的结局，它被翻译成了多种语言，获得了国际反响，并售出了数百万册。

《族长的秋天》（*El otoño del patriarca*，1975）在柜子里躺了17年。从外公给他讲故事时那位因环境闭塞（不仅因为抽屉的限制也因为他自己的孤独）而衰老的族长就勾起了幼时的加夫列尔的好奇心，但是促使他深入这个主题并把它放进灵感柜子里的是对权力的痴迷。他的作品里充斥着军人首领、没有人给他们写信的军人、迷宫中的将军，等等。1958年1月23日，委内瑞拉的独裁者佩雷斯·希门内斯乘坐飞机逃亡，而加西亚·马尔克斯和他的朋友普利尼奥从加拉加斯的圣贝纳迪诺社区听到8年的屈辱是如何因为一架划过加勒比天空的飞机而终结的。他在加拉加斯的家里有一个佣人，在和他的谈话中，作家对独裁权力的机制产生了兴趣。那位老人向他讲述了胡安·维森特·戈麦斯的独裁统治，一个来自农村的族长在佩雷斯·希门内斯之前随心所欲地统治了长达30年。但是真正让他萌生创作一部小说的灵感的时刻是佩雷斯·希门内斯倒台后的两三天，倒台时这位独裁者正在召开政府会议。“有事情正在发生，”他这样描述道，“记者和摄影师都在总统府前厅等候。那时大约是凌晨 4 点，门打开后我们看到一个军官，穿着军装，倒退着走路，脚上的靴子满是泥巴，手里拿着一把机关枪。他用机关枪向前指着从我们这些记者中间走过，靴子上的泥巴在地毯上留下脚印。他下了楼梯，坐了一辆车去机场，开始了流亡之旅。正是在那个军官走出人们正在商量着如何最终组建新政府的房间的一瞬间，我突然冒出了关于权力的灵感，关于权力的奥秘。”后来，在最初的灵感的基础上，又萌生了一个画面：一位非常年老的独裁者独自待在一个满是奶牛的宫殿里，那就是小说的出发点。之后的 1959 年，作者到了古巴，他以为找到了可以开始写作所必需的小说结构，将其设计为这位被判了死刑的年老独裁者在被行刑前的长篇独白。但是他发现遇到了两个问题：一个是独裁者从不会以这样的方式死去，因为他们要么正常地在床上死去，要么以一种暴力和意想不到的方式遭遇袭击而死；另一个问题是，独白的视角决定了只有一个人物、只用一种语言的叙事视角。就这样，这部作品被搁置在了那个存放好想法的柜子里。1962 年，当时他住在墨西哥，虽然已经写了 300 页，但是结构上的问题依然没有解决，因此他中断了这项任务，并把当时已经写好的内容抛诸脑后；这部作品的创作在他闭关去写《百年孤独》的时候彻底中断了。1968 年，在巴塞罗那，从马孔多的宿醉中缓过来之后，他再次拿起这部未完成的书稿并用心写作了 6 个月，然而他又一次中断了创作，因为他还是没想好有关主人公道德方面的一些问题。两年后，他买了一本由海明威作序的关于大象的书。诺贝尔奖获得者的文章并没有派上太大用场，反倒是一些关于大象生活的内容引起了他的注意，“那正是这本小说的解决方法”，他确信，“我书中的独裁者的道德观可以很好地通过大象的一些习性来解释”。但是问题依然存在：他无法描写出小说中城市的炎热程度。这是一个关键性问题，因为那是一个位于加勒比海边的地方。因此他只好带着全家人离开巴塞罗那前往加勒比海。“我在那里游荡了差不多一年时间，什么也没做。回到巴塞罗那以后我种了一些植物，放置了一些香薰，终于做到了能让读者感受到那座城市的炎热。整本书顺利地完成了。”

这是花费时间最长的作品，因为他把它写成了一部散文诗。每本书都有它的语言和风格，加博需要摆脱《百年孤独》营造出来的魔幻、奇妙的氛围。为此，他需要像写诗一样逐字推敲，慢慢地琢磨每句话的音乐节奏。因此，有时候他连续好几天都写不出来一句话。如果我们留意这个故事的结构的话，可以看到明显的鲁文·达里奥的印记，因为他不仅是小说中的一个角色，还有很多那位尼加拉瓜诗人的诗句被融入故事中，例如一首散文诗中的一句这样写道：“你的白手帕上有一个图案，那是不属于你的人们所拥有的红色图形，我的主人。”当发现作品的基调应该具有诗意和音乐性时，加西亚·马尔克斯像达里奥一样，赋予了他的作品明显的音乐感，为此，他会用一天的大部分时间聆听对他创作有帮助的旋律，例如巴托克·贝拉的音乐和加勒比地区所有的流行音乐，这种做法赋予了他的文字一种独特的韵律。

另一方面，这也是加西亚·马尔克斯最自由的作品，是他一直想写的作品，也是给了他最大的个人满足感的作品，在这部作品中也留下了最多关于他内心世界的线索。同时，这也是最具实验性的一部作品。线性结构原本会让作品变得单调。但是，因为他使用了一种螺旋的方法，可以压缩时间并讲述更多的事情，就好像是把它们都装在一个胶囊里一样。另外，多重独白允许多个不明身份的声音介入，这样会更接近于加勒比地区发生的故事的本来面貌，讲述了反对滥用独裁权力的大规模的秘密行动。

《一桩事先张扬的凶杀案》( *Crónica de una muerte anunciada* ) 的酝酿时间则更为长久，它的主题的确定时间和其他作品的选题一样久远，成书直到 1981 年才出版。它的灵感源自 1951 年发生在苏克雷的一些事件，出于和一些牵涉其中的人之间的友谊，加之那些天报纸上的简要报道，加博对这些事情有所了解。起初，他的兴趣仅仅出于记者的职业敏感，因为那是很好的新闻素材，却还不至于成为小说的素材。但是，那种题材几乎没有在哥伦比亚出现过，他认为这个主题并不会引起他供职的小型省级报社的重视。几年以后，他开始为这个故事构思文学性的结局，但是把它写成一部小说的想法遭到了母亲的反对，因为其中关系到太多的朋友、亲戚和熟人，这让他没有下定决心。她不断地对他说至少要等到圣地亚哥·纳萨尔[1]的妈妈去世了再写。另外，除了故事本身，几乎所有事都还没确定下来。渐渐地，越来越多的真相浮出水面。在想了很多年以后，他发现了一个核心要素，“那就是两个杀人者并不想犯罪，他们做了一切能做的事让人来阻止他们，但是没有成功”。

接下来就是叙事者的问题了。对这个问题的思考造成了进一步的结构性延误。对于马尔克斯来说，显然这本书应该以对罪行的细致描写作为结尾，因为在小说的发展中，事件已经变成了将所有事情联系起来的唯一中心轴。解决方案就是他自己来当叙事者，也就是说，在他的小说中第一次出现一个人“有条件可以随意在小说的时间线索中来回穿梭。也就是说，30 年以后，我发

〔1〕 小说中遭谋杀的主人公，在现实中是加西亚·马尔克斯的一位朋友。

现了一个我们小说家常常忘记的事情，那就是：最好的文学配方永远是真相”。

但是这部小说仍然不完整。他还需要一个要素，但一直没有找到。尽管书稿的结尾已经确定下来了，但那不是按照时间顺序发展的那个事件的结局，因为在凶杀案发生之后，整个村庄的人都震惊了，对比卡里奥的审判、巴亚尔多的逃跑、安赫拉的孤独，等等。数年后，叙事者重新展开调查，但是缺少对主人公们的详细了解，那个事件已经过去了近25年。有一次，加博承认道，因为要讲出这个故事他作为作家的使命感变得更加强烈了："由于那个退婚事件，我年轻时候的一位伟大而又非常亲密的朋友，被指认成一起他从未做过的凌辱事件的肇事者，在全村人的注视下被年轻的遭到抛弃的女子的兄弟用刀刺死。他叫圣地亚哥·纳萨尔，性格开朗，外貌英俊，是当地阿拉伯人群体的优秀成员。在我确定我一生将要从事什么职业之后没多久，这件事就发生了，我很急切地想把这件事讲出来，或许这就是永远决定了我要当作家的事件。"因此，他开始把这件事讲给他的亲戚和熟人听，目的是找到把它写出来的更好的方法。一个朋友跟他说，找到解决方法的秘诀就是把这件事不断地讲给他身边的人听，直到他发现故事本身的真相为止。"当然，我听从了他的建议，"他说，"很多年间我把这个故事反复讲了很多遍，希望有人能找出其中的问题。梅塞德斯从很小的时候就记住了故事的片段，在听了很多遍以后她把故事重新组合起来，最后讲得比我还好。路易斯·阿尔科里萨在他墨西哥的家中把它录了下来，当时所有人还很年轻。我在莫桑比克的一个遥远的村子里花了六个小时把这个故事讲给了鲁伊·格拉。一天晚上，古巴朋友给我们吃了一只街上的流浪狗，骗我们说那是羚羊肉，即便是这样我们也没能找到故事中缺少的那个要素。多年来，我在火车上和飞机上、在巴塞罗那和世界各地把这个故事给我的文学经纪人卡门·巴塞尔斯讲了很多遍，她总是像第一遍听到这个故事一样哭泣，但是我永远都不知道她哭泣是因为感动还是因为我没有把这个故事写出来。出于一个实际的原因，唯一一个我没有对他讲过这个故事的人是我的好朋友阿尔瓦罗·穆蒂斯，他一直是我的作品的第一位读者，我很注意要保证他在阅读我的手稿时没有任何先入为主的想法。"

在一次长时间的欧洲之旅后不久，加博在阿尔瓦罗·塞佩达·萨穆迪奥家中，面对着萨瓦尼亚海，阿尔瓦罗突然对他说："我有一个可能会让您感到不快的消息要告诉您：巴亚尔多·圣罗曼回去找安赫拉·比卡里奥了。"正如阿尔瓦罗所料，加西亚·马尔克斯惊呆了。他接着说："他们两个一起住在马诺雷，他们很老了，生活很糟糕，但是很幸福。"这正是漫长的寻找之后得到的结局。那个在新婚之夜抛弃了妻子的男人在23年后又重新和她生活在一起。那个消息"让一切都准备就绪了。一切都很清楚"，他说，"出于我对受害者的个人情感，我曾经一直以为这个故事讲的是一个不可原谅的罪行，而事实上它本该是关于一段可怕的爱情的秘密故事。只是我差点儿就永远不知道它的隐秘细节了，因为阿尔瓦罗和我坐在亚力杭德罗·奥夫雷贡的卡塔通博牌货车上在悬崖上挂了两个小时，我们奇迹般地得救了。'这该死的命运'，我想，当时我们正一点点地滑向波涛汹涌的海底；'为了寻找这个结局经历了这么多，还没来得及把它讲出来就要死了！'等我的身体刚一恢复，特别是从惊吓中缓过来后，我就去马雷诺找巴亚尔多·圣罗曼和安赫拉·比卡里奥，为了让他们告诉我他们不可思议的和解之谜"。在去找他们的旅途中，马尔克斯在一家酒吧遇到了一个男人，他一看到他就问："您认识尼古拉斯·马尔克斯上校吗？"当他回答是他的外孙以后，那个人吃了一惊："这么看来……您的外祖父杀了我的外祖父。"他们在一起喝着白兰地，吃着半生的羊肉回忆着他们死去的外祖父，就这样过了三天三夜，"之后我又不间断地去见了上校在内战期间留下的无数个私生子中的19个，才终于到了巴亚尔多和安赫拉的家门口"。加博这样讲述他的那次揭秘之旅的结尾。正是那次揭秘让他畅快地写了一个完整的故事："在一天中最炎热的时候，一个女人正坐在窗边用机器刺绣，她穿着淡色的衣服，戴着金属边框的眼镜，头发灰黄色。她的头顶挂着一个鸟笼，里面的金丝雀不停地唱着歌。外面的风景透过窗户呈现出一派恬静的景致，看到她的样子，我不想承认那就是她，因为我不愿相信生活最终会和糟糕的文学如此相像。但那就是她：安赫拉·比卡里奥，在那件事发生了23年以后。"

## 斯科特的补剂[1]：上面，左边

所有的妈妈都在厨房的柜子里放着一些瓶子。其中有一些是装调料的，但那些最有效，同时也是最危险的，是用来装药的，这些瓶子总是放在小孩子够不到的地方。加夫列尔的妈妈在柜子最上面的左边放着斯科特的补剂，就像一个收藏好主意的人一样，这样除了她之外没有人能拿到它，这样可以用得久一些，而

---

〔1〕西班牙语为：El tónico de Scott 或 la emulsión de Scott，是鱼肝油补剂的一个品牌。从18世纪以来被用作促消化和增加食欲的补剂，还被用于营养不良引起的疾病和关节炎的治疗。

且只有在必须要用的时候才会拿出来。只有她知道，那个柜子里和那个补剂里的有用的东西会让她的儿子健康成长并成为一个有用的人。她的儿子在1982年得了诺贝尔奖以后，一个哥伦比亚电台打电话给她，说小加博一定受到过极好的教育。她很紧张也很真诚地回答说，她儿子所有的聪明才智都归功于斯科特的补剂，在儿子小的时候她总是给他吃这个。她还借机请求他们帮她修理一下电话，这个电话在一年前就已经散架了。那瓶存放在黑暗中的高处的补剂，一直在和最好的灵感共同生长，并且只对真相有奇效。这并不是强迫罪犯承认罪行的灵药，而是一种对日常生活起作用的妙方。我们已经知道加西亚·马尔克斯的长篇和短篇小说总是会以真实的故事为蓝本，因为好的文学总是最接近生活的本质，而不是反过来。"在我的小说中，"他坚定地说，"没有一句话不是以现实为基础的。"那么，应该如何解释从他的书中散发出的持续不断的、富有诗意的魔力，还有那些不断出现在他的故事中的超自然元素呢？在诺贝尔奖的获奖感言中，他身着白色的富有加勒比特色的服装，以巴托克·贝拉的间奏曲为背景音乐，他总结道："我大胆猜测今年引起瑞典文学院关注的正是这个异乎寻常的现实，并不仅仅在于它的文学表现形式。那个天马行空的现实中的所有事情都无须借助想象，因为对我们来说，最大的挑战是缺少常规的手段让我们的生活变得可信。这是我们社会的症结所在。"

在拉丁美洲写作就意味着要学会分辨现实和虚构，不被僵化的理性主义或纯粹混乱的幻想带偏。而加西亚·马尔克斯在孩童时期就学会了在两者之间自由转换，这是通过青少年时期的阅读形成的天然本领。第一个对他的艺术造诣产生影响的人是他的外祖母。"她不动声色地给我讲最残忍的事情，"他回忆说，"就好像她刚刚目睹一样。我发现那种冷静的方式和那些丰富的画面是让她的故事变得可信的关键因素。我用外祖母讲故事的方法写了《百年孤独》。”如果说外祖父象征着战争故事和绝对安全的世界，以及自豪感、真实的市井生活和脚踏实地的真实感，那么外祖母则为孩子构建了由超自然、来世、想象和神秘组成的不确定的宇宙。“我想同外祖父一样现实、勇敢、坚定，但我无法抵抗窥探外祖母的世界的持久的诱惑。”小时候的那些年起到了决定性的作用。更重要的是：那段时间意味着他永远无法摆脱同样的念头，不仅是文学的，也是个人的。即便是已经过去了很多年，直到他 2014 年去世的时候，还会经常梦到阿拉卡塔卡的那栋房子和在那里的生活。在那样的梦境里，那个时期的感觉会一直存在：对黑夜的恐惧。“那是一种无法治愈的感觉，”他向普利尼奥·门多萨解释道，“总是会在傍晚的时候袭来，即便是在梦里也会让我感到不安，直到我从门缝里再次看到新一天的阳光。我无法很好地定义那种感觉，但是我感觉那种恐惧有一个确切的源头，因为在夜里，外祖母虚构出来的事物，她讲述的预兆和回忆都会变得真实。那是我和她之间的联系纽带：我们俩通过一种看不见的纽带与一个超自然的世界进行交流。白天，外祖母的魔幻世界让我着迷，我就住在那里面，那是我独有的世界。但是晚上就会让我害怕。时至今日，当我独自一人睡在世界上任何一个地方的酒店里时，有时还会突然被那种可怕的、一个人身在黑暗之中的恐惧惊醒，我总是需要几分钟时间来化解它，然后重新入睡。”

很多时候，恐惧来自死去的人们。外祖母会跟他说起另一个世界里的、住在黑暗中的死去的亲人。“如果你乱动的话，”她对他说，“佩特拉姨妈，或者拉萨洛舅舅就会来。”对她来说，神话故事、传说、人们的信仰“以非常自然的方式组成了她日常生活的一部分。想着她，我突然发现她没有编造任何事”——同时也是指他的小说——“她只是看到了一个充满预兆、疗法、预感和迷信的世界，如果你愿意的话，那是非常具有我们的特色的，非常具有拉丁美洲风格的世界。例如，你要知道我们国家的那些人可以通过对着牛祷告让虫子从牛的耳朵里出来。在拉丁美洲，我们所有的日常生活都充满了这样的事情”。

在这种环境下成长的小孩变成了少年，也变成了一个狂热的阅读爱好者。17岁的时候他读到了卡夫卡的《变形记》，这为他创作早期的作品打下了基础。他在学生宿舍里花了一个晚上就读完了这本书，由此发觉自己会成为作家：“看到格里高尔·萨姆沙可以在醒来的时候变成一只巨大的虫子，我自言自语道：‘我认为这是不可能的，不过如果可以这样写的话，我对写作很感兴趣’。”第二天，他写了他的第一则短篇小说，而把学习的事情抛在脑后。那个时候他明白了在文学世界里有着和学校里学到的理性主义和学院派的知识不一样的可能性。“这就像是脱去贞操带，”他承认道，“然而，随着时间的推移我发现一个人不能单靠编造或者想象来写自己想写的东西，因为这是在冒着说谎的风险，在文学世界说谎比在现实生活中说谎更严重。在看似具有最大自由度的领域里，也是存在法则的。在不陷入混乱、不陷入彻底的非理性主义的情况下，就可以摘掉理性主义的遮羞布。”但是应该把想象与虚幻区别开来。对于加西亚·马尔克斯来说，想象是加工现实的工具，因为所有的艺术创作总是以现实为基础的，通过想象的力量对现实进行诠释、对照、美化和丰富。这是把现实变成艺术作品的方法，并不是简单的对现实的镜像映射。但是，纯粹的虚幻、完完全全的编造，是交流的世界中可能存在的最令人厌恶的事情了。加博认为，想象与虚幻之间的区别“和一个真实的人与口技艺人手中的木偶之间的区别是一样的”。想象会改变现实，但是对于加西亚·马尔克斯来说，想象归根结底是发掘现实的最忠实的方法，这本身就是极好的。小说中的魔幻事件是他童年时期发生的真实逸事的抄录。他说，在拉丁美洲，“超现实主义满大街都是，它源于真实的日常生活”。例如，有一天在巴塞罗那，他和他的妻子正在睡觉，来了一个男人对他们说：“我是来修熨斗线的。”梅塞德斯躺在床上喊道：“这里的熨斗没有坏。”那个男人问：“请问这是 2 号公寓吗？”原来是他搞错了，应该是楼上那家。后来梅塞德斯去熨衣服，一插上电源，熨斗就烧了。

其他的这类成为大师小说养料的事件，来自更为久远的过去，例如《百年孤独》中毫无缘由地盘旋在毛里西奥·巴比罗尼亚周围的蝴蝶，唤起了与一位电工相关的记忆，他是在作者大约 5 岁的时候来到他们位于阿拉卡塔卡的家的。他每次来修理东西的时候，外祖母都要用一块抹布把进来的蝴蝶赶走，一边说着：“只要这个人来家里，就会进来一只黄色的蝴蝶。”在同一部小说中，俏姑娘蕾梅黛斯升上了天空。作者是这样解释的：“一开始她就预感到她会在家中的走廊里做刺绣的时候消失。但是这个场景几乎是电影式的，我觉得不可接受。无论如何，蕾梅黛斯会一直在那里。于是我就想出了让她的身体和灵魂都飞上天的情节。真实的事件是什么呢？一位女士的孙女在凌晨逃走了，为了掩盖这个事实，她决定散布她的孙女已经飞上天的消息。”但是写好这个情节并不是那么容易，因为没有找到让她上天的方法。“有一天，”他跟我们讲，“当我正在思考这个问题的时候，我走到我们家的院子里。当时刮着很大的风。一个过来洗衣服的、很高大也很漂亮的黑人女子正在努力地把床单晾到绳子上。她晾不上去，风把她和床单都吹跑了。于是，他灵光一闪。‘就是它了’，我想。俏姑娘蕾梅黛斯需要床单来把她送上天。就这样，床单变成了现实提供的元素。我回到打字机前，俏姑娘蕾梅黛斯毫不费力地飞上了天，一直向上飞啊，飞啊。”

在加西亚·马尔克斯的作品中，诠释他的叙事世界的十分迥异的文化元素很好地融合在一起。一方面，前哥伦布时期的文化在美洲大地上各有不同，但是所有文化又对魔法和对自然现象的超现实解释如此地包容。另一方面，他有着来自外祖父母的加利西亚血统，他生命中的前八年都是和他们一起生活的。他们给他讲的超现实事件，有很多都源于加利西亚。另外他也受到了非洲文化的影响：哥伦比亚的加勒比海岸与巴西和安的列斯群岛一起，是受到非洲影响最大的美洲地区，例如，这里的文化就和安第斯山高原的文化大不相同。在哥伦比亚的加勒比海岸，西班牙元素和前哥伦布时期的元素、加利西亚人的魔法、安达卢西亚吉卜赛人的迷信和幽默，当然还和来自非洲奴隶的想象力和欢乐相互融合。1978 年，加西亚·马尔克斯去安哥拉旅行，他认为那是他最美妙的经历之一，这把他的人生一分为二。他原以为自己会来到一个陌生的世界，但是他刚一踏上那里的土地，闻到那里空气的味道，就好像被什么东西击中了，他完全回到了童年的世界，那里有他已经忘记的风俗习惯，甚至连夜里的噩梦都是一样的。在那里他发现他的根也在非洲。

加西亚·马尔克斯也有他独有的个人迷信。他就活在那个魔幻的世界里。梅塞德斯每天都会在写作的地方放一些黄花，因为它们“会给他带来好运”。他喜欢黄色的玫瑰花，在这些花的旁边他会有安全感，他相信任何坏事都不会发生在他身上，但是如果这些花不灵验的话，唯一可以保证他的安全感的就是被女人包围。有时候他会一直写作，却不见成效，当他回头看向花瓶并发现它是空着的时候，他就找到了原因：黄玫瑰没在那里。“我会大喊一声，”他坦言，“他们就会给我拿来花，然后一切就变得顺利起来。”他相信物体、场景和人，他会凭直觉判断出和它们相关的好的或是坏的预兆，然后预兆会成真，就像发生在布恩迪亚上校身上的事情一样。例如，佩雷斯·希门内斯在委内瑞拉发动军事政变的前一天下午，他便预感到一个重要的事件将要立刻发生，“随时都会有事情发生。”普利尼奥·门多萨亲耳听到他说这句话，在轰炸发生前三分钟，他们正背着毛衣和泳衣准备去海滩。同样，他也会经常预感到一个东西即将掉落或者破碎，这是司空见惯的事情。当上述情况发生的时候，他看到碎片会面色苍白，一脸茫然。他还相信不好的品味和坏运气之间存在着密切的联系：委内瑞拉人会把物体、态度和品味奇怪的人带来的不利影响称作 *pava*[1]。类似的事物不胜枚举：门后的蜗牛、房子里的鱼缸、塑料的花、孔雀、马尼拉披肩、燕尾服（他没有在诺贝尔奖的颁奖仪式上穿燕尾服）、光着身子穿着鞋走路……对于场景也是如此。有一次，在卡达克斯，突然刮起一阵大风，是北风，他生出一种自己正在经历致命危险的感觉。他预感到哪怕他活着离开那里，也将永远无法再回去。风一停，他就匆忙离去。抵达赫罗纳以后他才松了口气，并清楚地意识到在那里的下一个约会将不可避免地将他引向死亡。这件逸事在他的短篇小说《北风》（*Tramontana*）中有所体现，这是《十二个异乡故事》（*Doce*

〔1〕 原意为“雌火鸡”，在委内瑞拉的方言里特指本身具有的或是被传染而来的坏运气。

*cuentos peregrinos*)[1]中的一篇，该书出版于1992年，书中讲述了拉美人在欧洲经历的12个故事，所有的故事都包含着预感和预兆的情节：一位哥伦比亚新娘在马德里被玫瑰的枝干刺破了手指，结果在巴黎流血而死；一个在巴塞罗那的巴西妓女对自己的死亡的直觉，最终变成了一位顾客获救的信号；小孩在光中溺死，因为“光像水一样”，等等。魔幻现实主义影响着人们，在拉美人探索欧洲的同时，它从“殖民地”迁移到了“宗主国”。

## 正字法该退休吗？

所有的好作家都知道文字的力量。太初有语，我的嘴绝不说最后之言。[2]从《创世记》到《启示录》。从何塞·阿尔卡迪奥到长着猪尾巴的孩子。12岁的时候，加西亚·马尔克斯差点儿被一辆自行车轧到。一位路过的牧师对他喊道：“当心！”那个骑自行车的人跌倒在地。牧师对他说：“您现在看到什么是语言的力量了吧。”从那天起加博就明白了这个道理：这是一种会随着时间增强的力量。加西亚·马尔克斯在1997年4月8日的《每日新闻报》中发表的文章中指出：“人类将在文字的统治下进入第三个千年。此前世界上从来没有像在当今生活的巨大巴别塔中这样，有过这么多具有如此广度、权威和意志的语言。”在同一篇文章中他还鼓励有影响力的学者们简化语法，使规则更人性化，快速同化新的科技词汇，接受“deque”句式的错用和副动词的滥用，淘汰正字法，弃用石器时代的“h”，不再区分字母

[1] 中译本书名为《梦中的欢快葬礼和十二个异乡故事》。
[2] 这是作者模仿《圣经》所写的句子。

“g”和“j”，灵活使用书面重音符号，删除字母“b”或者“v”。诺贝尔奖获得者的这番论调像一盆冷水泼向读者，然而可以肯定的是，不能将这场从40年代就开始的针对语言的持续斗争归罪到加西亚·马尔克斯身上。他的每部作品都是一场真正的肉搏战，除了他的工作用具以外，他没有其他任何武器，当然，和他一同作战的还有黄玫瑰。加西亚·马尔克斯是一位真正的职业作家，他的严谨已经深入骨髓，对每一个写出的文字都一丝不苟。他说：“我无法在不绞尽脑汁一周的情况下写出一封贺电或者一封吊唁电函。”他的一些小说已经写了9遍、10遍、11遍，当他写好的时候，他再也没有回头读过它们。

多年来，他的工作方式发生了很大的变化。他刚开始写作的那个时期，白天的时间用来完成新闻记者的工作，晚上的时间则用来进行文学创作。他只有在工作允许的情况下才能写作，也就是在凌晨两点或三点。那是一件令人快乐的事情，几乎不需要负什么责任。他还在这个行业探索，所以写得很快，带着年轻的无所顾忌和青涩。他可以连续写出一本书的十页内容。有一次，他一口气就写出了一篇短篇小说。随着时间的推移，他的责任感越来越强，作家感到他写出的每个字都会产生更大的反响，并且会以更深刻和更明确的方式影响更多的人。因此，他会更加冷静地进行创作，当他有更多时间用来写小说的时候，他曾在好几天里只写出来一段或是寥寥几行字。刚开始创作的时候，他有时会在报纸的编辑部里写他的短篇和长篇小说。于是他习惯了在周围都是人且满是噪音的环境中写作，在任何地方都可以，甚至当他的同事都走了，当排版机的噪音停止以后，他就无法继续写下去。安静让人分心，安静反而变成了一种杂音。然而，音乐让安静变得有序起来。他向作家身份迈出的最初几步源自一个挑战：他开始写作是出于偶然，只是为了向一个朋友证明当时出生的那一代人里能够涌现出好的作家。然后他便落入了为了快乐而写作的陷阱中，后来又落入了新的陷阱，那就是这个世界上除了写作便再没有他喜欢做的事情了。他抽烟抽得很厉害，每天会抽四十多支，剩下的时间就用来排毒。后来他完全改掉了那种习惯。《百年孤独》出版后，他便可以单靠写小说来维持生计了，于是他停止了一贯的、耗费精力的报社工作。从那时候开始，他仍然和媒体保持合作关系，但更多是撰写文章，且再也没有在报纸或者杂志的编辑室里整日工作过了。从那时起，他的工作基本都是在家里完成的。另外，他的工作习惯也发生了变化：他每天准时（这也是他的另一个癖好）从早上 9 点写作到下午 3 点，在一个安静暖和的房间里。《苦妓回忆录》出版以后，他就写得很少了。他留下了一些未完成的故事，还有两本回忆录的写作计划。一种损害他记忆力的疾病让他无法完成那些工作。

写出那些最著名的长短篇小说时期的加博认为，理想的写作地点是随着一天中的时间而变化的：早上是一座荒岛，晚上则是大城市。早上他需要创作时的安静，晚上则是一点酒精和可以聊天的好友，因为他觉得有必要和街上的人们接触并充分了解时事。另外，在写小说的过程中，他需要不断地把正在做的事情讲出来，以便所有人一起发现作品结构中需要改进的薄弱环节。就这样他让他的朋友们做着一项令人着迷却又辛苦的工作，但却从来不让他们读原稿。这样做的原因是出于一个迷信的想法，那就是：作家的工作总是在绝对的孤独中完成的，面对着纸张、机器或者电脑，像一个身在大海中的遇难者一般。

由于多年高强度的新闻工作，他已经习惯了用打字机写作，因此在某个特定的时间他完全失去了手写的习惯。在他生命的最后几十年中，他还采用了最为先进的科技手段，也就是说，所有和信息技术有关的东西。但是在那之前，他第二天第一件要做的事总是修改前一天写好的书稿。随着时间的推移，完成的书稿越来越多，工作就会更有效率，也更令人满足。写长篇小说比短篇小说更令人快乐，因为只需要写一次开头，作家最艰巨的工作就是构思第一句话。长篇小说是一个实验室，可以在其中设置很多和风格、结构，甚至是和书的长度相关的元素。在他开始写《百年孤独》的时候，很长一段时间里都在想第一句话，在他好不容易写出来那句话的日子，他充满担忧地想着不知道自己接下来还会遇到什么困难。“在我写到在丛林里找到大帆船的情节之前，我觉得这本书不会获得任何成功。但是从那以后一切都进展得很顺利，另外，我也觉得乐在其中。”

修改的工作也很重要。在使用电脑之前，他都是以手写的方式、用黑笔在前一天用打字机写好的手稿上进行修改。每天都是如此：先修改前一天的稿子，再把改好的稿子誊写一遍。然后是对完整初稿的修改，随后再把改好的稿件交给打字员以便她打出终稿。然而，最初的时候，他会一鼓作气地全部写完，再修改。当工作节奏慢下来以后，他就逐行进行修改。他从来不做工作笔记，因为如果这样做的话，注意力就会放在工作笔记上而不是在作品本身了。或许是因为不喜欢手写体，他用打字机写作，当他写错了，或者只有一个拼写错误的时候，出于个人癖好或者精益求精的原因，他就会重新拿一张纸再写。有时候，为了写一篇12 页的短篇小说，他会用到多达 500 张纸。

在一部作品创作期间，他每时每刻都在想着写作的事。这和他对“灵感”一词的见解有关。加西亚·马尔克斯认为，“灵感”这个不被浪漫主义者看好的词语不应被视作一种神启，而是

“凭借坚韧性和掌控力与作品主题达成和解。当有想写的东西出现时，在作家和主题之间就出现了某种紧密的双向关系，作家选择主题，主题也在选择作家。有那么一个时刻，所有的困难都消失了，所有的冲突都不见了，脑海中会出现你从来没有梦到过的东西，那么在生活中便没有比写作更好的事情了。那就是我称作‘灵感’的东西”。有时，那种“神启”状态会消失，作者不得不从头开始重新构思所有内容。他说：“那些时候，我会拿着一把螺丝刀拧紧家里的锁和插座，把门刷成绿色，因为有时候做手工活可以帮助战胜对现实的恐惧。”但是当写作进入一种疯狂状态时，作者就会和书中的人物一样感同身受，沉浸在他作品的世界里。例如，他讲述他如何杀死布恩迪亚上校的那篇文章就非常引人注目：“我知道我需要在某个特定的时刻杀死他，但是我不敢。上校已经老了，正在做他的小金鱼。一天下午我想：‘就这样去他的吧。’我得杀死他了。我写完那一章后，我颤抖着上到二楼，梅塞德斯正在那里。她一看到我的脸色，就知道发生了什么。‘上校死了’，她说。我躺在床上，哭了两个小时。”

在健康状况和紧张的日程允许的情况下，他每天都写作。从70年代中期他就在墨西哥、卡塔赫纳、哈瓦那和巴黎之间辗转停留，但是1981年，在《一桩事先张扬的凶杀案》出版期间，他被哥伦比亚保守派政府指控向M-19游击队提供资助。他被迫向墨西哥大使馆申请政治庇护并离开了祖国。在那之后，他每次回国都只会做短期停留。不久以后，他得了诺贝尔奖。与此同时，他把大本营定在了墨西哥，有时会在哈瓦那住一段时间，他和菲德尔·卡斯特罗之间的关系越来越亲密了。他的记者工作也没有停止。恰恰相反，他用诺贝尔奖的奖金创办了一份报纸，并召集朋友来经营，还对他们说：“你们驻扎到波哥大，然后就开始工作吧。我要把自己关起来写一部关于老人的小说。”那就是《霍乱时期的爱情》(1985),这本书再现了他的父母艰难的相爱过程,用他自己的话说,他是在“一个几乎完全幸福的时期”写作的。后来,政治问题一得到解决,他就回到了卡塔赫纳。1986年,他在古巴创办了圣安东尼奥·德洛斯·巴尼奥斯电影学校,并每年筹办一个剧本工作坊。1989年,他在《迷宫中的将军》(*El general en su laberinto*)中讲述了西蒙·玻利瓦尔生前最后的时光,在写小说的同时他还写报刊文章,他为自己定下每本小说创作间隙“也要保持写作”的规定。到了90年代,他出版了一部新的短篇小说集和另一部根据真实故事写的小说《绑架》(*Noticia de un secuestro*,1996),后者为他带来了新的威胁,这次是来自恐怖分子的,他在书中用令人惊骇的笔触将他们的所作所为曝了光。此外,他为“伊比利亚美洲新报业”创建了基金会,他说“我从来没有——哪怕是一分钟也没有——停止过当记者”,因为这是“世界上最好的职业”。他经常旅行,并非总是出于需要,有时候他漂洋过海仅仅是为了看望一位朋友,因为在内心深处,这是他唯一在乎的事情。他开始写作的时候,驱动他的更多是文学因素,甚至是出于个人进步方面的考虑。在他生命的最后几年,他意识到他写作是为了让朋友们更爱他。

1999年夏天,他被诊断出得了淋巴癌。在波哥大医院进行了几次检查以后,他住进了洛杉矶的一家诊所。他的病情似乎很严重,只有通过像埃利塞奥·阿尔贝托这样很亲密的朋友(也是我们的朋友),我们才能对他的病情进展有所了解。网络上流传着一封据说是他写的信,信中他向这个世界告别。一年以后,他重新出现在世界各地的电视媒体中,辟谣那封信并非他本人所写,并向大家展示他在生了一场大病之后身体状况很好。那段时间他也没有停止写作。带着对未来的不确定性，他抓紧时间写回忆录——他计划写六卷，每卷大约400页。他还写了一些短篇和长篇小说，其中一个故事讲述了一个男人将要在写完他正在创作的小说的最后一句话时死去的事。这位来自阿拉卡塔卡的“巫师”可以预言大到军事政变、小到家中细小的破损，可以预测形势和人的霉运。他有着奇怪的感觉：他的小说和生活如此相像。也许这就是他不愿让生命结束的原因。遗憾的是，我们永远无法读到所有这些最新的故事素材了，因为2014年圣周四晚上，在月圆之时，他永远地离开了我们。

## 参考书目

Collazos, Óscar. *García Márquez: la soledad y la gloria*. Barcelona, Plaza & Janés, 1983.

Earle, Peter. *García Márquez*. Madrid, Taurus, 1981.

Fernández Braso, Miguel. *La soledad de Gabriel García Márquez. Una conversación infinita*. Barcelona, Planeta, 1972.

García Márquez, Gabriel. *Notas de prensa. 1980–1984*. Madrid, Mondadori, 1991.

García Márquez, Gabriel. *Cómo se cuenta un cuento*. Madrid, Ollero& Ramos, 1996.

García Márquez, Gabriel. *La bendita manía de contar*. Madrid, Ollero & Ramos, 1998.

Mendoza, Plinio Apuleyo. *El olor de la guayaba*. Bogotá, Oveja Negra, 1982.

Saldívar, Dasso. *García Márquez. El viaje a la semilla. La biografía*. Madrid, Alfaguara, 1997.

# 卡门·马丁·盖特

Carmen Martín Gaite

1925—2000 西班牙

## 笔记本女士

**主要作品**

《薄窗帘间》（*Entre visillos*，1957）

《系列事件》（Retahílas，1974）

《曼哈顿的小红帽》（*Caperucita en Manhattan*，1990）

*在写作方面我从没有失去灵感的时候。……我会被故事本身的节奏指引去创造它们，没错，故事是有属于自己的节奏的。……不过不到把一个主题构思清楚的时候我是不会动笔的。我会利用笔记和技艺去充实那些主题……就像是纺织，捋顺线头，删除或添加某些元素，把它们组合起来。*

◎ 街道最重要的一点是能不断激发卡门的文学创作灵感。当故事不愿从窗户进来的时候，她就主动去寻找它们。只要留心身边人或偶然遇见的人不断变化的聊天话题就够了。

◎ 她随时随地都能写作。写作的关键是她的那些笔记本。它们陪伴着她走到各个地方，它们就像是她身体的附件。无论是在地铁里还是在咖啡厅里，一旦她有了新想法，就会掏出笔记本记录下来。

* * *

她去世时怀抱着她的笔记本。他们把她带到医院时，卡门还不知道自己已到了肝癌晚期。在她住院的第二天，她唯一的姐姐安娜·玛利亚回到她位于马德里小村埃尔保罗的家中寻找一些材料，她们两人在那之前的几个月里一同住在那里。在离开前，安娜·玛利亚问道："卡门，你想让我给你带来点什么吗？""我的笔记本。"她这样答道。安娜·玛利亚回来时，妹妹的状况已经非常糟糕了，但她还是能明白姐姐已经完成了任务。她拿起那些笔记本，把它们夹在胳膊下面。那是她踏上最后一段旅途时唯一的行李。

卡门于 2000 年 6 月 23 日去世。几乎一年半后，在 2001 年 11 月的一个寒冷的下午，她的姐姐安娜·玛利亚在卡门的公寓里无比随和地接待了我们，那是位于马德里萨拉曼卡区埃斯科尔多街 43 号的一栋雅典风格的房子。一进门廊，我们就看到了一块由艺术委员会摆放的牌子，上面写着："卡门·马丁·盖特（1925—2000）在这个房子里生活并去世"，再往下还有摘自她的作品《永不结束的故事》（*El cuento de nunca acabar*）的一句话："那个农民从未见过的大海出现在了冒险家给他讲述的那些故事里。"妹妹的辞世对于安娜·玛利亚来说是个沉重的打击。"对我来说，谈起卡门就好像把她带到这里来了一样，"她动情地对我们说道，"她一生最喜欢做的事情就是写作，因此她才会抱着她的笔记本离开这个世界。也许她此时正在另一个世界里继续写作呢。”也许她依然以某种方式生活在这栋房子里，我们和她姐姐边交谈边参观，在看到卡门用过的东西时，我们总会生出上面那种感觉。卡门去世后，房子进行了翻新，但是很多细节地方依然保持着原来的样子。安娜·玛利亚比她的妹妹大一岁，两人长得很像，甚至连白色的鬈发也十分相似，尽管安娜·玛利亚的头发要更短一些，而且她不喜欢戴帽子。在谈论卡门时，我们的想象力跟我们不断开着糟糕的玩笑，又也许没那么糟糕：有时我们会感觉自己像是在做一场招魂仪式，会误认为卡门正借助她姐姐的嘴跟我们交谈；还有些时候我们觉得，就像阿曼巴[1]的电影《小岛惊魂》里演的那样，卡门正在房子里的某个角落写作，或是正在我们眼前转悠，而真正已经死去的其实是我们。可唯一的真相是我们有幸能和最了解卡门·马丁·盖特的人之一进行交谈，而且毫无疑问，她是在卡门生命最后几年里和她共同分享事物最多的人。

## 最后几本笔记本的痛苦

“我们俩的关系很好，”安娜·玛利亚说道，“正是因为我们几乎从来没有共同生活过。我在国外生活了很长时间，因为我在英国工作，我们每次聚到一起都像是在过节。我们之间有太多新鲜事和共同喜好想跟对方分享，我们每次都聊个不停。1985 年时，她的女儿去世了，我想尽量离她近一点，这样才能帮她更多忙。就在昨天我去了我们之前经常一起去的一家餐馆，一个服务

---

〔1〕亚历杭德罗·阿曼巴（Alejandro Amenábar，生于 1972 年），西班牙导演、编剧，主要作品有《深海长眠》《小岛惊魂》《死亡论文》等。

生对我说：‘每次你们两个来的时候，我们都想把你们请走，因为你们一聊起来就没完没了’。”两人之间对话的主要话题之一就是安娜·玛利亚对她妹妹的“嫉妒”，对她们的父亲也是一样，因为他们两个都同样热爱自己的工作。大多数人在工作中都会有荣耀时刻，也有低谷时期，可卡门和她们的父亲却始终以一种超出寻常的方式在享受自己的工作。他们经常会评论说能够做自己喜欢的事情是一种真正的奢侈，比起用这些工作来赚钱，他们甚至愿意掏钱来买下做那些工作的权利。“有人说写作就像分娩，”卡门解释道，“这么说的基本上都是从没分娩过的男人，他们不知道分娩时有多么痛苦，如果他们知道的话，肯定就不会把那种创伤性的经历和赋予一本书生命这样让人愉悦的事情相提并论了。”卡门和安娜·玛利亚的父亲是一个抱有自由派思想的马德里公证人，他几乎工作到了自己离世那天。在93岁高龄，他依然满怀激情地用歪歪扭扭的字体写作。卡门也一直写到自己去世的前几天，尽管最后两个月的时间里她已经写得很费劲儿了。

在之前一年的身体检查中，卡门并没有查出有什么严重的疾病，但是2000年她在体检时却被诊断出了癌症，正是它在两个月后夺走了她的性命。医生们什么也没告诉她。她的姐姐在咨询过多位专家后得出的结论是：最好继续向她隐瞒病情，她请求医生们帮助她保守这个秘密。“她很单纯，所以我很容易就骗过了她。”由于人们对那种疾病束手无策，也就没必要给她徒增痛苦了，因此卡门并没有接受手术、照片子或是化疗。卡门很幸运，她在生命最后几个月里没有遭受太大痛苦。她会感到困扰，这倒是真的，因为她总能感觉到无休止的疲惫感。可是这并没有阻止她继续写作，直到人生的终点。死亡在卡门创作《亲人》（*Los parentescos*）的结尾部分时降临了，这本小说她已经写了很长时间，马上就要写完了。在那最后两个月里，她的姐姐——在埃尔保罗村的家里——见证了她的痛苦经历：她已经想好了那部小说要如何结尾，但却无力将之写完。烦躁感和疲惫感让卡门凭直觉预感到自己的时间已经不多了。然而，那部小说正写到关键之处，需要它的作者付出最大努力。那部小说的主要角色是个叫巴尔塔萨（或者叫巴尔蒂塔）的小男孩，4 岁之前他都未曾开口说过话。在生命的最后时日中，卡门全身心投入那部小说的创作中，巴尔蒂塔仿佛有了生命，他同时也让作者的存在变得复杂起来。在那座乡间房屋中，卡门住在楼上，姐姐住在楼下。有几个早晨，安娜·玛利亚对她说："卡门，我好像听见你晚上踱来踱去很长时间。""是巴尔蒂塔在走，"她回答道，"那个小伙子要把我搞疯了，我要疯了。"也许巴尔蒂塔并不认可卡门在那部虚构小说里给他安排的人生轨迹。又或者他在鼓励她不要停止写那本小说，哪怕是晚上也不能停，这样才能完成它。又或许那只是孩童顽皮的恶作剧罢了。尽管无比疲惫，卡门依旧全力以赴，想要写完那部小说，可是死亡在她为小说画上最后的句号之前到来了。还差了几个章节呢？卡门构思的故事结局是怎样的呢？没人知道，因为她不喜欢谈论自己正在创作的小说。在把手稿寄给编辑之前，她通常都不会谈论自己的作品。

卡门去世时，那部小说依旧没有写完，但已经完成了 21 个精彩绝伦的章节。安娜·玛利亚需要选择出版它还是把它保存在家中的抽屉里："我决定把它寄给阿纳格拉玛（Anagrama）出版社的埃拉尔德[1]，因为我觉得它很烫手。我不能把那份手稿放在

〔1〕 指西班牙著名编辑豪尔赫·埃拉尔德（Jorge Herralde，生于 1936 年）。

家里，因为我妹妹为它受了那么多罪……那是多么痛苦的两个月啊……真的烫手。我对埃拉尔德说：'你要是觉得能出版，那就把它出了，要是不行，也请把它拿走，我实在忍受不了把它放在家里。'他回答我说：'写得很棒，我要出版它'。"最后，《亲人》在2001年2月出版了，在最后一个章节的标题下面还带着一个有意思的注解："（章节内容从这里开始）"。安娜·玛利亚与埃拉尔德对那部小说的看法不谋而合，在她看来，《亲人》是卡门写过的最棒的小说，尤其是最后两章。这种判断与姐妹关系无关。"对我而言，比起作家来，我更看重卡门妹妹的身份，"安娜·玛利亚解释道，"因此我在阅读她的作品的时候会感到更加亲切，当然也更严格。我经常会对她直言不讳，告诉她我喜欢她书里的什么，又不喜欢什么，她也很在乎我的意见。她也看重评论家的意见。她从未在评论界面前表现得自高自大，而总是十分谦逊。评论界提出尖锐批评时她也不会生气。我认为她的文字一直都很干净诚恳，非常专业，但我对她某些作品会更偏爱一些，这一点我也可以明明白白地告诉她。"尽管评论界通常对卡门很客气，可卡门清楚书只要一写完，其他人就有权提出各种各样的意见，她准备好接受各种观点，始终抱着继续学习的心态。"我读评论，也虚心接受评论，"卡门谈及评论界时曾这样表示，"有时我认为他们没有注意到我看重的要素，不过有时候我也会惊讶地发现他们准确地注意到了那些要素，甚至有时候他们还会指出那些连我本人都没注意到的东西，这很不错。"

## 装订成册的人生

卡门从很小的时候就开始写作了。尽管出生在萨拉曼卡，而且她在那里度过了童年和少年时期，他们一家每年夏天都会到母亲的故乡加利西亚去。他们家在离奥伦塞（Orense）5 公里远的圣洛伦索·德皮尼奥尔镇上有一块地，上面建有一栋很大的古旧房屋。那座小镇在卡门的多本书中出现过，尽管用的都不是真名。她的小说《系列事件》（*Retahílas*，1974）的故事背景就设置在那座老宅中。卡门在那里经历了童年和少年时期的许多重要时刻，有些记忆让她终生难忘，例如她最初的几次懵懂恋情。不过在那之前，在圣洛伦索度过的几个夏天里她也发现了独自阅读的乐趣，她还在那时写出了最早的几则短篇故事，那时她只有 8 岁，她把那些故事写在了儿童笔记本上，多亏她母亲将它们保存了下来，我们如今依然能见到那些文字。老屋的地下室里堆着木柴，从那里可以看到花园。小卡门——家里人都这样叫她——每次来到老宅做的第一件事情就是带上她的东西到地下室去，把它们按自己的喜好摆放起来。她喜欢在那里一待就是几个小时，写诗，写故事，也许那些文字就是从那扇对着花园的窗户飘进她的小脑袋瓜里的，就像她的小说《风云变幻》（*Nubosidad variable*，1992）里的那个叫恩卡尔娜的小姑娘一样："恩卡尔娜既不喜欢那个花园，也不喜欢在里面玩耍。但是她对我说所有她在睡前想象出的故事都是从那扇面朝花园的窗户飘进来的，它们一股脑儿钻进她的脑子里，她只能想个不停。这让她感到高兴，也感到恐惧，因为那些故事不是她自己想出来的，有时候她也搞不懂那些故事的含义。"卡门就像恩卡尔娜一样，喜欢待在老宅的地下室里。她不需要别人陪伴，只要有故事里的人物和她喜欢的游戏陪着她就够了，正像她多年之后说的那样："我记得我很小的时候经常会躲在家中的角落里，在小纸条上写一些句子，或是玩一些我自己发明的小游戏。我需要独处。我会逃走，他们找不到我。

我从刚开始懂事就感受到这种需求了。为的是读书、写字、思考，我需要自己待着。”伴着加利西亚家中的那些木柴，她开始留意到现实和虚构的界限在自己的脑海中并不总是那么清晰。于是她习惯了在笔记本上写东西，那是一种激情，也是一种兴趣，直到生命终结，她一辈子都在重复做着那件事。

在萨拉曼卡上学期间，卡门有幸遇到了一些非常出色的语言和文学课程的老师，其中包括著名语言学家拉斐尔·拉佩萨（Rafael Lapesa）——她跟着他上了三年中学课程，他发现了卡门的文学才华，于是鼓励她搞创作。“一天，回到家后，”卡门在提到拉佩萨时讲道，“我对父亲说道：‘老师对我说我真正该做的事情是写作。’父亲回答道：‘我很久之前就这么跟你说了。’‘没错，’我对他说道，‘但是老师不是我爸爸！’”少年时的卡门是个狂热的读者。举个例子，17岁时，她已经读完了《庭长夫人》[1]。她在整个大学阶段不停地阅读文学经典。她还如饥似渴地阅读了“九八一代”的散文作品，那些书是家庭图书室的重要组成部分。

从小到大，语言学习都是她所受教育的重要内容之一，因为她的父亲很清楚外语学习的重要性。卡门一家经常会和来自其他国家的人打交道。她的父亲是在法国上的中学，而她的祖父和英国的关系十分密切。因此，卡门和安娜·玛利亚的父母想让他们的女儿们在萨拉曼卡跟外国教师们学习他们的语言。多年之后，时机成熟时，卡门还远赴国外学习语言。她最终掌握了英语、法语、意大利语和葡萄牙语，这让她从事她最喜欢的智力活动之一——翻译成为可能。卡门一生都醉心于翻译工作——她手头总

〔1〕《庭长夫人》（*La Regenta*）是西班牙著名作家克拉林（Clarín）的巨著。

有翻译任务，她对翻译的热情可以与其对小说和散文的创作热情相媲美。尤其在翻译她喜爱的作家的作品时，她更会感觉那是一种享受，那些作家包括弗吉尼亚·伍尔夫、C.S. 刘易斯、普利莫·莱维、娜塔莉娅·金兹伯格、伊塔洛·斯韦沃、勃朗特姐妹等。年纪越大，她花在翻译上的时间就越多，而且她译得都还不错，一个例证就是她曾多次凭借译著获奖，她最受好评的译著是 1982 年出版的西语版《包法利夫人》。

不过，除了课堂及老师的影响之外，卡门还从小就具有对她的文学创作有决定性意义的特质：对谈话的喜爱。在家里，她喜欢听父母之间的对话，而且父母从小就把她和姐姐当成大人一样与她们交流。面对两个小姑娘接连不断的问题，父母总是根据她们的年龄进行回应，进而激发她们继续发问。在大学里，卡门记录下了校长米格尔·德乌纳穆诺[1]的一句话："要想认真交流，就得看着与你对话之人的眼睛。"卡门一生都是极佳的谈话者。她喜欢跟各种各样的人聊她真正感兴趣的话题，她会始终在谈话时注视对方的眼睛。

21 岁时她获得了赴科英布拉[2]学习两个月的奖学金。这是她第一次出国。两年后，到了 1948 年，在完成哲学 / 文学本科学习后，她又拿到了出国奖学金，这次的目的地是戛纳。根据她自己的说法，她在那里第一次品尝到了自由的味道。从那时起，萨拉曼卡对她来说就显得小了，因此她说服了父母，请他们允许她去马德里读博士。他们同意了，他们认为女性接受高等教

---

〔1〕米格尔·德乌纳穆诺（Miguel de Unamuno，1864—1936），西班牙著名作家、哲学家。

〔2〕葡萄牙中北部城市。

育也是有很多好处的，尽管在那个时代，上大学的女性数量还是很少的。卡门在马德里除了上学之外，还开始进行后来坚持了一辈子的事业：写作。她在一些报纸和杂志上发表小文章，曾在一段时间里协助皇家语言学院进行词典编纂工作。她也融入了那个时代的文学氛围中。在马德里时光的最初几年里，她认识了一位年轻的作家拉斐尔·桑切斯·费尔洛西奥[1]，后来两人于 1953 年结了婚。她又逐渐结识了后来被归到“1950 一代”或“半个世纪派”中的一些作家，如赫苏斯·费尔南德斯·桑托斯（Jesús Fernández Santos）、胡安·贝内特（Juan Benet）、阿方索·萨斯特雷（Alfonso Sastre）、梅达尔多·弗莱伊莱（Medardo Fraile）或安东尼奥·马丁内斯·萨里翁（Antonio Martínez Sarrión）。那一代作家部分受到西班牙语美洲“文学爆炸”的影响，影响力较弱。

尽管已经有了多年的写作经验，卡门文学生涯的真正起点还应该算是 1954 年赢得极负盛名的“希洪咖啡馆”文学奖，获奖作品是短篇小说集《浴场疗养地》（*El Balneario*）。和同时代的大部分作家一样，卡门也认为在真正开始写作生涯时要先从短篇小说入手。她也坚信优秀的文学应该受到日常生活的滋养，因此一个优秀的作家也就该懂得观察生活、注意倾听和捕捉周围发生的事情。这对卡门来说并不难，因为她很喜欢出门，听人们的谈话，与人们交谈（“我有记者的特质”，她不止一次这样说过），她也喜欢和年轻的作家朋友们长聊。她从短篇小说逐渐转向长篇

---

〔1〕拉斐尔·桑切斯·费尔洛西奥（Rafael Sánchez Ferlosio，1927—2019），西班牙著名作家，著有《哈拉玛河》等作品。与卡门·马丁·盖特于 1953 年结婚，两人于 1970 年分手。

小说，1957 年，卡门凭借《薄窗帘间》（*Entre visillos*）获得了彼时西班牙最重要的文学奖纳达尔奖。1978 年，又凭借长篇小说《后面的房间》（*El cuarto de atrás*）获国家文学奖，她也由此成为第一个获得该奖项的女性作家。1988 年她又和加利西亚诗人何塞·安赫尔·瓦伦特（José Ángel Valente）一同获得阿斯图里亚斯王子奖。1994 年她凭借全部文学作品再次获得国家文学奖。正如我们在上文提到的那样，她不仅凭借小说得奖，她的散文和译著也屡获奖项，例如 1987 年凭借散文《带着爱意对待战后西班牙》（*Usos amorosos de la posguerra española*）获阿纳格拉玛奖。在她生命中的最后几年里，卡门说奖项分两种，参评得来的和没有通过参评不期而至的。她在年轻时渴求文学奖，但距离她上次主动参评文学奖已经过去很多年了。

从文学的角度来看，她和拉斐尔·桑切斯·费尔洛西奥的婚姻对两个人都很有裨益。拉斐尔——尽管作品不多，确是他们那一代作家中最有影响力的一位——也同样获得过纳达尔奖，还比卡门早一年，获奖作品是他最有名也极具象征色彩的小说《哈拉玛河》（*El Jarama*）。“他们两人从不读对方写的东西，”安娜·玛利亚讲道，“那是他们之间的协定，他们始终遵守那一协定。他们各写各的，不过等到书出版之后，他们倒是会给出评论，但在那之前他们始终互不干涉。他们之间没有直接的影响，不过，当然了，他们一直在聊关于文学的各种话题。”那场婚姻只持续了 17 年，两人育有一儿一女：米格尔和玛尔塔。前者不满周岁就去世了，那对于卡门来说是一场苦涩的经历，她以一种残酷的方式第一次明白了幸福是转瞬即逝的，人生始终面临着各种各样的威胁。很久之后，到了 1985 年，卡门又再次经历了同样的创伤：她的女儿玛尔塔在 28 岁时也离世了。正是在女儿死后不久，怀着极度悲痛的情绪，她开始创作《曼哈顿的小红帽》（*Caperucita en Manhattan*）。“那本书在她的生命里占有很特别的位置，”她的姐姐这样说道，“它证实了她是个杰出的女性。因为她并没有因为丧女之痛而自怨自艾，她不但没有大吐苦水，反而写出了一本饱含希望的书，一本展现出对他人的信任的小说，一本认为世界上所有人都能成为好人的小说，一本带着自由愿景的小说。那本书写得很干净，而她的作者刚刚失去了自己最爱的人。这件事让我永远难忘，对我触动很大。”《曼哈顿的小红帽》直到 1990 年才出版，它准确地描绘了纽约城的地理特征和环境氛围，因为美国一直深深吸引着卡门。她去过美国很多次，有时是上课或做讲座，有时则是旅游或拜访朋友。她说她喜欢很多国家，尤其喜欢美国，因为那是个年轻的国家，所有年轻有活力的人和事物都很吸引她。这跟留恋过去没什么关系，她只是想自我革新，打破常规。她在美国时总能有非常棒的感觉。

女儿去世后，卡门觉得非常孤独，她开始进行大量创作活动。她整天都在写作：短篇小说、长篇小说、散文、戏剧、文学批评、翻译、前言、演讲词、电视剧本、根据她的小说改编的电影脚本。她利用紧凑的工作帮助自己治疗内心的伤口。玛尔塔死后不久，卡门在街上遇见了她女儿的朋友安赫利内斯，后者跟她打了招呼，还宽慰了她。安赫利内斯刚刚失业，她把那件事告诉了卡门。卡门对她说，如果她同意的话，她可以给自己当秘书。安赫利内斯愉快地接受了那个提议。一段友情就这样开始了，她们之间的合作关系持续了 15 年，直到卡门去世为止。“安赫利内斯是个很开朗的姑娘，卡门很喜欢她，她也的确给这个家里带来了许多欢乐。两人配合得十分默契。”安娜·玛利亚这样说道。

## 从笔记本到“电脑机”

卡门是个不知疲惫的写作者，她每天都会花很多个小时寻找材料。安娜·玛利亚要是没有提前打招呼就从埃尔保罗出发去马德里找妹妹的话，往往要在马德里的各个图书馆寻觅卡门，直到最后在其中某个图书馆里找见她，不过那是她们唯一能一起吃饭的机会。卡门没有固定的写作时间，因为她不习惯安排时间。她不需要睡很长时间。她起得很早的时候，就会出门，通常是到图书馆去。她很享受作家的工作，有时甚至会因为有了新想法而忘记吃饭。她一忙起来就是一整天。安娜·玛利亚讲道：“到了下午七点或八点时，她就会再次戴上帽子上街去。去见见朋友，看场表演，听听讲座……人们能在各种各样的地方见到她，不过都是人们希望她去的地方，否则的话你是找不到她的。面对邀约，她要么答应下来，要么就会斩钉截铁地拒绝。她是个很温柔的女人，但要强硬时也绝不含糊。她很有教养，这毫无疑问。哪怕她表现得很强硬，也是以一种有教养的方式强硬，绝不会泼皮耍横，可是她说‘不’的时候，那就绝对是‘不’。”由于她睡得很少，很多时候她在晚上写作。在卡门的字典里不存在“假期”这个词，因为她总有工作安排。她很喜欢旅行，那是她分神、休憩的方式，但她还是会写作。她很喜欢安达卢西亚和加利西亚，但她从来不会把一段时间完全用来旅行，她总是会找到合适的地方继续写作。

她随时随地都能写作。写作的关键是她的那些笔记本。它们陪伴着她走到各个地方，它们就像是她身体的附件。无论是在地铁里还是在咖啡厅里，一旦她有了新想法，就会掏出笔记本记录下来。通常来说，做笔记是在哪里都可以的，但要说写作的话，她有一个必不可少的需求：一张大桌子。桌子要大、坚固，这样她才好把所有笔记本和收集的资料摆上去，这会帮助她在平静的心情中进行创作。那是缪斯唯一会前来拜访她的地方。卡门坚信缪斯女神的存在："你会感到愉悦，那种时刻不是你想重新体验就能出现的。"就像面包师要用熟悉的火炉烤面包一样，或是像制陶工人用熟悉的转轮制造陶人一样，卡门需要一张大桌子来写作。她家中的书房里摆着一张宽大的桌子，可是她希望自己也能在家中其他地方写作，所以她在家里的每个房间中都放了一张大桌子，甚至连厨房里都有张大桌子，她有时也会在厨房里写作。和在其他空间一样，卡门的书本会在锅碗瓢盆间安营扎寨。卡门的家就像是"桌子养殖场"，她好像是在家里"栽种"了桌子，随着时间的推移，桌子的数量越来越多。安娜·玛利亚重新翻修了我们现在身处的这栋雅典风格的房屋，在这栋房屋里最小的房间中也摆放着一张大桌子，如果不把它拆卸开的话，它根本无法从房门进出。或者也可以把那面薄墙砸掉，那样一来那张"成年"桌子就能从房间里出来了。

对卡门来说，写作的环境是很重要的。在她外出旅行、住在酒店里的时候，她要做的第一件事就是改变装饰品和家具的位置，按她的喜好重新布置房间，这样她才能更好地集中注意力写作。"旅馆的负责人都快被她搞疯了，"她的姐姐说道，"她请他们在房间里放一把扶手椅，再放一张巨大的桌子；她还会对他们说：'您怎么能只放一张大桌子，却不配上曲臂台灯呢？请再给我个曲臂台灯吧。'她改变床的位置，她把自己带去的海报用图钉钉在墙上。她要按照自己的喜好布置房间，最后，那个房间会完全变样。在穆尔西亚的阿尔切纳温泉疗养地，负责人在很长时间里都保留着被她改动过的那个房间，每当有哪个知识分子入住的时候，他们就让他住进那个房间，因为那里被布置得最温馨。”

卡门一直用派克钢笔手写创作，想节省时间时也会使用打字机，那支钢笔是她父亲传给她的，她亲手缝制了一个天鹅绒套子来装笔。在她最主要的那张办公桌上还有其他一些“不可或缺”的物件，她每次旅行时都会带上它们：一只可以压住纸页的金色的金属小手，一些存放不同印章的小盒子。“她就喜欢稀奇古怪的东西，”她的姐姐解释道，“她把它们当成护身符。我感觉她那里什么都有。这看上去有些矛盾，她不对任何物品着迷，但她什么也不扔。她去世后我们才发现她从小时候起就开始保存所有和她的职业相关的东西了，还有那些对她有特殊意义的物件，例如我母亲的某件衣服或是她女儿的一些饰品。可若是有哪个朋友来到家里，对她说：‘这东西真漂亮！’她会立刻回答说：‘那就把它带走吧。’她是个很慷慨的人。”

在许多年里她都用对开笔记本写作，但到了人生最后阶段，她喜欢上了更小开本的本子，她觉得用那种本子记东西更舒服。她的笔记通常都会显得有些混乱。可能在同一张纸上，一开始她还在写某部长篇小说的片段，再往后一点的位置又开始写某篇报刊文章了，中间位置还会夹杂着短篇小说的笔记。只有她能搞清楚自己在笔记本里到底写了些什么。她也想每个笔记本只用来写一种东西，可有时在晚上疲惫地躺下后，她突然想记录些什么，可又不想下床翻找笔记本，这时候她就会随手取一个本子来做记录；要是某个想法涌入脑海时她正在街上走着，她就会把它记录到口袋里装着的唯一一本笔记本上。她在哪里都可以写作，而且字体永远都很漂亮、优雅，她从小写字就很好看，那种字体的辨识度很高。无序的笔记自然不会影响到她的创作。在写作方面，卡门是个非常严格、仔细的人，甚至有些完美主义。她不在乎反复修改同一个章节的内容，她会一直改到完全满意为止。在她的底稿里我们甚至发现了同一段文字的三版修改稿，全都是手写完成的。

信息时代到来后，出版社开始要求作家们提交电子文档格式的稿子。于是卡门买了台始终被她称为“电脑机”的电子设备，因为她觉得如果那台机器是被用来替代打字机的话，那么它的名字理应与打字机一脉相承。但是那台“电脑机”从来就没进过卡门的家门，它不能亵渎那座由书籍和大桌子组成的圣殿，于是它被直接搬去了卡门的秘书安赫利内斯家。卡门从没用它工作过。“如果直接对着屏幕写作的话，我会感觉难过。”她在去世前两年这样说道。尽管她很清楚电脑的便捷之处，也知道使用电脑是大势所趋，在对待新鲜事物方面，她也一向是持开放态度的，但她觉得到了她那个年纪，也就没必要再和那个复杂的新生事物打交道了。“凡事总有第一次，”她补充道，“例如对着电话讲话或是坐飞机。我经常满世界跑，自然也愿意与时俱进。我不缺少好奇心，也并不墨守成规；不过我确实已经过了学新东西的年纪了。”

## 在街头，把笔记本夹在胳膊下的卢娜蒂奇小姐

“她非常有风度，她对生活抱有巨大的憧憬，享受生活，享受生活……”安娜·玛利亚最后两个单词的回音依然回荡在卡门家的各个角落里，也让我们想起了《曼哈顿的小红帽》中的一个人物：卢娜蒂奇小姐。我们不晓得她的具体年龄，不过她和创作她的作家一样，个性独特，在这方面，她们都是与生俱来便是如此，而非刻意为之的结果。卢娜蒂奇小姐白天生活在自由女神像中，到了晚上就游荡在纽约街头，向那些需要帮助的人伸出援

手。卡门还和这个角色分享了看待生活的方式。卢娜蒂奇小姐对哈林区的一位老雇员说了下面这番话："可所谓生活，到底是什么意思呢？对我来说，生活就是不着急，学会欣赏，愿意倾听他人的苦痛，抱有好奇心和同情心，不说谎，和生者分享一杯酒或是一块面包，骄傲地记住亡者教会我们的东西，不允许别人来侮辱我们或欺骗我们，像唐老鸭那样，不把事情完全弄明白之前绝不说'行'或者'不行'……活着就是要为了学会陪伴而忍受孤独，活着就是解释并哭泣……活着就是开口大笑……"

当卡门感到疲惫或头痛时，她不会服用阿司匹林，而是会说："我要上街去。"带着无数的可能性和处于持续的无序状态的街道吸引着她。热爱自由、充满矛盾的卡门能在大城市的喧嚣中寻觅到天然的宜居环境。在她生活的区域里，所有人都认识她，都会跟她打招呼，他们全都习惯了看见她出没于商店或咖啡馆中，又或是和她在人行道上擦肩而过。不过街道最重要的一点是能不断激发卡门的文学创作灵感。当故事不愿从窗户进来的时候，她就主动去寻找它们。只要留心身边人或偶然遇见的人不断变化的聊天话题就够了，卡门不像《亲人》里的巴尔蒂塔，她并非生下来就带着"离老远就能猜到别人谈话内容的天赋"。她作品的成功关键之一就是具有很强的实证性，她不仅能准确使用人们的口头语言，还可以捕捉到它的不同变体。"有一次，"她的姐姐说，"我和卡门一起坐公交车，一位太太朝她走了过来，她很惊讶自己竟然能遇见一位知名作家：

'您是卡门·马丁·盖特，对吗？'

'是我。'她自然地回答道。

'您坐公交车出行？'

'太太，您读过我的书吗？'卡门问道。

‘当然。’那位太太说道。

‘那么，您觉得我讲述的东西能发生在街道之外的其他什么地方吗？如果我不坐公交车或是地铁的话，我就不能知晓那些事情。如果我不进咖啡馆，不和服务生聊天的话，我也就写不出您读到的那些东西了。’”

卡门相信只有融入日常生活中，才能准确地刻画人或事物。因此，为了写作，她需要街道——带着“记者的灵魂”上街去，就像她需要那些大桌子一样。街道能让她准确地写出笔下人物所使用的语言，使他们的话语显得准确、可信。“我的一项挑战是，”作家这样解释道，“如何让人物在说话时显得真实可信。我不是那种研究型作家（有些这样的作家也写得很好）；每个人物的个性都不同，说话方式也该各不相同。我想要赋予笔下人物生命，所以我就得不断想象他们出现的场景。从场景出发，我会努力让人物以他们应该有的方式来讲话。应对不同的人物正是让我最感兴趣的任务之一。”卡门在小说里用到了许多她见过、听过或经历过的东西，可小说绝非自传，尽管许多人物——例如卢娜蒂奇小姐——会让我们看到作家本人的某些特征。在这个问题上，卡门曾清楚地表示道：“还有个经常出现的问题是：人们总是会问：‘你在《风云变幻》里是哪个人物？是索菲亚·蒙塔尔沃还是玛莉亚娜·莱昂？瞧见没？那是两个人物，一个是索菲亚·蒙塔尔沃，另一个是玛莉亚娜·莱昂。她们是独立的个体，创造她们花费了我多年时间’。”

尽管有时看上去写小说是件挺容易的事情，可实际并非如此。除了熟练运用风格之外，还需要灵感，只有那些被灵感“选中”的人才能真正感受到那种热情。“不是所有人都有能力进行虚构文学创作的，”卡门曾这样说道，“可能有人写作很不错，但是之前被称作‘志向’的那种东西是不可或缺的。你需要去感受它，要么能感受到，要么就完全不能。”因此她建议所有想当作家的人不要心急，因为“想写作和想当作家是两回事”。她本人也曾缺乏文学志向。尽管她从 8 岁起就已经开始不断写满一本又一本笔记本了，可直到 29 岁也没写出什么真正的作品。她一直很清楚自己想走文学这条路，不过当个演员似乎也不错，这种想法直到她找见自己真正的志向才告消失。实际上，在大学时期，她还演出过话剧。她曾写过一些电视剧剧本，有时导演会分给她一些小角色，她会因此感到很开心，不管那些角色有多么微不足道，例如《圣特雷莎》或《赛丽亚》。在这后一部剧中，她在修道院里的一群修女中短暂现身。

1998 年，在她获得纳达尔奖 40 周年之际，她的文学生涯达到了巅峰，女教授艾玛·马尔蒂内尔（Emma Martinell）问她在回首走过的文学道路时有怎样的感受时，她答道：“我觉得那是个奇迹。就这样。我不知道该如何解释，每当写完一本书，我就会生出写另一本完全不同的书的想法。所以在写作方面我从没有失去灵感的时候。在生活中我失去了其他的东西，但是我从没丢失过构思新故事的能力，我会被故事本身的节奏指引去创造它们，没错，故事是有属于自己的节奏的。40 年了，这种能力一直都在。……我喜欢写作。不过不到把一个主题构思清楚的时候我是不会动笔的。我会利用笔记和技艺去充实那些主题。你已经知道我是怎么进行创作的了，就像是纺织，捋顺线头，删除或添加某些元素，把它们组合起来……你不能一股脑儿地把故事全讲出来，你得抓住读者的注意力……”文学就是她的激情，文学是她真正的生命疗法，是她最好的营养剂，是帮助她保持乐观精神的灵丹妙药。“那位秘书小姐和我，”她的姐姐讲道，“每当发现她要写完某个故事时，我们就会变得很紧张，因为她可能会突然变得情绪低落起来。不过那种情绪维持的时间并不会太长，因为她有无数个想要写的主题。而且她还经常出门旅行。她满西班牙地做讲座。我从没听她抱怨过自己工作太繁重。相反，她无事可做时情况才更糟糕。”还有一次，有人问卡门写完一本小说时的感觉是怎样的。她回答说一方面她会感到轻松，尤其是那种她花费大量精力去写的小说，可另一方面她也会感到若有所失，因为她很享受写小说的过程。在作品完结时，最让她动情的一部是《风云变幻》，当时她只要一想到自己再也不会*体验到*写那个故事时的紧凑感了，她就觉得自己“像是失去了影子”。

文学带给她的另一种巨大的满足感是能够和读者接触。她有很多支持者，而且数量越来越多。她很清楚——不仅因为她作品的销量越来越大——读者不仅阅读她的作品，还真心喜爱她。总会有许多读者感谢她，认为虽然她的年龄和声望都在增加，可她从未把自己当成“知名人士”，哪怕已经很疲惫了，又或者已经在接待读者方面花费了大量时间，她也不会抽身而去。卡门在这方面总是尽力做到最好，在读者有机会接近她时，她总对和他们交流抱有真实的兴趣。她的讲座活动总是大获成功。她不会以学术腔调宣扬自己的观点，而是深入浅出地解释它们，让听众都能明白她的意思。她总是希望把自己最好的一面展现出来，她会利用表演天赋当场朗读几段，如果时机合适的话，有时甚至会唱起歌来。“你根本想象不到报告厅里的气氛有多么热烈，”安娜·玛利亚开心地讲道，“比劳拉·弗洛雷斯[1]的表演现场丝毫不差。”卡门始终认为和读者进行直接接触是件很重要的事情。在马德里

〔1〕 劳拉·弗洛雷斯（Lola Flores，1923—1995），西班牙著名歌星、演员、舞蹈家。

书展上，每次进行签售活动时，她的场地总是人数最多的场地之一。她总会“炫耀”自己拥有整个书展最长的排队纪录。“唯一可以与之媲美的是安东尼奥·加拉[1]场地上的排队长度，”安娜·玛利亚说道，“有时候他俩的场地恰好面对面。他们有时候会边签名边大声喊叫，那场面可真有意思。

‘安东尼奥，瞧瞧我的队伍，你瞅瞅！’卡门喊道。

‘你扭下头，也看看我这边！’加拉回应道。

‘我这里有很多年轻人，你那儿有吗？’

‘我这儿有马德里的鲜花和乳酪！’

他们两人关系很好。实际上卡门的队伍往往更长，因为她会和每个读者都聊几句。安东尼奥只签名，但是卡门这边，如果读者什么也不说的话，她也许会开口发问：‘你为什么对这本书感兴趣呢？给我讲讲看’。”

另一种与读者保持联系的方式就是互通信件。卡门总能收到大量来信，有的是表达对她作品的喜爱的，有的是阐述崇敬之情的。她总是和善地回复所有信件。她很喜欢写回信，总想着尽快把信写好，尽管这件事情占据了她大量时间，她却从未厌烦过。

我们和安娜·玛利亚·马丁·盖特的谈话也很愉快。遗憾的是，我们的拜访到达尾声了。实际上没必要说出来，因为我们已经发觉了，可安娜·玛利亚还是不断重复说能在我们的陪伴下回忆她的妹妹对她来说是件很愉快的事情。在我们离开之前，安娜·玛利亚送给我们一册《亲人》，也就是卡门那本没能写完的遗作。她彬彬有礼地把我们送到门口，我们又重新观察了一下家中的其他房间。已经没有大桌子了，也没有笔记本的踪影。不

〔1〕安东尼奥·加拉（Antonio Gala，生于1930年），西班牙诗人、小说家。

过，我们依然能感觉到卡门的存在。在和安娜·玛利亚告别之后，在房门关闭之前，我们似乎看到一团黑影在她身后快速闪过。难道真正还活着的不是我们，而是卡门？

## 参考书目


艾玛·马蒂内尔（Emma Martinell）对卡门·马丁·盖特的采访，原文载于刊登文学研究文章的电子刊物《窥器》（*Espéculo*），网址为：www.ucm.es/info/especulo/cmgaite.

何塞·门德斯（José Méndez）和特蕾莎·胡安（Teresa Juan）的采访，网址为：www.geoticies.com/carmenmartingaite.

CIPLIJAUSKAITÉ, Biruté. *Carmen Martín Gaite (1925-2000)*. Ediciones del Orto, Madrid, 2000.

LLUCH VILLALBA, María de los Ángeles. *Los cuentos de Carmen Martín Gaite*. Eunsa, Pamplona, 2000.

MARTÍN GAITE, Carmen. *Caperucita en Manhattan*. Siruela, Madrid, 1990.

MARTÍN GAITE, Carmen. *Los parentescos*. Anagrama, Barcelona, 2001.

MARTINELL GIFRE, Emma (coord.). *Al encuentro de Carmen Martín Gaite. Homenajes y bibliografía*. Universitat de Barcelona, Barcelona, 1997.

# 巴勃罗·聂鲁达

**主要作品**

《二十首情诗和一首绝望的歌》（*Vente poemas de amor y una canción desesperada*，1924）

《大地上的居所》（*Residencia en la tierra*，1933）

《漫歌》（*Canto general*，1950）

《元素颂》（*Odas elementales*，1954）

*所谓神启，所谓诗人与上帝的沟通，都是人们的有趣创造。诗人在经历极度紧张的时刻创作出来的东西实际上是属于他人的，是来自阅读以及其他外部事物的。……诗人职业和船工职业很像。他得驾好小船，懂得让它在随波逐流时也不迷失方向。那种水流是深沉的人类情绪，是那个时代的指向性，也是带着我们前行却始终让我们能望见目标的那种节奏。*

* * *

聂鲁达的本名叫内夫塔利·里卡多·雷耶斯·巴索阿尔托。他在整个文学生涯中曾使用过许多笔名，如桑查·耶古乐夫（Sancha Yegulev）、洛伦索·里瓦斯（Lorenzo Rivas）或“船长”（Capitán），但他最早使用的笔名之一“聂鲁达”却永远和这位20世纪最好的诗人之一联系到了一起。这位智利诗人很喜欢“变形”的想法，在想象中进行伪装，变成另一个人，以此逃避他人的目光。他天生羞涩，这样会令他更有安全感。他的妻子玛蒂尔德·乌鲁蒂亚（Matilde Urrutia）评价说：“他很喜欢伪装，伪装的时候，他总喜欢用烧焦的软木塞子来画胡子。他画的是那种细小的胡须，画熟练了之后，每次画出来的都一样，连镜子都不用照。”他为1971年的诺贝尔文学奖领奖礼穿上了燕尾服，他看着燕尾服的尾部，笑着说道：“这和我在黑岛时乔装打扮的感觉一样。要是我能画上两撇小胡子的话，一切就完美了。”

这个在沙龙里显得十分羞涩、在动物面前显得十分谨慎、总能预知风雨、爱在花香四溢的道路上行走的男人把自己性格的形成归因到了童年时期，那些远离首都的日子，那些可以尽情观察夜空的日子。他一直是个“喜爱星星的人”，这一点他在自传里也有提及。他的诗歌也如星星一般：无穷无尽，闪耀光芒，从这个星球上的任意角落都能看到。他写了成千上万首诗，出版了40余本书。他是新的亚伯拉罕，是“呐喊的领航员、墨水的挥洒者”，在他小时候时缪斯女神就已经拜访过他了，她向他承诺他会成为数不胜数的人群之父，他们会像沙漠中的沙和远处闪烁的蓝色群星一样。因此他也称呼自己为“被诅咒的诗人”。他的那颗永不生锈的心脏是从1904年7月12日起在智利的帕拉尔开始跳动的。在母亲于1906年去世后，他的父亲在同年再婚，然后带着全家移居到了南部的塔木科，在那里的铁路系统工作。诗歌就是在那时毫无预兆地出现的。孤孤单单。无名无姓。他讲述道："6岁时，诗歌找到了我。我不知道，不知道它是从哪里跳出来的，从冬日里还是从河水里。它就在那里，没有面孔，触碰了我。"从一开始，诗歌才华就在那内向、孤独、忧郁、羞涩的性格中不合时宜地发展着。他的父亲不仅对他的文学喜好表现得无动于衷，甚至还坚决反对。但是铁一般的意志帮助他越过了父亲设置的藩篱，写作更是将之连根拔起。他开始使用笔名：要是他还想继续在家里待下去，就只能偷偷地发表最早写出的那些文字。

要想逃离那一切，他就去找"大妈妈"（他这样称呼他的继母，她在他童年时扮演着守护天使的角色，她勤劳又甜美，心地善良，还带着乡村特有的幽默感），又或是逃到景色无可比拟的大自然里去。那是一片通往阿劳卡尼亚（Araucania）的南部土地，林多雨多，他把自己的秘密藏在长长的河流里，藏在菜园里，藏在以不可思议的方式堆叠起来的木头里，藏在煤矿里，也藏在书本里：在学会阅读之前他经常倒着拿书，把他听来的东西复述出来。他的舅舅特木科·奥兰多·曼森还记得那一切，他是《明日报》（*La Mañana*）的创始人，聂鲁达最早的文字就是发表在那份报纸上。那是1917年7月18日，当时聂鲁达在六天前刚过完13岁生日。经常有当地作家在舅舅家聚会，当时还是小孩子的聂鲁达对那种特殊的氛围很感兴趣，那种气氛对他有种莫名的吸引力，深深刺激到了这位后来的诺贝尔文学奖得主。

最早读过的一些书深深地影响了聂鲁达文学志向的形成：例

如“水牛比尔”[1]的故事，不过后来出于政治原因和意识形态原因，聂鲁达对此否认；还有埃米里奥·萨尔加里和儒勒·凡尔纳的书以及冒险故事，甚至包括大人阅读的经典著作，例如20世纪初很流行的巴尔加斯·比拉[2]的书，豪尔赫·伊萨克斯（Jorge Isaacs）的那本无比细腻的《玛利亚》（*María*），还有伊萨克斯效仿的作家贝纳丹·德·圣比埃（Bernardin de Saint-Pierre）、雨果、高尔基等的著作。他什么都读，没有什么固定的阅读顺序，什么书落到他手里就读什么，到了青年时期也是如此。他不排斥任何书籍，“像鸵鸟一样什么都吃”；不止如此，1954年时他还曾表示：“人类的智慧口袋破了个口子，丰硕的果实在特木科的夜晚撒了一地。我不睡觉也不吃饭，就只是阅读。我从来不会教给别人阅读的方法。谁会带着方法去阅读呢？只有雕塑会那样对着书本。”躺在床上，打开书本，虚构情节带动他的情感世界，他仿佛亲眼看到木头房屋被大火吞噬，或是某些人在举行神秘的仪式。一天，他的父亲向他介绍年长之人的某些习惯：他们必须喝下一杯刚被宰杀的羊羔的温热血液。那种血水的味道永远都不会从人们的记忆中被抹去。不久之后他就亲身体验到了另一种“仪式”：他被带到了海边，第一次看到了孤独涌动的无边海水。那是他第一次接触大海，从那一刻起海洋就成为他的灵感和诗歌的动力源泉，也成为一种象征，它象征着母亲、起源和生命的永恒力量。他对海洋的记忆意义深远——后来他本人也是这样讲的，“很久之后，要是不想着雨声或躺在沙滩上时听到

---

〔1〕“水牛比尔”指威廉·弗雷德里克·“水牛比尔”·科迪（William Frederick “Buffalo Bill” Cody，1846—1917），美国西部开拓时期的传奇人物。

〔2〕巴尔加斯·比拉（Vargas Vila，1860—1933），哥伦比亚作家。

的海浪声我就无法写作”。基于安东尼奥·斯卡尔梅达（Antonio Skármeta）的小说改编的电影《邮差》（*El cartero de Neruda*）中的最佳场景之一，看上去就是在向海洋与聂鲁达文学灵感之间的联系致敬：镜头聚焦在已经成熟的诗人的背影上，旁边是大字不识的邮差，两人坐在沙滩上，远望着海平面。邮差问聂鲁达要想成为像他一样的人需要做些什么。后者谈到了“比喻”。面对这样一个奇怪的词汇、高端的概念，聂鲁达通过简单解释“比较”的写法就把邮差从惊愕中解放了出来。这是那个“无知”的渔人之子迈出的第一步，不仅就写作而言，也是就利用词语的魅力来赢得酒店老板之女的爱意而言。

聂鲁达在特木科的学校里上了十年学，从小学到中学，他如饥似渴地阅读各种图书，并且开始在笔记本上抄写诗句，直到有人建议他把自己想到的句子也写下来。多年之后，他这样回忆道：“在童年时，我还没太学会写字，有一次我感觉情绪来了，于是我试着写了几个半押韵的单词，但是那些单词让我觉得很奇怪，它们和我平常使用的语言不是一回事。我带着某种情感把它们誊写在一张纸上，我当时还无法理解那是种怎样的感觉，有些焦虑，也有些悲伤。那是首献给我母亲的诗，我指的是那位天使般温柔地保护着我的继母。我完全无法评判我的第一首诗，于是我把它交给父母去读。他们当时正在饭厅里，小声讨论着小孩子们不能听的某些事情。我把写着诗句的纸递了过去，我的手有些颤抖，那毕竟是诗歌灵感第一次在我身上出现。我父亲心不在焉地把纸接了过去，心不在焉地读了读，又心不在焉地把它还给了我，他对我说道：

‘你是从哪抄来的？’

说完就继续和母亲低声聊了起来，聊着他们那些与我无关的重要事情。

我记得我的第一首诗就是这样写成的，我面对的第一个文学评论就是那样到来的。”

那件事在父亲的眼中只不过是聂鲁达的又一次“调皮捣蛋”，是小孩子都会搞的那种恶作剧，但是面对这个“矮个子小疯孩”对写诗的执着，他不得不改变了自己的态度，他威胁自己的儿子，禁止他做那件“危险的事情”。他的姑姑格拉斯费拉表示，他最早的那些诗句“让他挨了打，但是他依旧朝着将来会让他举世闻名的那个目标前进。我们当时不懂得鼓励他。我们都想让他干点别的事情，多赚点钱。但是他完全投入到创作中去了。没有任何其他事情能让他分心”。他继续写，不断把诗句交给奥斯瓦尔多舅舅，又或者交给某个叫作“巴勃罗·聂鲁达”的人，从1920年10月一直到他离开这个世界，“聂鲁达”成了他真正的名字，无论是在私人文件里还是在电话簿中，他使用的都是这个名字。他的法语老师从很早就开始启发他阅读19世纪法国的那群“邪恶的”诗人了。在埃内斯托·托雷阿尔巴的帮助下，他开始阅读并在笔记本上抄写波德莱尔、兰波和魏尔兰等人的诗句，他变成学校里最积极的学生，还和同样爱好文学、与杂志多有合作的同学们一起创办了一个文学协会。他搞演讲，参加聚会活动，在1917年时已经有了两本诗集的写作计划。他得了两次当地奖项（1919年和1920年），他还得以和加夫列拉·米斯特拉尔有了交集，后者是拉丁美洲大陆上最早成熟的文学果实，比前者早26年获得了诺贝尔文学奖。聂鲁达是这样回忆两人在圣地亚哥南部的寒冷天气中相遇的场景的：“那时一位高挑的女士来到特木科，她穿着长衣服和低跟鞋。衣服是沙子的颜色。她是学校的校长。她是从我们南部的城市来的，是从麦哲伦海峡的积雪中来的。她叫加夫列拉·米斯特拉尔。我只很少几次见到过她，因为我当时惧怕和外部世界接触。此外，我还不爱说话。我瘦削、寡言，天天吊着脸。在恶劣天气和血统的影响下，加夫列拉的面孔显得有些黝黑，不过总是挂着温柔的笑容。她总是从修女般的长袍里掏出书来给我，我对此毫不惊讶，我拿到书，然后如饥似渴地将它们读完。是她让我第一次读到了俄国文学那些伟大的巨匠，他们对我产生了巨大的影响。后来她去了北方。我并不思念她，因为她已经带给了我无数的好伙伴，也就是图书里那种种多姿多彩的人生。我已经清楚要到哪里去寻找它们了。"

## 圣地亚哥也有明星

1921 年夏天，聂鲁达离开了特木科，他搭乘一班夜车来到首都，手里提着个铁皮箱子，一身黑衣，他希望能在教育学院里完成法语专业的学习。他凭借《节日之歌》(*La canción de la fiesta*) 赢得了学生会组织的竞赛，自此更加执着地投入文学创作活动中，"在马鲁里街 513 号我写成了我的第一本书。我每天写两首、三首、四首、五首诗。下午，落日时分，在阳台上可以望见无与伦比的美景，那是我无论如何都不肯错过的。落日五颜六色，霞光万道，像是橘色和绯红的巨大扇面，最不平凡的黄昏景色降临到了那条普通的街道之中。而我则羞涩地躲藏到了我的诗歌里"。在那里，伴着群星，他慢慢将黄昏注入诗歌之中，诗集《黄昏》(*Crepusculario*, 1923) 就这样诞生了，这本书是聂鲁达自费出版的。不过他逐渐结识了许多朋友，也慢慢发现了一种在那之前他从未经历过的生活：最初的爱情，饮酒，夜生活。这里的诗人和南部的诗人不一样。和米斯特拉尔的诗歌、长袍一样，聂鲁达也有了自己的仪式。他这样讲道："因为是在户外工作，铁路公司给我爸发了一件灰色毛呢长袍，他从没穿过。我把它用到了诗歌活动上。其他三个或四个诗人也开始穿着和我的那件类似的袍子参加活动，大家有时还会交换袍子。这种服装激怒了一些好人，也激怒了一些没那么好的人。"

他与诗歌的联系十分紧密，不仅每天投入大量时间和精力进行诗歌创作，也把诗歌当成了每日生活不可或缺的东西。刮胡子的时候，整理书籍的时候，打扫卫生的时候，他总要背诵几首诗，不管是自己写的还是别人写的诗。他慢慢忽视了学业。一次回到童年时期生活过的地方的旅行给他带来了新的影响，他的文学创作过程总是带着类似的魔幻色彩。"我逐渐把《黄昏》抛在了脑后。我的诗歌里出现了巨大的不安情绪。我利用几次前往南部的快速旅行给自己补充了新的能量。我在 1923 年时有一段奇特的经历，我回到了位于特木科的家中，当时已经过了半夜。在睡觉前我打开了卧室的窗户。天空景色让我着迷。那时天上挂着无数闪烁的星星，天空显得无比鲜活。夜空像是刚被清洗过一般，南方明亮的群星就挂在我的头顶。我沉浸其中。我像是经历了一场天空施加的洗礼。仿佛着魔一般，我奔向书桌，我几乎没有时间写作，我就像是在做听写一般。第二天，我无比愉悦地阅读了前一天晚上写下的诗歌。那是《热情的投掷手》（*El hondero entusasta*）里的第一首诗。"但是在回到圣地亚哥，把那些作品展示给其他诗人后，却有人评价说那些诗很像萨巴特·埃尔卡斯特[1]的风格，这让他对在混乱状态下或完全凭灵感进行创作产生

〔1〕萨巴特·埃尔卡斯特（Sabat Ercasty，1887—1982），乌拉圭诗人、文学评论家、教育家。

了怀疑。“我当时的想法是，”后来他说道，“我那时搞错了。我不该相信灵感。我应该让理智引导着我在条条小径上摸索前行。我要学得更谨慎一些。我把手边几首诗的稿子撕了，把剩下的稿子丢在一边。直到十年之后那些稿子才重见天日，得以出版。”

他那时已经开始在任意地点写作了：同一条街上，酒吧里，咖啡馆里，星空下，在男性和女性朋友身边，等等。他的一本以爱情为主题的书就是这样写成的。他当时在形式方面极度克制，认真雕琢每一个词语、每一处韵脚，但他早期的那种激情却没被丢掉，这本书就是《二十首情诗和一首绝望的歌》（*Vente poemas de amor y una canción desesperada*，1924），这可能是20世纪用西班牙语写成的诗集里被再版次数最多的一部了。到60年代初，这部诗集已经售出了逾百万册。“那是我爱的一本书，”他这样说道，“因为尽管有些忧郁，可在那本书里却蕴含着生存的喜悦。有条河以及它的河口对我写那本书帮助很大，那就是因佩里亚尔河（el río Imperial）。《二十首情诗和一首绝望的歌》是圣地亚哥的歌谣，那里有学生们常走的街道，有大学，还有藤忍冬的气息，那也是爱情的气息。”如今的他不再排斥大自然了，他的诗里也增加了一种比之前更强烈的情感：爱情，也成为他作品中的永恒主题之一。在多年之后的一首诗里他回忆了《二十首情诗和一首绝望的歌》的形成过程，他认为那是两种情感经历共同作用的结果：

> 我认为我的诗歌
> 不仅建立在孤独上，也建立在肉体上，
> 也在另一具肉体上，那是月亮的皮肤，
> 上面印刻着大地献出的所有的吻。

## 东方的星星，但已经没有“东方三王”了

学生时代结束了，新的生活开始了。他在远东地区生活了数年，那是种完全不同的生活。1927 年 4 月，聂鲁达被智利政府以参赞的身份派往缅甸首都仰光任职。那段旅程完全像是场旅行。他搭乘的第一艘船先经过了里约热内卢，然后向着里斯本进发。7 月中旬他乘火车来到普利莫·德里维拉（Primo de Rivera）统治下的马德里，短暂停留后又乘另一趟火车抵达巴黎，他在那里和众多讲西班牙语的人混到了一起。他们喜爱行乐，不守规矩，经常跳探戈跳到天明。他从那里出发又坐火车来到了马赛，那里的商业氛围令他印象深刻。经过地中海后，在红海边的国家吉布提的逗留经历也让他难忘。然后是科伦坡、上海、新加坡、金奈，最后终于抵达了仰光。那时他正在创作另一部代表作《大地上的居所》（*Residencia en la tierra*）。刚开始时，他认为与西方文明如此不同的诸多东方文明不会给他的作品带来什么影响，但就他给友人埃安迪写的几封信的内容来看，这种影响是存在的：“虽说我在不断适应，可搞文学创作似乎越来越难了，我开始抗拒、埋葬那些曾经吸引我的东西，我陷入了可悲的焦虑中，我的思想变得贫瘠起来，受到这种突如其来的状况的影响，我不得不慢慢替换已经写成的某些东西。有时我会长时间感到空虚，无力表达任何想法，也无法挖掘内心深处的东西，诗性未曾消失，但变得暴虐起来，逐渐引导着我走上一条完全不同的道路，因此大部分时间我都是在痛苦的状态下写作的，我继续寻回那遥远的掌控力，但我的力量又如此微弱。我不想跟你说什么疑虑或混乱的思想之类的东西，我不说。我要说的是一种无法满足的抱负，一种愤怒的状态。我的书成了那种没有出路的焦虑感堆积而成的结果。”

在谈到具体的文学作品时，他认为无论困难还是成就，都是其所处环境引出的结果："我受罪，我为微薄的报酬感到焦虑，这里的气候炙烤我，我咒骂我的母亲和我的外祖母，我整日跟我的白鹦鹉讲话，我还为一只大象掏过钱。日子像棍棒一样落到我头上，我不写作，不读书，我穿着白衣服，戴着软木头盔，我是个真正的幽灵，我只希望来几场暴风雨，再来几杯柠檬水。我已经跟你说过了，我很慵懒，不过只有应对外部事务时是这样，在内心深处，我不停地在想解决办法。既然我的文学问题源自焦虑，源自超出寻常的表达欲望，那么我近一年来的文学作品就达到了巨大的完美（或不完美）状态，虽说它们依然在我的意志可控的范围之内。也就是说，我超越了一种文学上的界限，我一直不相信自己有能力超越它，可实际上我写出来的东西让我自己都吓了一跳，那对我来说也成了一种宽慰。我的新书叫《大地上的居所》，里面包含 40 首诗，我希望能在西班牙出版它。这些诗的轨迹相同，承受的压力相同，它们都是在我大脑里的同一片区域中被构思出来的，像是来自同一股让人无法抗拒的浪潮。"

1928 年年末，他来到了斯里兰卡的科伦坡，希望在那里自己的处境能得到改善，但实际区别不大。他感到孤独又悲伤。他无法写完手头的作品，时间似乎停滞了许久。1930 年他来到爪哇领事馆工作，1931 年又去了新加坡，最终在 1932 年回到了智利。可是就结果来看，那个时期成为他的成熟期。如果说之前的聂鲁达与经典先锋派联系紧密的话，如今的他已经有了后来在共和国时期的西班牙的诗歌特点：不纯的诗。在落款为"1929 年年底"的一封信件 / 日记中，他给墨西哥诗人、评论家阿方索・雷耶斯写道："诗人的天才从很久之前开始就把他们讲的话与所有世俗关系隔绝开了，所有刺激诗歌创作的友情和日常化的东西都跳脱出了这个世界，可事实上，诗歌的目的不就是抚慰人心、让人敢于做梦吗？我老是说社会就像个小女孩一样，不过在这个问题上道理在她的一边，诗歌应该承载所谓的世俗之物，承载激情和其他类似的东西。这就是我想要做的事情：创作一种真正带有诗意的诗歌。它应该源自我对科学的好奇心，源自我对汽车的崇拜，源自吸引我的那些异域风情，哪怕在入夜之后，我面对白纸写作时，我能接触到的东西很少很少，那时天地间仿佛只剩下我一个人，在我的关节中，我的幸福感中，我的私人化的激情中，只有我一人存在。”

## 西班牙的星星雨

1932 年的回国行程对聂鲁达来说是一种需求。东方从存在的层面来说毁灭了这个诗人。《大地上的居所》中的那些充满焦虑和悲观情绪的诗句来自那里，按诗人自己的话来说，“那些诗句无助于生存，有助于死亡”。然而，他在智利的生活也并不容易。丢掉了稳定的外交官工作后，他做了一些不起眼的活儿，经济上出现了问题，这种情况直到 1933 年他被派往布宜诺斯艾利斯任领事才得到改善。1933 年 4 月，《大地上的居所》终于出版。10 月，他结识了西班牙的第一颗星星——加西亚·洛尔卡，两人后来成为好友。1934 年，他来到共和国西班牙，想让那种被胡安·拉蒙·希门内斯的纯净风格及年轻诗人们推崇的极端派思想浸泡的文化氛围多一点“人”的色彩，那种氛围里还少不了奥尔特加·伊加塞特的哲学思想，尤其是极受推崇的“艺术的去人性化”思想。他很快就认识了第二颗星星——阿尔贝蒂。他与阿尔贝蒂的联系比与洛尔卡的联系更加紧密，阿尔贝蒂具有积极的政治态度、幽默感以及高超的诗歌造诣，他对聂鲁达产生了巨大的私人影响。这位喜爱星星的智利诗人不断扩大自己的朋友圈：塞尔努达（Cernuda）、阿尔托阿吉雷（Altoaguirre）、贝尔加明（Bergamín）、亚利桑德雷（Aleixandre）、米格尔·埃尔南德斯（Miguel Hernández）、雕塑家阿尔贝托·桑切斯（Alberto Sánchez）、建筑师路易斯·拉卡萨（Luis Lacasa）和画家玛鲁哈·玛约（Maruja Mallo）等人。1935 年，除了出版增加了一些新材料的第二版《大地上的居所》之外，他还成为杂志《诗歌绿马》（*Caballo verde para la poesía*）的负责人，他的那篇著名宣言《关于一种不纯的诗歌》（*Sobre una poesía sin pureza*）就发表在该杂志上面。他在宣言里捍卫了更人性化的诗歌，“它就像被酸腐蚀过的人手一样，透着汗味和烟味，闻起来既有尿味又有百合花香，展现着存在于法则内外的各种职业。那是一种不纯的诗歌，就像衣服，又像躯体，带着斑斑污迹和可耻活动，带着皱纹、观察、梦想、不眠、预言、爱与恨的宣言、野兽、暴戾、田园、政治信仰、否决、怀疑、肯定、税收”。在最后一段，聂鲁达给出了清晰的结论：不应该忘记伤痕累累的感伤主义、忧郁情感、月亮的光芒、简单甚至俗气的爱的宣言，因为——他用下面这句话作为结语——“逃离世俗趣味的人将坠入冰窟”。

在西班牙他不仅坚定了自己“不纯”诗歌的信念，还成功地从十年前自己坠入的存在主义深井中爬了出来。他从具体的行动中发现了团结精神和政治信念，借由西班牙内战，他进入了之前从未涉足的领域中：政治诗歌。他把自己的外交豁免权置于危险境地，因为他明确表达了自己对共和国一方的支持。从那种不安情绪中生出了他的第一部具有战斗精神的诗集《西班牙在我心中》（*España en el corazón*，1937），这部诗集在智利出版，开启了聂鲁达新的文学阶段，这一阶段与他童年和少年时期的灵感源泉无甚关联。他回到智利，在瓦尔帕莱索南边的黑岛买了栋房子，那里邻近他一直爱的海洋。他走遍祖国，不断做演讲、朗诵诗歌。在一次朗读《西班牙在我心中》里的诗句时，一个工会领袖站了起来，开始谈论美洲人的悲惨处境。聂鲁达后来讲道："最后，他哭了起来，身体抽动。他身边的很多人也哭了。我感觉嗓子眼儿被某种不可控制的情绪堵住了。那时我不仅想着社会性诗歌，我还感觉自己亏欠了我的祖国、我的人民。"

## 再一次，我们群星闪耀的美洲

聂鲁达发现诗歌应该为更广大的人群服务，于是他的诗句越来越简单化、口语化。他同时也未停止政治活动。他支持人民阵线，不断发表演讲。在一场演讲中他提到了新的美学准则，描绘了他文学创作的最新进展："这是斗争的一年，我甚至没有时间观察我的诗歌所推崇的东西：星星、植物、谷物、河流中和智利道路上的石头。我没有时间继续进行我那些神秘的探索，要做那种探索，我得怀着爱意触摸钟乳石和积雪，只有这样，大地和海洋才会把它们的存在奥秘告诉我。不过我在另一条道路上前进了很多。我触碰到了我的民族的赤裸内心，我骄傲地发现那里面蕴含着某种比春天更强劲的秘密，它比田地更肥沃、比水流更悦耳，那是真理的秘密，是我那内敛、团结、无助的民族从坚实的土地深处挖掘出的奥秘，我从它的胜利中将那秘密托起，好让全世界所有的民族都瞻仰它、尊重它、模仿它。"在另一场于 1939 年 3 月 24 日进行的演讲中，他再次提及自己以往的诗歌理念与当下需求之间的差异，尤其是考虑到在西班牙和全世界正在发生的那些事情："我是个诗人，在描绘这个世界方面是最自负的人：我想用我那微小而无序的诗歌世界打破环绕在玻璃、木头和石头周围的神秘光圈，我敞开心扉，聆听宇宙中存在的所有声音，那些声音生自海洋上的夜晚以及静谧的土地或天空。但是我不能，我不能，沙哑的鼓声呼唤我，那是人类痛苦的呻吟声，鲜血谱成的合唱声如新生的恐怖浪潮在全世界涌动，孩童的眼睛经由历史的迷宫坠落到西班牙的土地上，那些眼睛降生于世并不是为了让人将它们埋葬，而是要来挑战这个星球上的光芒；我不能，我不能，因为鲜血在中国的田间流动，因为布拉格的墙壁倒塌在了被无尽泪水浸透的烂泥里，因为奥地利的樱桃树花朵被人类的恐惧污染了；我不能，我不能在生命和世界面临大考时保持沉默，我必须沿着条条道路奔走呐喊，直到生命尽头。我们团结在一起，我们要为美洲的和平负责，但是这项任务也将赋予我们权力，同时向我们展现人类的义务，我们要介入进来，跳出谵妄，在暴风雨中重生。"

1940 年他又担任起了外交官职务，这次的目的地是墨西哥。他从这之前一年开始写《漫歌》（*Canto general*），直到 1950 年才收笔并将之出版，那些年里的多次美洲之旅滋养着那部作品，单纯又厚实的政治理想为它奠定了基础。1943 年聂鲁达回到智利，回程途中经过了其他几个国家。他在圣地亚哥被提名为议员，并于 1945 年加入了共产党。他的政治活动和文学创作并重，一有机会就写作，无论何时何地，他已经习惯了在国内外频繁出行的生活。尽管他尝试过把大量时间和精力投入他真正热爱的文学事业中去，可媒体只关心他作为议员的工作内容。他领导国家宣传委员会走遍整个国家，为冈萨雷斯·魏地拉（González Videla）辅选。他在 1947 年出版了《第三个居所》（*Tercera residencia*），体现出与早期存在主义风格相去甚远的对现实问题的思考。共产党还给了他一年的时间，让他隐居黑岛，专心写完那部具有重要政治象征意义的作品《漫歌》。那是一座丰碑，也是聂鲁达用数千诗句对美洲人民及历史的致敬。他写得很快，几乎没做什么修改，灵感流动不息，它来自诗人十年来的各种经历，也来自建立在聂鲁达政治抱负之上的内在力量。但是平静的黑岛时光没能持续太久。新当选的总统冈萨雷斯·魏地拉切断了智利与多个共产主义国家的联系，与西方国家走到了一起，多位来自共产党的部长辞职。聂鲁达回到圣地亚哥，在参议院公开指责魏地拉。他由此背上了叛徒之名，还被迫辞职。聂鲁达选择了逃亡，在朋友们的帮助下度过了两年地下生活。他不断逃亡，在逃亡途中写完了手头的作品。1949 年 2 月，他蓄起胡须，从南部安第斯山区骑马逃出了智利，这次他的胡子不再是画上去的了。后来他在巴黎再次现身，在多个共产主义国家游历，以此表现自己的坚定立场。他做演讲、参加各种文学或政治活动。他又得重新适应在各种场所创作的生活了：堆满落叶的荒凉广场，酒店的房间，夜间火车，朋友住所，公园长凳。他用诗歌描绘出了自己所有的经历。他写自己参加的活动，写他的人生，写周围的人，也写决定着 20 世纪人类历史或个体命运的大小事件。他既写政治诗歌，也写描绘普通事物的诗句，还写爱情诗。他在 40 年代初的墨西哥外交官生涯中认识了玛蒂尔德·乌鲁蒂亚，两人开始了一段良好的关系，那段关系在聂鲁达离开墨西哥时中断了。在两人的关系中，政治生活、私人感情、友情交织在一起，后来这段关系终于在欧洲开花结果了。1955 年，聂鲁达和黛丽雅·德尔·卡里尔离婚，与玛蒂尔德完婚。逮捕令已于三年前撤销，聂鲁达得以返回智利。回国后的生活异常忙碌，演讲不断，之后他又获

得数个国际文学奖，他的作品不断再版，还被翻译成多种语言。聂鲁达于1952年出版《船长的诗》（*Los versos del capitán*），于1954年出版《元素颂》（*Odas elementales*），然后是《元素的新颂歌》（*Nuevas odas elementales*）和《颂歌第三集》（*Tercer libro de las odas*）。1959年，《爱情的十四行诗一百首》（*Cien sonetos de amor*）出版，此前一年他就在《放纵》（*Estravagario*）里以文字的形式阐述过自己依然是那个从雨和风中获取灵感的孩子：

> 事情解决之时
> 我在这里留下了证词，
> 我那放纵的领航员
> 无人能够学会
> 看透万事万物，
> 只有行动永恒
> 做出行动的是个清晰又模糊的人
> 一个忧愁而开朗的人，
> 快乐又哀伤。
> 如今，在这片叶子后面
> 我要离开，但不会消失：
> 我要在透明中纵身一跃
> 宛如游动在天空之中
> 然后我将再次成长
> 直到有一天，我将变得如此渺小
> 风会把我带走
> 我将不知自己的名字
> 我将不知会在何时醒来：

那么我就在静寂中歌唱。

## 复原的星星：民族与单纯

聂鲁达的诗歌涵盖了所有主题，但他始终注重使用简单的语言进行诗歌创作，不仅在政治诗中，在其他类型的文字里也是如此。他很清楚西班牙语美洲文学的演变过程，也明白当代知识分子需要让那种预言式、救世式的信息传递到最后一个美洲国家的最后一个山沟的最后一个失落部落的最后一个角落里。他努力让自己的诗歌清晰易读，避免使用晦涩的画面、矫揉造作的词藻和巴洛克式的表述，他试着使用一种饱满、易懂、透明、清澈的语言。他在 1953 年参加的一次会议上谈到了自己在创作《漫歌》时遇到的问题，那部作品中的大部分内容都是他在逃亡的日子里写下的，那时他几乎没有同任何人接触，就像是“在昏暗的地道里挖洞”。但绝大部分困难都是内在困难，也就是说，写什么、怎么写、为谁写的问题。“这些年在诗歌里，当然我指的是在我的诗歌里，最大的问题是晦暗和明亮的问题。我认为我们是为这片大陆写作的。在这片大陆上，一切事物都在成型的过程中，而且我们这些生活在这片大陆上的人希望做所有的事情。我们的城市需要重建。我们需要房屋和学校、医院和铁路。我们希望拥有一切。我们的国家是由单纯的人组成的，他们正在学习建设和阅读。我们是为了这些单纯的人而写作的，我们是为了这些谦逊的人而写作的。很多时候，很多时候，他们都不懂得阅读。然而，在这片土地上，诗歌早在文字和印刷术出现之前就存在了。因此我们知道诗歌就像面包一样，所有人都该分享它，无论是学者还是农民，我们是为了我们那非比寻常、不可思议的大家族而写作的，那个大家族就是民族。我坦承写得简单是我面对过的最困难的任务。在那些逃亡的日子里，隐藏在众多慷慨群众的家中，手边几乎没有任何书本，也没有人可以供我咨询，我能依靠的只有自己。写得简单是我首要的诗歌任务。我想讲明的一点是，对于诗人来说，美洲和清晰是同义词。从晦暗转向清晰，费了我很大工夫，因为晦暗的词语在我们的文学传统中拥有某种特权，这使得平民大众的语言和简单化的诗歌仿佛显得粗俗不堪了。在整个美洲，连同背井离乡、逆来顺受、虚假现实等特点一道，诗歌也总是具有等级性，这也使得我们的文字越来越晦涩，总透着股高人一等的想法。”

不久之后，1954 年 1 月，聂鲁达在圣地亚哥大学进行了一系列关于他的人生与作品的讲座，在那些讲座活动中他解释了自己在早期作品中运用得不娴熟的激情因素是如何在后来成为他的诗作中最平静、最具反思性的因素的。同样地，“简单”并不意味着粗糙、失控。在他的人生和作品都已经成熟的时期，为了更简易地传递信息而对技巧进行掌控就成了必须完成的任务。这一切都有意识地对聂鲁达在《漫歌》之后的创作过程产生了影响：“毫无疑问，激情是我早期作品中的核心主题，可是那个诗人并没有用诗歌去回应内心深处生出的那些愤怒又脆弱的呼唤。不过，我认为，在写了 35 年之后，在诗歌作品中掌控好激情已经成了一项重要的任务。我相信诗歌的自发性。要做到那一点需要储存好两样东西，它们得时刻做好准备被诗人运用，说得直白一点，它们得被揣在口袋里，一到紧急时刻就掏出来使用。首先是对形式上的东西的储存，也就是词语、声音和形象，它们尽管零散，却应该像蜜蜂一样围绕在诗人周围。诗人需要立刻捕捉到它们，把它们装进腰包。在这方面我实际上很懒惰，不过这依然是个好建议。马雅可夫斯基[1]有个记录这些内容的小册子，他会不停地查阅它。怎么储存它们呢？我们要有储存意识，要明白事件本身及其诱因所蕴含的情绪效果。对诗人而言是这样，对小说家则不见得。”

诗人不仅要能写他们*感受*到的事情，还要写他们能写的东西，有时还要写他们需要写的东西，写那些别人希望他们写的内容，因为他们的诗作要为更宽泛的理念服务。这样做的结果也未必会差。“一个诗人，”他继续说道，“应该为一所大学或一家工会写作，为某些行业或某些职业写作。自由永远不会因为这些选择而消失。所谓神启，所谓诗人与上帝的沟通，都是人们的有趣创造。诗人在经历极度紧张的时刻创作出来的东西实际上是属于他人的，是来自阅读以及其他外部事物的。我在这几天里新写了一些诗歌，我想要写些与我本人距离更远的主题，在写它们的时候，我希望自己能清楚地掌控自己的表述方式和诗歌的发展方向。”50年代的聂鲁达坚信：“诗人不是‘微型上帝’，也无意窃走天火，更不是来自某个特殊的种族，正义也好，邪恶也罢。诗人是从事诗歌创作的劳动者。这种职业不比其他职业更重要。它不比其他职业风险更大，除非它面对的是社会上的退步力量。诗人职业和船工职业很像。他得驾好小船，懂得让它在随波逐流时也不迷失方向。那种水流是深沉的人类情绪，是那个时代的指向性，也是带着我们前行却始终让我们能望见目标的那种节奏。”然而，在同一篇文章的另一处，为了不坠入自己年轻时批判过的唯理主义或冷漠态度之中，他承认说：“不知何故，预言式的因

---

〔1〕弗拉基米尔·马雅可夫斯基（Vladimir Mayakovsky，1893—1930），苏联诗人、剧作家。

素悄悄进入了诗歌里。它们的表现形式通常是个体的肉体感觉或一系列难以定义的隐秘事件。可有时它们又会超越那个个体。”他举了个例子，恐怖但准确：《费德里科·加西亚·洛尔卡的颂歌》创作于那位格拉纳达诗人被杀之前，在那首诗里，诗人描绘了洛尔卡的悲哀结局。“我此后再也无法在读到它时不感到害怕。”聂鲁达动情地说道。

在接下来的几十年里，他不断在智利和巴黎之间来来往往，当然往其他目的地去的旅行也从未间断。他不断接受致敬和奖项，他的大部分作品在不同国家以不同语言出版，他发表新的文本，在全世界（包括美国和其他资本主义国家）做讲座、开课程，接受荣誉博士学位（包括美国和其他资本主义国家的高校颁发的证书），等等。在他有几天不用为政治事务劳心的时候——这种情况越来越少见了，他会回归自己真正的抱负中去，回到黑岛，在玛蒂尔德的陪伴下平静地写作。他脚踏实地，面前有扇巨大的玻璃窗，冲着不断受到波浪冲击的礁石。再往上，有座石塔，那是聂鲁达用作工作室的地方。房屋之外，太平洋在咆哮。房屋之内，诗人在用又长又胖的字体写着诗，墨水通常是绿色的，写在白纸上，等到修改好之后，玛蒂尔德就用机器把它们誊下来，和其他未发表的诗放在一起。休息期间，他会走出房子，在岩石间寻找玛瑙，好把它们赠给友人，或者会去拜访当地人，他们会在火堆边一直聊到太阳落山。

1969 年 9 月 30 日，聂鲁达的生命进入最后阶段。要是提到代表共产党参选总统的经历的话，我们会发现他的人生变得更疯狂了。他走遍智利，开始了紧张的参选进程。后来人民团结阵线成立了，聂鲁达放弃参选，转而不断用演讲和声明支持萨尔瓦多·阿连德（Salvador Allende）。在竞选成功后，阿连德任命聂鲁达为驻法国大使。1971年9月21日，聂鲁达获诺贝尔文学奖。1973年2月他辞去了外交官职务，同年9月11日，皮诺切特（Pinochet）军事政变爆发，两周之后，身患重病的聂鲁达与世长辞。“只要爱陪伴着我，就不枉活过一遭”，这是他最著名的演讲之一的标题。聂鲁达去世时，玛蒂尔德·乌鲁蒂亚，他的爱，陪伴着他，陪伴他的还有无数热爱他的普通人。尽管在那些日子里，智利的氛围十分恶劣，可他的葬礼依然是那个国家的头等大事。喜爱聂鲁达的人们从四面八方赶来向诗人致敬，他们唱起了智利国歌和《国际歌》，又或是背诵起聂鲁达那成千上万首诗歌中的某些诗句。阿连德在此短短几天前悲剧性地丧了命，恐惧依然在蔓延，威胁着成百上千万渴望自由的人的宁静生活——这在我们美洲国家不算什么新鲜事了，可人们并不在意。尽管面对着独裁政府的镇压，人们还是为了那个男人走上街头，因为他是历史上第一个以丰富的诗句给他们命名的人。爱在星星笼罩的道路上蔓延，仿佛是在向聂鲁达证明他“不枉活过一遭”。聂鲁达是这样结束他的那场演讲的：“诗歌来自某些肉眼难见的高度，它在源头处显得幽暗而隐秘，可却会在坠入洪流中时带着芳香溶解，它会在群山之间找寻路径，会在大草原上一展歌喉。它会浇灌田野，会把面包带给饥饿的人。它会在谷穗间穿行，使饥渴的路人餍足，它会在斗争时歌唱，也会让人们休憩停歇。然后，它们把人们团结起来，在他们中间逐渐建立起座座村镇。它会剪裁谷地，把无数的生命种子播种下去。歌声，丰饶，这就是诗歌。”

# 参考书目


Alonso, Amado. *Poesía y estilo de Pablo Neruda*. Buenos Aires, Editorial Sudamericana, 1974, 5ª ed.

Neruda, Pablo. *Confieso que he vivido*. Barcelona, Plaza y Janés, 1996, 3ª ed.

Neruda, Pablo. *Para nacer he nacido*. Barcelona, Seix Barral, 1988, 4ª ed.

Rodríguez Monegal, Emiry Santí, Enrico Mario. *Pablo Neruda*. Madrid, Taurus, 1980.

Rodríguez Monegal. Emir, *El viajero inmóvil. Introducción a Pablo Neruda*. Buenos Aires, Losada, 1966.

Teitelboim, Volodia. *Neruda*. Madrid, Ediciones Michay, 1984.

## 奥克塔维奥·帕斯

Octavio Paz

1914—1998 墨西哥

# 头等好礼

**主要作品**

《孤独的迷宫》（*El laberinto de la soledad*，1950）

《弓与琴》（*El arco y la lira*，1956）

《太阳石》（*Piedra de sol*，1957）

《双重火焰》（*La llama doble*，1993）

*灵感就是另一个自我闯入文学创作过程中的体现。*

◎ 灵感是高尚而神秘之物，与单纯的懒惰和勤奋、简单和困难、无序与技巧等概念无关，也就是说，作品具有多大的价值不应该也不能够用作者对其下的功夫的多少来衡量。……突然，第一行诗歌就出现了，就像在做听写一样，像是某个人送给了他一个礼物。在其他时代，那个人可能被称作神明或缪斯，再晚些时候可能被称作天赋或无意识，帕斯则将之看作某种神秘的灵感。

◎ 作为读者的他对两类图书的热爱始终不变，那就是词典和诗歌。

* * *

“贪婪的里根！奥克塔维奥·帕斯是你的朋友！”超过5000名情绪激动的示威者同时这样叫喊道，他们围成一个巨大的环形，队伍中央正在焚烧一个两米高的方脸人偶，它代表的是墨西哥诗人、散文家奥克塔维奥·帕斯。这一事件发生于1984年10月11日，地点是墨西哥首都墨西哥城里的美国大使馆门前。原因？帕斯不久前刚刚做出了反对尼加拉瓜桑地诺主义和共产主义政权的声明，以支持民主和自由选举。在那场疯狂的集体行动开始的短短几个月前，帕斯刚刚过完70岁生日。彼时的帕斯已经在国内外获得了无数重要奖项，例如墨西哥国家文学奖（1977）、塞万提斯文学奖（1981），他被认为是整个拉丁美洲最重要的知识分子之一。最重要，同时也最具争议的。多年之后，奥克塔维奥·帕斯将会骄傲地回忆起他独立思考出的想法召唤出的那一可怕事件：“从我开始写作起，就一直有人厌恶我、讨厌我，咒骂斥责也并不罕见。有些人不理解我在文学和美学上的观点，有的人则会感到不舒服；我的政治观点同样会激怒很多人。我有个奇怪的特权，我是唯一一个曾经看到人们在公里广场上焚烧自己画像的墨西哥作家。”

无论是奥克塔维奥·帕斯的人生还是其文学作品，关键词都是：对比、争议和认可，还经常出现冲突甚至决裂，这些都发生在不同的思想和经历的交锋中。帕斯来自一个印欧混血家庭，家人们的政治观点各不相同。帕斯于1914年出生在墨西哥城，他的家人住在墨西哥城郊外一个叫作米斯科亚科的小村子里，当时那里是资产阶级消遣享乐的地方，如今却已被巨大的城市吞没，成为市郊的一部分。父亲家是哈利斯科州当地人，而外祖父母则是安达卢西亚人，不过他的母亲何塞菲娜·洛萨诺出生在墨西哥，奥克塔维奥从她那里遗传到了蓝色的眼睛。他的祖父伊莱内奥·帕斯是个带有明显印第安人体貌特征的墨西哥人，在那个时代，他是个坚决抵制法国介入的很有影响力的记者，也是位知名作家，还是独裁者波菲里奥·迪亚斯（Porfirio Díaz）的拥护者，不过在他生命最后一段时光里他又走到了那位独裁者的对立面上。相反，他的父亲，律师、作家奥克塔维奥·伊莱内奥·帕斯在他出生的同一年加入了南方解放军，成了埃米利亚诺·萨帕塔[1]的秘书，也因此成为神话般的墨西哥革命的直接见证者。

第一次来到完全陌生的环境时，奥克塔维奥·帕斯还只有4岁，他和母亲一起搬去了洛杉矶，他的父亲在两年之前已经以萨帕塔驻美国代表的身份流亡到了那里。他的父母决定把他送去当地的美式学校学习，那里只使用英语进行教学活动，当时小奥克塔维奥连一个英语单词都不认识。上学第一天对于那位新学生来说是段地狱般的经历，教室里悬挂的星条旗让他感觉很怪，周围同学说的话他一句也听不懂。“由于我什么也听不明白，我只好选择沉默。”多年之后，诗人在回忆起那段时光时这样说道。在有过那一日的苦涩经历后，他在接下来的半个月时间里都没去上学。次年他回到了墨西哥城，但是这也没能让他高兴起来，因为在回到学校的最初时光里帕斯又一次感受到了同学们不信任的目光，这次他上的是拉萨耶修士的法式

[1] 埃米利亚诺·萨帕塔（Emiliano Zapata，1879—1919），墨西哥革命中著名的农民起义军领袖。

学校，也许是因为他的栗色头发、明亮肤色和蓝色眼睛让人误认为他是美国人。

很可能这些早年遭受他人不信任的经历滋养了小奥克塔维奥丰富的内心世界。他的内心世界对外部世界有着敏感的反应，尤其是深不可测的大自然。“一天下午，”他回忆道，“跑出学校后，我突然停下脚步；我觉得自己站在了世界的中心位置上。我抬起头，在两片云彩之间看到了蔚蓝的天空，无边无界，难以描述。我不知道该说些什么：于是我感受到了激情，也许那就是诗意。”帕斯从很小的时候就开始写作了，最早写的就是诗歌。他认为诗歌是种儿童娱乐活动，因为小孩子们，就和原始部落里的人一样，会去编造、创造神话和某些充满诗意的场景。帕斯一直相信所有人都是诗人，只不过只有很少一部分人能够坚持写诗，而绝大部分人会把诗歌遗忘。

要想查证帕斯的散文创作根源何在，就得考虑到他成长在知识水平很高的家庭中，家人对各种不同思想持开放态度，而且他的家庭在墨西哥的政治、文学和军事生活中都占有重要地位。祖父伊莱内奥有个超凡绝伦的图书室，他按照 19 世纪的风格写了几部历史小说。帕斯的父亲也是作家。他的姑姑阿玛利亚·帕斯教会了他法语，让他能够阅读雨果、米什莱和卢梭的原版著作；她还让他喜欢上了幻想小说。在那种充满文化气息的家庭环境中，在他进入的那些私立学校里，年轻的帕斯慢慢获得了坚实的文化素养根基，这些再加上他卓越的天资和无休止的好奇心，他心中的那片土地不断变得肥沃起来，晚些时候，作为散文家和批评家的直觉将在那里发芽。不过也许对帕斯的文学素养之形成起到决定性作用的，还得算他的阅读欲。从很小的时候起他就利用起了祖父的图书室，他可以自由挑选自己想阅读的书本。他对于发现新事物的追求是无止境的。在那间图书室里所有的历史类图书中，有一个主题使他特别感兴趣，那就是民族与文明的冲突。

从小时候起，奥克塔维奥·帕斯就不断与其他民族和文明接触，当然有时也会体验到真正的文化冲突。美国、西班牙、法国、瑞士、印度或日本是帕斯在人生中几个重要阶段里生活过的国家。与多样民族及文化的持续接触使得帕斯的文学作品充满世界性。帕斯研究者曼努埃尔·乌拉西亚（Manuel Ulacia）就曾表示："眼界如此广阔的诗人并不常见，他可以平等地与西班牙语传统、西方现代传统或是东方传统进行对话；他能翻译中国、日本或印度的诗歌，也能翻译美国、法国或北欧的诗歌；他既能利用诗歌来将墨西哥身份问题理论化，也能谈论国内政治和国际政治；你一方面可以把他当作传记作家来看，另一方面他又是艺术、绘画等领域的批评家。"

## "我想当诗人，就这样。"

尽管奥克塔维奥·帕斯认为自己是诗人，可他写作的能力、分析的深度和准确的直觉使得许多评论家认为他的散文作品要比诗歌更加重要。我们可以说帕斯是个具有无可争议的诗歌天赋的伟大思想家。实际上，许多重要的现代作家都曾建议他进入哲学领域。有一次，作家何塞·巴斯孔塞洛斯[1]在对年轻的帕斯坦陈他是后者文论作品的忠实读者后表示："请研究哲学吧。除宗教

---

〔1〕何塞·巴斯孔塞洛斯（José Vasconcelos，1882—1959），墨西哥作家、哲学家、政治家，名著《宇宙种族》（*La raza cósmica*）的作者。

外，那才是最值得去做的事情，也是最严肃的事情。生活也许不如人意，但它至少帮助我们抵御死亡，而宗教则给了我们生命。”西班牙哲学家奥尔特加·伊加塞特也给出了类似的建议：“请研究哲学吧，学学德语，然后去思考。文学的店铺已经歇业了。巴黎人不清楚这一点。如今在欧洲，在西方——您虽然不清楚这一点，但您也是西方人，唯一剩下的东西就是思想了。把别的东西都忘掉吧。”幸运的是，如此钟爱诗歌的奥克塔维奥·帕斯并没有太在意那些建议，他很清楚自己想要什么。“从青年时期起，”他在 1989 年接受托克维尔文学奖时这样说道，“我就开始写诗了，而且从来没停过，我想当诗人，就这样。我想让我的散文作品也服务于诗歌，让散文在他人和我本人面前评判诗歌、捍卫诗歌、诠释诗歌。”

那个时代也有其他一些重要的知识分子鼓励帕斯继续在诗歌创作的道路上前行，他们支持帕斯的文学理想。1934 年，已经成名的诗人拉斐尔·阿尔贝蒂刚刚加入西班牙共产党，他在墨西哥城的一间酒吧里和一群热爱诗歌的年轻人集会。那些人里有一位叫奥克塔维奥·帕斯的 20 岁学生，他默默无闻，学的是法律专业。在场的每个人都要给大师阿尔贝蒂朗诵一首或两首诗歌，后者礼貌倾听，然后做点简评。在轮到帕斯时，他犹豫了，他觉得有些羞耻，因为他的诗歌和同伴们的不一样，别人写的都是社会问题，是战斗性诗歌，只有他写的是内心的情感。他突然生出一种感觉，仿佛朗读那些诗歌是不受欢迎的举动，是对某个秘密的不必要的揭露。阿尔贝蒂发觉了年轻的帕斯的慌张，聚会结束后，他把帕斯叫到一边，对他说道：“你写的东西里透着对语言的追寻，因此从本质上来看，你的诗歌要比他们写得更具有革命性。你是在开拓一片未知的土地，也就是你的灵魂深处，你没有任由自己晃荡在每个人都能见到的景色上，那里已经没什么可发现的了。”帕斯一生都没有忘记这些鼓励的话。

尽管他的作品涉及的主题十分多样，蕴含的思想也非常复杂，但极端的敏感性驱使奥克塔维奥·帕斯只写那些真正能让他激情澎湃的主题，那些接近他内心世界的主题，他只写那些让他喜欢和崇敬的男男女女。他写自己的家人，写墨西哥的身份问题，写他去过和生活过的地方，写让他感受到平静的大自然，大自然同时还把智慧传递给他，就像他本人所说的那样："和老师比起来，树木和清风教给了我更多东西。"但也许他诗歌的核心主题还是女性，那是最使他着迷的极端形式之一：她们是他者，是超脱于他自身之外的东西，是他的相对面，但同时却有力地吸引着他，与他互为补充。

正如我们提到的那样，既然奥克塔维奥·帕斯的人生并非一成不变，那么我们自然也不能认为他的生活乏善可陈。23 岁时，他第一次前往欧洲，去的正是处于内战中的西班牙。年轻的诗人彼时已经创办了文学杂志《栏杆》（*Barandal*，1931），也已经出版了第一部诗集《野月亮》（*Luna silvestre*，1933），他受邀出席第二届国际反法西斯作家大会，该会议于 1937 年在巴伦西亚举行。在那次会议上，除了结识了尼古拉斯·纪廉（Nicolás Guillén）、胡安·吉尔－阿尔伯特（Juan Gil-Albert）、路易斯·塞尔努达（Luis Cernuda）、巴勃罗·聂鲁达（Pablo Neruda）、米格尔·埃尔南德斯（Miguel Hernández）等作家，他还理解了兄弟情谊的真正含义，这将在之后的日子里对他的为人处世及写作方式产生巨大影响。一个周日的早晨，他和两个朋友一同外出前往巴伦西亚附近的一处村庄，他们是诗人曼努埃尔·阿尔托拉吉雷（Manuel Altolaguirre）和阿尔图罗·赛拉诺·布拉哈（Arturo Serrano Plaja），结果误了最后一班回程汽车，因此他们只能步行返回。夜幕降临，正当他们在公路上行走之时，突然，共和国军的高射炮点燃了天际。巴伦西亚周边的炮火想要阻止敌军飞机飞到城市上空。三个诗人继续前行，来到了被炮火映亮的另一个村子。为了壮胆，他们唱着《国际歌》穿越小村，然后躲到了邻近的一个果园。农民来到他们的藏身之地，当他们得知三人中有个墨西哥人时，他们立刻变得热情起来，因为当时墨西哥是站在共和国一边的。在炮火声中，有些农民回到家里，带了些吃的过来，有面包、瓜果、奶酪和酒。在枪炮带来的巨响和光亮中与淳朴的农民们分享食物，这一经历深深印刻在了帕斯的脑海和心灵中。

年轻又怀抱理想主义的帕斯彼时坚信共产主义是把世界变得对所有人而言都更公平且宜居的唯一方式。受到政治信仰和西班牙内战经历的影响，他决定以政治特派员的身份加入共和国一方的南方阵线中去。对文学史和思想史来说，幸运的是理智又慎重的帕斯接受了共和国领导人胡里奥·阿尔瓦雷斯·德尔巴约（Julio Álvarez del Vayo）的明智建议："打字机前的你要比扛着机枪的你更有用。"不久之后帕斯就回到了墨西哥。他在那里做了许多有利于共和国一方的宣传活动，还协助创办了《人民报》（*El Popular*），那家报纸后来成为墨西哥左翼力量最主要的发声渠道。可仅仅两年之后，到了 1939 年，由于对希特勒和斯大林之间达成的协议感到失望和痛苦，帕斯开始与共产主义思想渐行渐远，并在 1949 年最终决裂，当时有关在苏联设有集中营的消息传到了墨西哥，帕斯是最早站出来对此表达公开反对意见的知识分子之一。

在西方，大部分诗人和知识分子对共产主义表现出好感的那些年里，帕斯的对立立场给他带来了不少麻烦。他不仅与大众观点有冲突——人们焚烧他的肖像就是个例子，也和作家群体有冲突。最有名的争议事件发生在他与哥伦比亚作家加夫列尔·加西亚·马尔克斯之间。帕斯最后是这样评论后者的：“无论是左翼还是右翼，拉丁美洲只有很少的知识分子在独立思考。他们大多数人只是在重复那些老生常谈的话语。加西亚·马尔克斯用他的聪明才智捍卫了他的思想，我不会因此而责备他。我要责备他的是：他捍卫的那些思想太贫瘠了。我们做的事情大不相同。我在尝试进行思考，他则在不停地重复那些标语口号。”尽管政治观点上的分歧难以调和，二者却都互相认可对方的文学才华。一个例证就是那位哥伦比亚诺贝尔文学奖得主在1998年奥克塔维奥·帕斯去世后写下的话：“我深感遗憾，既是因为他的离去，也是因为一座美妙的、难以复制的思想高塔倒塌了，它充实了整个20世纪，它的余波还将让我们受益很长时间。”

## 创作者面对纸张时的孤独

尽管频繁变换居住地，但帕斯并不是那种认为要获取丰富的写作素材就必须积累各种各样经验的作家。对他而言，重要的是作品本身，因为所有人都拥有各种各样的经验，但只有很少一部分人有能力将之转化成作品。帕斯坚信诗歌来源于生活，但只有有趣的生活经验是无法写出一流诗歌的，因为灵感的奥秘远比个体经历复杂得多。他说参加过莱班托海战的士兵成百上千，但只有塞万提斯写出了《堂吉诃德》，无数人体验过爱恋的滋味，但只有彼得拉克写出了真正让人肃然起敬的爱情十四行诗。他觉得年龄和知识积累对作者来说也并没有那么重要。他以19世纪的两位法国诗人兰波和马拉美之间的差异为例。前者19岁时就几乎把所有要说的话写尽了，但马拉美直到生命末期，也就是50岁后，才写出了他最好的作品；这种差异并不能说明谁比谁更好，但却能证明每个作家的成熟期是不一样的。

那么对于帕斯来说，诗歌的灵感之秘到底是什么呢？他认为诗歌创作与命运密不可分，也就是说，是种天生的才能，但同时也要对语言保持忠诚，对字词保持忠诚。帕斯说诗人可能是个酒鬼，可能是个浪子，也可能是个书虫或是喜欢和朋友们聚在一起的人，他本身就是这样的人。不过作为诗人，能够拯救或惩罚他的关键要素是他与语言的关系。他深入探究了灵感这一主题，用卓绝的文论作品《弓与琴》（*El arco y la lira*）将他对该主题的反思结果呈现给了我们，该书初版于1956年。在题为“灵感”的一章中，他坚持认为灵感是高尚而神秘之物，与单纯的懒惰和勤奋、简单和困难、无序与技巧等概念无关，也就是说，作品具有多大的价值不应该也不能够用作者对其下的功夫的多少来衡量。

对帕斯来说，诗人的创作是以沉默、无果、干涸为开端的，在完满之前会先迎来缺失，创作活动一旦完成，诗人就将体验到一种更大的缺失感，因为诗歌已经脱离了作者，不再属于他了。换句话说，诗人在创作时是孤独的，在创作后依然是孤独的，在诗歌成型前后都没有任何人或事物能够陪伴他。文字一写成，作者和他那些被带入写作的情感——爱恋、喜悦、焦虑、无聊、愁思、孤独、愤怒等——就都化为由文字语言描述的形象了。从那时起，诗歌的命运就由读者掌握了。他们会重复上述创作过程，只不过那是种逆向的重复：他们从语言出发重塑诗歌。

在《弓与琴》的同一个章节里，帕斯还以下述方式反思了作家在进行创作时难以避免的孤独感："诗人面对纸张，无论他有没有计划，或者说，他已经对自己要写的东西进行了长时间思考，还是说他毫无想法，大脑和面前的纸张一样一片空白，写作行为就意味着投入虚空，脱离现实世界。"诗人脱离他生活于其中的现实世界之时，就是创造新世界之刻了，他会用词藻为之命名。

这些反思尽管建立于帕斯本人的写作经验之上，却很符合广义上的诗学理论。姑且让我们回到实践中去。在我们向奥克塔维奥·帕斯问及他创作的诗歌的灵感来源时，他回答说他通常对自己要写的东西没有明确的想法。很多时候他都感到孤独和空虚，我们在下文中还会提到这一点，突然，第一行诗歌就出现了，就像在做听写一样，像是某个人送给了他一个礼物。在其他时代，那个人可能被称作神明或缪斯，再晚些时候可能被称作天赋或无意识，帕斯则将之看作某种神秘的灵感。值得注意的是那第一行诗正是全诗的胚芽，从它出发，其他诗句会慢慢"自行"浮现出来。有时帕斯的诗歌会对抗那第一行诗，有时则会顺着它发展；其他时候，等到全诗写成，他甚至会把最开头的那些单词删掉。

帕斯坚信在作家的内心里，就和其他人的内心一样，同时共存多种人格。他将之称为***不同的我***，是作家个性的不同侧面在发出各自独立却和谐悦耳的声音。但是那些声音中不应该有哪个声音占据主导地位。如果说某个声音压倒了其他所有声音的话，或者说作家只写某种固定风格的作品的话，那只能说明他作为文学创作者已经僵化了。因此，帕斯说那被灵感馈赠的第一行诗也是他写的，只不过是由他的另一重人格写的。而全诗剩下的部分则是***不同的我***之间通过内心对话构建起来的。因为对他来说写作艺术很像辩论，也很像爱情，作家需要不断和自己对话，也和他者对话，很多时候那场对话会演变成一种冲突，甚至会造成决裂，进而形成某些新颖、与众不同的东西。总而言之，帕斯认为灵感就是另一个自我闯入文学创作过程中的体现。

那种闯入和合作的明确例证之一就是诗歌《太阳石》（*Piedra de sol*）的创作过程。阿根廷作家胡里奥·科塔萨尔曾毫不犹豫地评价这首诗是“在拉丁美洲写出的最让人肃然起敬的爱情诗”。帕斯是从1956年年初开始创作这首584行的长诗的。他没有写作计划，也不知道他到底想写什么。最开头的几个诗段浮现在他的脑海中，流淌在他的笔尖——他从没用打字机或电脑写过诗，那些文字似乎是自动出现的，就好像有人在给他做听写一般。那首诗是这样开始的：

> 一棵晶莹的垂柳，一棵水灵的黑杨，
> 一股高高的喷泉随风飘荡，
> 一株笔直的树木翩翩起舞，
> 一条弯弯曲曲的河流
> 前进、后退、迂回，总能到达
> 要去的地方……[1]

突然，在写了大概30句后，原本汹涌澎湃的灵感中断了，他无法再继续写下去了。不久之后帕斯不得不进行为期两周的国外旅行。返回后他重读了之前写的内容，他觉得自己必须继续完

〔1〕 译文引自《帕斯选集》（上），赵振江译，作家出版社，2006年，第60页。

成那首诗。他又重新轻松地写了起来，但这次他想主动引导和修改涌上脑海的诗句。就这样慢慢地写，诗的其余部分渐渐现出身形，当然依赖的依然是*不同的我*之间的合作——这对帕斯来说意味着真正的灵感——以及批判意识和理智意识。

这就解释了为何帕斯喜欢对他写出的东西进行反复修改，甚至不断重写，这是因为那些内心中的*不同的我*不停地插手写作过程，不断提出新的可能性和新的表达方式。帕斯几乎所有的诗歌都经历过重写，有的甚至会在多年的时间跨度中反复重写，有时是因为那些诗歌要推出新版本，有时则是因为它们要被收录到诗歌选集、作品选或作品全集中。在出版于1979年、题为“诗歌（1935—1975）”的选集的“前言”中，帕斯坚定地表示：“诗歌是未尽的语言或不可尽的语言。压根儿不存在所谓的‘最终版’：每首诗歌都是我们永远不会写出的另一首诗歌的修改稿……”他还喜欢说另一个自己是个十分粗暴的人，让人很难忍受，反对一切他写出来的东西，所以作为创作者的他总是显得犹犹豫豫，也总是喜欢修改自己写出的东西。1948年11月25日，当时帕斯在墨西哥驻巴黎大使馆工作，他从那里给他的朋友、导师、同胞、极负盛名的作家阿方索·雷耶斯写信，想给他寄去自己的最新诗集——在雷耶斯的帮助下，那部诗集《假释的自由》（*Libertad bajo palabra*）将在次年出版，他在信中这样描述自己在创作时的犹豫状态：“我很期待得到您的评价。在一整年抄写、排列诗歌之后——我不知道修改它们用了多少时间，好像从没停过，我感到迷茫，我不知道该如何评价我写的东西。有时我甚至觉得那些诗不是我写的。您别怕言辞严厉，因为到目前为止我感觉自己写的所有东西都只是练习和准备。”

但这并不是一个在老师面前犹豫不决的年轻诗人或极端完美

主义的作家的怯懦姿态，就帕斯来说，他持续不断的修改和永无尽头的重写行为更是一种思想态度，一种被他维持一生的对艺术和灵感的理解。帕斯不仅修改诗歌，也修改散文，甚至修改报刊文章。1983年帕斯以“乌云密布”（*Tiempo nublado*）为题出版了政治历史论集，这些文章是那之前数年间已经发表在西班牙和拉丁美洲不同报纸上的文章。在该书前言中，帕斯不仅表示自己删掉了许多文章，还做出了诸多修改，甚至还扩充了内容。他的短诗《写作》（*Escritura*）对他的这种修改热情来说十分具有象征意义：

> 我描绘这些单词
> 就像白日描绘它的画面
> 描绘，然后吹走它们，不再归来。

## 时间和稳定的经济状况

奥克塔维奥·帕斯认为文学绝不只意味着某种职业或激情，它是一种真正的内在需求。因此进行文学创作就没有固定的时刻表，写作时间是无规律可言的，他可能在早上写作，也可能在下午写，他试着每天都花点时间来写作，尽管他一生都受困于写作时间被各种不同的工作挤压，这一点我们回头再谈。关于作家的两项主要任务——阅读和写作，帕斯在阅读方面体会到的满足感更强。我们已经提到过了，童年帕斯能够在祖父的图书室里任意阅读经典著作，其中有些图书，例如《金驴记》[1]，曾给

〔1〕 古罗马阿普列乌斯创作的长篇小说，系用拉丁语写成的世界最古老的小说。

他带去极大困扰。在青年时代他阅读了许多法国文学作品，也读 19 世纪末期的西班牙语诗人和小说家的作品，还读西班牙语美洲现代主义诗人的诗作以及当时流行的先锋派诗歌。尽管有些晚，可他从青年时期起就喜欢上了西班牙巴洛克诗歌，尤其是贡戈拉（Góngora）的诗作，终其一生都在不断阅读这位诗人的作品。在文学素养成型阶段，对现代诗人的阅读也对帕斯产生了重要影响，例如胡安·拉蒙·希门内斯、洛尔卡、豪尔赫·纪廉、拉斐尔·阿尔贝蒂、聂鲁达、博尔赫斯、佩利塞尔〔1〕和比拉鲁蒂亚〔2〕，此外还有翻译成西班牙语的布列东、布莱克、荷尔德林和其他德国浪漫派诗人的作品。

帕斯在许多年里都热衷阅读小说，但是在生命中最后的岁月里他更喜欢阅读人类学、历史学著作或旅行故事。他最大的热情之一就在于阅读关于已经消失的文明的文字。但是作为读者的他对两类图书的热爱始终不变，那就是词典和诗歌。也许正是由于那种对与诗歌创作密切相关的语言的忠诚，帕斯每天都会阅读词典，他把词典唤作"军师"或"兄长"。他最偏爱的是科罗米内斯〔3〕编纂的《西班牙语词源词典》（*Diccionario Etimológico de la Lengua Española*）。"世界的真理，"帕斯说道，"看上去就隐藏在词典中，因为在它的书页中隐藏着万事万物的名字。可并非如此：词典给我们呈现的是单词单目和我们人类应当完成的任务，那不仅是作家的任务，我指的是把单词联系起来，使得某些组合展示出这个世界的真理。"他也不能一天不读诗歌，哪怕只读一

〔1〕卡洛斯·佩利塞尔（Carlos Pellicer，1899—1977），墨西哥诗人。

〔2〕哈维尔·比拉鲁蒂亚（Xavier Villaurrutia，1903—1950），墨西哥诗人。

〔3〕指西班牙语文学家若安·科罗米内斯（Joan Coromines，1905—1997）。

首也行，如果没有读过诗的话他是不会上床睡觉的。对他来说读诗已经成为一种强烈的内在需求，他经常将之与基督教信仰者的每日祷告相比较。

当帕斯能够说出“诗歌就是我的激情，文学就是我的事业”的时候，他的年纪已经不小了，因为感受到文学志向是一回事，能够全身心投入文学创作并以此谋生糊口则是另一回事。奥克塔维奥·帕斯的直系先辈经济条件都很不错，可内战及革命造成了家族的衰败，一个具有象征意义的例证就是米斯科亚科老宅的缓慢破败。诗人这样说道：“我们那摆放着许多古旧家具、图书和其他物品的老宅慢慢损坏。后来有的房间塌了，我们就把家具挪到其他房间。我还记得在很长一段时间里我都住在一个面积很大的房间里，不过那个房间缺了面墙。几扇华丽的屏风为我遮风挡雨。藤蔓植物爬进了房间。”

23 岁时，也就是在西班牙之旅成行前不久，奥克塔维奥·帕斯决定抛下家里的豪华屏风，在未来的女作家埃莱娜·加罗（Elena Garro）的陪伴下开启一段新的人生旅程，两人后来于 1937 年完婚。从那时起到他加入墨西哥外交部，中间过去了七年时间，帕斯在那段时间里不得不同时做多份工作，哪怕如此他也没能获得期待的经济稳定状态，更别说有充足的时间进行文学创作了。那是艰苦的七年光阴。没有固定职业，不停更换工作，从记者到墨西哥中央银行柜员。尽管困难重重，他却从未放弃过诗歌创作和文化活动。在那些年里他创办了两份文学刊物，分别是 1938 年创刊的《讲堂》（*Taller*）和 1943 年创刊的《回头浪子》（*El Hijo Pródigo*），它们都在创刊三年后停刊，考虑到当时墨西哥社会面临的经济困难和压抑的文化环境，这些尝试并非毫无意义。

甚至在工作最辛苦的时候，奥克塔维奥·帕斯也依旧在进行诗歌创作。他在墨西哥中央银行工作的时候，有段时间他的任务是清点损毁的钞票，那些被认定无法继续流通的钞票将会被销毁，然后被新钞替代。每捆大概都有三千张废旧钞票。清点完后的废钞会被扔进大口袋里，等到月末的时候那些口袋会被统一运送到银行大楼屋顶的炉子里焚毁。那里每个月都会焚烧价值数百万比索的钞票。为了避免受到可能存在的病菌侵害，清点废钞时都要戴上橡胶手套。由于帕斯并不擅长点数，他的袋子里总会多出或缺少几张钞票。刚开始数字对不上的情况让他十分困扰，不过后来他释怀了，他想多了或少了五六张钞票并不会使这个世界变得更加美好，也不会带来世界末日。最后他决定不再数已经装进袋子里的钱了，数完了就算数完了，多出来的几个小时时间他就用来构思诗歌，通常采用固定的格律和韵脚以方便记忆。晚上一回到家他就把脑海中的诗歌誊到纸上。他就这样写下了一系列被他本人评价为“十分糟糕”的十四行诗。

有时刺激帕斯去写作的并非时间不够，恰恰相反，是时间太宽裕。那是他在国家档案馆工作的时候，也就是在他出版自己的首部诗集之前不久。帕斯彼时仍未从父亲在铁路事故中丧生的阴影中走出来，而且他的经济状况仍不稳定。他在档案馆里没太多事可做，因为他并不是古文字学家或类似学问的研究者。他的工作内容就只是把文件在不同地点之间传来送去。因此，在大量令人厌烦的闲暇时间里，帕斯不仅读书，也写些隐秘的日记，后来这些文字以“不眠”（*Las Vigilias*）为题发表在了《讲坛》杂志上，尽管在发表时帕斯删掉了一些他认为过于私人化的内容。

这一不稳定的周期结束于1944年，帕斯申请到了古根海姆奖学金，获得了赴美国学习的机会。他沉浸在美国文明中，开始用英语阅读艾略特、庞德、威廉·卡洛斯·威廉姆斯、华莱士·史蒂文斯、肯明斯等伟大诗人的诗作。在格兰德河彼岸的经历对他的文学生涯来说具有决定性意义，这和数年前他在西班牙的经历一样。可当奖学金花光后，经济问题就又出现了。赤字状态使得他连旧金山的一家小旅馆都住不下去了。“我把情况告诉了旅馆老板，”诗人乐观地说道，“他给我提了个解决方案：搬到地下室去住。那里实际上有个老妇人俱乐部，她们每天下午都在那里聚会。里面有个试衣间，几乎只有一个衣柜那么大，那就是我的房间了，我在里面一住就是几个月。唯一的问题就是我得等老妇人们都离开后才能回到我的小洞穴里去。不过旧金山岁月依然十分美妙，我的身心都陶醉其中，我像是呼吸到了一大口新鲜空气。”

在那座加利福尼亚城市的小洞穴里“享受”了短短几个月后，靠着良好的私人和家庭交际关系，帕斯最终在31岁时找到了他的第一份稳定的工作。奥克塔维奥彼时在墨西哥首都的文化和文学圈子里已经小有名气了。他父亲的一位也曾参加过墨西哥革命的老朋友，弗朗西斯科·卡斯蒂略·纳赫拉，被任命为外交部长，他向帕斯发出邀请，请他到墨西哥驻美国使馆工作。奥克塔维奥想都没想就答应了，他觉得自己终于守得云开见月明了。但是他外交生涯开始后的真正助力来自另一位朋友，诗人何塞·格罗斯蒂萨（José Gorostiza）。何塞当时是墨西哥外交事务总负责人，在帕斯到墨西哥驻美国使馆工作将近一年之后，帕斯被何塞任命为墨西哥驻巴黎使馆秘书。从事外交活动意味着帕斯延续了诸多拉丁美洲作家的外交事业传统，例如鲁文·达里奥（Rubén Darío）、巴勃罗·聂鲁达、曼努埃尔·帕伊诺（Manuel Payno）、曼努埃尔·阿尔塔米拉诺（Manuel Altamirano）和阿玛多·内尔沃（Amado Nervo），这还没算任命他的卡斯蒂略·纳赫拉和格罗斯蒂萨。来到巴黎后，帕斯实现了那个时代大多数拉丁美洲作家的梦想之一。巴黎依然保持着它在19世纪末和20世纪初获得的西方文化圣地的地位。帕斯完全沉浸在了热烈的文学氛围中，他还在那里接触到了超现实主义运动——他与本杰明·佩雷特（Benjamín Péret）和布列东成了朋友，那场运动对帕斯那些年里的诗歌创作产生了重要影响，也间接影响了诗人在那之后直到去世之前的文学创作。多年之后，已经远离超现实主义美学风格的帕斯这样评价道："超现实主义不仅是一场美学运动、诗歌运动、政治运动，尽管这些概念全都可以用来形容它，它更是一场具有生命力的活动。它否定现代世界，同时希望用其他价值来替代资产阶级民主社会的价值：情爱、诗歌、幻想、自由、视觉体验、精神冒险。所有这一切都很现代，但同时其中又回响着伟大的浪漫主义先驱们的声音……好吧，我认为我当时写的那些诗歌组成了或者说希望组成那股潮流的一部分。"

外交官生涯不仅使得帕斯接触到了不同国家和文化所蕴含的知识，使他发现了东方，更重要的是让他获得了从多年之前就开始寻觅的东西：足以保障写作的时间和稳定的经济收入。所有那些东西——旅行、东方、时间、稳定收入——对他的文学生涯发展来说都至关重要。他外交生涯的顶峰是在1962年被任命为墨西哥驻印度大使。在那个国家他还再次遇见了爱情——在结婚19年并育有一女的情况下，他和埃莱娜·加罗离婚了，此时离他们分手已经过去了好几年。帕斯在印度认识了玛丽－何塞·特拉米妮（Marie-José Tramini），两人于1964年在一棵枝繁叶茂的大树下完婚。见证了那场婚礼的有三个朋友、几只松鼠和许多鸟鸫。“自出生以来，”帕斯经常这样说，“那是我经历过的最重要的时刻。”

尽管取得了所需要的经济稳定状况，帕斯还是经常为繁忙工作挤压了写作时间而感到遗憾。1949年7月26日，他从墨西哥驻巴黎使馆给阿方索·雷耶斯写信：“尽管每天都在做些官僚工作，可我依然在勤奋写作，我利用几个一刻钟的休息时间在写一本散文体诗歌集。”他指的是诗集《雄鹰或太阳？》（*¿Águila o sol?*）。大约三年后，这次是从墨西哥驻印度大使馆发出的信，帕斯又一次向阿方索·雷耶斯抱怨了相同的事，落款日期是1952年1月27日，写于新德里：“我的工作太多了——其他同事的外交经验都有些不足，我整天都在做记录或是回应邀约……这样一来，我写不了东西，也读不了东西，我甚至要活不下去了。”

尽管写作是一种内在需求，而且帕斯也总会尽可能地挤出时间来进行创作，可对于帕斯而言，写作并不总是一种愉快的活动。1979年7月，在和大学生的一场座谈会上，学生们问帕斯为何要写作，还问他是否需要什么特殊的东西来帮助他写作，那位墨西哥诗人是这样回答的：“这也是我从一开始就不断问自己的问题：为什么在能更惬意地做其他事情的情况下，我还要坚持写作呢？搞文学不是个舒服活儿：很枯燥乏味，而且还会带来痛苦和牺牲。我曾经很喜欢吸烟，我认为自己没办法在不吸烟的情况下写作；几年前，一个医生发现如果我继续吸烟的话，我就只有几个月可活了。于是我对自己说：我得活下去，我要停止吸烟，停止写作。我在六个月的时间里既没有吸烟也没有写作。有一天我坐在桌前，写了一页。现在我依然在写作：写作的需求比吸烟的需求更加强烈。”

帕斯写所有作品时都一边享受着幸福，一边忍受着痛苦。有的作品写起来要比其他的作品更难一些。《孤独的迷宫》（*El laberinto de la soledad*, 1950）就费了他很大的工夫。他坦陈自己在写那本书时感觉胃部像是被压了重物，他觉得那种感觉应当和怀孕差不多。他写那本书时还是墨西哥驻巴黎使馆秘书，他只能在周末写作。因此他压根儿没时间逛逛那座城市或是拜访朋友，从周五晚上开始，整个周末他都把自己锁在房间里不停地写。相反，还有些书他写起来并不那么费劲儿，花的时间和努力要少许多，例如《双重火焰》（*La llama doble*），那是本关于情爱和爱情的散文，出版于 1993 年，当时他马上就要年满 80 岁了，那本书是他用一个月时间写成的。

## 通往永生的证件

尽管可能看上去与事实相反，但所有作家在内心深处都渴望自己的作品被大量读者阅读，越多越好，书籍的装帧最好也尽可能精美。奥克塔维奥·帕斯不缺读者；尽管他的诗歌和散文作品的思想境界很高，销售量却依然很大。举个例子，他的文论作品《孤独的迷宫》的西班牙语版本截至 1990 年共出版了三个版本，经历了 23 次加印，也就是说，总共印刷了 60 万册，而且还被译成了法文、英文、德文、葡萄牙文、意大利文、荷兰文和日文[1]。1990 年，在获得诺贝尔文学奖后，他所有作品的销量都开

〔1〕 帕斯的这部代表作也有中文译本。

始直线上升。但是帕斯从来都不在意自己的读者数量或图书销售量，他说现代社会崇拜读者数量，甚至习惯以读者数量来衡量作品价值，这实在荒谬。对于他来说，尽管大多数诗人都不被大众熟悉，他们的作品也不会被大多数人读到，可诗歌依然是一个社会的核心声音。奥克塔维奥·帕斯的确成了为人熟知的诗人，除了作品被翻译成多门语言且销量极佳之外，无论他在哪座城市做讲座或演讲，现场都会人满为患。

不过，看到自己的书出版依然会让他激动不已。"说句实话，"帕斯说道，"手稿堆在抽屉里要比我们犯下的些许罪过更让我们感到沉重。"他每出版一本书，都像是部分的自己获得了确认，因为他相信作家真正的传记就是他们的作品。诗集《假释的自由》尽管从时间上来看不是帕斯的第一部作品，但他却习惯认定它为自己的处女作，那部诗集的出版过程充满波折。出版流程早在诗集正式出版的三年之前就开始了。手稿先来到了阿根廷——何塞·比安科[1]不同意在《南方》杂志上发表那些诗歌，后来又流转巴黎和墨西哥。没有任何出版商对彼时几乎算是默默无闻的那位年轻诗人的诗歌表现出真正的兴趣。直到他的朋友阿方索·雷耶斯决定在墨西哥学院的资助下于特松特雷（Tezontle）出版社出版它，不过在这之前帕斯已经表示希望阿方索·雷耶斯帮自己个忙，甚至表示自己愿意出一部分钱或全额出资促成诗集出版。于是也就不难理解那位年轻的作者在拿到书后无比喜悦的心情了。"我觉得向你描述我的兴奋其实没什么必要，"帕斯立刻给雷耶斯写了封信，"我觉得今天就像过节一样。也许你会觉得我的喜悦有些夸张。但我向你保

〔1〕 何塞·比安科（José Bianco，1908—1986），阿根廷作家。

证，看到书的那一刻我觉得自己的存在已经得到了证实，这比苏格拉底的理论还管用，因为我之前已经开始怀疑我是否是真实存在的个体了。同时，那本书好像已经不再是我的了，它所证实的存在也是他者的存在，印刷排版在这中间毫无疑问是有影响的。”

帕斯十分高兴，他迫不及待地把新出版的诗集寄给许多朋友，都没来得及给每个人写赠言。我们猜想帕斯写过很多赠言，因为他写的赠言曾引起过墨西哥媒体的兴趣，1949 年 9 月 27 日《新报》的一位编辑不无揶揄地对此做出评论：“《假释的自由》的作者、目前住在巴黎的诗人奥克塔维奥·帕斯做出了极具原创性的尝试。他把这本书的赠言写在了散页纸上，他的朋友们为了不把赠言搞丢，不得不将那些散页纸粘贴到书上，那些赠言确实很有意义，因为每篇赠言都是作者精心撰写的，除了冠词、介词和连接词外，每篇赠言里的遣词造句都各不相同。上帝赐予你天赋……不过你的闲散时间也太多了吧。”

尽管已经凭借散文作品获得过一些奖项（他在 29 岁时获得了首个散文比赛奖项，奖品是 100 比索以及一本由塞内加出版社出版的图书），可是他凭借诗歌获得文学奖时已经 49 岁了。他获得的是布鲁塞尔国际诗歌大奖（比利时）。当时他在新德里，他很犹豫要不要接受该奖项。“我从青年时期就开始写诗了，”多年之后他这样评论道，“我写诗，也出了几本书，可对我来说诗歌一向是一种崇高的秘密，是远离公众环境的事业。我从没获过奖，也没去参评过什么奖。文学奖都是公众性的；而诗歌却是隐秘的。接受那个奖不就意味着揭穿秘密、背叛自己吗？”帕斯把自己的疑问提给了他在印度认识的一位叫阿南达·迈的精神导师。她安抚了他，建议他说奖项不能与虚荣画等号，希望他谦虚地领奖，而且要清楚奖项既不能让他的诗歌变得更好，也不能让那些诗歌的作者变得更好，可不领奖则意味着对评他获奖之人的冒犯。

从那时开始，帕斯再无顾忌，他总是开开心心地领取所有颁发给他的作品或他本人的奖项，不过他始终清楚获奖只是偶然现象，不能太把奖项当回事。终其一生，他在全世界范围内获得了许多奖项和荣誉博士头衔，这是读者们对他的崇敬之情的体现。除了文学生涯早期之外，他的诗歌天赋再也没能封闭在私人天地之中。

尽管帕斯也受到了许多国家政府的认可，可他从未坠入诱惑，没有让自己的形象和才能被任何官方权力利用。因为帕斯坚信作家能为他所生活的社会做出的最大贡献就是履行自己的义务，也就是说，讲真话，把自己的所感所想如实表达出来，要在任何形式的权力面前都保持独立性，哪怕这将给他带来许多问题也在所不惜。“我很快就发现，”帕斯说道，“捍卫诗歌和捍卫自由是不可分割的。我对政治和社会事务的热情就源自这种认知。我不认为诗歌和革命是对立的：它们是同一种运动的两个侧面，同一种激情的两扇翅膀。”帕斯从不逃避针对具体政治冲突而产生的思想论战。他的头脑和文字早在 1968 年就为这种冲突做好了准备，他与权力产生了正面冲突，对手恰恰是他效力达 20 余年的墨西哥政府。1968 年 10 月，奥克塔维奥·帕斯因墨西哥军队在特拉特洛尔科三种文化广场屠杀数百学生的事件愤而辞去墨西哥驻印度大使一职。他也因此成为公开谴责上述屠杀事件的唯一公职人员。可他的影响力巨大，该决定也意味着他将再无机会在阿兹特克人的国度里担任政治职务。帕斯的抗议化成了一首题为“墨西哥：1968 年奥运会”的诗歌，他把那首诗寄给了奥运会组委会文化部门的官员。其中一个诗节是这样写的：

> 羞愧即怒火
>
> 回转而来，攻击自身：
>
> 如果
>
> 整个国家都感到羞愧
>
> 那是雄狮作势
>
> 行将跃起

自那之后帕斯就全身心投入文学创作中去了，只是偶尔到国内外某些极负盛名的大学进行教学活动。也正是从那时开始，随着时间的推移，他逐渐开始以思想家和诗人的身份享誉世界。在墨西哥首都与朋友们——胡安·加西亚·庞塞（Juan García Ponce）、胡安·何塞·阿雷奥拉（Juan José Arreola）、埃莱娜·波尼亚托夫斯卡（Elena Poniatowska）、胡安·鲁尔福（Juan Rulfo）等人——相聚于家中的时光逐渐远去了，之前每次聚会时，众人都会在地毯上围坐成圈，奥克塔维奥——他被朋友们称作"金质小牛犊"，因为所有人都很崇敬他——说出一个单词，其他人就要用那个单词造个句子。

到了他生命的末期，他的文字越发有力量，帕斯的语言穿透墙壁、城市、边界、语言，变成了全人类的财富。帕斯依然是一个人，但他的内心中共存着越来越多的作家。帕斯年满 80 岁时，他的朋友恩里克·克劳泽（Enrique Krauze）在接受《日程报》（*La Jornada*）采访时这样评价他道："你可以想象出一个古希腊哲学家、古罗马演说家、文艺复兴时期的人文主义者、形而上学的诗人、启蒙运动时期的智者、法国大革命时期的革命者、浪漫主义的叛逆者、爱情诗人、天生的无政府主义者、正义的英雄、世俗的多神论者、狂热的社会主义者、放弃幻想的社会主义者、不安分的自由主义者、充满激情的批评者。人类文明中的所有这些形象，可能还有更多，都浓缩到了一具躯体之上，这个人就是奥克塔维奥·帕斯。”

1990 年，也就是在他去世之前 8 年，象征着全世界官方对他做出认可的那个奖项来了，我指的是诺贝尔文学奖。消息传来时他身在纽约，他获奖后的第一次发声简短而有力：“诺贝尔文学奖并非通往永生的证件。”他言之有理。通往永生的真正证件是他的作品。对他而言真正重要的是在未来，在他离开这个世界之后，依然能有相爱的年轻人用他的诗歌传递情感，又或者某个刚刚开始走上文学道路的年轻人能通过他的诗句获得灵感。

## 参考书目


Gimferrer, Pere (ed.). *Octavio Paz. El escritor y la crítica*. Madrid, Taurus, 1990.

Jiménez Cataño, Rafael. *Octavio Paz. Poética del hombre*. Pamplona, Eunsa, 1992.

Paz, Octavio. *Pasión Crítica*. (Prólogo, selección y notas de Hugo J. Verani). Barcelona, Seix Barral, 1985.

Poniatowska, Elena. *Octavio Paz. Las palabras del árbol*. Barcelona, Lumen, 1998.

Santí, Enrico Mario. *El acto de las palabras. Estudios y diálogos con Octavio Paz*. México, Fondo de Cultura Económica, 1997.

Fundación Octavio Paz, *www.fundacionpaz.org.mx*.

Stanton, Anthony (ed.). *Correspondencia Alfonso Reyes/Octavio Paz (1939–1959).*

México, Fundación Octavio Paz – Fondo de Cultura Económica, 1998.
Ulacia, Manuel. *El árbol milenario. Un recorrido por la obra de Octavio Paz.* Barcelona, Galaxia Gutenberg – Círculo de Lectores, 1999.
Vizcaíno, Fernando. *Biografía Política de Octavio Paz o La razón ardiente.* Málaga, Algazara, 1993.

# 若泽·萨拉马戈

José Saramago

1922—2010 葡萄牙

## 用语言“造陶器”的人

**主要作品**

《里卡尔多·雷耶斯离世那年》（*El año de la muerte de Ricardo Reis*，1984）

《石筏》（*La balsa de piedra*，1986）

《里斯本围城史》（*La historia del cerco de Lisboa*，1989）

《失明症漫记》（*Ensayo sobre la ceguera*，1995）

《所有的名字》（*Todos los nombres*，1997）

《复明症漫记》（*Ensayo sobre la lucidez*，2004）

《死亡间歇》（*Las intermitencias de la muerte*，2005）

《大象旅行记》（*El viaje del elefante*，2008）

《该隐》（*Caín*，2009）

*如果你不去吸引缪斯女神，她们就不会来。*

*仅有意愿有时候是不够的。不过在面对一张白纸时我们首先要做的就是把第一个词写上去，哪怕那个词很蠢，我们得在后面删掉它。*

*我的小说就像树木那样成长，自然又积极。也就是说，我从来不会写一章或一个段落的内容，然后再把它们嵌入其他什么地方去。对我而言这种做法毫无意义。因为就像树木不可能长出不依附于主干的枝条一样，而且主干永远要比枝条高得多，枝条不能长在空中啊，同理，我也不能在没有前因后果的情况下把小说的部分内容写出来。*

◎ 萨拉马戈有一种特殊的写作习惯：每天只写两页纸，一行也不多，一行也不少。写完之后，如果最后一个句子没能写完的话，他需要做的就是添加一些单词上去，哪怕他有了特别棒的想法，他也绝不会再写下去。有时候他很清楚接下来要怎么写，但他依然会把它留到第二天写。……到了第二天，他不会从前一天完成的地方开始写，而是先回到上次完成的两页纸上，花一个半小时左右的时间修改润色它们，让它们接近定稿。这种修订工作对他而言起到的是类似桥梁的作用，在做过这个工作之后他才能继续写那天该写的两页纸。这就是他的写作方式：在每日的前进之前先回头走两步。

◎ 萨拉马戈的小说通常都是从书名中衍生出来的。

* * *

当时若泽·萨拉马戈正像每天下午一样坐在电脑前打字，就像遭到了魔法攻击一样，那个写有小说《洞穴》(*La Carverna*)80 多页初稿的文档突然变成了一片空白，什么字都没有了。这位葡萄牙作家孤单地面对这场危机，他发现电子信息革命在他 77 岁高龄时到来实在是晚了些，他用尽所有方式试图挽救自己几个月来的心血，因为如果某个无意操作能让信息全部丢失的话，就一定也存在能够找回它们的方法。他试了又试，但是没能成功，那台可恶的机器一再恬不知耻地提醒他此时停留在文档中第一页、第一行的开头位置。“这不可能，”萨拉马戈想道，几颗小汗珠从他的额头上流了下来，“我的小说肯定就藏在这玩意儿里的某个地方，它不可能就这样消失了。”尽管为了以防万一，他已经把《洞穴》写完的部分打印了出来，可是只要一想到他得把那些文字再敲进电脑——这意味着要浪费很多时间，他就觉得难以忍受。他已经满头大汗了，这时他想到要想把丢失的文字都找回来，有三种可能行得通的办法：第一种，给他的妻子比拉尔·德尔里奥打电话，看看她能不能解决这个问题；第二种，联系负责维修的客服技术人员；第三种，强打精神，靠自己解决问题。没人知道为什么他最后选择了第三种办法，也许是想尽快终结那场噩梦吧，尽管实际结果可能变得更糟。他行动起来了，点了退出按钮。“电脑都很蠢，”萨拉马戈本人是这样解释的，“它们的反应一向是相同的，它当时问我是不是要保存对文档做出的更改。我当时想着文档最大的变化是我写的东西都不见了，于是就点了‘否’，那些东西就这样自动回来了。”萨拉马戈在找回那些文字后感到无比轻松，他想道：“电脑可真是讨厌啊！”第二天他又像没事人一样继续工作了。几个月后，2000 年 8 月 25 日，他写完了《洞穴》，同年 12 月该书正式开始在书店里售卖了。

尽管经历了那次事件——很幸运，最后只是一场虚惊，萨拉马戈却从未对他的电脑、那些文字处理器心怀怨恨。相反，他觉得信息技术大大提高了工作效率。比起他从童年时期起就开始使用的书写工具，无论是钢笔、铅笔、圆珠笔还是打字机，他无疑更加喜欢电脑。每当有人对他说电脑给作家的风格带来了负面影响，限制了作家的创造力，他总是会斩钉截铁地表示他完全不同意他们的看法。新技术在他创作小说时提供了帮助。他并不认为电脑只是一种与手艺无关的科技，而是坚信用电脑进行文学创作就像是制作陶器一样。造陶器的人捧起泥土，把它们放进火炉，开始锻造它们，按照计划不断改变原材料的形状。作家做的也是同样的事情，只不过他们用的原材料是文字罢了。“信息技术不发达的时候，人们没有别的选择，”萨拉马戈说道，“只能在动笔前再三考虑自己要写的东西，他们得把每个句子里的每个词语都想清楚，然后才能下笔。现在有了电脑，情况就不同了。不管你想到什么想说的话，你都不必担心是否已经找到合适的形式来表述它们，你只需要把它们写下来就行。因为你明白你后面还会继续用它们来写作，直到写到满意为止。”他还经常把自己的电脑屏幕比喻成战场，战斗过后，里面会有伤者、阵亡者，也会有毫发无损的士兵。在书写一部作品的过程中写下的所有文字里，有的会永远存在下去，有些会发生变化，也有很多会被剔除出去。通常来说，作品的终稿就像战后的战场一样，与“大战”开始前完全不同。总之，萨拉马戈很清楚电脑的出现对于作家的写作事业而言意味着重大的进步。

为了和若泽·萨拉马戈聊聊他与信息技术的关系以及他的文学创作，本书作者于 2001 年 7 月 15 日来到属于卡斯特利尔市[1]的一个村子，萨拉马戈彼时与他的妻子和家人在那里停留几日。驶过数公里蜿蜒的公路，刚一抵达小村，我们就看到了市立图书馆的宣传牌，上面写的正是萨拉马戈的名字，这位知名作家的影

〔1〕 西班牙格拉纳达省内城市。

响力已经覆盖到了这个位于卡索尔拉山脉[1]旁的隐秘的美丽小村里（尽管萨拉马戈本人那天不无失落地对我们说那座市立图书馆还没正式投入使用）。我们确信小村里的随便什么人都能告诉我们德尔里奥一家确切的住址，我们的作家就住在那里。下车后，我们敲了第一个房子的房门，我们来时走过的道路虽然崎岖，可这趟旅途似乎还算顺利：那正是萨拉马戈的住处！我们一下子就找到了！过了一会儿，若泽在比拉尔的陪同下出现了。他高高瘦瘦，穿着蓝白条纹衬衫和灰色棉质裤子。虽然不正式，但很有自己的风格。比拉尔向他介绍了村里的几位老人，我们看到他和他们打招呼的方式，就知道那天的谈话肯定会非常愉快。我们又猜对了。短短几分钟后，我们坐到了舒适的沙发上，打开了录音设备，然后就开始和若泽·萨拉马戈谈起了他的文学创作之秘。

## 新一代年长作家

萨拉马戈不无狡猾地描述自己为“新一代年长作家”。如果我们必须选择一个形容词来定义他的文学生涯的话，最恰当的词可能就是“非常规的”或“无规律的”。一位文学大师，生命中的最初岁月并没有在书堆中度过，也没能上大学，直到 19 岁才自己购买了一本书，在写出两本书后就抛下了文学事业，一去就是 20 年，直到年满六旬才开始获得文学奖项和读者认可，我们要如何定义这样的文学人生呢？萨拉马戈是那种晚熟的作家，直到 30 岁才确定自己想当作家。“所以说我人生中的一切似乎都发生得很晚，”他坦陈道，“不过还好我足够幸运，活得够久，能等

---

〔1〕 西班牙山脉，位于哈恩省。

到所有要发生的事情都发生。”

在被我们问及他的文学志向的起源时，萨拉马戈对那个概念表示怀疑，首先因为人们只能对某种确实存在的东西产生“志向”，那种针对某种职业活动的不可抗拒的内心倾向在某种程度上是受到限制的，也受到他所生活的时代和环境中的现存事物的影响。如果50年前有人说“我的志向是信息技术”的话，人们肯定会把他当疯子看。另外，“志向”总与个人的能力相关。“举个例子，就我而言，”萨拉马戈解释道，“我不会画画，我画的东西就像小孩子画的，所以我不会有当画家的志向。我也不确定我有写作的志向。我的确在搞创作，但那并不意味着写作对我而言是某种不可抗拒的东西。我很喜欢绘画和音乐，但是喜欢与有能力从事艺术创作是有差别的，我无力缩短那种距离。不过写作不一样。我的确在24岁时出版了第一部小说，然后又写了一本，不过没有出版。在接下来的20年里我没有出版任何东西，实际上我也没写什么。要是真的存在那种推动着你、裹挟着你、你无法控制的所谓志向的话，我也就不会在20年里什么都不写了。我更倾向于认为我们不止有一种人生，而是有三种、四种或五种，它们不是各自独立的，不过却有独有的意义和存在理由。”

萨拉马戈口中的“多重人生”指引他走上了多条复杂的道路，也指引他成为在全世界范围内拥有大量读者的知名作家。且让我们来看看其中最主要的道路。若泽·德索萨，1922年11月16日出生于一个绰号为“萨拉马戈”的卑微的农民家庭，结果在进行出生登记时误把那个绰号当作姓氏登记了上去，出生日期也错写成了11月18日。他出生在葡萄牙里巴特茹省的一个沿海小镇阿辛哈加，不过很快，还不到两岁时，他就和家人一起搬去了里斯本。尽管他再也没回到故乡生活，不过在童年和青年时期，若泽还是会经常回到那里住上几天——被“根”的力量指引，甚至在他的祖辈劳作的那片土地上、在那些看着他降生的人群中间住上蛮长的一段时间。

7 岁时，若泽不仅已经学会了阅读，还很喜欢阅读。小若泽的家里几乎没有什么藏书，他的母亲不识字，他的父亲对文化也不怎么感兴趣，那么他的阅读兴趣是从哪儿来的呢？很难解释。也许解谜的关键就在于他当街警的父亲每天下午带回家的报纸上，那是一个和善的无名报刊亭主每天赠送给他的。有趣的是，多年之后，在 1975 年 4 月到 11 月间，若泽 · 萨拉马戈担任了《新闻日报》的副主编，他童年时学习阅读、爱上阅读靠的就是那份报纸。

上完小学后，由于经济原因，萨拉马戈只在中学里读了两年书。不过那两年的学习时光却对他的文学素养的形成具有决定性意义，尤其有一本书，更是意义非凡。那本书是葡萄牙语课的必读书，名为《阅读课本》，其中收录了葡萄牙文学中的许多小故事、短篇小说、诗歌和长篇小说节选。一个综述，一个核心思想——尽管不见得十分新颖，但都是用葡萄牙语写成的最早的文学性文字。可能对于萨拉马戈的许多同学而言，那本书只不过是他们必须学习以应试的工具之一，但是对于若泽而言，那却是一次巨大的发现，他第一次接触到了高质量的文学作品，确定了自己对阅读的兴趣。在那所学校里，由于读到了那本书，若泽第一次以文章作者的身份受到了老师的表扬：“我记得那个老师让我们阅读那本书中收录的一个作家的作品片段，然后写点东西出来。读了我写的东西后，那个老师说道：‘写得真好啊……你明白的……你写得……’。”我们不知道那些表扬性的话语对那个年轻的学生产生了怎样的影响，但是萨拉马戈永远都记得那些话，这本身就足够说明问题了。

离开学校后，他花了五年时间进行职业培训。萨拉马戈向文学的突然转向要感谢那个时期葡萄牙教育部的工作人员，他们生出了一个有趣的想法——至少对于我们在这里讲述的事情而言是有趣的，即在职业培训课程中增添一门文学课。“这太奇怪了，”萨拉马戈评论道，“在我要学习的技术类课程里，在那些注定要把我变成工人的课程里，除了增添了一门法语课之外，又突然出现了一门文学课。那门课让我受益良多。如果我没上过那门课的话，可能我就不会成为作家了。”使他获益的还有阅读一切文字的习惯。从16岁开始，萨拉马戈就经常到里斯本的各个公立图书馆去，尤其是离他的住处很近的里斯本中央市政图书馆，他经常在吃完晚饭后步行前往那里。他没有任何头绪，就在那儿阅读一切在闲暇时间里能读完的书，就像是内心中有个声音在不停地对他说：“哪怕看不明白，你也要阅读，能不能读懂并不重要，也许明天或未来某天你就明白了，重要的是一直读下去。”“实际上，我的第一部小说，”萨拉马戈解释道，“是我在二十一二岁时写的，我们可以把它看作一种积淀，也就是说，是我青年时期阅读的结果。我也不知道我是怎么冒出那样的想法的。那是本很长的小说，有300多页，写的是一个大庄园里的寡妇的故事。我那时怎么能明白寡妇或大庄园是怎么回事呢？我肯定知道得很少。我在那之后就再也没重读它，不过读过它的人对我说写得还不赖。在很多年里我都觉得那本小说并不存在，直到它出版50周年时，比拉尔和我的编辑耍了点心眼，他们决定再版那本书。”那本长篇小说处女作本应叫作《寡妇》，若泽本人就是在这样给它命名的，但是收到手稿的编辑——并不是年轻的作者填写的收件人——给萨拉马戈打来电话，对他说道：“哎呀，您瞧，我会出版您的作品；当然了，我不会付版权费，因为出这本书我是要冒风险的，可是我喜欢您的小说，而且也应该帮助文学生涯刚起步的作家。唯一的问题是书名我觉得不好，因为叫《寡妇》的书肯定不好卖，我觉得读者是不会喜欢这个名字的。”由于萨拉马戈十分希望让小说出版，所以他答道：“行，没问题，我会换个书名的。”那个编辑又说道：“不，您不用操心了，书名我已经想好了。”后来小说出版时的书名改成了《罪恶的大地》（*Tierra de pecado*，1947），作家本人那时并不喜欢这个书名，许多年过去了，他依然不喜欢。“抛开那本小说不谈，我觉得那个不吉利的书名追逐了我一生。”在《罪恶的大地》出版的那年，萨拉马戈写了另一部小说《天窗》（*Claraboya*），故事以作者生活于其中的城市社会为背景，但是该书当时未获出版，直到萨拉马戈去世一年之后的2011年才正式出版。

关于这第二部小说，萨拉马戈在1997年9月于兰萨罗特岛和记者胡安·阿里亚斯进行的长谈中谈到了一则趣事：“我写完那本小说时，一个在出版社工作的朋友要走了书稿，想要出版它。但最后书没出来，我也没太在意。再后来，生活出于这样或那样的理由把我俩分开了，我也就把那事忘了。我当然没忘记自己写了本小说，但是我以为唯一的底稿已经丢了。我也不敢去出版社要我写的东西，所以我就把那事搁下了。直到几年前，大概九年之前吧，我忽然收到了那家出版社的来信，说他们在规整材料时找到了那部手稿，那时离我写完那本叫‘天窗’的小说已经过去将近30年了，他们说如果我同意的话，他们很乐意出版它。我立刻去了那家出版社，我感谢他们愿意出版那本小说，不过我请他们把底稿还给我。那些稿子现在就在我这儿，我活着的时候是不会出版它的。”对了，萨拉马戈和阿里亚斯的对谈后来以图书的形式出版了，那本书对于理解萨拉马戈的文学生涯至关重要，它的书名是《若泽·萨拉马戈：可能的爱》(*José Saramago: el amor posible*，1998)。

在文学兴趣觉醒后，萨拉马戈进入了长达20年的沉寂期，他在那段时间里甚至连短故事也没怎么写。据他本人所言，在写完最初的两本长篇小说后他发觉自己没什么想说的了，因此，最好的应对之策就是放弃写作。那是他不得不做多份不同的工作来糊口的岁月。他的第一份工作是在一个冶金作坊里帮工，后来还当过管理员、设计师、卫生领域公务人员、出版社顾问、翻译和记者。但是他在创作灵感方面的缺失却与工作繁忙无关，而是与内在需求的缺乏相关，这一点我们下面将会提及。正如作家本人所言，在那些年里他过的是“另一种生活”。那个阶段大约在1962年结束，萨拉马戈又感觉到了进行文学创作的急迫感。那种感觉的成果是一部在四年之后出版的诗集《不可能的诗篇》。“下面这种情况并未发生，”萨拉马戈说道，“我40岁，写了两本书，一本出版了，另一本没有，我坐下来想道：‘现在我该做什么呢？是不是已经到了重新拿起笔来的时候呢？’不，这种事情没有发生，至少没在我身上发生，只是到了这个或那个时刻，我觉得重新写作的需求出现了。”这另一种文学人生——我们可以视之为他真正的作家生涯的先驱——持续了13年，一直到1975年。这期间他写了好几本诗集，还把他发表在报刊上的文章结成了两个集子：《旅者的行囊》和《关于这个和另一个世界》。

1975年11月发生了一件对若泽·萨拉马戈的职业生涯产生决定性影响的事件。我们前面已经提到过，他在那年年初被任命为《新闻日报》副主编，那是葡萄牙最重要的报纸之一。彼时他已经成为知名的知识分子，还是葡萄牙共产党的活跃党员。他通过那份报纸支持同年 4 月取得胜利的康乃馨革命，然而仅仅数月之后，到了 11 月，萨拉马戈就因为革命后的形势变化丢掉了工作，成为无业人员。“那事发生后，”萨拉马戈说道，“我站在街上对自己说：‘现在我该干什么呢？找工作吗？’也许我该去找工作，但是我并没有那么做。一方面是因为我很清楚找工作并不容易，因为我卷入了政治旋涡里，而那时胜利的是他们，不是我。另一方面，我又想道：‘如果我去找工作，找到了工作，那么我什么时候才能写作呢？’另一种人生就从那时开始了，这次的确出现了一种决心，一个决定。”萨拉马戈的决心促使他放弃了找工作的念头，他决定全身心投入写作事业中去。他得搞清楚当一个真正的作家需要做点什么。他不求名也不求财。至于有朝一日能获得重要的文学奖项，他更是连想都没想过。他只是简单地决定尝试一下，这次做的事情与他人无关，他需要独立完成。

在做出那个重要决定两年之后，他出版了长篇小说《绘画和书法指南》，萨拉马戈本人将之视为自己文学生涯的真正起点。在那之前的岁月似乎都是筹备期，都在为那一时刻之后的日子做准备。三年之后，另一部小说出版了，这就是《从地上站起》（*Alzado del suelo*），他凭借该书获得了人生中第一个重要的文学奖：里斯本城市奖。于是，葡萄牙文学界的某些人士开始感到不安了：一个 58 岁、之前几乎没写出什么重量级作品的老先生忽然获得了巨大的成功，而且他还没有加入任何文学团体。有些人甚至认为他只不过是运气好，是命运之神偶尔青睐一次失意作家罢了。但是他们错了，萨拉马戈现象只不过才刚刚开始罢了。1982 年，随着《修道院纪事》的出版及被翻译成世界上各种最重要的语言，萨拉马戈获得了国际性声誉。可是依然有一些葡萄牙作家认为那只不过是萨拉马戈交了好运，是一段并不成功的文学生涯在终了之前发出的绝响。他们又错了。在接下来的岁月里，萨拉马戈不断写出精彩绝伦的小说：《里卡尔多·雷耶斯离世那年》(*El año de la muerte de Ricardo Reis*, 1984)、《石筏》(*La balsa de piedra*，1986)、《里斯本围城史》(*La historia del cerco de Lisboa*，1989)、《耶稣基督眼中的福音》(*El evangelio según Jesucristo*，1991)、《失明症漫记》(*Ensayo sobre la ceguera*，1995)、《所有的名字》(*Todos los nombres*，1997)、《洞穴》(*La caverna*，2000)、《双生》(*El hombre duplicado*，2002)、《复明症漫记》(*Ensayo sobre la lucidez*，2004)、《死亡间歇》(*Las intermitencias de la muerte*，2005)、《大象旅行记》(*El viaje del elefante*，2008) 和《该隐》(*Caín*，2009)。奖项和认可也随之而来，并伴随着 1998 年的诺贝尔文学奖达到顶点。不过关于诺贝尔文学奖，我们下面再细谈。

## 如果你不去吸引缪斯女神，她们就不会来

在访谈开始时，我们把这本当时待写之书的书名告诉了萨拉马戈，他微微一笑，望着某个没有尽头的地方，说道："如果你不去吸引缪斯女神，她们就不会来。"于是我们不可避免地问出了那个问题："那么萨拉马戈是如何*吸引*缪斯女神的呢？""在我的日常生活中，"他回答道，"我从来都没有什么被称作癖好的东西，写作的时候就更没有了。我不搞什么仪式性的东西。我不像有的作家那样，必须用某种特殊的纸写作，必须在眼前摆个什么植物，诸如此类。我一直把写作当成一份工作，我不喜欢把任何工作神话化，文学也一样。如果我喜欢的话，我可以把某个伟大

的画家或音乐家神话化，我们就喜欢干这种事，而且也经常这么干，但我觉得我得现实一点，那个音乐家或画家也并不是天赋异禀——可能有特例，他们也需要长时间的积累。他们要学会看、观察、重构，因为归根到底，所有生自我们头脑里的东西都要借由我们的双手化为现实。”对于萨拉马戈来说，学习和发展任何一门技艺，经验都是基础。他关于灵感和文学创作的理念和实践与日常工作紧密相关。小说《洞穴》的主人公是一名陶工，拥有自己的制陶作坊，他突然想到人脑的创造力要靠手指来实现，它们也拥有小脑瓜，那些小脑瓜会指引它们的行动。萨拉马戈承认这个想法不是他的首创，而是他在多年之前阅读一个叫格罗德克的心理分析师的著作时读到的，此君和弗洛伊德关系密切。然而，萨拉马戈发展了那个想法，并把它运用到了艺术创作中。我们有必要读一读《洞穴》的叙事者解释这种异端学说的惊人段落：“知道每根手指里都存在着一颗小脑瓜的人实际上很少，它们就隐藏在第一节和第二节或是第二节和第三节指骨之间的某个地方。那个我们称为大脑的器官，伴随我们来到这个世界上，我们向头骨内的它输送信息，它再把信息往外输送给我们，为的是我们再输送信息给它，它制造出来的永远都只是些空虚、宽泛、模糊的东西，而且那些东西大多需要我们用手、手指来实现，少有例外。举个例子，如果大脑有了绘画、音乐、雕塑、文学或泥塑之类的想法，它要做的就只是表达意愿，然后就是等待了，它等着看会发生什么。……请注意，我们降生时，手指还没有自己的小脑瓜，它们是随着时间的推移和眼睛看到的各种事物不断增多才慢慢长成的。眼睛的帮助十分重要，和那些被看到的事物同样重要。因此手指总是会揭露出隐藏起来的某些东西，它们在这方面表现很好。头脑中的东西可以被视为天生的、魔幻的或超自然的，且不论超自然、魔幻和天生的定义到底是什么，也不要管是谁在教育那些小脑瓜。为了让头颅中的大脑明白石头是什么，必须用手指触碰它，感受它的外表、重量和密度，甚至受到它的伤害。只有在很长时间之后大脑才会明白那块可以被用来磨成匕首的岩石，也可以被用来制作成被称为偶像的物体。”

若泽·萨拉马戈的手指上的小脑瓜在那些年里慢慢长成和完善。他不认为自己是个有纪律癖的人，但是他承认他在写作时很认真，对自己要求也很严格。如果他必须得把手伸进发动机里去修理它——这活儿他在年轻时肯定干过许多次，他也会坦然去做，他正是带着这样的态度每天坐到写字桌前的。若泽用双手敲击键盘，手指上的小脑瓜们也就立刻活跃起来。当我们谈到面对白纸的恐惧时，他承认自己从未有过那种感觉，“每个人都经历过大脑一片空白的时刻，例如有人喜欢上了一个女人，他想拥有她，想跟她上床，而上床后结果却并不如人意。也就是说，有时候仅有意愿是不够的。不过在面对一张白纸时我们首先要做的就是把第一个词写上去，哪怕那个词很蠢，我们得在后面删掉它。我从来没有在面对白纸时感到恐惧，我会坐在那里，去战斗，只不过是和自己战斗，我得找到一个准确的表达方式，不过我并没有被白纸吓倒”。看上去很容易，但有时候全书的第一个单词并不会立刻浮现出来。有时，哪怕有人已经坚持写作许多年了，却依然无法*吸引*缪斯女神。关于这一点，我们推荐大家读一读萨拉马戈的私人日记《兰萨罗特笔记（1993—1995）》，因为那些文字是在加那利群岛中的那座岛屿上写下的，萨拉马戈从1993年开始在那里生活，直到2010年去世。在标记为1994年4月29日的日记中，若泽要为《新观察家》写点“有价值的东西”，但是却没什么想法，他写下了下面这段优美的文字：“时间流逝，一小时接一小时，我很焦虑，等待着一个可以利用的想法，就像是在等待着一只海豚，只要它那闪亮的脊背露出意识的海面，我就立刻把它捕捉上来。好吧，要么是我没瞅见它们，要么就是它们的速度太快了，我都来不及瞄准。那些想法再次沉入了它们起源的那个不可探知的深渊，空留我迷失在我立志写下概要性东西的白纸面前，我本想先写下来，然后再修改，写点大事，写点小事，写点反思，写些能在《新观察家》上刊登的主题。”

若泽在写长篇小说时，一般习惯在下午较晚的时候写作。他通常用早上来写回信、写文章、准备讲座或做其他需要在写字桌上完成的工作，在下午快要结束的时候，差不多5点或5点半时，他才开始写小说。有时某些特定情况会改变这种习惯。举个例子，《失明症漫记》是萨拉马戈的一部压抑的小说，失明症无情地在整个国家蔓延开来。他在创作这部小说时，那个故事吸引了他，甚至让他难以入眠，因为下午写下的那些文字还很鲜活，小说中的那些冲突不断在他的脑海中打转。于是他决定改变作息习惯，改为早上写小说，这样才能及时清空头脑，安心上床睡觉。

萨拉马戈有一种特殊的写作习惯：每天只写两页纸，一行也不多，一行也不少。写完之后，如果最后一个句子没能写完的话，他需要做的就是添加一些单词上去，哪怕他有了特别棒的想法，他也绝不会再写下去。有时候他很清楚接下来要怎么写，但他依然会把它留到第二天写。若泽大方承认这算是个小怪癖。到了第二天，他不会从前一天完成的地方开始写，而是先回到上次完成的两页纸上，花一个半小时左右的时间修改润色它们，让它们接近定稿。这种修订工作对他而言起到的是类似桥梁的作用，在做过这个工作之后他才能继续写那天该写的两页纸。这就是他的写作方式：在每日的前进之前先回头走两步。从周一到周日，萨拉马戈保持着同样的节奏，尽管强度不高，当然也不低，不过持续性很强。要是我们把两页纸与一年中的365天相乘，姑且扣除30天——萨拉马戈可能会因为生病或其他事情而无法工作——那么他一年就能写670页纸，等于差不多两本中等篇幅的小说。他所有的小说都是在八或九个月内写完的。所以我们不能武断地说萨拉马戈不勤于写作。

每天写两页纸的节奏有时也会被打破，尤其是写到小说最后三分之一的内容时。他总是会感觉在发动机预热了数月之后，终于到了需要急踩油门的时候了。并不是说要尽快写完全书，摆脱那个任务，而是小说里的冲突和事件在推动着他加速创作。那时他会把早上和下午都用来写小说，因为一切都在他的头脑中清醒了起来，所有推动故事发展的线索都被他握在手中，因此，他能够以最大的速度进行创作。在这种急迫性的驱动下，他每天能写三页纸。萨拉马戈无法想象的是有朝一日，哪怕是在创作一本新小说的开头，他只能写一页半。那不可能发生。他需要满满当当的两页纸，还需要把它们打印出来，摆到写字桌上，让它们等待他在第二天再次面对它们。这事很简单：如果他写不完两页纸的话，就会感觉自己有工作没做完，感觉自己留下了什么不完整的东西，他会认为自己没有履行强加给自己的义务。

他强大的集中力和纪律性——尽管这种纪律性并不是钢铁般的，也没有令他着迷——让他自1982年以来一直保持以大约两年一部长篇小说的速度产出，他没有假期，周末也不休息。“这一回（指的是在卡斯特利尔的三天休息）情况特殊，我也不知道我能否忍耐更长时间。如果明天有人对我说，‘您瞧，您很累了，您的岁数已经不允许您再像那样工作了，请到某个安静的地方旅行两三周休息一下吧'，我肯定无法如他们所愿，我知道我忍受不了那样的生活。倒不是因为我工作成瘾，而是我需要忙碌起来，不然我就会感觉非常无聊。经常有年轻作家请我给他们一点建议。我不太擅长给意见，但既然他们一直这样问我，我最后就编了条建议出来：首先，别浪费时间；其次，别太心急。现在大家都在寻求某种平衡，看上去这是种悖论，但其实不是。”

要写完那两页纸，萨拉马戈每天需要多少时间？显然，时间并不固定，它取决于许多因素。通常会是三或四个小时，但有些时候他甚至会写五个小时。用五个小时来写两页纸？许多读过萨拉马戈小说的读者可能会心生疑惑，实际上萨拉马戈手中的“两页纸”和其他作家的两页纸并不是同一个概念，那两页纸里文字的密度要大得多。因为萨拉马戈有他独特的风格。如果萨拉马戈小说中的对话就像常见的形式那样用引号括住、另起一行来写的话，他的400页的小说就会变成大约550页。

## 萨拉马戈的风格

若泽·萨拉马戈的风格改变发生于1979年。在此几年之前，在做出全职写作的决定后，在葡萄牙后革命时期的敌对氛围中，他搬去了阿连特茹，希望能为一本筹划中的小说收集信息。当时他的想法还不是很成熟，那本小说是关于农村生活的。他在那里与许多经历过农村斗争的老人进行对话，他把那些对话记录了下来，有些老人在对谈之后不久就去世了。萨拉马戈既有耐心，又很固执，他把许多珍贵的证词从遗忘中拯救了出来，他将用它们来创作一部小说。在收集够所需的材料之后，他回到了里斯本，开始写了起来，但是当真正开始写作时，他却发现自己找不到合适的形式。缪斯女神们抛弃了他。就这样过了三年，萨拉马戈依然没能找到适合那个农村生活主题的形式，那个主题与新现实主义联系密切，可是从多年之前这种文学形式在葡萄牙就无人问津了。那种犹豫主要来自他要与新现实主义美学决裂的想法，同时他又不想放弃那部小说的核心主题，也就是说，他要用一种具有原创性和革新性的方式去写一个“过时的”主题。在那充满不确定性的几年里，萨拉马戈又去了几次阿连特茹，那些村子里的人——他们知道他曾为了写小说去过那里——不断问他小说的进展如何。若泽回答他们说还在准备阶段，他从他们的目光中看出了一种疑惑，他们似乎在怀疑他的计划是否有朝一日能化为现实。最后，在三年的“延迟”之后，萨拉马戈决定重启那本后来名为《从地上站起》的小说。他用常规写法写出了前 24 页，使用了冒号、引号、疑问号、感叹号、省略号，等等。也就是说，完全按照规范来写。“但是到了第 25 页时，”萨拉马戈讲述道，“我没多想，也没留意，没有刻意做什么，甚至没有生出‘我不喜欢那东西’的感觉，突然，在某个魔幻般的时刻，就好像缪斯女神不期而至了，她对我说：‘好了，别这么写了，你写的是别人已经写过无数遍的东西。’缪斯女神当然并未出现，但我突然就放弃了之前的那种写法，我以一种不算成熟的方式运用起了如今他们认为是我特有的那种风格。”在写到小说结尾时，萨拉马戈别无他法，只能回到开头重新把那 24 页内容改得与其他内容的风格相符。萨拉马戈的风格就此诞生了。

那种风格的特点是流畅地把直接引用语和间接引用语、对话和叙述性文字融为一体。把文字“口语化”，也就是说，不仅把某人说的话写下来，也把转述口语对话的形式移植到书面语言中来。为了做到这一点，萨拉马戈抛开了大多数标点符号——因为口语中是不会出现标点符号的，只保留那些不可或缺的，例如句点和逗号，他的目的不仅是要让文字更易理解，还想准确地展现出语言的所有可能性。因此，他跳过了许多句法和正字法的规则，例如，为了表示某些文字是一个人物说的话，他会直接在另一个单词或句点后使用大写字母。让我们来看看《所有的名字》中的一个段落。这段文字讲的是主人公、民事登记总局员工堂若泽接受一位男护士来访的故事，这位男护士是他的上司派来的，要来给他打一针治疗感冒："男护士把针管擎在空中，做好准备，他没有说转过身来，而是问道那是怎么回事，堂若泽所上的那人生一课最终演变成了要在胳膊上挨一针的命运，他下意识地回答说，伙计，我摔了一跤，您可真是走了背运，先是摔跤，再是感冒，还好您有个好上司，把身子转过来，然后他瞅了瞅他的膝盖。"

数年之后，在萨拉马戈回忆他的风格诞生的过程之时，他这样对胡安·阿里亚斯说道："如果我当时写的是一部城市小说，尤其如果是一部背景为里斯本的小说的话，那种事情大概就不会发生了，可我是在农村收集材料的，在那里，文化是通过口述的方式展现出来的。人们讲述事情，那时我也会说很多话，因为那里几乎所有居民都是文盲。大家只能通过说话的方式来交流、讲故事、讲传说、讲谚语，那种相互联系、生机勃勃的社会中的所有智慧都是通过口头表达的方式传递的。以书写的形式流通的东西就是政府法律，但那些东西不是用来读的，是用来遵守的。……从一种叙事方式向另一种转换，这一过程就像是回到那些农民给我讲故事的时刻一样，就好像我变成了他们中的一员，我成了那个无数男女老幼生活于其中的世界的组成部分，我曾和那些人待在一起，我聆听过他们的话语，了解过他们的经历和生活。为了把他们讲述给我的东西复述出来，我变成了他们中的一员。”

开启萨拉马戈风格的《从地上站起》最终出版于1980年，最初读者无法接受那种风格。那种风格过于新颖了，很难找到类似风格的作品。作家的一位朋友在获赠那本小说数日之后打来电话：“啊呀，若泽，我觉得你这本小说写得不错，但是我读了两三页就晕头了，我找不到叙事主线。”萨拉马戈没有多想，他把自己认为很显而易见的道理说了出来：“要是有这样的困难的话，我建议你大声读上一页或是两页，我相信你读完问题就解决了。”第二天这位朋友又打来了电话：“我明白了，我懂你的意思了。”实际上，若泽给他的那位朋友的建议正是他在写作过程中需要的东西：他希望读者能在脑海中听到文字的声音。因此他坦陈说每部小说的开头第一页对他而言是最费劲儿的，因为那时他还听不到那种文字的声音，于是小说也就很难写下去。

在写作时，萨拉马戈总能听到自己心中的声音，那种声音与音乐关系密切，因为这两种语言——文字和音乐——的表现形式都是发声与停顿交替出现。萨拉马戈的叙事语言有自己独特的句法规则，同样，它也有独特的内在音乐性。他不止一次有这样的感觉：他想写的句子写完了，但那个句子还浮在半空，需要把它降下来。从逻辑的角度来看，句子的确已经是完整的了，但却是跛脚的，就像是圆规缺少了一只支撑脚。就和经典音乐一样，例如四三拍的曲子，萨拉马戈写的句子不能在***高点***结束，因为从音乐性的角度来看这样的句子是不完整的。所以每当生出那种感觉时，他就会再往句子里添加三个或四个单词，这些词通常不携带重要的信息，但是为了让句子变完整，它们又是必需的。萨拉马戈解释道：“我认为可以把我的小说看作一首有限但悠长的乐曲，许多乐器会参与演奏，最终一起奉献出一首和谐的曲子。我不想用节奏这个词，因为它跟节拍的关系更密切。要是我发现那种乐感没有体现出来的话，我就会厌恶自己写出的句子。句子必须是流畅的，其中蕴含着某些必须完成的机制。”

## 像树木一样成长的小说

若泽・萨拉马戈坚信，作为作家的自己无法脱离周围发生的事情来搞创作。写作是表达对这个世界、作家的国家或城市的社会、政治或文化现实，抑或是家庭现实的忧虑的方式。因此，他的每部小说都是他对生活或某些事件进行反思的成果。“我从未写作，”萨拉马戈解释道，“我所做的只不过是在某个特定时刻对某件我关心之事做出回答罢了。我从来不会因为银行寄来了欠款单之类的事情而写作。”

他对现实的持续关注——从公开支持墨西哥的副司令马科斯[1]到声援马德里辛特尔电信公司工人，他的一些小说的主题扎根于社会事件之中。举个例子，《里卡尔多・雷耶斯离世那年》是写葡萄牙作家费尔南多・佩索阿的，该小说出版于 1984 年，即作家逝世 50 周年的前一年、百年诞辰的前四年。那时，纪念佩索阿的活动在葡萄牙层出不穷。“佩索阿现象”毫无疑问影响到了萨拉马戈选择小说的主题，但这并不是说萨拉马戈是个机会主义者，而是说作者以这种方式对其生活的外部环境中发生的事

---

〔1〕副司令马科斯，真名拉斐尔・塞巴斯蒂安・纪廉・文森特（Rafael Sebastián Guillén Vicente，生于 1957 年），墨西哥萨帕塔民族解放军（EZLN）的发言人，也是一位作家。

件做出回应。《石筏》也是如此，小说出版于1986年，正是西班牙和葡萄牙加入欧盟的年份。据作家本人所言，那部小说正是他对那件必将给他的国家带来深远影响的事件做出的回应，也是对伊比利亚半岛和欧洲之间曾经的关系做出的反思。就这两部小说的主题来看，它们都是萨拉马戈在某个时刻经历的事情，只不过借助某种外力浮出水面而已。

除此之外，有时刺激萨拉马戈就某事件进行写作的外因则显得有些神秘莫测。尽管它势必也跟某个时刻的外部环境相关，可比较起来它似乎更像是来自缪斯女神们的神启——终于跟缪斯女神扯上关系了，它会给出那最终的推动力，促使萨拉马戈把在头脑中盘桓已久的某个想法写出来。萨拉马戈的小说——据作家本人对我们所言——通常都是从书名中衍生出来的。举个例子，《耶稣基督眼中的福音》这个书名的来源就十分有趣：它源自作者在西班牙塞维利亚市经历的一场幻视。当时他正在毗邻西尔皮斯街的一条街道上行走，忽然望见一个报刊亭——库罗报刊亭，离大教堂不远，在众多报纸杂志中，他一眼就瞅见了后来变成那本小说书名的那个词组，还是用葡萄牙语写的："耶稣基督眼中的福音"[1]。他又走了很长一段路，他觉得在塞维利亚市中心的报刊亭里出现那样一个葡萄牙语的词组是件很稀罕的事，于是他决定转身回去验证一下是不是自己看错了。同样令他感到奇怪的是，自己竟然能在那么远的距离外清楚地看到那个词组。回到报刊亭后，他不仅没找到那个词组，连凑成那个词组的字母都没找见。他觉得肯定是自己看错了，但让人无法解释的是那个词组从此萦绕在了他的脑海之中。他在同一天就生出了用那个词组写点

〔1〕 原文为葡萄牙语。

东西的想法，也许是个短故事或是其他类型的篇幅不长的文字。几个月过去了，几乎一年过去了，塞维利亚的那场经历又在意大利博洛尼亚市的国家艺术画廊重现了。当时萨拉马戈正穿行于各个展厅之间，欣赏宗教绘画，突然，就像水流要靠不断撞击石头改变流向一样，他看到了一堆“石块”，它们可以被用来搭建那个以一年前得自塞维利亚的词组为书名的故事。灵感如此清晰，萨拉马戈立刻掏出一张纸，把闪过的想法全都记录下来，这样就不会把它们忘却了。很可能当时同样在参观那家画廊的某个游客会觉得那个瘦高个、秃顶、戴眼镜的先生只是个正拿笔记录画作名称或给家人写明信片的普通游客，绝不会有人想到那些匆匆记下的笔记会成为一部小说的胚胎，短短几年之后，全世界成千上万的读者都会读到那本小说。

在塞维利亚和博洛尼亚经历“神启”的多年之后，一个看上去普普通通的日子，萨拉马戈在里斯本的一家饭店里准备用餐。他当时孤身一人。在看过菜单之后，他把服务员叫了过来，点完餐后就静静地等待上餐。当时从脑海中闪过无数个念头，其中之一狡猾地驻扎到了作家的意识中：要是我们所有人都成了瞎子会怎么样？若泽立刻回答自己道：“不过，难道我们现在不全都是‘瞎’的吗？”《失明症漫记》的创作灵感就这样出现了，它是萨拉马戈最具原创性的小说之一。几年前，萨拉马戈曾在罗马经历过视网膜脱落；一段时间后，左眼又被诊断出白内障；后来，右眼也查出了同样的病。有几个朋友曾经问他那部小说的灵感是否与他本人的患病经历有关。他回答他们说没有，因为《失明症漫记》里提到的失明尽管指的是真正意义上的失明，也指思想和情感方面的“失明”。

确定了小说主题甚至书名之后，萨拉马戈就要开始“和泥”

了，他要赋予那些思想以形状，就像造陶器的人要做的工作一样，然后才能慢慢打磨那件文学作品，确定小说的最终形式。到了这个阶段，作家就该给那些零散的想法和文字注入生命力了。《洞穴》（小说的前80多页内容险些被作者因操作电脑不当而误删）的主人公、陶工西普里亚诺·阿尔格受到市场需求的影响，决定不再制作陶罐和陶盘，转而制作陶俑。书中描绘的这位陶工制作陶俑的过程不可避免地会让我们联想到作家创作这部小说的过程："西普里亚诺·阿尔格把铲子搁在一边，把双手埋进碎渣中。他摸了摸熟黏土那细腻而明显的粗糙表皮。接下来，就像在帮人接生一样，他用拇指、食指和中指捏着陶俑仍然隐藏未出的头部，把它向上拉起。这个陶俑是个护士。他抖落陶俑身上的碎渣，冲着她的面孔吹了口气，他要把自己肺内的气体输送给她，把自己的心跳分享给她，就像是在给她注入生命一般。"

在回顾完萨拉马戈小说的诞生过程之后，现在让我们再来看看它们是如何成长的。"不，我从来不列写作计划，"萨拉马戈说道，"更不会写其他人所说的什么第一、第二或第三个版本。我从来不搞那些东西。我不需要先写40页，然后把它们扩充到80页，最后扩充到400页。我总喜欢这样比喻——我觉得很恰当——我的小说就像树木那样成长，自然又积极。也就是说，我从来不会写一章或一个段落的内容，然后再把它们嵌入其他什么地方去。对我而言这种做法毫无意义。因为就像树木不可能长出不依附于主干的枝条一样，而且主干永远要比枝条高得多，枝条不能长在空中啊，同理，我也不能在没有前因后果的情况下把小说的部分内容写出来。"对萨拉马戈而言，每个单词都是对下一个单词进行的铺垫，每一个场景都有引出下一个场景的作用。他的小说就这样慢慢被创作出来，直到结束。熟巧与挑战，光亮与阴影，小说从最初的一个想法出发，开始自然生长，从最初的胚芽状态沿着某种发展曲线成长。当若泽写到结尾处的时候，他绝不会再回头完善某个桥段、某个片段，也不会删除某个场景或是补充某个之前忘记写的东西。他从来不会这样做。他每天创作两页纸，就这样一直写到小说结束，写完了就是写完了。在交稿之前，他唯一会做的就是通读一遍，为的是修改某些错误，或是把某个已经很具体的内容完善一下。但是他绝不会改写什么。树木一定会在某个时刻停止生长，因为它已经长到了从基因的层面来看它应该达到的那个高度，萨拉马戈的小说一旦写成，他就会认定它已经达到了那个高度。"我的小说不会具有拼图一样的结构，"萨拉马戈评论道，"按照某种既定顺序把每个图案拼接起来才能看到全景效果。用简单的话来说，我的小说就是某种不断成长的东西，它长到一定阶段，我感到再无话可说之时，小说也就结束了。"

我们说萨拉马戈的小说是自然生长的，这并不意味着他在写作时不会遇到任何困难。无论是在形式上，还是在小说情节上，他都可能会遇到困难。一方面，萨拉马戈认为叙事者是不存在的，叙事者只是一种创造物，小说背后站着的只有作者。另一方面，他时常怀疑自己究竟是在写小说，还是说只是在利用笔下人物创作散文。在创作《从地上站起》中的某个描写30年代警察折磨并杀害某军人政治人物的章节的时候，萨拉马戈不得不停笔一段时间，因为他不能忍受该场景。小说中讲述那个恐怖事件的是往返穿梭于房间中的一群蚂蚁，为了写好它，萨拉马戈既要描写施刑人，又要描写被害者。一个双重且矛盾的场景在他的脑海中不断浮现。到了某个时刻，若泽无法再忍受那种可怕的压力了，他只得中断写作，一停就是几个月。

不过要说萨拉马戈写起来最沉重且费力的小说，还得算是《失明症漫记》。我们已经介绍过萨拉马戈不得不改变写作时间的经过了，因为下午描绘的可怕场景在脑海中挥之不去，那些角色不停地因自己的绝望处境来烦扰他，使他难以入眠。甚至有时候，小说里的故事太复杂了，连书中人物也开始反抗了，不过作者有自己的一套技巧来应对这种局面。萨拉马戈在《兰萨罗特笔记（1993—1995）》中标明1994年4月29日的文章中写道："就像是一个看完田地的农民又到果园里去查看果实是否成熟一样，我坐下来写《失明症漫记》。说是'漫记'，实际上它并不是什么'漫记'，它是小说，也可能不是，还可能是个比喻，是篇'哲学'故事，如果在这世纪之末人们真的需要这种东西的话。两个小时过去了，我觉得我该停下了：故事里的盲人们已经不让我按照我的想法指引他们了。当出现这种情况的时候，不管'造反'的是盲人还是能看到的人，我的把戏就是假装忘记他们，给他们点自由的时间，等到第二天，在他们毫无防备的情况下，我会再次拉起他们的手，带着他们往前走。角色的最终自由就是在被囚和被释放的反复过程中完成的。"数月之后，1994年7月8日，萨拉马戈再次在日记中记录下在创作过程中遇到的问题："《失明症漫记》已经从几个月前坠入的泥潭中爬出来了。它可能会坠入另一个泥潭，不过起码已经摆脱这一个了。……就小说停滞不前的原因来说，无论是我自己还是其他人找的各种借口——旅行、回信、出访，实际上都可以用一句话来概括：我想走的那条路无法把我带到任何地方去。从现在开始，如果这本书没写成的话，那完全是我的问题，除了我以外，任是什么天才也没有能力拯救它。"

## 保持根部稳固

若泽·萨拉马戈的文学生涯得到了诸多奖项的认可，其中不乏重量级奖项，例如1995年的卡蒙斯文学奖，但就国际声誉而言，最耀眼的依然得属诺贝尔文学奖。萨拉马戈于1998年获奖，不过从多年之前开始，他就一直是获奖热门了。在诺贝尔文学奖百年历史中，此前还从来没有用葡萄牙语写作的作家获奖，与萨拉马戈并列的热门葡语作家还包括若热·亚马多和洛博·安图内斯。在之前几年里，每到临近10月，记者们总是会在访谈中提出相关话题来。萨拉马戈似乎已经厌倦了当永恒的候选人。在获奖前的四年，萨拉马戈在日记里写下了这样的话："访谈不是齿轮粉碎机，它们是更糟糕的东西，是辊轧机。总是如此，在开头或在结尾，它们一定会提到诺贝尔文学奖，诺贝尔文学奖，诺贝尔文学奖……"。1997年诺贝尔文学奖被颁发给了意大利剧作家达里奥·福，他在得知获奖消息后表示："昨晚我获知自己和萨拉马戈的得票不相上下。萨拉马戈是位超凡的作家，如今我必须认真地研究一下他的作品了。"短短几天后，萨拉马戈就在兰萨罗特家中的录音电话机里听到了达里奥·福留下的信息，他的这位朋友带着巨大的幽默感对他说："我是个小偷，我偷了你的诺贝尔文学奖。"

最终，诺贝尔文学奖像一颗成熟的果实那样落到了萨拉马戈手上。1998年10月8日周四，瑞典文学院秘书宣布将诺贝尔文学奖颁发给若泽·萨拉马戈，"由于他以想象力、同情和讽刺的笔法搭建起的那些寓言小说，难以捕捉的现实得以重构，使人们对其触手可及"。次日，记者们记录下了若泽获奖后最早的一段发言："我非常激动，实际上我很难抵御激动这种情绪……我从昨天起就变成了某种微小又脆弱的生物……风把我用力吹向某个方向，而我希望的是我的根部依然稳固……好吧，接下来看看他们是不是改变了我吧，不过很好……”。

在我们于卡斯特利尔所做的访谈——希望不是那么像“辊轧机”——行将结束之时，我们（又一次！）向他提出了关于诺贝尔文学奖的问题，不过这次是带着回忆式的口吻了，我们问的是那个奖项给他的文学创作带来了怎样的影响。他无比耐心地回答我们说，诺贝尔文学奖没有改变他的写作方式；相反，让他更加坚定地遵循那种方式来写作，因为正是那种写作方式帮助他得了奖。一个如此重要的奖项的危险之处就在于它会使得作家感觉自己被困在了创作任务中，因为他们会感觉自己必须写出超越自己之前水平的作品来，必须达到新的高度，作家们会自我发问：现在我该做些什么呢？然后就很容易陷入危机之中了。不过若泽·萨拉马戈不属于这种情况。诺贝尔文学奖只是激励他继续写作，继续简单又专业地完成他的工作。获奖消息带来的风暴只是一段插曲，是工作的偶然中断。有趣的是，1998 年 9 月的时候，萨拉马戈正准备开始创作《洞穴》，尽管那时他已经有了初步想法，却依然觉得那种想法不够成熟，没法真正开始进行创作。在进行过那次失败的写作尝试的两三周后，萨拉马戈获得诺贝尔文学奖的消息传来了，当然了，他不得不中止那项写作计划。一年多后，一切归于平静之后，他觉得关于那本小说的想法已经成熟了，可以着手创作了，诺贝尔文学奖的旋涡为他赢得了时间和经验，帮助他把事情想得更清楚了。终于，到 1999 年年底，萨拉马戈觉得自己不能再继续出行了，他得坐下来写作了。12 月 18 日，他开始动手创作那部小说，次年 8 月 25 日敲下了最后一个句点。这期间，《洞穴》的写作只中断了一个多月的时间，原因是他受邀出席里斯本图书节的活动。

尽管若泽很清楚读者无法影响他的写作方式，可他依然认为和读者保持某种联系是很重要的。崇拜他或批评他的读者会往他在兰萨罗特岛的住址寄去无数信件，也有很多时候读者既崇拜他，又批评他。尽管他没有时间回复所有信件，不过他也的确会和某些读者保持信件往来，最幸运的读者甚至有时会获得真正意义上的文学创作方面的指点。有一次，若泽收到了一个少年写来的信，他不得不做出回应。"我收到了一封信，"他在《兰萨罗特笔记（1993—1995）》中这样写道，"写信的是一个住在圣若热·德贝拉的14岁少年，他读过《修道院纪事》，他说他在书里找到了一处错误。他的原话是这样说的：'作者使用了一些在小说里显得不那么恰当的单词，它们通常被认定是口头语（或黑话）。这类单词包括："婊子"。实际上可以用"妓女""卖淫妇女"甚至"卖身女人"这样的表述。作者应该更注重一些乐感和风格方面的打磨。'我读了那封信，想了一会儿，这样回复道：'我很高兴看到一个14岁的年轻人能够如此直率地发表自己的观点。虽说我不同意这些看法（也不是什么怪事）。如果您不喜欢看到"婊子"这样的词，哪怕上下文需要我使用这样的词的话，那么我不知道您在必须去研读吉尔·文森特[1]的作品时会作何感想了。我猜想您的老师们会向您解释说评价文学作品不能看它使用的词是否符合道德标准。至于"风格"方面的问题，您也不必过分担心，相信我，"乐感"也不是您想的那回事。'我在给这位叫作努诺·费利佩的少年的回信里还附上了他的来信的影印件，然后我补充了一句：'过上几年您再重读下您写的这封信。如果

〔1〕 吉尔·文森特（Gil Vicente，1465—1536），葡萄牙剧作家。

到时候我还活着的话，请再给我说说您的想法。'”

当萨拉马戈说比起让他放弃信念来，放弃诺贝尔文学奖会更容易时，他很清楚自己在说什么。他在世界范围内取得的文学成就和个人荣誉并没有冲昏他的头脑。他没有时间去领取所有的荣誉博士头衔，他做演讲的报告厅总是会被听众挤得水泄不通。这些都没有改变这个单纯的男人、农民的儿子的价值观。我们见证了这一点，也受益于这一点。在结束访谈后，我们和若泽、比拉尔以及他们的几个家人一起到村子里的小广场上喝了杯啤酒。我们对萨拉马戈说在前一天出版的《周刊》杂志上，《西方正典》的作者、美国著名评论家哈罗德·布鲁姆谈到了他。比拉尔对此很感兴趣，她问酒吧老板要来一份杂志，把它递给了若泽。萨拉马戈在与我们轻松交谈的过程中翻阅了一下那本杂志，验证了我们告诉他的情况，他的样子就好像那些文字与他无关一样：世界上最重要的批评家之一毫不犹豫地表示萨拉马戈是这个星球上仍健在的最好的作家。几分钟后，村里的几个小孩小心翼翼地向我们这桌靠近，从他们的眼神中能够看出，他们知道自己眼前的是个大人物，他们每人手里都拿着一张小纸片和一支圆珠笔。“萨拉马戈先生，”其中一个小孩用小到旁人几乎听不见的声音说道，“能给我们签个名吗？”这个星球上仍健在的最好的作家——当然了，这是布鲁姆和其他一些读者的看法——冲他们笑了笑，给他们签了名，一个接一个，签到了他们手中的小纸片上。最后，最先开口说话的那个小男孩对他说道：“您可以把圆珠笔留下，这是我们送您的礼物。”萨拉马戈用一个吻表达了谢意。“哪怕刻意寻找，”数年前，萨拉马戈在他的《兰萨罗特笔记（1993—1995）》中写道：“我也找不到不给拿着我的书过来找我的读者签名而且不做任何解释的理由。我承认这可能是软弱的表现，不过我依然记得永远活在我心中的外婆若泽法给我讲过的无数睿智话语中的一句：‘摇篮里带来的，坟墓会带去。’就我的摇篮和我的例子来说，这句话意味着当我出生在阿辛哈加的那条叫作拉戈亚的街道上时，我就注定要给读者签名、接受各种采访，这恐怕是我那位最乐观自信的外婆也绝不会相信的。她曾看着我挪动猪圈里的草垛，用干巴巴的手掌拔光兔子的毛。哎呀，命运啊！”

## 参考书目

Arias, Juan. *José Saramago: el amor posible.* Barcelona, Planeta, 1998.

Cerdeira da Silva, Teresa Cristina. *José Saramago entre a história e a ficçao.* Lisboa, Publicaçoes Dom Quixote, 1989.

Saramago, José. *Cuadernos de Lanzarote (1993–1995)*. Madrid, Alfaguara, 1997.

Saramago, José. *La caverna.* Madrid, Alfaguara, 2000.

Saramago, José. *Todos los nombres.* Madrid, Alfaguara, 1998.

Seixo, Maria Alzira. *O essencial sobre José Saramago*. Lisboa, Imprenta Nacional, 1987.

## 马里奥·巴尔加斯·略萨

**主要作品**

《城市与狗》（*La ciudad y los perros*，1963）

《酒吧长谈》（*Conversación en La Catedral*，1969）

《潘达莱昂上尉与劳军女郎》（*Pantaleón y las visitadoras*，1973）

《世界末日之战》（*La guerra del fin del mundo*，1981）

《谁是杀人犯？》（*¿Quién mató a Palomino Molero?*，1986）

《利图马在安第斯山》（*Lituma en los Andes*，1993）

《公羊的节日》（*La fiesta del Chivo*，2000）

《卑微的英雄》（*El héroe discreto*，2013）

《五个街角》（*Cinco esquinas*，2016）

*与现实决裂、生活在真实现实之外的某块飞地中，这正是我们称为疯狂的东西。作为作家的我绝对不喜欢那种生活方式，我也不喜欢那种被称为避世文学的东西，不过我同时也很清楚那种维度是文学存在的必要条件，我指的是与现实世界保持一定的距*

*离，你可以在那种维度中进行想象活动。*

*故事中发生的所有事件都让我们感觉是自然而然发生的，而非由某种外部意志安排的，故事的说服力就提升了。要是我们觉得小说中的天地是自给自足的，替代了真实现实，拥有一切支撑它存在的东西的话，它的说服力就能够达到顶点了。*

◎ 借助提纲、笔记等材料进行的、通常要求大量时间投入的初稿一旦完成，润色和修改的过程也就开始了。初稿往往是很混乱的，就像迷宫一样，里面满是箭头、符号、各种难懂的标识，只有作者本人能理解它们的含义。从那一刻开始就进入最有趣的创作环节了，即“重写”环节。

◎ 坚持系统性、纪律性的投入，在某个特定的时刻就会出现那种被称为灵感的东西，其中蕴含着可以在写作中利用的清晰头脑和大胆姿态。但是这些东西永远都无法成为诱因，它们只能是结果。

* * *

在跟着马里奥·巴尔加斯·略萨上楼来到他平常工作的地方时，我们看到了第一头河马。它几乎只有婴儿大小，静静地待在一把造型现代的舒适大座椅边，我们立刻想象出了这位天才的秘鲁作家坐在上面阅读的画面。那头河马颜色很深，可能是木头雕的，给我们留下了极深的印象。它那弯曲而流畅的线条打破了周围图书的静态美学，让我们在短短几秒钟内就联想到了非洲赤道的荒野景观。不过这种惊讶并不是个别现象，当我们把目光转向巴尔加斯·略萨的书桌时，我们发现刚才看到的并不是这里唯一的河马。那种身体矮胖、头部巨大、眼睛却很细小的动物在这整个空间里安营扎寨：桌子上，书架上。它们大小和颜色各异，不过所有的都比我们在大座椅边看到的那只要小。有的成群出现，还有的则独自在书籍、铅笔帽和纸页间散步，还有的正对着电脑屏幕发呆。它们材质各异：陶瓷的、木头的、玻璃的、石头的、塑料的，那些没有生命的小家伙静静地待在自己的位置上，见证20世纪最杰出的西班牙语作家中的一员每天的文学创作过程。而我们却“只”跟马里奥·巴尔加斯·略萨在第二个千年末尾时的某个3月的寒冷午后在他位于伦敦的住处就他的文学创作有过一场长谈。我们在上楼梯和与如此多的动物不期而遇之时都有些恍惚，回过神来之后，我们中的某人向马里奥提出了那个不得不问的问题：“为什么这里有这么多河马呢？”“一切都始于1983年，”秘鲁作家亲切地答道，“那时我出版了我的第三部剧作《凯蒂和河马》，在那部剧里，一个男人和一个女人每天都要在巴黎聚上两个小时来撒谎。从那时起我的朋友们就开始送我河马摆件了，现在依然如此。他们知道这种生物一直让我觉得无比温柔，因为它是在做爱时快感体验最强烈的动物。”

在遇见那些河马之前，我们已经对这栋房子的整体环境印象深刻了。它位于伦敦一个安静的街区，旁边有一家哈罗德百货，街道都是石板路，房子也尽是些被涂成各种颜色的两层老楼，巴尔加斯·略萨的房子装饰物的品位和功能性引起了我们的注意，他的房子由无数幅现代绘画作品点缀而成。我们和作家进行谈话的客厅的主要特点就是宽敞，多个空间并存，另外层高也不低，能容得下两层楼。这个环境特别适合进行一场内容丰富的访谈。随着时间的变化，马里奥不断变换住所。他在马德里购入了一套同样环境优美的居所，很适合进行写作，他位于利马巴兰科区的带阁楼的房子也为他提供了同样舒适的创作条件。

## 天赋与学习：文学志向之谜

我们三人在客厅的三人沙发上坐好，每人眼前都放了杯红酒。在访谈过程中，马里奥引导我们进入他的虚构世界以及他创建那个世界所秉持的理念。作为开场白，他说在进行创作时，作家的快乐与艺术创作的两个方面关系密切，分别是先天才华和后天学习。你可以在二者之间进行自由选择。河马获取丰富水果靠的是天赋，但也靠学习，随着时间的推移和经验的积累，它能获得越来越丰富的食物。同理，艺术家也是通过不断的行动来完善自己的，他能够获得越来越多的快乐，这是因为他往自己的创作天赋里不断加入经验和努力这两味调料，还要算上他在面对召唤时作为回应自主做出的决定。那位秘鲁作家是这样解释这种共生现象的："尽管我认为文学志向不是什么不好的东西，它印刻在每一个未来作家的基因之中，同时尽管我坚信纪律性和持之以恒的精神在某些时候会激发天赋，可我也确信不能单纯用自由选择来解释文学志向。对我而言，这种选择是必不可少的，不过那是第二个阶段的东西，在那之前是进行主观选择的第一阶段，它可能是天生的，也可能是在童年或少年时期形成，那种理性选择逐渐得到巩固，但是还没到全身心投入文学的程度。"一个人可能很早就能发现自己的文学志向，可能从他最早和外部现实接触的某个时刻就能发现，他对现实感兴趣，然后用幻想来让现实扭曲变形，每当读诗或听故事的时候他都会生出某种难以解释的感觉，他非常好奇在那些人物身上会发生些什么，而且他会越来越喜欢讲述那些让他的灵魂感到不安的事情。"通常来说，在童年时期或少年时期的早期，无论男女，人们都会毫无预兆地开始为幻想人物、局势、情节和与他们居住的世界不同的各种各样的世界做出***预先准备***。那种倾向就是将来可以成为文学志向的出发点。当然了，给自己插上想象的翅膀，远离真实的世界、真实的生活，这种做法与真正的文学创作之间还有一条大部分人无法越过的鸿沟。成功越过这条鸿沟、最终通过书写文字成为幻想世界创造者的那些人，也就是所谓的作家，只会是一小部分人，他们往那种预先准备或倾向上添加了某种萨特称为***选择***的东西。在某个特定时刻，他们下定决心要当作家。他们就这样做出了选择。此前，他们在头脑中隐秘而细微的土地上幻想不同的生活和世界，如今，他们想要把那种志向转换成书写文字，他们以此为目标来安排自己的生活。"

就马里奥·巴尔加斯·略萨的例子来说，那种志向是他从很小时起就一点点发现的。他 1936 年出生于阿雷基帕（秘鲁），不久之后就随母亲移居玻利维亚。他 5 岁时学会阅读，在科恰班巴的枯燥生活中，阅读"幸运星丛书""贝内加儿童丛书"和其他各种各样的画册和冒险故事很快变成某种充满激情的活动，它可以让那个不懂得安静为何物的调皮捣蛋专家安静地坐上好几个小时。"我发现自己可以通过阅读这种神奇的活动体验那些非凡的冒险，在时空中来回穿梭，体验不一样的奇特经历，这就像是个奇迹。"就这样，他进入了匹诺曹的世界里、凡尔纳和萨尔加里的书页里，也以一种特殊的方式进入了大仲马的系列小说中。童年马里奥在大仲马的世界里遨游的时间比在现实生活中待的时间还要多，尤其是《三个火枪手》《基督山伯爵》《王后的项链》。进入青少年时期，那份书单慢慢扩充：维克多·雨果的《悲惨世界》、萨特的作品（马里奥读他的文论和思想类作品要比小说多）、福楼拜的《包法利夫人》、马尔罗的《人的境况》和美国"迷惘的一代"的作品。尤其是福克纳的小说对他产生了更深远的影响，这位天才作家创造出了一个完全自足的世界，"他的写作技巧让拉丁美洲作家学到了许多东西"，他的小说聚焦"深南"地区，那里的环境与拉丁美洲的历史与特质有千丝万缕的联系。秘鲁作家补充道："我记得福克纳是第一个让我拿着纸和铅笔阅读的作家，那些结构、技巧、组织时间的方式、叙事视角、时空层次的转换方式令我眼花缭乱。此外，他还是那种永远都不曾让我失望的作家：每次重读他的作品我都能感受到初次读它们时的那种快乐和激动。"

对于巴尔加斯·略萨而言，除了阅读之外，还有很多因素参与到了对文学志向的发现过程中。其中最重要的因素、可被视为那种志向的源头和出发点的因素就是反叛精神。作家需要指出在这个世界上有些东西是不合理的，而达成这一目的的最好途径就是艺术上的交流。举个例子，在巴尔加斯·略萨最杰出的作品之一《公羊的节日》（*La fiesta del Chivo*）中，作者描绘了拉丁美洲最凶残的独裁者之一特鲁希略的人生经历，他是1930年至1961年多米尼加共和国的执政者，小说讲述他身边最亲近的几个人谋划刺杀他，这直接造成这位独裁者的惨烈死亡，小说还描绘了每位参加刺杀行动的人员的悲惨结局。在提到那部作品的出版问题时，巴尔加斯·略萨指出独裁主题在所有文学传统中都是经常被写、常有佳作涌现的主题，因为"独裁是恶的极致表达"，具体说来："在文学史和艺术史中，存在着一种对恶的病态般的趋近力，它比趋近善的力量强大得多。从文艺创作的角度来看，善并不是肥沃的土壤。所有堕落的事物都有种反常的魅力，也有更广的受众，这也许是因为我们都认为自己受其所害”。这种面对恶的反抗态度，通过艺术的导泄作用与之对抗的想法，自巴尔加斯·略萨的文学志向萌芽期以及最早发表作品时就已存在了，这也与他的家庭环境有关。在懂事之后，他得知父亲已经“上了天堂”，他是在外祖父母和舅舅们身边长大的。可是10岁时，与母亲的一次谈话完全改变了他的生活轨迹，这段对话被精妙地记录在他的回忆录《水中鱼》（*El pez en el agua*）里：

> 妈妈拉着我的胳膊，我俩一起从省政府的边门走到街上。我们朝着埃吉古伦防波堤慢慢走去。那是1946年的最后几天或1947年的最初几天，因为我们已经在萨莱西亚诺小学考完试了，我读完了五年级，皮乌拉的夏天已经到了，光照强烈，气候炎热。
>
> “你肯定已经知道了，”妈妈语气平静地说道，“对吧？”
>
> “什么事儿啊？”
>
> “你爸爸并没有死。你已经知道了吧？”
>
> “当然，当然。”
>
> 可是我当时并不知道爸爸还活着，我一直没有怀疑过此事，所以我大吃一惊，仿佛整个世界都停滞了下来。我爸爸，还活着？那么我以为他已经死了的这些年他都去哪儿了呢？此事说来话长，在那天——到那时为止对我来说最重要的一天，甚至也是我整个人生中最重要的一天——之前，我一直被妈妈、外祖父母、姨外婆埃尔薇拉——我们管她叫“妈妈埃”——和我的舅舅、舅妈们小心翼翼地保护着。我的整个童年时光都是和那一大家子人一起度过的，先是在科恰班巴，后来外祖父佩德罗被任命为皮乌拉省省长之后，我们又一起搬到了这里。

这是现实给巴尔加斯·略萨的第一记耳光，也是他与恶和纷争的决定性相遇，得知真相之后，年轻的马里奥变得成熟起来。不久之后，搅得全家不得安宁的爸爸出现了，在那之前，马里奥一直生活在温馨的家庭氛围中，如今极权有了实体，出现在他的面前。那是个喜欢打孩子的父亲，他给自己的儿子造成了心灵创伤，以此为基础，马里奥的体内开始生出对抗强权的抗体，他对威权主义现象生出了某种独特的想象，无论是在个人层面还是在政治社会层面，这决定了他的文学志向，也决定了他的许多作品的走向。“在见到爸爸之前，”他指出，“我从来都不知道恐惧是什么滋味。他是我第一个害怕的人，而且我认为那种恐惧从未消失，哪怕等到我长大了、他变老了，我和他的关系依然十分疏远，不过最令我害怕的还是他的眼神。我永远都记得他那双有些泛黄，又有些坚定的眼睛。从另一个角度来看，我的文学志向肯定与这段关系有关。”父亲坚决反对自己的儿子搞文学，于是马里奥越发坚定了自己要当个作家的想法：这是他在潜意识中选择的对抗那压制他、羞辱他、伤害他的强权的方法。由于父亲厌恶写作，花时间创作故事就成了对抗他的一种方式。

实际上，无论以何种形式，马里奥的大部分作品都涉及自由、压迫、极权、肉体和精神暴力等主题。具体来说，他的第一部长篇小说《城市与狗》（*La ciudad y los perros*，1963 年出版，获简明丛书奖和批评奖，入选福门托奖决选名单）讲述的是作者在莱昂西奥·普拉多军事学校的经历。他是在父亲的要求下进入军校学习的，在那里接受了严格的教育，而那种教育的根基正是军方威权主义，它表现在军校内部针对士官生的暴力行为上。正是由于那种对暴力和恶的描写，由于它所体现出的与任何侵害自由的行为做斗争的勇气以及强烈的批判精神，那部作品在出版之初便遇到了传播问题。尽管该书初版遭遇审查，被迫删除了八个单词，可编辑卡洛斯·巴拉尔一直在竭力为其出版铺平道路。在秘鲁，军人们当众焚烧那部小说，但是却没有禁止它流通，因此焚书行为倒成了最有效的营销广告——也许比文学奖作用还大。从那时起，许多人希望能读到那部小说，而那位默默无闻的年轻作家在很短的时间内就变成了经典作家。《城市与狗》接连再版，还被翻译成了多种语言，它完全改变了作者的命运。在《城市与狗》之后，巴尔加斯·略萨的许多其他作品依然专注于对压迫制度的批判：《崽儿们》（*Los cachorros*）关注教育领域；《潘达莱昂上尉与劳军女郎》（*Pantaleón y las visitadoras*）将目光投向军方；《酒吧长谈》（*Conversación en La Catedral*）、《世界末日之战》（*La guerra del fin del mundo*）、《谁是杀人犯？》（*¿Quién mató a Palomino Molero?*）、《利图马在安第斯山》（*Lituma en los Andes*）、《水中鱼》、《公羊的节日》，直到《卑微的英雄》（*El héroe discreto*，2013）和《五个街角》（*Cinco esquinas*，2016），这些作品涉及的是不同的政治和社会主题，不过对威权主义的批判态度始终不变。这位不满足于现实的反叛作家想象现实、清理现实，他把某些愚蠢的事物描写出来，以此摆脱它们的束缚："我坚信那些废寝忘食地钻研不同于他所存在的现实的其他世界的人，他们是以间接的方式来表现自己对他的人生和真实世界的抗拒及批判，他想要用想象力和愿望创造一些新的世界，来替代真实的世界。为什么他甘心花如此多的时间做这种虚幻又脆弱的东西（即创造虚构的现实）呢？又有谁会对真实的现实（即他所生活的这个世界）感到百分百满意呢？想要通过创造另一种现实和另一群人出来的土办法来反抗现实的人可以有无数理由。无私也好，卑鄙也罢，慷慨也好，吝啬也罢，复杂也好，肤浅也罢，在我看来，这种隐藏在作家的文学志向深处的对真实现实的质疑的性质根本就不重要。重要的是那种抗争精神是根深蒂固的，它得持续滋养作家的写作激情——就像挺起长矛刺向风车的堂吉诃德一样，推动他们以短暂而精致的虚构世界替换他所生活的具体而客观的真实世界。”

## 努力而爱纪律的河马

浪漫主义认为艺术家的灵感是造物主或神灵直接赋予的，他们被选中来以优美的形式描绘那些难以捕捉的、最崇高的内容。这种天才或神启的思想在那之后慢慢发生着改变。到了我们这个时代，已经没有几个作家忽视持之以恒的精神和刻苦努力的习惯的作用了。如果说在之前的某些时期里，人们坚信写作的乐趣是由某个直接恩赐诗人灵感的神明赋予的话，巴尔加斯·略萨则深信文学志向最主要的表征是：“有文学抱负的人会依赖它生活，把写作本身视作最好的补偿”，这比功成名就、获得经济利益或看到小说写完时生出满足感重要得多。“那是我深信不疑的事情中的一件：作家感觉写作是他经历过的以及可能经历的最棒的事情，对他而言，写作就是可能拥有的最好的生活方式。”因为通过写作、虚构和幻想，我们的生活能变得更加丰富、宏大、充实。“和我多部小说的主人公堂里戈贝托的想法一样，我们这些作家认为真正的生活就存在于幻想之中，而非存在于让人沮丧的日常事务中。”此外，文学还能把那种无序而零散的生活拼接起来：“人们感觉自己迷失了、残缺了，而文学就是一种秩序，它是一种你可以将之添加到自己生活中的秩序，这种秩序可以保护你。写作就是从不安全感出发寻找安全感。文学就像是一把魔幻的钥匙，可以赋予生活以合乎逻辑的连续性，如果缺了它，我们的生活可能就会变得混乱不堪。”

要想使那种秩序生效，就必须全身心投入那项创造性事业中去。作家不是一类人，而是个体，他需要时间进行写作。巴尔加斯·略萨不认同那种出于爱好只在周末写作的作家。他认为如果作家想写出重量级作品的话，就得全身心投入创作中，不过他也很清楚很多人没条件做到这一点。作为小说家的他在职业生涯开始阶段就遭受过诸多挫折。“我记得我在1958年就立志要当作家（我当时没想过自己能靠写作维持生活），我还做出了另一个让我吃了不少苦头的决定：我要去做不会毁掉我的文学志向的工作，我要成为真正的作家，我要写成重要的作品。”为了解释自己在文学面前的奴仆地位，这位秘鲁作家还拿19世纪的贵妇人做了类比：“她们害怕自己会变胖，为了保持体型，她们吞下一种绦虫。您曾见过体内长着那种可怕寄生虫的人吗？我见过，我能向您保证那些妇人是真正的女英雄，是美的殉道者。”文学激情与绦虫的类比是巴尔加斯·略萨在巴黎岁月中了解到的。他在那里结交了西班牙画家、电影工作者何塞·玛利亚，他患有同样的病症。那种绦虫寄居在人体内的某个器官中，它在那里生存、成长，很难被排出体外。何塞·玛利亚在某个午后于蒙帕纳斯街区中的一个酒吧里对他的秘鲁朋友坦陈道：“咱们一起做了如此多的事情：看电影、看展览、逛书店、现在咱们还一块儿讨论政治、图书、电影以及共同的朋友。你以为我做这些事情时和你的感觉是一样的，你很喜欢做这些事。但是你错了。我这么做都是为了它，为了那只绦虫。这就是我的感觉：如今，我不是为自己而活了，我是为了那只居住在我体内的绦虫而活，我只不过是它的仆人罢了。”

实际上，马里奥是为了文学而活的，从早到晚均是如此。文学赋予其生活以秩序，让他持续投入其中。他喜欢在同一个地方住很长时间，以避免打断文学创作过程。在21世纪初之前，他通常住在伦敦，也会在巴黎、马德里、纽约和利马停留。不过从20世纪90年代开始他就不在利马久居了，因为藤森政府拒绝为他的创作提供自由保障。要是他需要教课、做讲座、做售书宣传的话，他也会把这些工作集中起来做，这样就不必频繁往返于不同的国家，也就不会打断他的工作和生活节奏了。在和我们谈及频繁搬家一事时，马里奥的脸上不可避免地露出了不快的神情，他说道：“再次找回创作节奏是件很费力的事，要是某个章节或某本书写到一半却必须离开几天的话，那可真是糟透了，不只是暂停工作那么简单，它还意味着一种倒退。”

马里奥·巴尔加斯·略萨如何度过平常的一天呢？他起床很早，读一个小时书，出门散会儿步，再读读报纸，不过在9点前他就会坐到书桌前，一直工作到中午。他在那几个小时里紧张地写手头的小说。下午的时候他习惯去图书馆，为的是换换环境，因为图书馆里总是很安静，每个人都尊重他人的阅读空间，气氛很好。在伦敦，他经常去大英图书馆，那里很大，藏书丰富。他也去伦敦图书馆，那是家位于市中心的私人图书馆，他步行即可到达。在马德里时，他常去国家图书馆办公。从学生时代起他就喜欢到图书馆去，他在里面查阅资料、阅读、做调研，也写东西。他没有固定座位，遇见哪里有空位就坐到哪里。他会在图书馆待到下午7点，他从不在晚上写作。马里奥习惯从周一到周六写手头未完成的小说，周日则写读者众多的报刊文章。马里奥从很多年前就开始为多家西班牙语媒体撰稿了，尤其是《国家报》，如今他刊登在上面的质量最好的文章已经结成四个集子出版了。先是以《顶风破浪》为名的三卷本图书，里面收录了他从20世纪60年代到80年代末写的文章，最后是《激情语言》(2001)，其中收录了他写于20世纪最后十年的文章。通常来说，周日是马里奥一周以来的思想活动的爆发日，他从周一开始就会广泛阅读居住地国内外的报纸。巴尔加斯·略萨靠虚构和幻想生活，为虚构和幻想而活，也随它们而活，不过他依然希望自己能脚踏实地。他不喜欢那种钻进象牙塔里两耳不闻窗外事的知识分子生活。他对国际媒体、社会和当代政治话题的兴趣就源自这种想法。因此，撰写媒体文章就成了一种生活在这个世界里，参与到文化、公共和政治事务中去的方式。他利用一周内的数个日夜构思想法，获取信息，然后在周日将它们写成文章。他的报刊文章通常会以一则逸事或是某个小故事开头，它们能吸引读者的注意，激发读者的阅读兴趣，比起理性思考来，它们更多的是激发他们的好奇心。一旦读者进入那个主题，思想上的反思就开始了，而那种反思往往会聚焦到某种思想上。如果反映的思想太多，文章就失败且无趣了，会变成一堆混乱而零散的文字。巴尔加斯·略萨坚持认为，最好的文章应该是那种能提炼出一种具体思想的文章。

## 厨房中的河马

一个每天花数小时时间用文字"揉面"，往故事里"撒盐"，向一段爱情关系中"加点糖或醋"，把多个事件和人物经历"用油和到一起”的作家到底是在做些什么呢？某些评论家称为“写作厨房”的东西在马里奥·巴尔加斯·略萨身上与纪律性和他投入准备“美食”活动的大量时间密切相关。他在写每部作品时都会选用纯天然的原材料和调味品。小说慢慢成形，它可能生自某个多年前即浮现出来的想法，只不过那个想法被暂时保存进了冰箱，后来被取出来用小火慢炖，然后再铺上一层调味料，被送进烤箱。每部作品都需要调研这个“原材料”：如果是历史小说（《公羊的节日》《世界末日之战》《玛伊塔的故事》《凯尔特人之梦》）的话，那个原材料就是图书；如果是自传性更强的作品（《城市与狗》《胡莉娅姨妈与作家》《崽儿们》）的话，那个原材料就是记忆；如果是政治和社会主题的小说（《谁是杀人犯？》《酒吧长谈》《利图马在安第斯山》《潘达莱昂上尉与劳军女郎》《卑微的英雄》《五个街角》）的话，那个原材料就是可信的或现实发生的事件。材料非常重要，巴尔加斯·略萨会花费大量时间收集信息，如果需要的话还会进行访谈，寻觅与人物、地点、过往时间、不同文化和习俗相关的各种细节。那些材料越来越多，然后被规整到便签、笔记本、小册子中去。由于巴尔加斯·略萨经常变换住地，他走时不得不带上许多装满书本和纸张的行李箱。“很可能让我受罪的椎间盘突出就是因为这么多年满世界运书得来的”，马里奥说这句话的同时右手不自觉地伸到后背上做了个动作，这似乎证明文学不仅仅能在灵魂上留下伤痕。

当叙事线索在他的头脑中成形后，或是在他已经对想讲述的故事有了清晰概念后，他就会写一个或多个故事提纲，构思不同人物的故事情节，一个接一个地写下来，然后再决定如何让这些故事交织到一起。这是文学创作过程中最艰难，也是最让他焦虑的部分，他不知道手头的作品会如何发展，也不知道自己能把那个构思已久的世界塑造到何种地步。胚胎般的故事提纲一旦写成，重写就开始了。和最初的构思相比，他做出的有时是轻微的修改，有时则是大幅度改动。每天早晨最初几个小时里，他用纸和笔写作，不过之后他会把写好的东西誊到电脑里去。在构思出完整的提纲之前他绝对不会动笔创作。然后，最终的结构会为写作服务："你会发现某个角色突然开始成长了，他的身上有了许多可能性，值得进一步挖掘，相反某个最开始被设计成主要人物的角色却开始褪色，变得无趣起来。这是创作过程中最有趣的部分。你无法把一切都安排得妥妥帖帖：其中存在着某种自发性的、直觉性的东西，它会逐渐发挥作用，让你发现更多可能性，有时还会从根本上改变你的规划。这是最神秘、最非理智的部分，你根本无法控制它。人物身上所有那非理智的、隐秘的部分都让我非常着迷，它会慢慢渗透进写作过程中。在我身上，那种事从来不会在一开始就发生：写作计划慢慢推进，我也会逐渐发现之前考虑不周的地方。最开始写作工作是冷冰冰的，我很缺乏安全感，此外我也不确定故事会朝着怎样的方向发展。写作、坚持，故事才会渐渐成型。我现在搞明白这个道理了；最开始我总是缺乏安全感，还有种持续的挫败感。"有那么些日子，写作会变成使人疲惫的工作，十分无趣，他会抗拒自己手边的文字。不过，也有许多好日子，他会发现许多可能性，作家发现故事发展了，他的面前有许多大大刺激他继续写作的东西，它们互为补充，让人兴奋，激励着他继续写下去。灵感只有在作为写作工作的结果时才可能存在，至少对于这位秘鲁作家而言是这样。坚持系统性、纪律性的投入，在某个特定的时刻就会出现那种被称为灵感的东西，其中包含着可以在写作中利用的清晰头脑和大胆姿态。但是这些东西永远都无法成为诱因，它们只能是结果。

借助提纲、笔记等材料进行的、通常要求大量时间投入的初稿一旦完成，润色和修改的过程也就开始了。初稿往往是很混乱的，就像迷宫一样，里面满是箭头、符号、各种难懂的标识，只有作者本人能理解它们的含义。从那一刻开始就进入最有趣的创作环节了，即“重写”环节。整部小说已经写成了，现在的任务是把它变干净。为了达到这一目的，所需的修改包括重读整本小说两到三遍，在这一过程中改变或删除某些细节、调整顺序，等等。最主要的任务是删除单词、句子，甚至更长的段落。首遍修改往往费时费力，“重写”过程中，初稿的厚度也会不断变薄。一旦作家对最终版本满意了，他就会让能给他提建议的人阅读那份手稿。那些建议，再加上某些新的修改，还会继续被作家考虑甚至接受，从提交第一份手稿到首次印刷出版之间还会有段时间，作者还会继续进行修改，作为作品的又一次全新修订。一部小说永远不会是完美的，过分谨慎的作家甚至可能永远都不会把他的文字送去排版印刷。有人说手稿是改不完的，你只能“放下”它们。同样，巴尔加斯·略萨也清楚他永远都能从自己写出的文字中找出可以改得更好的部分，尽管如此，他还是会在认定他的作品已经改到了相对完美的状态后把它们送去出版。加缪的《鼠疫》中有个人物，总是在写一部小说的开头，却从没写出超过一页纸的篇幅，因为他总是无休止地对文字进行修改。一个明智的小说家不会允许这种事情发生，因为这样的话他就永远写不完那部作品了，而那作品也就永远出版不了了。

## 河马 / 卡托布莱帕斯

有些作家会在面对白纸时感到焦虑，他们想要开始创作，却不知道该写什么。巴尔加斯·略萨不是那样的作家，他总是在不断积累和构思各种主题，所以当他写完一部小说后，他已经有足够的材料去写下一本了。他非常擅长挑选主题，那些主题总是很适合被用来进行小说加工。他只有一次放弃了写作计划：那是一部关于圣特雷莎·德赫苏斯[1]的戏剧。他对她的生平很感兴趣，尤其是她描绘自己听到的声音时的方式和她的视野，他想利用那些有趣的材料创作一部独白剧，来解释她对超自然事物的迷恋，以及他们之间的联系。很久之后他发现自己无法实施那个写作计划，因为他缺少描绘多重现实的条件，也许另一个重要原因是巴尔加斯·略萨写的所有故事都与他的个人经历有关。他在《给青年小说家的信》里这样写道："这并不意味着一部小说就必然是经过掩饰的作家传记；这么说可能更恰当：所有的虚构作品，哪怕是想象占主要地位的作品，也一定与它们的创造者的个人经历有或多或少的联系。我敢说，在这条铁律面前，没有任何一个作家是例外，因此，纯粹靠想象进行的文学创作是不存在的。所有虚构故事都是对某些储存在作家记忆中的事件、人物、环境的想象和加工，它们推动着具有创造性的想象行为的发展，从那颗种子被种下开始，整个世界就会慢慢成长起来，它是如此丰富多彩，有时压根儿无法辨识出自传色彩隐藏在哪里，所有虚构世界与现实生活的隐秘关系都是同一枚钱币的正反两面的关系。"因此，作家不应该把自己孤立起来，打破和外部世界的联系，全身

〔1〕 西班牙修女，又名阿维拉的特蕾莎。

心地生活在虚构世界中，“就像普鲁斯特在他生命中最后那几年那样。那种想法让我害怕，因为与现实决裂、生活在真实现实之外的某块飞地中，这正是我们称为疯狂的东西。作为作家的我绝对不喜欢那种生活方式，我也不喜欢那种被称为避世文学的东西，不过我同时也很清楚那种维度是文学存在的必要条件，我指的是与现实世界保持一定的距离，你可以在那种维度中进行想象活动”。个人经历可以滋养作家，没有任何虚构作品是完全脱离现实的。小说家可以按照自己的习惯去利用某些材料。从那个意义上来看，巴尔加斯·略萨利用卡托布莱帕斯做的对比就很有用了。这种传说中的生物曾在福楼拜的小说《圣安东的诱惑》中出现在圣安东面前，博尔赫斯后来又在他的《幻想生物手册》一书中重塑了它的形象。这种生物靠吞噬自己为生，吞噬行为从尾部开始。从某个层面来看，“小说家也是靠挖掘自己的经历而活的，他们以此创造故事。不仅是以某些记忆作为素材来创造人物、事件或背景，更要以那些记忆为支撑物，来支撑自己踏上那段漫长而艰难的旅程，即锻造一部小说的过程”。

经历与现实是小说最初构思的胚芽。这位秘鲁小说家利用反向“脱衣舞”来解释它。作家和脱衣舞娘走的路刚好相反。作家要慢慢给自己的作品穿上衣服，“他要为最初赤裸的作品穿上一层又一层多姿多彩的衣物，裸体状态是这场表演的起点。这一穿衣过程如此细致、复杂，以致很多时候连作者本人都无力从完成品身上、从他创造的虚构人物和虚构世界上辨识出那些躲藏在他记忆中的画面。那是生活赋予他的画面，它们激发了他的想象力，刺激了他的意志力，指引他塑造出了那个故事”。因此，尽管小说家总是认为选择创作主题的人是他们自己，可实际上是主题在挑选他们，从这个意义上来看，作家的自由只是个相对的概念。不过他绝对没有办法把他拥有的一切经验都提取出来。能滋养想象力、生成虚构作品的只是少数事件。记忆也许会以一种下意识的方式选择那些有用的材料，它们“正是那些背离真实生活的东西，背离现实世界的东西”，它们通常代表着某种“隐秘的想法”“男男女女利用虚构象征性地向真实世界发起挑战”。

## 技术与风格：河马的话语

如果说主题是通过经验和带有背离意味的下意识行为“交给”作家的，而作家本人难以掌控它们的话，那么风格问题则不一样。小说家可以自由选择处理那些主题的方式。出发点是人生经历，但“那绝不是，也不能是终点。终点离起点有一定距离，有时甚至很远，而在中间这段旅程中——把主题嵌入由叙事文字即顺序造成的躯体中，自传性的材料会扭曲变形，变得丰富（有时则是乏味）起来，与其他记忆中的或创造出的素材混到一起，再经过加工制作——如果小说是真正的创造物的话，直到那方天地有了绝对的自主力，能依赖自己存在为止。创作的任务就是把记忆提供给小说家的源自客观世界的原材料进行变形，用文字塑造它们，这就是小说。形式是使得虚构活动成立的关键所在”。伴随这种自由的还有责任，只有作家本人能决定作品成功与否，决定它是平庸之作还是天才之作，其中的关键环节就是他处理主题的方式。文学的真谛不在于它有多么贴近现实——那是历史或经验主义科学的任务，而在于它的说服力。小说故事可以帮助人们发现人类生存境况中的某些方面的情况。因此，作者必须尽其所能地让笔下的故事显得可信，读者虽然知道这是个虚构故事，但还是会认为它是足够真实的。这正是文学作品复杂的模糊性所在："虚构世界想要自给自足，同时也清楚自己不可避免地从属于真实世界，所以要完成独立自足的愿望，就得借助技巧上的努力，这与美妙的旋律想要脱离将之表现出来的乐器或嗓子而独立存在的状况很像。"要想做到这点，小说家就必须讲述那些不得不讲的东西（这也是真挚的体现），他要接受内心深处的魔鬼给他下达的命令，尽其所能效忠它们，去写那些头脑中挥之不去的主题。这就要求作家在写作过程中不断地和语言进行斗争，避免对主题自由散漫地描写，也要避免形式与所选主题不符的弊病。这是个技巧问题，巴尔加斯·略萨从创作生涯之初就一直严肃对待它，它影响了他所有作品的创作过程，包括书名在内。

巴尔加斯·略萨坦承给作品起名对他而言是个很费力的活，一旦他找到了契合故事的理想书名的话，他的写作也会更加顺畅。他会更有安全感，要是没找到合适书名的话，写作就会变得更加艰难，会变成一件像是给缺少头部的模型塑形的工作。在他的作品中，最难起名的小说之一是《城市与狗》。甚至到了样书修订阶段他还把书名改了好几遍。最开始他想把那本书叫"骗子们"，然后是"英雄的住所"，等等。可是他觉得那些书名达不到效果，这种焦虑感一直到他确定了最终书名才消失。他认为作家能凭直觉了解书名是好还是坏，也知道书名起得好，里面的文字也就会显得更好，这是种很有趣又很难解释的现象。小说篇幅越长，这种情况就越复杂，尤其是那种包含多条故事线、人物众多且各有不同的小说。书名出现之后，顺序上的问题就简单了，文字就更加顺畅、可信了。从更宽泛的层面来说，书名涉及文字最本质的东西，与福楼拜口中的"mot juste"相关，巴尔加斯·略萨准确地将之译为“最恰当的文字”。书名是最能体现思想的文字。作家有义务为每本书寻找最恰当的书名。如何确定已经找到了最佳书名呢？靠听——他总结道。和直觉一样，作家还有一项特质：听起来顺耳的文字就是最恰当的文字。在提到那位天才的法国作家的理论时，他评论道：“形式与背景——即文字与思想——间的完美契合点可以借由和谐的乐感表现出来。因此，福楼拜会把他写的每一个句子都***喊出来***[1]（包括尖叫和叫嚷）。他会出门去把他写的所有东西大声朗读出来，地点是一条狭窄的椴树林荫道，那条小道位于福楼拜在克鲁瓦塞的故居旁，至今依然存在，甚至得了‘喊叫林荫道’之名。他就在那里高声朗读自己写的东西，通过倾听来确定他是否用了恰当的文字，还是说他需要重新去寻找某些元音或句子，来让他追求的艺术效果达到最佳。”

小说家关心的另一个问题就是作者在作品中的显现程度。也就是说，作家的个性如何表现在作品中，读者能从故事中感受到什么。换句话说，风格和形式是否会显得刻意，作家的创作活动轨迹是否会被读者通过作品体察出来。在最早的几部小说中，可能是由于年轻、缺乏经验，巴尔加斯·略萨如强迫症般地急于展现叙事技巧、小说结构，他将之视为写作工作的展现方式，这是种有意识的努力，他想给早已计划好的故事以确定性的引导。在成熟时期，他倾向于让写作技巧尽可能地隐去身形，形式不再引人注意，某些特定的主题除外，例如《继母颂》中的某些场景。一般来看，他坚持认为作家在小说中出现的方式应该“像上帝存在于世界中的方式：无处不在，又肉眼难见。为了让一部小说说服读者，就不能让读者感觉书中的人物是被提线牵引着行动的，

---

〔1〕原文为法语。

是作家为了推动情节操纵他们的活动的。在这方面我有自己的想法，我把它们写进了许多文章中，不过在写小说时我尽力不让自己在故事中显现出来，因为小说是否能拥有属于自己的生命力就取决于此。角色应该表现出自由的状态，这样读者才会信任他们”。同时，作家还应该尊重他笔下的人物。哪怕某个角色再令他厌恶，他也必须避免把个人态度体现在文字上，只有这样才能使那个角色在故事的整体结构中起作用，使得展现那个世界的视角以及作者希望表现的结论更多元化。举个例子，《公羊的节日》里的特鲁希略的形象是完全负面的，他手下的众多鹰犬爪牙的形象也是如此。巴尔加斯·略萨必须克服自己在面对那些历史人物时生出的厌恶感，那些人的特点就是贪腐、暴戾、滥用权力、淫乱，只有写出这些特点才能深入而全面地刻画他们，也只有这样才能表现出他对这些行为的不认可。在他最新的小说《五个街角》中，藤森独裁政权已至末期，那个故事也与巴尔加斯·略萨本人的政治经历及自我流亡的选择相关。他在某些评论作品中谈及的军人、政治家等人物也与他的这种经历相关。

为了让那些人物显得可信，他就得从人性出发来刻画他们，用一种也许他们配不上的尊重态度来对待他们，这样他们才不会变成恶的抽象载体，因为彻头彻尾的反面形象只是一种概念，实际上并不存在。艺术作品中的非现实性是由不信任感决定的。当读者不信任眼前的故事时，那个故事就会变得不真实；相反，若是读者觉得故事是真实的，自然也就会相信它。这些结果是由作家的文笔决定的，讲述故事的恰当方式会逐渐赋予文学作品以说服力。一部文学作品的独立性和主宰性越强，说服力就越强，“故事中发生的所有事件都让我们感觉是自然而然发生的，而非由某种外部意志安排的，故事的说服力就提升了。要是我们觉得小说中的天地是自给自足的，替代了***真实***现实，拥有一切支撑它存在的东西的话，它的说服力就能够达到顶点了。如此一来，它就能吸引读者，让他们相信它讲述的故事，所有那些好小说、伟大的小说都让我们感觉它们不是在讲故事，而是在让我们感受它讲述的一切，让我们感同身受，这正是由说服力决定的”。在这方面对这位秘鲁作家影响最大的是托尔斯泰的《战争与和平》，因为读者能够进入情节中，与书中人物一起参加拿破仑战争，参与法军在欧洲北部、俄国草原上的行军，读者也能明白在沙皇的国度里这些意味着什么，他们能理解人民的抵抗活动，也能明白历史中的这一章节是如何在人们的生活中产生回响的，读者会化身成参与了重大政治和军事行动的人物，或者化身成普通农民。此外，通过感受这些与我们西方社会如此不同的地理、历史和文化因素，我们突然开始理解存在于政治、军事和公民势力之间的复杂关系和复杂结构。因此，尽管不屑于遵循历史事实，托尔斯泰还是给我们讲述了所有关于战争与权力的东西，讲述了征服的暴行是如何在男女之间引发反响的。再一次，故事成为我们谈论人类境况的依据。

这样一来，我们也就理解了巴尔加斯·略萨为何如此钟情于创作大部头小说或全景小说。他坚信并明确表示：“伟大的小说在篇幅上有其特点。那种伟大小说通常都是大部头的，当然也有如《变形记》这样的例外。总的来说，叙事小说这种文体在发展过程中走上了与诗歌不同的道路，尤其是篇幅方面。我们推崇《堂吉诃德》《庭长夫人》或《福尔图娜塔和哈辛塔》[1]，因为它们可以和真实的现实媲美，因为它们是那种抗拒上帝创造物的弑神

〔1〕 西班牙作家加尔多斯（Benito Pérez Galdós）创作的长篇小说。

式小说。这种情况在其他文体中没有发生过。”事实上，从几十年前开始，小说文体的发展趋势就广受诟病，许多小说被冠上“轻小说”之名，换句话说，它们是那种篇幅短小的小说，有时不乏天才和灵巧，但却是片段式的，缺乏雄心壮志，年轻作家们尤其喜欢写这种小说，他们认为与现实抗争只是种幻想，他们对做出这种尝试的作家嗤之以鼻。在拉丁美洲，伟大的叙事结构随着“文学爆炸”穷尽了，同样穷尽的还有全景小说，“文学爆炸”涌现出了许多全景小说，如加西亚·马尔克斯的《百年孤独》、马里奥·巴尔加斯·略萨的大多数小说、莱奥波尔多·马雷查尔的《亚当·布宜诺斯艾利斯》、卡洛斯·富恩特斯的《最明净的地区》、罗亚·巴斯托斯的《我，至高无上者》、科塔萨尔的《跳房子》，等等。从那时起，处于危机中的作家感觉无力回答那些针对人性的巨大质疑，也无力用一部作品展现全部现实。甚至有人认为上述尝试只是骄傲自大的表现。因此，从 20 世纪 70 年代开始，大部分作家都倾向于描写日常场景，他们笔下的出场人物更少，只展现现实生活的某个侧面，而且很少会尝试在书中给出解答。巴尔加斯·略萨在许多事情上都喜欢唱反调，他依然保持着最初的创作雄心，他的每部小说依然是全景小说的典范。

## 追求效率

由于真正让他感兴趣的是故事给读者造成的反应，是如何激励读者去改变自己的生活，有时他就必须从修改中逃离出去，转向追求效率。我们的作家坦陈，风格是否正确完全不重要，最重要的是它是否有效，是否能完成自己的使命，而风格的使命是“往小说讲述的故事中注入（真实的）生命力”。有很多一线作家不按其所处时代的常规写法、主导理念来搞创作，他们的作品中充斥着从学术角度来看属于语法错误的文字，例如巴尔扎克、乔伊斯、皮奥·巴罗哈、塞利纳、科塔萨尔或莱萨玛·利马。因此，巴尔加斯·略萨解释道，要想更有效率，小说家需要有两种特质：内部延续性和需求特征。故事可能本身缺乏延续性，“但是描述它的语言应该是具有延续性的，这样一来，那种非延续的故事也就会成功地伪装成真实生活了”。如果作家成功使得他的叙事风格和形式体现出了延续性，读者就会感觉只有通过那种方式，“用那些文字、句子和节奏，才能讲好那个故事”。至于需求特征，他说道：“也许发现它的最佳方式就是利用好它的反面，也就是讲故事时不起作用的风格，它使得读者与故事保持着距离和清醒的意识，换句话说，读者很清楚他们正在阅读别人写的东西，他们没能和书中人物一起经历、分享那些情节。读者会感受到在故事和讲述故事的文字之间有一道鸿沟，作者没能在写作时将之消除。语言和故事之间的这种分岔或分歧消弭了说服力。读者不相信小说的内容，因为那种不当的风格使他感觉到在文字和情节之间存在着某种东西，那是一道缝隙，所有人工雕琢的痕迹都从那里溜了进来，只有成功的小说才能成功地抹掉那条缝隙，让那些痕迹隐去身形。”

从各方面来看，小说家要是想把那种内部延续性和需求特征联系起来，就必须拥有超越的意愿。巴尔加斯·略萨始终认为最好的小说应该是在那种时刻写出的，因为风格的洗练是条永无止境的道路，令人信服的风格绝对不能拘泥于模仿，它会提炼大师们风格中的精华，但这种影响是不可见的，因为独特的个性已经打开缺口，将之吞噬了。在这位秘鲁作家看来，接受影响是必须的，但永远要以自己的个性不被压制为前提。最佳的影响是那些不被注意的影响，甚至不被作者本人留意到的影响，它们摆脱了操控和审查而存在。文学就是由影响铸就的，没人是在真空中写作的。重要的不是影响本身，而是如何利用这种影响。

因此，在写作这种神圣的癖好之上还应当加上另一种癖好：阅读，着魔般的阅读，至于那些伟大的作家，则应该反复阅读。巴尔加斯·略萨经常重读经典作家的作品，从塞万提斯开始，经过19世纪法国、俄国和西班牙的作家们，直到20世纪新小说的伟大奠基者们，有欧洲作家，也有美洲作家。他喜欢重读他确信会再次从中汲取到营养的书，一本书哪怕再新、再受读者追捧，一旦他发现那本书实际上写得很普通，他也会停止阅读。在采访结束后，他对我们说有时评论界是很不公正的，因为他们会在意商业营销，出版方利益，与报纸、杂志的广告协议等因素，他们甚至会帮助出版公司宣传那些实际上文学质量很差的图书。至于他，成功并没有改变他的生活和写作方式，也没有改变他的出版节奏。他依然按照以往的习惯进行创作，虚构那些需要被讲述的故事，以此驱赶自己内心的魔鬼，感受创造新世界的快乐，模仿河马的温柔。

在20世纪80年代末涉入政坛后，凭借《水中鱼》，一部糅合了虚构、自传和回忆的作品，一部我们认为从某种程度上算是他的最佳“小说”之一的作品，他再次展现了自己从未被隐藏起来的天赋。在21世纪到来后，他又凭借多部小说再次把自己的创作生涯推向了高潮。近些年，艰苦的写作工作使他无法接受所有的邀约。当朋友、学者、政治家、记者邀请他做讲座、进行访谈、参加公共活动时，他往往很难拒绝他们，但有时拒绝又是不可避免的。他的第一个难题是如何回复所有的信件，哪怕电子邮箱的存在让问题变得简单了许多。如今他没有时间把邮箱里的信件全部阅读完毕，要是在离开固定居所一段时间再回来的话，他的时间就更不够用了。自从他于2010年获得诺贝尔文学奖，这个问题越发严重了，我们甚至可以用“巨大”来形容。有时，某个信息会引起他的注意，他会以幽默的方式评论它，例如他曾收到一封来自某个自学西班牙语的德国学生的信件，那名学生说他只靠字典学习西班牙语，他尝试阅读这位秘鲁作家的某本小说，这个尝试让他兴奋不已。那封信中有句话，原文如下：“尊敬的先生：很美您的书我读了。”〔1〕

## 参考书目


Boldori, Rosa. *Vargas Llosa: un narrador y sus demonios*. Buenos Aires, Fernando García Cambeiro, 1974.

Luchting, Wolfgang. *Mario Vargas Llosa: desarticulador de realidades*. Bogotá, Andes, 1978.

Martín, José Luis. *La narrativa de Vargas Llosa*. Madrid, Gredos, 1974.

Oviedo, José Miguel. *Mario Vargas Llosa: la invención de una realidad*. Barcelona, Seix Barral, 1982.

Pereira, Armando. *La concepción literaria de Mario Vargas Llosa*. México, UNAM, 1981.

Vargas Llosa, Mario. *El pez en el agua*. Barcelona, Seix Barral, 1993.

Vargas Llosa, Mario. *Cartas a un joven novelista*. Barcelona, Ariel/Planeta, 1997.

Vargas Llosa, Mario. *Una historia no oficial*. Madrid, Espasa Calpe, 1997.


〔1〕原文语序如此，系调侃德国学生蹩脚的西班牙语。